U0065193

風雲時代

風雲時代 風雲時代 風雲時代 風雲時代 風雲時代 風雲時代 風雲時代
時代 風雲時代 風雲時代 風雲時代 風雲時代 風雲時代 風雲時代 風雲
風雲時代 風雲時代 風雲時代 風雲時代 風雲時代 風雲時代 風雲時代
時代 風雲時代 風雲時代 風雲時代 風雲時代 風雲時代 風雲時代 風雲
風雲時代 風雲時代 風雲時代 風雲時代 風雲時代 風雲時代 風雲時代
時代 風雲時代 風雲時代 風雲時代 風雲時代 風雲時代 風雲時代 風雲
風雲時代 風雲時代 風雲時代 風雲時代 風雲時代 風雲時代 風雲時代
時代 風雲時代 風雲時代 風雲時代 風雲時代 風雲時代 風雲時代 風雲
風雲時代 風雲時代 風雲時代 風雲時代 風雲時代 風雲時代 風雲時代
時代 風雲時代 風雲時代 風雲時代 風雲時代 風雲時代 風雲時代 風雲
風雲時代 風雲時代 風雲時代 風雲時代 風雲時代 風雲時代 風雲時代
時代 風雲時代 風雲時代 風雲時代 風雲時代 風雲時代 風雲時代 風雲
風雲時代 風雲時代 風雲時代 風雲時代 風雲時代 風雲時代 風雲時代
時代 風雲時代 風雲時代 風雲時代 風雲時代 風雲時代 風雲時代 風雲
風雲時代 風雲時代 風雲時代 風雲時代 風雲時代 風雲時代 風雲時代
時代 風雲時代 風雲時代 風雲時代 風雲時代 風雲時代 風雲時代 風雲
風雲時代 風雲時代 風雲時代 風雲時代 風雲時代 風雲時代 風雲時代
時代 風雲時代 風雲時代 風雲時代 風雲時代 風雲時代 風雲時代 風雲
風雲時代 風雲時代 風雲時代 風雲時代 風雲時代 風雲時代 風雲時代
雲時代 風雲時代 風雲時代 風雲時代 風雲時代 風雲時代 風雲時代 風雲
風雲時代 風雲時代 風雲時代 風雲時代 風雲時代 風雲時代 風雲時代
雲時代 風雲時代 風雲時代 風雲時代 風雲時代 風雲時代 風雲時代 風雲
風雲時代 風雲時代 風雲時代 風雲時代 風雲時代 風雲時代 風雲時代
雲時代 風雲時代 風雲時代 風雲時代 風雲時代 風雲時代 風雲時代 風雲
風雲時代 風雲時代 風雲時代 風雲時代 風雲時代 風雲時代 風雲時代
雲時代 風雲時代 風雲時代 風雲時代 風雲時代 風雲時代 風雲時代 風雲
風雲時代 風雲時代 風雲時代 風雲時代 風雲時代 風雲時代 風雲時代
雲時代 風雲時代 風雲時代 風雲時代 風雲時代 風雲時代 風雲時代 風雲
風雲時代 風雲時代 風雲時代 風雲時代 風雲時代 風雲時代 風雲時代
雲時代 風雲時代 風雲時代 風雲時代 風雲時代 風雲時代 風雲時代 風雲
風雲時代 風雲時代 風雲時代 風雲時代 風雲時代 風雲時代 風雲時代
雲時代 風雲時代 風雲時代 風雲時代 風雲時代 風雲時代 風雲時代 風雲
風雲時代 風雲時代 風雲時代 風雲時代 風雲時代 風雲時代 風雲時代
雲時代 風雲時代 風雲時代 風雲時代 風雲時代 風雲時代 風雲時代 風雲
風雲時代 風雲時代 風雲時代 風雲時代 風雲時代 風雲時代 風雲時代
雲時代 風雲時代 風雲時代 風雲時代 風雲時代 風雲時代 風雲時代 風雲
風雲時代 風雲時代 風雲時代 風雲時代 風雲時代 風雲時代 風雲時代
雲時代 風雲時代 風雲時代 風雲時代 風雲時代 風雲時代 風雲時代 風雲
風雲時代 風雲時代 風雲時代 風雲時代 風雲時代 風雲時代 風雲時代
雲時代 風雲時代 風雲時代 風雲時代 風雲時代 風雲時代 風雲時代 風雲
風雲時代 風雲時代 風雲時代 風雲時代 風雲時代 風雲時代 風雲時代
雲時代 風雲時代 風雲時代 風雲時代 風雲時代 風雲時代 風雲時代 風雲
風雲時代 風雲時代 風雲時代 風雲時代 風雲時代 風雲時代 風雲時代
雲時代 風雲時代 風雲時代 風雲時代 風雲時代 風雲時代 風雲時代 風雲

經典復刻版

司馬中原

狼煙

卷下

司馬中原 著

狼煙

卷下

目錄

第十二章・神秘部隊

佐佐木大佐從外面回來，並沒標明他那葫蘆裏賣的是什麼藥，不過從很多跡象上，可以看出鬼子在這兩三年當中，好像伸腳踏進了淤泥塘，越陷越深了：他們的部隊，從沿海地區，朝中國廣大的內陸作扇形伸展，那些原野和丘陵，幾乎把他們盡行吞食了，在隋棗，在長沙，在粵北，在豫鄂，在南寧……在每一個戰場上，熾烈的烽火，困住了他們，形成長期的膠著，首腦指揮部對各後方駐地的日軍下達一連串的指示和命令，都是要抽調兵員，向前方補充，在這樣的情況下，使佐佐木咬著牙，把駐屯在沙河的松下中隊也裝車運上前線去了。而縣城總是要保住的，佐佐木手下能調度的兵力，只有兩個守城中隊，一個分隊的憲兵，和一些運輸部隊了。

同樣的隊伍，作為一個長官，佐佐木可以敏銳的覺察得出，他的兵士們不再保有初踏斯土時那股勇武的銳氣，處處顯露出使人焦慮的師老兵疲的模樣。由於東洋本土把有限的戰爭物資全投擲到烽火前線去，後方的補給品缺乏到極端嚴重的程度，在佐佐木的隊伍裏，除了少數械彈還能獲得零星的補充之外，一般生活給養根本供應不上，鬼子們不分冬天夏日，都穿著那一套厚重的軍裝，有的炸了線，有的破了洞，只能從針線袋裏取出針線，每人自己縫補，列隊受檢時，那許多新布的補釘塊兒，簡直能跟討飯的乞丐媲美，帶鐵釘的牛皮鞋原被認爲是很牢固的，經不住常年奔波，也張開了鮎魚嘴，露出寒傖破爛的光景了。……襤褸的隊伍，一臉冷鬱的神情，沒有誰能穿透四面八方的烽火矚望明天，爲了準備更大的戰爭，本土的資源羅掘殆盡了，無奈何的喊出「一滴石油一滴血」的口號，發出「軍械重過生命」的哀切的呼聲。

石油的缺乏，使大多數的運輸車輛都回廠改裝，變爲燃燒木炭，這使原來非常靈便的運輸工具，變成冒煙的老怪物，三里一熄火，兩里一拋錨，一搖起火來能搖上半天，搖上了火還不成，得要哺哩哺嚕的發動著，聚足了蒸氣才能開動，一上路就喘咳齊來，慢如牛步，比較起來，還不及原始的人力和獸力運輸方便。

佐佐木很重視這個，他認爲，由於缺乏石油所引起的運輸癱瘓，使後方駐軍在行動上失去了速度，即使能夠開出去作清鄉掃蕩，也不會產生什麼樣的效果；因此，他很機敏的完全採取守勢，只求保住縣城就夠了，那麼，廣大的鄉野丟給誰去收拾呢？當然把這個爛攤子交給汪某人去挑了。

這個呵奉東洋人的政府所能做的，是濫給番號，濫放文武官員，弄來幾台印鈔機，把白紙印成花花綠綠的鈔票，大把的朝外飛撒，那些不負責的儲備銀行的票子，要比香燭鋪裏的鬼燒紙還多。

在這種有錢能使鬼推磨的情形之下，僞軍只要有番號，也就有餉好拿，齊申之替胡三活動一個團的番號，及至領下來，卻變成了兩個團，胡三厭透了在佐佐木眼皮下面侍候的差事，立即向齊申之辭掉局長，保薦時中五繼任，他在城裏開設了召兵處，組成了胡團；另一團的團長輪著蘇大嚼巴，自稱蘇團，胡蘇兩個那份高興，簡直不必說了，你賀我一隻銀盾，我賀你一面錦旗，你放一串鞭，我吹一陣號，今天是胡團宴蘇團，明天是蘇團請胡團，吃飽之後，又有煙，又有賭，百姓冷眼旁觀，替胡團取名爲胡吃隊，蘇團取名爲輸光隊，結論是：

「像這種胡七倒八的隊伍，用不了多久，一定會輸得精大光！」

但胡三和蘇大嚼巴兩個，卻沒像這樣想過，有了番號和名目，有了大把的儲備票子，使他們久久想要的全到了手，這樣一來，他孫小敗壞就沒有什麼好神氣啦，說起來鼎足而三，大家都是團長了。不過，這種高興也只高興不到一個月，佐佐木下了一道命令，把他們攆出了縣城，佐佐木指令胡團長率部進駐上沙河，接日軍松下中隊調走後留下的防務，蘇團長率部進駐三官廟，兼負保路之責，他攆走這兩個團不算，更指令尤暴牙率著他的緝私大隊進駐下沙河鎮，接替孫小敗壞留下的防務。

佐佐木的用意很明顯，讓日軍縮守縣城，把四鄉全交給僞軍的三個團和一個大隊，讓他們胡亂攪和去。只要西邊的游擊勢力不伸到縣城來，他就不願多管了。

胡三和蘇大嚼巴帶著新擴充起來的隊伍，進駐新防地，在蒿蘆集的孫小敗壞聽著這消息，火就大啦。

「它娘的，窮放番號，也不興這樣放法，是人是鬼都給個團長幹，憑他胡三和蘇大嚼巴那種料，也配跟我平起平坐嗎？齊申之既然忌著我，我看，老子還不如自封三齊王算了！」

孫小敗壞說封就封，他把金幹、朱三麻子和筱應龍找來一商議，立即就把孫團改稱爲孫部隊，下轄五個團，依次是：第一團筱應龍，第二團朱三麻子，第三團金幹，第四團夏皋，第五團葉大個兒，他這回用的是先斬後奏的方法，先把五個團編妥，符號也戴上，然後直接派人通知齊申之，要他跟上面討餉。

「上面要是不認賬，不給餉怎麼辦呢？」夏皋說。

「你怕什麼？」孫小敗壞說：「這年頭，一切就是那麼一回事兒，只要咱們有足夠的槍枝人手，愛它娘當多大的官就當多大的官，你們不相信，老子就先把個少將牌牌掛給你們看，金牌一顆星，老子是它娘的天魔星。」

一星是掛上了，齊申之那邊也勉強認了賬了，但孫小敗壞仍然不快活，因爲董四寡婦答應替他辦的事只辦了一半，打死胡四卻留下了胡三。

「雜種胡三，竟然敢進駐上沙河，爬到老子的脊樑蓋上來了？」孫小敗壞說：「老子有閒，非消遣他不可！人說：神仙也怕腦後風，他活在咱們的背後，總不是辦法，若不把他早點撂倒，老子即使戴上帽子，腦後窩也還是涼颼颼的。」

說到有閒，如今孫小敗壞真是有閒得很，奇怪的是，自打他趁風趁浪佔領了蒿蘆集之後，趙岫谷、喬恩貴和趙澤民的游擊隊伍，突然不見蹤影了，這情形，使他深感意外，他完全摸不透對方的底蘊，不知對方究竟玩的是什麼樣的把戲？愈是沉寂，他心裏愈覺不定，時時刻刻恐懼著，怕對方突然來一個驚天動地掩襲，使他招架不住，尤其是對如今這種駐紮的態勢，他絕不能垮掉，他一垮，就連個退路也沒有，胡三跟蘇大嚼巴那兩關怎麼過法？

這份老是墜著心的牽掛，使他差遣以兇悍聞名的朱三麻子，帶著人儘量朝西搜探，朱三麻子向西拉過去一二十里路，根本沒見著人影兒，他回來跟孫小敗壞說：

「老大，你放心罷，依我看，趙岫谷和喬恩貴那一夥人，叫鬼子攆離蒿蘆集老窩，如今早已沒的混了，西邊那些水灘蘆蕩子，五穀不生，一口飯都嘬不全，他們哪還會有精神來動咱們的腦筋？」

「我能聽你三言兩語，就放得了心嗎？」孫小敗壞說：「不摘下趙岫谷和喬恩貴那幾個傢伙的腦袋，我可放不下這顆心。」

放心不放心是另一碼事，日子過得又沉悶又平靜倒是真的。至少在表面上看，蒿蘆集附近一帶又有了些煙火氣了，那些留在破茅屋裏的老弱民眾，在等待裏忍著，熬著，橫豎日子好過也得過，歹過也得過，他們沒有牲口，便用築鉤、鐵鍬挖土點種，維持一些果腹的莊稼。

生性多疑的孫小敗壞始終不敢相信趙岫谷手下的人真的退遠了，他總以爲那些人仍留在蒿蘆集附近，換了便裝，隱藏起槍枝，夾混到民眾當中去了，因此，他常常帶著十幾個揹匣槍的，下鄉走動，碰上年輕不順眼的，便把他當成疑犯，綁回來審訊，即使審不出口供，也得由當地住戶出面保證，才准塡單子把人具領回去，凡是審訊後認爲可疑的，那就拖出去槍斃，把死屍拖到亂葬坑餵狗。

想轉回頭去整倒胡三之前，他必得要把大門關緊。

就算他自以爲把大門關上了，門裏邊還有若干雞零狗碎的事情，使他不能不分心，無法專心一志的去謀算旁人。其中比較難辦的，是四鄉百姓不肯使用儲備票子，而他所率的五個團的餉金，全是那些票子，這樣一來，上面關餉等於白關，他還得要靠在地方徵糧徵草爲活。他把這事推給毛陶兒去辦，毛陶兒用殺雞儆猴的法子，抓住幾個不肯接受僞幣的倒楣鬼，出告示砍頭，這一砍不要緊，其餘的老百姓便不再趕有僞軍駐紮的集市了，小敗壞的部下拿錢買不著東西，沒有誰不是叫苦連天的。

四鄉百姓硬是那樣執拗，恁是小敗壞用盡各種高壓手段，他們就是拒用儲備票子，一般交易，仍然使用銀元、銅幣、以及中央、中國、交通、農民四大銀行的老法幣，甚至於發行商號負責的信用券（**俗稱土票子，又稱街頭轉，意指其通行地區不廣**）。孫小敗壞壓得太緊了，那些平素順服的百姓突然變得不怕死了，在四鄉大鬧風潮，有些抗稅抗捐，有些見著僞軍就當成瘋狗打，更有人把沒有耳朵的氣極恨極，連夜跑到孫家驢店，把沒耳朵的祖墳都給扒掉了；同時，竟有人那麼大的膽子，把標語寫到小敗壞司令部兩邊的牆壁上，罵他認賊作父，欺壓善良，是個背脊朝天的畜牲。

「這它媽全是趙岫谷那老傢伙在暗中撐腰慫弄的！要不然，這些莊稼老土，哪有這麼大的膽子?!」小敗壞捉不著人，只有躺在煙鋪上乾嘔氣，氣得臉色發青，兩手發抖，整個身子虛虛軟軟的，好像害了一場大病。

「我說老大，」老煙槍夏皋陪著他，一面替他燒捏著煙泡兒，一面擺出一副想得開，看得透的樣子，關切裏帶有三分奉承：「您既然自稱是天魔星轉世的，乾脆就一斜斜到底算了，不必爲這些事乾嘔氣，普天世下，當漢奸挨罵的多得很，又不光咱們，這根本不算一回事兒……人在世上活著，總得要露露臉，出出名，好名落不上，歹名也是名，您越是挨罵挨得多，名氣也就越大，來來來，我跟您燒個泡兒，通心順氣好了！」

「你它娘說得輕鬆，夏瞎子！」孫小敗壞順過煙槍，瞪起眼罵說：「你它娘這是在風涼我，又沒人刨掉你的祖墳，老子這一肚子恨火，簡直吞嚥不了！我非要大肆殺人不可。」

「四鄉百姓這麼多，你要殺誰呢？」夏皋說：「俗話說是：兔子不吃窩邊草。咱們吃了鬼子飯，可不是打下萬年長樁的，這兒總是你的老家窩，日後總還要蹲下去的，二指寬的退路，您得留一條，凡事不要做絕了！」

「甭做你的迷夢了，老兄弟。」孫小敗壞說：「這是關在屋裏，我吐話，只進你的耳，咱們既當上漢奸，殺過這許多百姓，哪還有什麼退路？我它媽就像八大王投胎，要闖就闖到底，活一天，了一日，非嘔這口氣不可！是么是六，骰子業已擲出手，由不得你啦！」

打那天躺在煙鋪上發狠起始，孫小敗壞的言行舉措，變得比早些時更加暴戾瘋狂了，他像一隻餓著肚皮的蜘蛛，用他手下的五個團，以蒿蘆集爲中心，拉起一面大網來，讓他坐在當中吃喝玩樂，他的兩眼，總是瞇著看人，對任何人和任何事都顯得懷疑，不敢信任；他的心，總包裹在一層恐懼的網絡之中。這種恐懼，促使他幾乎盲目的殺戮，他總認爲，殺掉那些磨算他的人，可以使人自覺安穩一點兒。

秋天，他差出幾個得力的手下，穿上便裝，混到上沙河去暗殺胡三，那幾個傢伙到了上沙河，先在茶館裏喝茶，後來拐進澡堂子洗澡，說話沒留心，被胡三的耳目盯住了，他們洗完澡，光著身子躺在雅座上，連衣裳還沒來得及穿，就被胡三的人窩住了。

胡三攫住小敗壞的人，並不急著槍斃，每天動刑消磨他們，那幾個傢伙熬刑不過，一鬆口，供出胡四那宗案子，是小敗壞買通黃楚郎和董四寡婦，由燕塘那邊指派人動手殺的，胡三很想詰究出究竟是誰動的手，但那幾個人並不知道尤暴牙這條暗線，只供出胡大吹和葉大個兒曾到城裏去接頭，只要抓住他們兩人當中的一個，一問就明白了！

「好罷，」胡三說：「這回我也不殺你們，每人替我把兩片耳朵留下，好歹有個記號，下一回見面，我好認得你們是跟小敗壞幹的。」

胡三真的把那幾個傢伙的耳朵留下，將他們放回蒿蘆集去了。這些人見了孫小敗壞，原想訴訴苦的，誰知孫小敗壞根本不容他們開口，就喝令來人把他們捆上，拖到蒿蘆集東門外打死。

其實，打死那些人也是於事無補，既不能平息他的惱恨，又使胡三多了一份警惕，胡三開始顯顏色給孫小敗壞看了，他聯合了蘇大嚼巴、楊志高、薛立一批人，以封鎖公路爲名，順便封鎖了孫小敗壞所部跟縣城之間的通路，尤獨是械彈運輸，常被他在半路上差人截走，同時，胡三的人也從黑溝子那一帶出入，向北監視燕塘高地，不讓黃楚郎的人南下和孫部連絡，孫胡兩部雖沒正面開火，但不斷的發生磨擦。

逐漸的，孫小敗壞被酒色淘空的身子，再也支撐不住了，說病就病倒下來，他的病，病在虛火上升，白天萎頓不堪，打不起精神，夜晚躺在煙塌上，大睜兩眼，醒著做夢，總夢著一些不吉祥的事情。

「我說老大，把個病拖在身上，總不是辦法，我得替你找個大夫來搭搭脈，抓幾付湯藥吃一吃。」葉大個兒說：「東鄉尼姑庵背後，有個姓張的老中醫，專治虛火，我這就叫人去把他接的來，替你瞧看瞧看，這種病，算不得什麼大毛病，敢情弄幾劑藥補上一補，立即就會轉好了，姓張的有個外號叫一帖，據說一般頭痛傷風的小病，他下藥，總是一帖就見效。」

孫小敗壞點點頭，哼哼歪歪的說：

「既然這樣，就把他接的來，替我看看也好。我想，這兩年，我實在也太累了！」

葉大個兒辦事辦得挺快當，第二天，就把留著山羊鬍子的老中醫張一帖給請到趙岫谷的舊宅裏來，替孫小敗壞搭脈看病。實在說，若是在早年裏，論起蒿蘆集這一帶的中醫，怎麼樣也數不上張一帖，亂世一起，幾個好的中醫都退到後方去了，張一帖這才敢懸壺看病。凡是熟悉內情的人，都曉得張一帖即是儒醫張漢臣的兄弟，年輕時是個割草放牛的野小子，張漢臣藥鋪裏缺人手，便讓他跟在身邊，學著晒藥抓藥，教他背背湯頭歌訣，當然，大字不識得一籮筐的張一帖也有聰明處，學了兩三年，居然能替人看病配方了，一來是他膽子大，二來是他走時運，他下的藥很重，不是六味地黃，就是十全大補，人說邪有邪門兒，他是歪打正著，居然叫他治好了幾個虛弱不堪的病家。

張一帖行醫半輩子，有幾宗事情一直被人在茶餘酒後停講著，說是卞家橋有個孕婦難產，孩子橫著身子不肯下來，卞家連著接了好幾個醫生來會診，大家都搖頭，說是只有去請儒醫張漢臣來試試，放車去接張漢臣，逗著張漢臣不在屋，張一帖就自告奮勇，跟著來人去了，他見著那個產婦，裝著搭脈，把望聞問切照章照做一番，然後他便手抓雞毛帚，臉抹鍋煙灰，穿上女人的衣裳，在產婦面前又跳又唱的扮小丑，產婦見他那副滑稽涕突的模樣，禁不住噗嗤一笑，這一笑不打緊，孩子在肚裏轉了胎，順順當當的滑下來啦！好些名醫束手無策，偏偏張一帖能手到擒來醫得好，那還不夠神嗎？

所以，孩子們就編成謠歌，那樣唱著：

「張一帖，張一帖，

看毛病，不用藥！」

緊接著診治產婦，張一帖又替人診治石淋症，所謂石淋，就是膀胱結石滑進尿道，小便點滴如淋，奇痛難忍，病家慕名找上張一帖，他瞧也不瞧，看也不看說：

「這一點小毛病，不算一回事，我包治！」

張一帖治石淋的方法，聽來極爲駭人，他把病人捆在一條棗木長凳上，褪掉下裳，使一柄磨得極爲鋒利的小刀，完全用閹豬閹牛的手法，把病人的尿道剖開，把小石子一粒粒的取出來，然後用細麻線縫妥傷口，外頭包裹著兩層新鮮的荷葉，跟捆豬蹄似的。可憐那個病人疼得喊爹叫媽，死去活來好幾遭，不過，這方法居然很靈驗，過不上三天五日，把病人傷痕癒合，石淋症也就沒有了。

「好是好，」病家跟旁人說：「只是疼得吃不消。」

這話輾轉傳到張一帖的耳朵裏，他瞪眼說：

「俗說，長痛不如短痛，疼點兒又有什麼要緊？毛病好了，他照樣會生兒子。」

就是這麼一個被儒醫瞧不起的時醫，後來離開他哥哥張漢臣另立門戶，掛牌行醫幾十年，居然也醫好過若干的疑難雜症，孫小敗壞早先也聽說有這麼一個人，但當時他沒病沒痛，並沒找過張一帖罷了。

張一帖替孫小敗壞搭脈一診斷說：

「孫大爺，恕我口快直言，你論年歲，還沒過半百，不過，渾身上下，從裏到外，都是毛病，你的腎水虧，肝火旺，心肝全叫鴉片膏子燻黑了，你的虧心事做得太多，吃喝玩樂也玩過了頭，弄成一個散乎拉雜的人殼子，真叫我不知道該打哪兒治起了？」

「既是病起虧虛損耗，」孫小敗壞說：「依我看，脫不了是一個補字！你好歹替我煎熬些膏子，補上一補就得了，你看怎樣？」

「呃，」張一帖說：「吃補藥，像跟人借錢一個樣兒，借了錢，你得節省著花，假如邊補邊耗，補進去的還不及耗出去的多，那你還不如聽其自然還好些。」

「既然你這麼說，補你儘管替我補，我照你的囑咐，儘量省著點兒就是了！」

「好罷，」張一帖說：「話，我得說在前頭，日後你若不節省，越陷越深，可不能怪我做醫生的沒盡心。」

張一帖替孫小敗壞熬的膏子，孫小敗壞初服時，果然有些效驗，不過，俗說：掉了瘡疤忘記疼，一等恢復了一些元氣，孫小敗壞便又掉進淫慾的黑坑裏去，把借來的一點兒本錢，全花到活馬三和胡三老婆的身上去，一等喘息發虛，便又去催張一帖再熬膏子送來，使他風花雪月的虧耗，重新得到塡補。

風涼水冷的深秋，駐紮在淤黃河崗上的金團，請孫小敗壞過去喝酒看戲，金幹的團部，正設在當年的胡家野鋪，擺席的那幢屋子，還是孫小敗壞和幾個把兄弟劫槍做大案的地方，日子去得真快，晃眼快過三年了！孫小敗壞一面酌著老酒，一面緩緩旋轉著酒杯子，眼瞧著一屋子的燈光和人影，滿心像嘔酸似的，浮泛出一股子淒涼索落的感觸，若說人生在世是一台戲，自己唱的是白鼻子小丑？還是白臉的奸雄？這台戲如今已唱過一半了，凡是戲，總有落幕的時刻，誰又曉得自己這個十里侯，日後落到什麼樣的下場？

自打董四寡婦告訴自己，說是當時老中央還有兩位軍官沒死，如今還跟喬恩貴他們混在一道兒，自己這顆心，就懸吊著沒有定過。如今趙岫谷那幫人撤離了蒿蘆集，他們總有一天要回來的，這兒原是他們的家窩。當然，如今自己不再是當年的孫小敗壞了，當年是個小混混，翅膀上大毛還沒長出半根，如今手底下團攏了號稱五個團的兵力，並不在乎趙岫谷和喬恩貴，嘴上是這麼說，心裏可不敢想得這麼如意，目下自己身邊這夥人，說來都是叩過頭，拜過把子的，口口聲聲老大老大，把自己捧上天，其實，大夥都是吃鬼子飯的，全為一個利字，一旦東洋靠山倒了，那時候，誰還再肯爲姓孫的殺頭賣命？自己欠下的這一堆血債，只怕是還也還不清了。

淤泥陷至脖子，想也沒有用，只好閉著兩眼，朝前瞎闖，來它個今朝有酒今朝醉算了，孫小敗壞這麼一轉念頭，不知不覺，酒就喝得豪了一些。

原想借酒消愁的，誰知朝心裏澆灌，心裏越是虛鬆懊惱得厲害，這三年裏，一路朝上爬，殺過不少的人了，也不知怎麼的，只有頭一回做下的這宗血案，總是黏在心上，像一塊扯不掉的傷疤。他醉眼朦朧的看著這座房子，忽然覺得燈火在一搖曳之間黯了下來，回復到當年動手做案的光景，綠熒熒的燈火，藍藍的使人起夢的槍枝，以及那幾具七孔流血的屍體，都夢浮到他的眼前，當時幹這案子的六個人，只有朱三麻子和葉大個兒兩個人還跟著自己，胡三叛離自己另起爐灶，胡四和蕭石匠都已經下了土啦！這才三年，就起了這樣的變化，再過三年，誰知又會變成什麼樣子？

「老大，您有些兒不愜意？」金幹說。

「啊，」孫小敗壞勉強笑一笑：「我是在想胡三那個雜種，當初我盡力拉拔他，讓他跟我混世，沒想到他中途扯我的後腿，如今弄成冤家對頭！」

「嗨，您甭煩這個，」金幹說：「胡三想跟您打對台，那他是不自量力，您指頭伸出去，粗過他的腰眼。輕輕一捏就把他捏死，他算哪棵蔥呀？」

「今晚上不談胡三的事，」夏臯也湊合著：「喝了酒，咱們陪老大看戲去，……上一回在金家老莊，就在喝酒看戲的當口，被喬恩貴的人混進去開了火的，這一回，咱們可絲毫沒敢大意，裏裏外外，佈了六七層的崗哨，您放心罷，您躺著看都行！」

「嘿嘿嘿，」孫小敗壞強打精神，像淌水似的迸出一串笑聲來：「對，夏臯兄，你說得對，咱們如今是恁事不談，來它一個今朝有酒今朝醉好啦！」

一陣豪飲，算是自己把自己灌醉了，看戲時，也是金幹和夏臯兩個人攙扶，才把孫小敗壞扶到戲台前的椅子上去的，幾壺老酒將小敗壞弄得天暈地轉，但心裏的塊壘，仍然梗塞著，並沒化掉分毫。

戲台搭在胡家野鋪屋後的平場上，台上搖晃著幾盞擦拭得雪亮的馬燈，小敗壞歪著頭，嘴角叨了支洋煙捲兒，把肩膀斜靠在椅背上看戲，他醉得像中了定身法似的，兩眼癡迷的望著戲台，台上演的是什麼戲？他壓根兒弄不清楚，只覺燈光亮得青森森的，裹著一層霧雰，男女戲子們，穿著青白色的袍子，披散著頭髮，在淡霧裏打轉，……彷彿是一齣苦戲，不過，演得太陰慘了，若在平時，倒不會覺得怎樣，而今夜，孫小敗壞心裏有疙瘩，對這種陰慘的光景便起了懼怖。

「好好的，爲什麼要演這種戲？」他說。

「老大，您不明白，余家班子一向是演苦戲出名的，」坐在他身旁的葉大個兒說：「等一歇，演到小寡婦上墳哭夫，那可精彩透了！」

「嗯，」孫小敗壞說：「也許我喝多了，渾身疲倦得很，不想看戲了！著人備牲口，我要回鎮上去。」

「您既醉了酒，我看我陪您回鎮上去罷。」葉大個兒說：「這齣戲，我業已看過兩三遍了。」

葉大個兒攙扶著孫小敗壞離開平場子，馬是備妥了，酒醉的小敗壞根本不能騎，葉大個兒只好吩咐聽差的預備繩床，把孫小敗壞放在繩床上抬著。轉急的夜風帶著濃濃的秋意，吹得胡家野鋪附近的樹木落葉紛飛，再貼地悉索飛滾著，躺上繩床的孫小敗壞忽然撐持著坐了起來，茫然的，朝四邊看了一圈兒說：

「大個兒，有宗事，我得央託你，明天替我辦一辦，你千萬甭給我忘了。」

「老大，你有什麼事，儘管交代兄弟去辦就是了！」葉大個兒說：「我會立即幫您辦妥的。」

「你過來，我跟你說，」孫小敗壞招喚葉大個兒到繩床面前，壓低聲音說：「適才我一陣恍惚，想起埋在閘塘下面的那幾個冤死鬼來了，你明天買些紙箔，替我在那兒燒一燒……。」

葉大個兒牽著牲口，拎著馬燈，那張原是笑著的臉，忽然僵冷了下來。

「我說老大，您怎麼還把那樁事擱在心裏？您就忘了它罷。」

孫小敗壞搖搖頭，想驅走什麼似的。

「不成，紙箔你一定得燒。」他無力的嘆口氣說：「我心裏嘈嘈雜雜的，很不寧靜，老是睜著兩眼看見那些鬼影子。」

「您放心罷，」葉大個兒有些心虛情怯，硬著頭皮說：「明兒我照您交代的辦就是了！」

孫小敗壞這才放心的躺下身，讓人用繩床把他抬回蒿蘆集的司令部去；那夜他一心惶惑，睡不寧靜，便起身吃了張一帖熬妥的補膏子，這一帖膏子落肚，混和了一肚子的酒，補還沒補著，卻起了反常的行動。

俗話勸人說是：三樣事情幹不得——早酒、晚茶，五更色，孫小敗壞並不是不明白這個，但他虛火滔滔像馬跑似的，一時兜不住韁了，便找上活馬三樂一樂，想藉此消消火性，正樂到樂頭上，忽然覺得心裏一攪，眼裏一黑，有一口東西從喉管湧進嘴，他捏起活馬三用的手絹一吐，絹心一片殷紅，小敗壞沒想到自己竟會口吐鮮血？這一口驚怵的鮮紅，使他渾身泛起一陣涼意，索索落落的滾鞍下馬，仰臉躺著，閉上眼喘息，那張臉失了血，黃得像一張金紙。

「大爺，大爺，你這是怎麼了？」活馬三一見染血的手絹，心裏也著了慌，急切的扳著他的肩膀問說：「好好端端，怎會忽然吐起血來的？要不要替你找個大夫來瞧看瞧看？」

「不用了。」小敗壞有氣無力的說：「我只是略覺有些倦的慌，讓我這樣閉著眼躺一會就會好的。」

他像一塊冷石般的僵臥著，嘴裏漾著吐血後那股子異樣的腥甜，燈光在他眼皮上閃跳，無數帶著幻彩的花針刺戳著他，使他無法安靜下來。……我孫小敗壞這是玩得太大了，他自己默對自己說：這樣大的排場，我簡直有些應付不來，還不如搞個三五十根槍小玩，反而痛快，這如今，人騎在老虎背上下不來，非得豁著命苦苦撐持下去不可，若不是這樣，怎會弄得自己吐血來著？鄉野上有這麼一種傳言，說是年不過半百，嘔血見紅，充其量也不過有三兩年可活，孫小敗壞一想到這個，眼角就滾出兩滴淚來，能不能活到三兩年，還在未定之天？人爲一輩子，就這麼匆匆促促當掉，未免太那個了……。

狗熊兮兮的流了一陣淚，嘆了幾口氣，忽然又轉了念頭，橫直自己活不久了，爲什麼讓旁人痛快的活著？尤獨是胡三那傢伙，絕不能讓他死在自己後面。

發現他自己吐血見紅，孫小敗壞變得異常暴戾，他躺在病床上，還擂著床沿發脾氣，叫人把朱三麻子、葉大個兒找的來商議事情。

「我說老大，如今您病了下來，還是安心調養最爲要緊，」葉大個兒說：「無拘什麼事，都不妨朝旁邊擱一擱，等到您身子硬棒了再辦也不遲。」

「我要是能安得下心，也不至於憂急得吐血了，」孫小敗壞說：「你們想沒想過，咱們前有喬恩貴和趙澤民那幫人，後有胡三和蘇大嚼巴，兩面火烤，早晚會把咱們烤得頭焦額爛，咱們若不抓住機會，先整倒一頭，日後死了，連棺材都沒得睡的。」

「董四寡婦也不夠意思，」葉大個兒說：「上一回，她不是跟您談過條件，由她找人去整倒胡三胡四的麼？……如今她的煙館早已在各處開了張，但她說的話並沒兌現，……她手下的尤暴牙，老實說，膽子太小了，辦起事來顧慮太多。」

「話也不能這麼說，」小敗壞輕輕咯著：「胡三本人的心思密，疑慮多，下他的手，原就要比胡四難得多，我上回差出去的人，不就栽在他的手上了嗎？我想，你們不妨暗暗的走一趟下沙河，找尤暴牙連絡連絡，還是催他想法子辦這件事，尤暴牙若有難處，只要咱們能幫得上忙的，咱們自然會幫他。」

「這事不難，」朱三麻子說：「我的防地，跟尤暴牙的緝私大隊搭界，跨過黑溝子，就是下沙河，我明天就過去，跟他合計合計……。」

「如今我的身子單薄，」小敗壞說：「只能躺在床上，等著聽你們的消息了！辦妥這種事，咱們去掉後顧之憂，才好全心全意對付西邊。」

孫小敗壞雖然病著，對於計算人的事，卻無時無刻不在挖空腦子反覆盤算，他找那位時醫張一帖來替他治病，張一帖說他酒色過度，腦筋動得太多，虧耗狠了，要補，方子開出來，脫不了又是十全大補，而小敗壞天生不是安分的，補了又耗，耗了再補，剛剛入冬，人已經黃瘦得連衣裳全撐不起來啦。

不過，他計算胡三的事，由朱三麻子、葉大個兒和尤暴牙三個合謀，倒是辦得很順當，朱三麻子跑來告訴他，尤暴牙所拿的主意，網是張密了，就等著胡三落進網子裏來，要死的有死的，要活的有活的。

「好！」小敗壞嘴角朝上一翹說：「當然，能把他活活捉的來，讓我親手做掉他更好。」

入冬時，天落著寒霏霏的牛毛雨，駐屯上沙河的胡三，接到緝私大隊尤暴牙的帖子，請他到下沙河鎮的炮樓去喝酒打牌消磨夜晚；胡三也過得很糜爛，放蕩形骸放蕩得久了，心裏總是梗著一股煩膩和悶鬱，覺得若干失去新鮮感覺的事情，都沒有味道，與其一個人悶守在上沙河，還不如到尤暴牙那裏去聊聊天，舒解舒解。

胡三儘管沒把尤暴牙當成外人看，但他習慣對任何人都存著些疑慮，因此，他出門時，帶有五六個揹匣槍的隨從，每人都騎著健騾和小馬。

到了下沙河，尤暴牙把他當成上司接待，兩人談心賠話時，很自然的，便談到佔據蒿蘆集的孫小敗壞的頭上，胡三對孫小敗壞自封三齊王頗為光火，他以諷嘲的口氣評論這事說：

「他把人槍自行擴編成五個團有什麼用？他自己脫不了還是一個團長，上頭並沒給他新的名目。他買了顆星掛上，自稱是什麼將，嘿嘿，他是豆瓣醬生蛆，一缸子臭爛貨色。」

「其實，小敗壞目前處境也夠慘的，」尤暴牙說：「趙岫谷那幫人退離蒿蘆集，讓孫小敗壞去佔那個空集鎮，可說是別有用心，單就表面看，沒耳朵的好像很騷狂得意，但對方並沒損耗一卒一彈，隨時會趁虛捲過來。鬼子看著他手裏握有些人槍，就一直把他擠在腳下當墊背的，這回他擴編，完全因為他心虛膽怯，想用虛張聲勢的方法，嚇阻趙岫谷，讓他們不敢輕易回來。」

「那才是騙鬼的把戲呢，」胡三冷哼一聲：「我當初跟沒耳朵的在一道兒混，他那尾巴上有幾根毛，我全數過了，扣去張得廣的一股，就是把筱應龍、金幹、朱三麻子、葉大個兒和夏皋各股人槍都給算上，連一個團都很勉強，他能騙得過誰？」

「這年頭，哪能講究那麼多？大夥兒還不都是一樣，要個場面。」尤暴牙說：「無論如何，他那五股頭，強過咱們三股頭是事實，如今，朱三麻子駐屯黑溝子，金家老莊、紀家賭場原先屬於金幹的地盤，仍然在他們手裏，我駐下沙河，只有把頭縮著，連鎮郊都不敢邁步，這種窩囊氣，我受的最多。」

「當然嘍，咱們如今力不如人，不能不暫時忍著點兒，」胡三說：「咱們得積極乎的召兵募勇，搜購械彈，先把實力弄強，就有姓孫的好看了！」

倆人喝上了酒，話就說得更多，胡三帶來的那幾個隨從，也都在外間喝得有幾分薄醉了。天過三更，胡三才吩咐牽馬回上沙河去。

自打孫小敗壞佔據蒿蘆集，上下沙河之間一直平靜無事，游擊隊從沒再出現過，按理說，胡三走夜路回上沙河不會出事，何況他帶有五六枝匣槍護駕。誰知他們剛出下沙河兩里地，就遇上了鬼，一群穿黑衣的傢伙，埋伏在公路兩邊的草溝裏，趁胡三這夥人不備，一窩蜂逼了上來，使胡三和那些隨從連拔槍的機會都沒有，也沒弄清是怎麼一回事，腰眼的匣槍便被人繳掉了！

「這怕是誤會，」胡三情急說：「我是駐上沙河的胡團長，大夥都是自己人。」

「誰跟你是自己人？」一個傢伙冷冷吐話：「咱們是來追魂索命的！」

胡三這夥人，在寒雨霏霏的夜暗中，叫人用麻繩捆上了，離開官道，斜向西南走，走到一座亂墳崗子附近，那個帶頭的傢伙又放話說：

「只把姓胡的帶走，其餘幾個，都替我放倒，留在這兒餵狗算了！」

胡三的那幾個隨從一聽，嗡的一聲，大魂直從頭頂上朝外冒，有一個跪倒在草地上想哀求饒命，話還沒有脫口，背上就挨了一刺刀，叫了半聲哎！緊接著，幾把刺刀挺上來，七戳八戳，眨眼工夫，幾個隨從全被放倒！

胡三的頸上套著一個繩圈兒，被人像牽狗似的牽著走，雨，黏黏答答的落著，腳底下沒高沒低，有些爛泥滑塌，天黑得像漆刷似的，胡三也弄不清押著他的有多少人？但他朦朧的覺出苗頭不對，對方一開頭就把自己的隨從全都放倒，這明明是翦除活口的做法，這些人若跟自己沒有宿怨，絕不會下這種狠招兒，那麼，這是誰呢？……當他想到極可能是沒耳朵的時候，他渾身的血都涼了。

這不正是繞過金家老莊，朝黑溝子南邊去的路麼？

一群人端著槍，在他前後踩荒走，有人咳嗆著，有人擦火點煙，煙頭火不時閃著暗紅的亮光。

人就是這樣，胡三覺得自己這條命十有八九保不住了，明知無望也得試一試。他一面走，一面顫聲的跟走在他身邊的一個說：

「朋友，你們究竟是哪一條道兒的？跟我胡三有什麼大不了的過節，求求你說個明白，我就是死呢，也不要做個糊塗鬼。」

「老劉，你就跟他打開天窗說亮話罷，」後面的一個說：「已經到了這兒，還怕他跑掉不成？」

「其實也用不著瞞你，胡三爺。」那個叫老劉的說：「咱們是跟葉大爺混的人，葉大爺差咱們來的。」

「你是說葉大個兒？」

「哪還有旁人？」老劉嘿嘿的乾笑兩聲。

「人真難說，」胡三感慨起來：「想當初，我對他姓葉的不薄，他哪回去野鋪，我不是好酒好肉的招待他？咱們兩次磕頭拜把子，點過紅燭，折過鞋底，許過有福同享，有難同當的，誰想到我這條命會送在他的手裏？」

「說來你也怨不了葉大爺，收拾你，全是孫頭兒的意思，咱們全捧他的飯碗，不能不委屈你到蒿蘆集去一趟，有什麼話，你跟孫老大說去。」

胡三儘管咬著牙齒，上下兩排牙還是敲得格格響，他疑惑的沒錯，果真是孫小敗壞差來的人，自己這一去蒿蘆集，好比到了酆都城，哪還會留得下命來？……他想了一想說：

「我求諸位朋友，網開一面放了我，你們要多少錢，我給你們弄多少錢，你們沒想想，你們跟孫小敗壞混世，早晚會跟老中央的游擊隊碰上頭，一樣是槍子兒呼呼的走險賣命，小敗壞他能賞給你們多少？說真話，你們只要肯放我，我絕不拿那些儲備券搪塞，你們要黃的有黃的，要白的有白的，發一票，夠你們花用一輩子，你們開小差不幹了，只要有錢，哪兒添不得人？」

「嗯，胡三爺說的是光棍話，很夠意思。」那個姓劉的說：「我倒不是不願意放您，只是怕太擔風險，孫老大的人手槍枝儘管沒法子奈何趙岫谷，若說要咱們這幾條小命，還像殺雞似的方便，一旦消息走漏，咱們可是圖了錢，賠了命，划不來呀！」

胡三一聽姓劉的口風，似乎有轉圜的餘地了，立即加上了幾句說：

「這很容易，你們不妨暫時把我窩藏在一個地方，就算是當押頭，你們收錢放人，絕不會落空，今夜你們回去，先告訴葉大個兒，就說我胡三當場跑掉了，不成嗎？抓人沒抓著，這也是常有的。」

姓劉的沉吟著隔一歇，低聲的說：

「這話，我一時還不敢說定，等歇巴上莊子，我再跟幾個人商讓商議，我不是說過了麼？——只要是能幫得上的忙，咱們不會不幫的。」

「你們點根煙給我啣著行不行？」胡三說：「我飯後沒躺大煙鋪，如今渾身骨節全像散掉一樣的難過，實在挨不動了。」

人說：有錢能使鬼推磨，胡三爲了想買命，把黃的白的允出口，姓劉的立時就變得軟活起來，他劃火點燃一根煙，給胡三啣上，又叫人替他的綁繩弄鬆了一點，儘管這樣，胡三那顆心還是忐忑不安，他不曉得姓劉的對這事能作幾分主？他們究竟是怎樣商議法？結果又會怎樣？

寒雨把他一身的衣服都淋濕了。天到三更了，寒雞啼得早，一聲聲尖亢的雞啼聲，利刃似的戳著人心，……想到晚飯時還是尤暴牙的座上客，轉眼卻變成這些傢伙手裏的囚犯，真是此一時也，彼一時也，使他有陷進噩夢的感覺，拚命想掙脫出去，又使不上勁，發不得力，只好忍著熬著，聽憑他們擺佈，等機會再說。

不久，他們巴上了一個小村子，姓劉的叫兩根槍，把胡三押到另外一間屋去，他們便圍聚在一堆商議起來，有人說：

「咱們走投無路，弄根槍，跟葉大個兒出來混世，吃沒吃著雞魚肉蛋，穿沒穿著綾羅綢緞，咱們是沙灰地上的螞蚱，──蹦不高的蟲子，蹚鬼子這汪渾水，儘幹昧心事，心肝五臟全燻黑了，何在乎多幹這一遭，先它娘撈它一票再說罷！」

「我就是這樣想，才歇下腳找各位商議的。」姓劉的是葉大個兒手下的分隊長，也是這群人的頭兒，他說：「橫豎這年頭誰都沒道理好講，沒耳朵的躲在蒿蘆集樂他的，從沒正眼瞧過咱們一眼，他說胡三背叛他，拐了他的姘頭萬大奶子，該死，他自己怎樣呢？他霸佔胡三的老婆，又買人打死胡四，該不該死呢？總而言之，沒有一個是好果子，咱們何必放著錢不拿，讓小敗壞開心？」

「對，」另一個拍響巴掌說：「歪×遇上漏馬桶，咱們來它一個兩面放水，只撈乾的，──盡是黃貨（雙關語，一指糞，一指黃金）！」

「你們先它娘甭吱著牙樂乎！」姓劉的分隊長說：「黃貨固然洗心亮眼，可也不是好拿的，咱們既然幹這事，就得封嚴嘴巴，不透露半點風聲，先瞞過葉大個兒，等咱們一拿到胡三的錢，就來它個溜營開差，各自到鄰縣避風頭去！」

看在黃金的份上，事情就這麼定了。大夥兒議妥說法，決計先瞞過葉大個兒，他若問起當夜截人的情形，就說是天雨路滑，又暗得緊，響槍截住了胡三的幾個隨從，奪了幾支匣槍，但胡三刁滑，趁夜暗開溜掉了。盤口是姓劉的跟胡三開出的，一共十七個人，每人一根大條子，另加一百塊銀洋，算是開差的路費。

「行行行！」胡三一口承應說：「雖說這是一筆大數目，我還勉強湊得起來。」

「三爺，這筆款子，咱們是怎麼個拿法？」姓劉的說：「咱們不是信不過您，我那些弟兄，為了貪這筆錢才願冒這個險，他們是不見兔子不撒鷹的。」

「不錯！」胡三說：「這是老規矩，我在這兒寫個親筆條子給你，你找人拿到上沙河，去見我的軍需唐照安，告訴他，胡三爺遇著點兒小麻煩，需得一筆錢，這筆錢不用他另外籌備，我的床肚底下有塊活板，下面有個暗窖子，裏頭放的有。」

「好！」姓劉的笑說：「三爺真是爽快人，不過，在咱們錢沒到手之前，你得權且委屈幾天，咱們找個地方讓你待著就是了。」

攔截胡三這宗事情，很快就傳遍了西鄉，姓劉的悄悄報告葉大個兒，說是事情辦得並沒有想像的那樣順當；葉大個兒聽說雖沒抓著胡三，但也截下他的隨從，得到五支匣槍，等於拔掉胡三翅膀上的幾根大毛，一高興，立即把這事當面告訴在病榻上躺著的孫小敗壞，沒耳朵孫並沒再追究，點頭說：

「很好，這回算他小子走運，沒攫著他，但早晚之間，我還會親自剝掉他的皮的。」

骨子裏的這些過節，外人並不曉得，四鄉百姓只聽人傳講，說是駐屯上沙河汪僞軍的團長胡三，夜晚到下沙河尤暴牙的炮樓裏吃酒，半夜回去時，叫人打埋伏，把幾個隨從擄去，亂刀捅死在亂葬坑下，死屍沒人收埋，惹得野狗成群啃得稀花爛，胡三本人失了蹤，也不知叫人弄到哪兒去了。」

「這些當漢奸、扛洋槍的官土匪，落得這樣的下場，真是天報應，」有人感嘆說：「一個個路死路葬，溝死溝埋，翹著屁股啃青草不說，又都犯上了天狗星，連個整屍首都留不下，若不是造孽造多了，怎會這樣？」

「胡三這個該死的傢伙，叫人弄到哪兒去了呢？」

「嗨，你還怕他死不了？」有人說：「無論弄到哪兒，他也活不成啦！……這該是沒耳朵的那幫人的鏡子，很快就輪著他們的。」

也就在這種傳說紛紜的時刻，上沙河胡三手下的傢伙們，耳風也刮著了，楊志高立即代理了胡三的職位，召聚頭目們商議，有人認爲可能遇著了老中央的游擊隊，有人認爲可能是土字號的綁了肉票，楊志高想了又想，懷疑這事是孫小敗壞差人幹的，因爲這些時，沒耳朵孫的一系，始終跟張得廣這一系形同水火，積不相容，而無論在人槍發展上，氣勢上，孫系總壓住了張系，胡三雖說膽氣不夠，但他腦袋靈光，會拿主意，失掉胡三，張得廣這一系便有些張惶失措的混亂，日後對於孫小敗壞的張勢凌壓，便更難肆應了。

「咱們總得設法子派槍下鄉去找一找！」楊志高說：「也許胡三爺趁黑逃到那兒躲著也不一定。」

「我看不可能。」從三官廟得訊趕來的蘇大嚼巴說：「胡老三的隨從全叫人捅掉了，落他一個人，十有八九是落到沒耳朵孫的手裏去了！」

「人一落到對方掌心，你想沒耳朵的還會放他？」拄著拐杖的薛立說：「咱們只有乾著急的份兒！……老蘇說的不錯，胡三爺若真逃掉，不用咱們去找，他自己也該回來了！」

這邊正在商議，有人跑來報告，說是西鄉來了個穿便衣披雨簑的莊稼老土，手捏一封信，在外頭等著要見軍需唐大爺。據他說：信是胡三爺的親筆，指明要交給唐照安的。

楊志高一聽胡三有了下落，急說：

「有這等事？趕快傳他進來！」

隔不一會，崗哨把來人領進來了，來人問誰是唐軍需？把信先交給了唐照安，唐照安認明確是胡三的筆跡，立時傳遞給楊志高，楊志高看了信，問說：

「原來是你們窩住了胡團長，這是開盤子遞帖子來了？敢問你們是哪條道上的？」

「這話不方便說，」來人說：「胡三爺他自願賞咱們一筆，咱們才願冒著極大的風險救他，這跟綁票不一樣，咱們上頭還有人，咱們只是端人飯碗的，……胡三爺說，錢是現成的，在他床肚下面地窖裏，見錢放人，絕不讓他多受一天委屈。」

「好！」楊志高說：「我請唐軍需立即把錢備妥，不過，得先請問一下，這些錢該送到哪兒？……咱們總得要人貨兩訖才成！」

「這樣好了！」來人說：「你們不妨派幾根槍，用牲口把這批硬貨馱運到金家老莊東面的大白果樹底下，咱們也把胡三爺帶過去，隔天夜晚三更天，舉燈籠爲號，來一個交換，話先說明，你們若是耍花樣，咱們就伸槍把胡三爺撂倒，白送你們一具屍首。」

「你放心。」楊志高笑說：「咱們還得花錢買棺材裝殮呢，你要會算這筆帳，就知咱們不會耍花樣了。」

話是這麼說，其實，楊志高心裏真有三分不願意贖回胡三，他早年混世，也曾獨當一面，有槍枝，有地盤，沒想到到頭來叫死鬼小禿子搗散了，弄得寄人籬下，去依附張得廣，如今在張得廣這一系裏，雖說混成了大隊長，但仍端的是胡三的飯碗。

拿自己跟胡三相比，在黑道上闖蕩的經歷、名望，自己全在胡三之上多多，胡三若是不在位，自己就成了一團之長，至少能紮下根鬚，自求發展，和蘇大嚼巴分庭抗禮了，不過，難就難在如今沒耳朵孫的勢大，張得廣這一系正在受逼的時辰，缺了胡三這個智多星，自己承認對付不了孫小敗壞，依目前之計，只有委屈一時，把胡三贖回來，讓他挑一陣沉重的擔子再說。

來人走後，楊志高就把贖人的事安排妥當了；他讓軍需唐照安準備幾匹牲口，一匹馱著金條和銀洋，一匹準備留給胡三騎乘，另外派了一個班，大約八九桿槍，跟唐照安一道兒下鄉，按照雙方約妥的時辰，先至金家老莊東面的大白果樹底下等著贖人。

唐照安到了大白果樹，等著二更尾，果然看見西邊墳頭上，有人用燈籠上下移動打信號，他用同樣的信號回應，那邊的人就朝東移了過來。

雙方人貨交換的事，辦得很順當，胡三確是活胡三，人也沒見瘦，只不知這幾天裏窩在哪個黑角落裏，沒能讓他抽鴉片過癮，對方把他牽過來，他渾身的骨骼像鬆散了似的，根本無法挪步，必得要兩個人，一左一右的雙架著他的胳膊，等於抬才把他抬至交換的現場。

在燈籠底下仔細看過去，胡三那張蒼白虛浮的臉有些發泡，眼鼻涕一把，加上不斷的呵欠，簡直像死了親娘老子似的，一見著唐照安，就喊說：

「老唐，快把錢點交給他們，扶我回去，讓我多吸幾個泡子，熬癮的滋味，比它娘死還難受！」

雙方把錢也點了，人也接了，正待分開，黑壓壓的一股子隊伍漫野開了上來，唐照安和那個劉分隊長被自己的燈籠兒照花了眼，望不清黑裏究竟有多少人，但黑裏的人望他們卻望得很清楚。

「口令！」唐照安想用喊叫來壯膽子：「你們是什麼番號？哪兒來的？」

「嘿，遇得真巧！」雙方相距還有十幾步地，對方的機槍拉得響響的：「咱們是游擊第二支隊，你們這些龜孫二黃，半夜裏下鄉游魂，算是遇上無常老爺了！交槍！」

就只這一聲簡單的呼吼，唐和劉的手下全掉了魂，紛紛把槍枝扔到地上去，所有的膝蓋都跟熬癮的胡三一樣虛軟，人跪下去，把兩手抱在後腦殼上，動作之整齊劃一，好像平時就訓練有素似的。

「你們是哪兒的？」一個聲音問說。

「我們是跟沒耳朵的幹事的，」姓劉的戰戰兢兢的說：「沒耳朵的捉著了胡三，咱們向他索款放人……不是綁票，老爺！是想弄幾個錢，開差不幹了！」

「你們呢？」聲音轉朝另一邊。

「我叫唐照安，是胡團的軍需，是，是來贖胡三的，」唐照安打著牙齒，格格作聲的說。

「好！」那聲音說：「遇著胡三這條大黑狗，可真沒想到？我說，胡三，你這些時在鬼子那兒飛黃騰達，從局長幹到團長，諒必不認得我了罷？」

胡三癱坐在地上，就著燈籠光再一看，那張臉更嚇得不見一絲血色，他一眼就認出，那原是蒿蘆集的鄉團長趙澤民，他那張黑臉，在燈籠的碎光裏發亮，看來極像是五殿閻羅一樣的威嚴可怖。

「趙大爺，」胡三哀聲求告說：「求你饒命，求你饒命，我只是一時糊塗，受了沒耳朵的拖累，才蹚了這趟渾水的。」

「我可惜作不了這個主，」趙澤民說：「你等見著趙岫老再說罷。……來人，把他捆到牲口上面去，其餘的，暫時押著當工伕，替咱們刨電桿，挖毀公路！」

胡三打從跟孫小敗壞抗風分散以來，就沒再見過蒿蘆集上的老鄉團，城裏已是鬼子的天下，至少在表面上，給人那樣的感覺，那使他以爲老中央的鄉團，早已在鬼子掃蕩中潰散了，如今再一看，趙澤民領著的游擊第二支隊，一律穿著整齊的灰色棉軍裝，槍枝配備，更是出乎他想像的精良，這業已不再是一支地方團隊，而是久經訓練的游擊精兵，他們在暗夜裏，無聲無息的朝前進行著。……他埋怨著他的運氣怎麼這樣不好？剛剛脫出孫小敗壞的虎口，又落到趙黑頭的手掌心裏來了，不過，他以爲這總比落到孫小敗壞手上要強些，他曉得趙岫谷趙老太爺爲人寬厚慈和，他只要叩頭流血，聲稱悔過，也許就能留得下這條命來。

他被人捆在牲口背上，煙癮的發作使他昏昏沉沉的，無法仔細盤算，只好橫下心，暫作聽天由命的打算。隊伍在他附近朝前進行著，越過荒田，穿過墳塚，到公路附近停歇下來。

「弟兄們，」趙澤民對集結的隊伍說：「咱們要在天亮之前，挖斷這條鬼子修築的公路，從三官廟到上沙河之間，要徹底破壞，除了路面挖溝，更要使用大量炸藥，務使鬼子無法通車，六大隊負責鋸電桿、剪電線，使上下沙河和蒿蘆集上的二黃，和縣城裏斷絕一切連絡，這個冬天，咱們要先把分駐四鄉的二黃打垮掉！」

一聲令下，二支隊立即分別行動起來。他們趁黑猛撲三官廟，困住蘇大嚼巴，一面利用炸藥，炸掉三官廟以北，連接公路的五座橋樑——兩座石橋和三座木橋。蘇大嚼巴那個團，一聽說是中央游擊隊開來打突擊，死死的龜伏在堡裏不敢動彈，饒是這樣，二支隊的一個大隊的進攻，也幾乎把張得廣這支殘部壓垮，到了四更天，游擊隊解決了三官廟西邊的一座角堡，俘擄了蘇大嚼巴的手下七十多人。

這是游擊隊撤離蒿蘆集以來，頭一次猛烈的進襲，他們只費了半夜功夫，便把三官廟以北的公路完全切斷了，他們做得那樣徹底，十多里的路面被挖掘得柔腸寸斷，路旁不留一寸電線和一支電桿，在這之前，鬼子和二黃聯手建立的虛有其表的封鎖線，整個被衝豁了口，使孫小敗壞、尤暴牙和胡三的隊伍，陷在深深的泥淖裏面，難以自拔，——這是岳秀峰連長所設計的冬季攻勢的前奏。

胡三被捆在牲口背上，不但手腳麻木，連心也變得麻木了，他所渴切盼望的，只是躺在鋪上先吸幾個煙泡子，若沒有煙泡可吸，弄幾粒乾煙丸兒吞下去也好。

過度熬癮的結果，使他變成半虛脫狀態，兩眼淚糊糊的乾睜著，他所見的世界，已成爲一片隔著什麼似的、一些活動的，朦朧的幻影。

天初初放亮時，趙澤民的第二支隊開始西撤了。胡三看見葉大個兒手下那個姓劉的分隊長和軍需唐照安捆在一起，那匹馱著滿囊金條和現洋的騾子，自由自在的走在他們的後頭，一看到那些贖身的款子，胡三的心裏便像驢踢似的難受起來，這筆錢，原是自己費盡心機搜刮來的，如今白白丟掉不說，自己還像一塊落在砧板上的肉，會被人剁成什麼樣子？一點兒也不知道。

隊伍扯西向南，繞過蒿蘆集孫小敗壞的防區，再向西開拔，正經過胡家野鋪南邊不遠的地方，這一帶地方，原是胡三兒時嬉遊的舊地，如今看來，卻像隔世一般的生疏，他只想起跟孫小敗壞在那夜做的案子，心裏虛怯，充滿驚怖……也許真的是叫陰魂纏住腿了，要不然，怎會被趙黑子碰上？

隊伍繼續西開，太陽升起來的時候，胡三已經眼白朝上翻，迷迷糊糊的暈過去了……。

天氣越來越加寒冷，躺在病床上的孫小敗壞，一顆心也跟天氣一樣的寒冷。公路被破壞掉了，電訊也被切斷了，通往縣城這一路的情況撲朔迷離。他聽人說起胡三失蹤的事，葉大個兒也來報告，說是他部下的一個分隊也很離奇的失了蹤，極可能被游擊隊擄去了，當然，也許是開差溜號，——這是很平常的事情。孫小敗壞對手下的失蹤，倒順手擱在一邊，沒加理會，對胡三失蹤，由楊志高代理的事，卻極感興趣。

「胡三這個雜種，好好的會跑到哪兒去呢？」他跟葉大個兒和朱三麻子研究著：「會不會在那夜逃遁時，被亂槍蓋倒，躺到哪個草溝裏去了？」

「有一點倒是很奇怪，」葉大個兒說：「世上事怎麼那麼湊巧？……我手下失蹤的那個分隊，正是我當初派出去截擊胡三的那個分隊，這裏頭不知是不是會另有文章？」

「那就暫時不管它了！」孫小敗壞說：「胡三是會動小腦筋的人物，在張得廣那一系裏，如今他是個頭兒，張系裏去了他，群龍無首，其餘的那幾個，根本不在我的眼下，只要咱們發發力，就能把他們拆散掉。」

「趙岫谷那夥陰魂不散的傢伙，才夠人煩的。」朱三麻子陰惻惻的說：「咱們目前先用不著計算蘇胡兩個團，得商量商量對付喬恩貴和趙澤民的辦法。我當初原以爲他們不會再回來的。」

「你的駐地靠東邊些，老葉。」孫小敗壞跟葉大個兒說：「據你所知，公路情形怎麼樣？」

「這個，我也弄不甚清楚？」葉大個兒說：「不過，我聽東邊過來的人說：路面上左一道，右一道，全被挖成了壕溝，連被鋸斷的電桿木，也被四鄉百姓拖去當成劈柴燒了，看光景，開年前不會通了。」

「這得看佐佐木的反應如何了？」孫小敗壞沉重的說：「城裏的鬼子若不全力替咱們

撐腰，這一冬夠挨的！據我看，佐佐木除掉擂桌子光火，他也拿不出什麼大辦法，——聽說城裏鬼子的駐軍，分批朝前線調撥。也已調撥出去兩三批了，佐佐木手裏的本錢不多，哪兒還能下得了大注？若是多個松下中隊駐屯上沙河，即使改不了局面，多少也能使咱們壯壯膽子，如今可真是怎麼辦是好?!」

「我看這樣罷，」朱三麻子說：「咱們與其困在這兒乾著急，不如派出一個探路隊，到東邊探看探看，把情形寫成報告，朝佐佐木那兒遞，他總不能不想法子，讓咱們久困在這兒?咱們何嘗不是他手上的籌碼?他再大方，也不會把咱們拿去白送人。」

爲了商議探路的事，孫小敗壞把筱應龍、金幹和夏皋全邀集到這裏來一同吃晚飯。天有起風訊的樣子，灰雲微泛紅彤色，風勢也逐漸猛勁起來。孫小敗壞著人把酒席設在花廳裏，屋裏升了一大盆炭火，他披上新做的棉大衣，由兩個衛士攙扶著，勉強起床去會晤他這夥把兄弟，他在外表上顯得很鎮靜，其實心裏早已懷著駭懼。去年整整一個冬季，喬恩貴他們不斷的攻襲松下中隊，已使他感覺中央游擊隊極難應付，那時游擊隊主要攻襲的對象是鬼子，如今，松下中隊撤離，近百里方圓的這塊地方，只有自己號稱五個團，實際只是一個團的兵力，外加由楊志高代領的胡三那個團，蘇大嚼巴一個團和尤暴牙一個大隊，至於毛陶兒手裏的一些槍，和各鄉新組的鄉隊的槍枝，連自保都談不上，根本派不上用場。俗說：明槍易躲，暗箭難防，自己這點單薄的實力，連明槍也躲不過，甭說暗箭了……這回，游擊隊出動主力，徹底破壞公路，明顯的看出他們的意圖，是想孤立汪政府的和平軍，然後發動冬季攻撲，把駐紮在三官廟以北的隊伍全給吃掉。這事包含的嚴重性，日夜追逼著他，使他不得不撐起身子，和這夥人聚商。

事實上，自打通往縣城的公路被切斷之後，孫小敗壞手下這夥人，沒有誰不是驚慌失措，日夜駭懼的，因爲趙岫谷率人退離蒿蘆集，已有將近一年的光景沒有再朝東攻撲過，大夥兒幾乎把他們忘到腦後去了，這回他們突然回來，一夜之間，把公路切斷，不但聲勢浩大，那種莫測高深的神秘性更爲駭人，蒿蘆集再朝西，近湖的地面是廣大荒涼的，西邊和東邊因爲是封鎖的緣故，一般百姓都不願意冒險越界，誰也不曉得蒿蘆集原先那股由喬恩貴所率的鄉團如今怎樣了？朱三麻子領著人槍西進二三十里沒見著人，就自以爲那幫人業已星散，如今又該怎麼說呢？那些人是怎麼擴充？怎麼編練的？始終是個沒解破的謎。早先有駐屯上沙河的鬼子松下中隊壯膽，還不覺得怎麼樣，如今，駐紮縣城的佐佐木所部，遠水救不了近火，一切全要靠自己來撐持，一想著這個，個個的脊背都有些發麻，所以，踏進花廳後，每人都只點點頭，嘴上像掛鎖鎖住似的說不出什麼來，因而，氣氛也就跟著陰冷了。

「天怕要落雪了。」還是夏皋打著呵欠，先說了這麼一句，不痛不癢的。大夥兒這才抬起臉，望著玻璃隔扇外面，暮色深濃的天空，和一片荒蕪的庭園。

「有人去請毛所長了沒有？」筱應龍說：「他的腦筋靈活，會拿主意，他是該來的。」

「去過了。」孫小敗壞的副官說：「他說他要晚一會兒才能過來。」

天，很快就昏暝下來了，風把廊簷下的那盞馬燈吹得搖來晃去，微微打著旋轉；毛陶兒沒來，孫小敗壞已經先過來了，被扶到背椅上坐著，噓噓喘息一陣說：

「今晚，我找諸位來的來意，你們都清楚，說旁的沒有用，只有先商量出個主意來才是真的，咱們不能垮，不能塌，豁命也得把局面撐住，要不然，大夥都它媽沒的混，說不定一個坑埋。」

坐在火盆邊的筱應龍、金幹、夏臯、朱三麻子和葉大個兒五個，原就惴惴不安，孫小敗壞這樣一說，他們的臉色便更爲凝重起來。葉大個兒就著火烤手，附和說：

「老大先找我和朱老三商量過，他說的沒錯，如今佐佐木不再是當年的佐佐木，他手邊打不出幾張牌來了，公路被切斷的消息，只怕早進了他的耳，過去這許多天，他竟連一點動靜也沒有？咱們再不拿妥主意，只有等著人頭落地，我看。」

「這話也未免說得過早了些。」金幹說：「對方的槍枝難道是公的，咱們的槍枝是母的？——打不響！」

「誰說你的槍打不響來？」葉大個兒立時用話撞了回去：「去年秋天，你在金家老莊就試驗過了。」

「兩位先甭爭這些，傷了做弟兄的和氣。」朱三麻子說：「如今公路切斷，總對咱們不利，這可是不爭的事實，老大要派探路隊出去，先試著把這條路打通，再到縣城去，催請佐佐木儘量想法子，即使一時通不了車，電話線也得重新架設起來。」

「嗨，」筱應龍嘆口氣說：「這些表面文章，做了也沒有用處的。你們沒想想，游擊隊既能在一夜之間把公路毀成那樣，足見他們人手很多，你修，他挖，修了也是白修，尤獨是電桿和電線，咱們無法派人日夜看守，對方攻撲咱們之前，一定會剪斷的，依我看，仍得請人說項，懇求佐佐木抽調鬼子部隊進駐蒿蘆集，——至少可以短期駐紮，駐過一冬天，等情勢穩住了再調走也成。」

幾個人正在談說著，外頭有人報說毛陶毛所長來了，沒等人說請，毛陶兒就掀簾子進屋，跟大夥兒打過招呼，拖張椅子坐了下來。

「事情不好弄！」他喘得像剛離了水的魚：「剛剛我得著消息，說是游擊隊在四鄉到處張佈告，指明要在這個冬季消滅孫老大，佈告由趙岫谷和一個叫鄭強的出名，聽說那個姓鄭的，就是老中央留下的軍官，另外我還探聽到，他們原編兩個支隊，如今擴編成三個支隊，外加好幾個獨立大隊，……這兒有張表，諸位可以瞧瞧。」

他說著，躬身把那張表遞到孫小敗壞手上。

「嗯，」沒耳朵孫兩眼直直的望著盆裏的火焰，彷彿在想著什麼？過半晌，鬱鬱的說：「這是想得到的，咱們在擴充，對方當然更會擴充，我擔心的，倒不在於他們的番號，而是他們的實力究竟如何？」

「旁的單位，一時還弄不清楚，單是前些時過來破壞公路的第二支隊趙澤民那一股來講，少說也有近千人，七八百條槍。」

「消息確實嗎？」孫小敗壞白著臉說。

「當然確實。」毛陶兒說：「田糧徵收處田步滿有個手下，家在南鄉，他老婆生孩子，他請假回去看望，那夜，趙澤民的二支隊就經過他的莊口，當時他穿著便裝，沒人認出他是咱們的人，這話是他回來報告的。」

「老大，」葉大個兒說：「這消息若是真的，咱們就更難過關了，一個趙澤民的二支隊，幾乎抵得上咱們全部人馬，假如對方全體出動，咱們哪還能守得住蒿蘆集？怕只有拔腿開溜的份兒了！」

「對方勢大是事實，」沒耳朵孫說：「不然，咱們何必皺著眉毛在這兒苦想辦法？」他說著，把臉掉向毛陶兒說：「毛兄弟，咱們正商議著派出探路隊，和進縣城請求佐佐木大佐發兵進駐蒿蘆集的事，照目前情勢，佐佐木也是頭焦額爛，也許有心無力，你有什麼可行的辦法好拿，不妨說來聽聽。」

「老大說的是，」毛陶兒歪起嘴來說：「如今情勢急迫，光靠一紙公文，是催不動佐佐木的，兄弟極願意跟著探路隊進城，找陸翻譯幫這個忙。」

「對啊！」朱三麻子一巴掌拍在大腿上：「陸翻譯若肯幫忙，把這邊的情形說得嚴重，佐佐木即使手裏沒有好張子，也非得出牌不可了！」

毛陶兒肯進城去找陸小霸幫忙，大夥兒全無意見，至於探路隊，決定由筱應龍派出張老虎大隊，一面探視公路沿線的情形，一面護送毛陶兒通過三官廟。爲防游擊隊趁著風雪季突擊，孫小敗壞打定主意，把原先分駐在蒿蘆集四圍的各股人，全調聚到集鎮裏面來集中，筱、金、夏、葉四部分守四門，朱三麻子一股護守他的司令部。

吃完晚飯，他們就散了。

探路隊在第二天出動，隨隊出發的毛陶兒徵了幾輛牛車，來載運他的行李，看樣子，他是有意回縣城避難，連他所帶的女人也都用牛車載走了。

雪，終於在當天傍晚就落了下來……。

天開始落雪的時刻，胡三仍被囚在湖邊一塊台地上所築的草屋裏。他自被俘後，就沒得到一口鴉片吸食，他在路上暈厥過去，被人用冷水潑醒，再暈，再潑，一天裏面，反來覆去好幾遭，等到一陣煙癮發作過去，人倒變得清醒些了，只是滿腦子空空的，兩眼呆滯無神，渾身軟塌塌的打不起精神罷了。

經過兩天的行程，使他發現這塊濱湖的游擊區，處處都在設防，野塚間，野林裏，叉路口，草溝頭，遠看不見房屋和人煙，近看都是蜂巢似的連鎖著的伏地堡，隱約閃露出槍管的寒光，甭說旁的隊伍了，就是這支由趙澤民領著的隊伍，無論是精神、動作，和森然的紀律也一點兒都不含糊，看到他們，胡三不禁想起當年老中央的正規隊伍，這支隊伍，哪像是由鄉團鄉隊混編成的？簡直就是老中央那些大軍樑子的化身。

他們繼續朝前走，一隊一隊的分散開去，最後一股人押著俘虜，開到一座台地上的寨子裏，那是他唯一見著的有房屋的地方，估量著，這就是游擊隊的指揮部了，趙澤民下令把俘虜大都開釋掉，只留下胡三、姓唐的軍需和姓劉的分隊長三個，姓唐的和姓劉的合囚在一處，胡三被單獨囚在一間草屋裏面。

趙澤民來看他，胡三哭得一臉鼻涕眼淚，像抹了一臉的糖稀（即麥芽糖膏的俗稱），他跪在趙澤民面前，一面哭，一面叩頭如搗蒜，說了許多哀求饒命的話，趙澤民嘆了一口長長的氣說：

「胡三，咱們都是家鄉熟臉子，我心裏有話，不能不跟你說明；你弟兄們在南鄉開野鋪，做正經生意，原做得好好的，你不該交上孫小敗壞、朱三麻子、葉大個兒那幾個黑朋友，被他們拖下了水，濕了腳，落到如今這步田地，全是你自找的。」

「趙大爺，您說的一點兒也沒錯！」胡三說：「我早先雖有些小風流，可沒殺過人，放過火，犯過不得過身的大案子，全是孫小敗壞那個王八蛋坑害的。」

趙澤民苦寂的搖搖頭說：

「不管怎樣，你是咱們縣裏最早當上漢奸的頭目之一，漢奸這個罪名，你就傾盡黃河的水，也難洗得脫了，你叛離小敗壞，去接警察局長，又改任汪政府的團長，這難道也是被拖累？被逼迫的？你的一雙手染滿血腥，早跟孫小敗壞一樣了！」

「我該死，一千一萬個該死，」胡三把前額碰地，碰得咚咚響說：「我後悔不及，只求趙大爺您開恩饒命，我來世變驢變馬報答您。」

「不成，」趙澤民說：「咱們這兒抓著漢奸頭目，並非亂砍亂殺，照例還得移送到上面去審理，我當不了這個家，也作不了這個主。你只好暫時在這兒蹲幾天，聽候上面提審！」

「您說的『上面』，是指趙岫老？」

「不錯。」趙澤民說：「不過，除了岫老之外，還有中央的特派員，還有咱們的司令——黃先生，他們絕不會無故冤你就是了！」

胡三白著臉聽著，別無二話好說，當趙澤民轉身離去時，他提出一個很滑稽的請求，那就是生死丟在一邊，可以，但他受不住煙癮發作的痛苦，哀告趙澤民替他弄套煙具和一些煙土，使他有鴉片可吸。對他這個請求，趙澤民也表示愛莫能助，因為在近湖地帶的新游擊區，禁煙令高懸，根本沒人吸食鴉片。

他被囚在那座草屋裏，手和腳都沒上綁，即使門口沒設崗，他也無法逃走，熬癮把他熬成了廢人，站都站不起，偶爾勉強振作，還能在地上爬動，多數時辰，他只能躺在草鋪上哼哼，或是發出一些昏亂的咀咒。

落雪的那天夜晚，他被提押到另外一棟屋裏去，那屋裏懸著兩盞馬燈，在座的有三個人，他只認得趙岫老，另外兩個他不認識，不過，那個黃臉膛的漢子，面孔彷彿有些熟悉，又一時想不起在哪兒見過的了。

「拖條凳子，讓他坐下，」趙岫老說：「胡三，你還認得出我嗎？」

「認得認得，」胡三剛坐到凳子上，又離開凳面，在趙岫谷面前跪倒叩頭說：「您老人家，一向是菩薩心腸，您問什麼，我都直說，只求您高抬貴手，開恩饒命！」

趙岫谷搖搖頭：

「今夜晚，提審你的是游擊隊的黃司令，我跟潘特派員，只想跟你談談話，不作主張。」

「那就請黃司令饒我一命罷！」胡三說。

「你先甭一味的哀求，那是沒有用的，」白臉的黃司令說：「我問話不喜歡濫用刑具，但你得照實吐供，據我所知，前兩年秋天，四鄉鬧旱，有一支老中央的隊伍，從連雲港戰場上撤下來，那個連的連長，曾派出一班斥堠隊朝西探路，但那一班斥堠隊，一夜之間全都失蹤了，後來，我零星打聽出，是孫小敗壞糾合他的同夥，做下謀槍奪命的案子，今夜提審你，就是要問這宗案子，而你也是疑兇之一，你明白了罷？」

胡三一聽這話，嗡的一聲，大魂從頂樑上直飛出去，飄飄盪盪的停在半虛空裏。他做夢也沒想到，那夜幾個人幹的血案，仍會在幾年後被翻了出來。想想罷？當年由孫小敗壞領頭幹這案子時的幾個人數得出，只是孫小敗壞、朱三麻子，葉大個兒，自己和胡四，外加一個蕭石匠，這幾個人，已有兩個下了土，只餘孫小敗壞，朱三麻子、葉大個兒和自己四個人還活在世上，這四個人，誰會抖露這宗舊案呢？

「我在問你的話呢？胡三！」黃司令說：「告訴我，你們是怎麼動手的？」

「我聽不懂您說什麼？司令，我也沒做那宗案子，」胡三伏地帶著吹喇叭似的哭腔：「我是冤枉的，真的是冤枉的！」他這樣哀聲苦求著，一面暗暗的警告自己：胡三，你千萬不能承認參與這宗案子，自古以來，殺人者死，你一承認，這條命就丟定了！……好在四個人裏頭，只有自己一個人落網，案是老案，對方手裏握不著任何證據，自己一口咬定沒幹那宗事，對方除了刑迫，怕也沒有旁的法子。

「胡三，你真的沒幹，爲什麼葉大個兒會把這事牽扯到你的頭上？」黃司令雙手分撫著膝蓋，穩穩沉沉的說：「我曉得，孫小敗壞是這血案的主謀，你只是一個從兇，這宗案子我查探過，你想賴也賴不了的。」

「冤枉，冤枉！」胡三打定主意，硬賴到底，便直著喉嚨喊叫起來：「這種案子，我實不知情。」

「其實這是多餘的，」黃司令說：「案子就在你的野鋪裏做的，參與的其他人，有孫小敗壞、朱三痲子、葉大個兒、蕭石匠、你和你兄弟胡四，一共六個人，你們害了人，得了槍，把槍枝分別窖藏在地下，害怕蒿蘆集緝捕，才分途抗風走避的。你要見證據麼？來人，把那挺機槍扛過來！——這挺槍是蕭石匠扛的，有槍號，有火印，這就鐵證了！」

事情到了這一步，胡三連冤枉兩字也喊不出口了，只有咚咚碰頭的份兒。

「快說，胡三！」趙岫老帶著怒容：「你們把那些人埋到哪兒去了？你們這幾個黑心肝的賊。光是爲得幾支槍，就下這樣的毒手！你們沒想想，這些人爲了保家保國，豁命打鬼子，他們跟你何仇何恨？他們在槍林彈雨裏撿得的性命，到頭來卻斷送在你們的手上，天若任由你們活下去興風作浪，天也就沒有天理了！」

胡三渾身像篩糠般的抖顫著，縮成一團。他自覺坐在他面前的這個黃司令，用炯炯的目光直望著他，彷彿一眼就望穿了他的肺腑，他還記得眼前的這挺機槍，當時是一個叫何順五的兵所扛的，不是鐵證是什麼？

他以爲神不知，鬼不覺的案子，今晚已被完全揭露了，姓黃的司令究竟是什麼樣的人？能把案子的來龍去脈摸得這樣的清楚，就像他眼見的一樣。

「您既然曉得了，我也沒有什麼好瞞的了！」胡三抖索得語不成聲的說：「事實也就是那樣，不過，這一切都是由孫小敗壞安排的，他要借我的野鋪行事，我不肯也不行。」

「我要你把當時的情形詳細供認，錄供後，畫上押存案。」黃司令說：「等我捉到孫小敗壞、葉大個兒和朱三痲子三個，也是一樣辦理，真兇若不全部歸案，這案子就不能算是了結。」

胡三抖索了一陣，忽又怨憤起來說：

「姓黃的，我問你，這案子與你何干？要你來一一的追魂奪命？」

「與我何干？」黃司令說：「這兒沒有外人在，我不妨率直的告訴你，讓你死得瞑目，……有老中央的一連人，在雲台山和鬼子血戰十一晝夜，拖帶傷患，脫離戰場，想到西邊歸隊，那個連長就是我，黃世昌是我的化名，我的原名叫岳秀峰，那一班斥堠，是我親自指派出去探路的，你們爲吞槍，坑害了那些斥堠，我那一連才會在窪野上遇著鬼子覆沒在那裏，所幸我跟喬排長從死裏得生，留下性命，我不查這案子，該由誰去查？」

寒風在簷下銳吼著，不時有碎雪從門縫裏飄進來，岳秀峰連長這樣率直的說明原委時，胡三忽然直挺挺的跪在地上，望空叩拜，啞聲叫出一聲老天！他說：

「我不認罪行嗎？我一直都在網裏。」

說著，他便把小敗壞怎樣唆使大夥兒謀算槍枝，坑害斥堠的經過，原原本本的說了出來，怎樣用砒霜先摻在酒菜裏？怎樣把屍體抬出去，埋到閘塘下面？怎麼肢解那兩匹戰馬？怎樣埋藏槍枝，分途抗風躲避？一點都沒有遺漏。岳秀峰連長聽了，點著頭說：

「好了，等供紙膽錄完了，再要你畫供，來人，把人犯先行還押。」

左右有人過來托架胡三，胡三拍著地求說：

「諸位爺，我胡三濕了腳，雖然一身是罪，我這顆心，卻沒有一時一刻安穩過，單望畫押後，你們給我一根繩，讓我自己吊死算了！」聲音悲酸又哀楚，不像是人聲，而像是深夜的梟嚎。

「這倒是可行，」一直沒說什麼話的潘特派員說：「他死後，可在咱們沒收掉的那筆款項裏頭，撥出十塊銀洋，替他買一口薄木棺材！」

胡三自跟孫小敗壞奪槍混世起，前後不過三年的功夫，他翻過雲，覆過雨，也有過幾天自以爲春風得意的奴才日子，到頭來，用淚眼望著懸在樑上的一根繩索，一切都變成一場無痕的春夢。

他的墳，起在湖邊的低地上，只是一堆小小的土包，連一塊木牌都沒有插，對趙岫谷來說，能讓胡三這等漢奸和殺人兇犯裝棺落葬，就已過於寬厚了，世上總沒見替漢奸豎碑勒石的人罷？

那座由黑色淤泥夾著殘雪堆成的小墳，在一片白皚皚的雪地上，看來是一灘觸目的污穢，胡三生前種種，在人心裏所留下的，也只是一灘觸目的污穢而已。

他的死訊初傳到蒿蘆集附近人們的耳朵裏，大夥兒還起過一陣憎嫌什麼似的談論，但很快的，人們就把他給遺忘了，彷彿根本沒有生過，也沒有死過，世上並不多他，也不少他這麼一個人。

同樣的，那座埋葬他骸骨的墳塋，又能在地上保持多久呢？當明春水漲，湖水的長舌，會一浪一浪的舐平它，時間會把一切都歸入自然，在這湖邊的荒野上，太平天國陳玉成的十萬兵馬不也曾從這兒捲過麼？如今它只是一些遠遠遙遙的傳說，煙樣輕靈，雲般飄緲，甚至連一支沉沙的鐵戟都沒覓著，甭說是震天的伐鼓和拖邐無盡的旌旗了！比起歷史的動亂來，胡三能算什麼呢？他那點兒淺淺薄薄，低三下四的風流，那些由錢財酒肉所聚合的一些紙糊的人馬，在湖邊的長風吹起時，也許只在轉眼之間，就會吹光散盡了！

雲很厚，雨還在飄。這是卅年的隆冬，太平洋全面戰爭早已爆發，日軍愈陷愈深，但由於交通電訊的阻隔，在這兒，沒有誰能知道這些。在這個游擊地區，他們只根據當前的狀況，準備著分別襲擊孫小敗壞、楊志高、蘇大嚼巴和尤暴牙這幾股偽軍，先翦掉佐佐木放駐在四鄉的爪牙。

他們準備著。

縣城裏的佐佐木大佐早已明白了公路被破壞的情況，但他一時無能爲力，假如不遇著雨雪連綿的冬季，他還可以下令抓伕，先使公路恢復通車，但若想恢復電訊，那就很難了！他的屯積軍用物資的倉庫幾乎是空的，沒有電桿木，也沒有足夠的電話線，太平洋戰爭一起，一切補給，都以南亞地區優先，新的軍用物資已有許久沒有來過了。即使實際上的困難問題很多，佐佐木卻並不覺得問題有多麼嚴重，西邊近湖地帶確實有些支那武裝，依佐佐木的看法，那些地方武裝的力量總很薄弱，不足以對縣城構成威脅，何況在公路那一線上，駐有孫小敗壞等部，共有兩千多人槍實力，至少可以延宕他們伸展的行動，只要度過這一冬，他已向上級爭取實施他的第三號計劃，那計劃是他親手草擬的，——以水陸空聯合行動，清剿洪澤湖東岸地區支那地方零星武力，只要再有一次執行得徹底的清剿，他估計一切在他轄區內的有形反抗，至少可以停止一段很長的時間。

當然，他明白駐屯上下沙河和蒿蘆集的和平軍，在這一冬會陷進困苦的情況裏去，他們沒有足夠的糧秣給養和足夠的彈藥，不過，話又說回來，假如這些和平軍連對方試探性的前哨攻撲也抵擋不住的話，那麼，就表示這些傢伙根本沒有戰力，他不能因爲救援那些雜牌隊伍，而使縣城本身的防務空虛。即使犧牲掉那些外國部隊，用他們換取更多的時間，佐佐木認爲那也是可行的辦法，——橫豎他放置在公事皮包裏的第三號聯合進剿的計劃，早晚都會執行的。

有了這樣的打算，佐佐木反而顯得比平常更爲輕鬆，他約合了齊申之、李順時，和一個叫做小金鈴的交際花，摸八圈兒中國式的麻將，也學著說個把笨拙的笑話；有時候，他弄到幾張上海版的唱片，跟著旋轉的唱片學平劇，學唱流行歌，毛毛雨，嘆煙花等類的。只有一樣事他無法適應，那就是一口一杯式的灌高粱酒，那有點像快刀剖腹，又痲又疼，他只能喝點兒日產月桂冠之類的甜酒，不再飲用那種烈得使他受不了的高粱。

當歪嘴毛陶兒被孫小敗壞的探路隊送進縣城，透過翻譯陸小霸，跟佐佐木說起四鄉駐紮的和平軍情況嚴重時，佐佐木給陸的答覆是：本人正在想辦法。

他看過毛陶兒呈上來的游擊隊的編制表，對於濱湖地區竟有三個支隊外加獨立大隊的武力表示懷疑！他甚至當著齊申之和李順時的面，用一種嘲弄的口吻說：

「他們真要有三個支隊，何必躲到湖邊喝風？只怕早就到縣城裏來打茶圍，聽京戲了！正因爲他們沒有三個支隊，所以在這兒享受的，是我，不是他們！」

說是說得很輕鬆，但佐佐木也有他更深一層的隱憂，他從憲兵隊得到可靠的情報，說是濱湖地區的這些地方游擊隊，如今獲有中央正規軍軍官的領導，消息傳出，最近出任游擊隊司令的黃世昌，極可能就是原先據守雲台山的岳秀峰連長，——他是曾被日本皇軍誤認爲在窪野戰死的英雄人物。由於這情報的來源來自當地土共，因爲有些士兵曾經看見過岳秀峰，認識他的面貌，他們便想用借刀殺人的方法，故意把情報透露出來，好讓日軍去收拾。

佐佐木沒有見過岳秀峰，但他對於那支爲掩護大軍轉進，苦守雲台山十一晝夜，在西向突圍行動中，遭遇日軍西進師團，於窪野一戰而覆沒的這支隊伍，不但久已聞名，而且深入研究過他們輝煌的戰績和勇壯的精神，他斷定像岳秀峰連長那樣的人物，實在是世上最優異的軍官，假如他果真沒死，真的組訓支那地方游擊部隊，那就是一宗很棘手的事情了。

他把這事跟齊申之單獨談過，他說：

「齊縣長，有人說湖邊游擊隊的新任司令黃世昌，就是時年據守雲台山的岳秀峰連長，你認爲有無可能？」

齊申之一聽到岳秀峰的名字，臉色微變說：

「我看簡直不可能！窪野那一戰，除了少數傷兵，沒有人活出戰場，岳連長明明早就戰死了，哪能從墳坑裏爬出來，又去帶領游擊隊，這種說法，太空穴來風了！」

「假如是真的，——我是說『假如』的話，你想我該怎麼辦？剿嗎？撫嗎？設計誘捕嗎？還是有其他更好的法子？你不妨說說看。」

這次密談，是在佐佐木的私宅裏舉行的，偌大的客廳，就只有佐佐木和齊申之兩個人，齊申之翹著腿，兩手分撫在椅背上，瞇起兩眼，點頭晃腦的想了好半天，這才認真的說：

「岳秀峰雖說軍階不高，職位不大，因爲當初駐軍的軍部曾派出他的隊伍，助民清剿土匪，幾年裏頭，好多股盜匪都是他平定的，北邊八、九個縣份，老百姓都感念他，叫他岳青天，他真要出面拉槍，會像滾雪球一樣，越滾越大，他是那樣的英雄人物，剿不是辦法。」

「嗯，」佐佐木沉吟著說：「英雄也扭不轉大勢，岳秀峰就算是條龍罷，他留在佔領區裏活動，像是游到淺水裏來了，也許他能勝上一仗兩仗，等皇軍大隊進剿時，還是難逃一死，……我真有些替他可惜了！」

佐佐木本身頗有些學養，即使兩國相爭，他還能賞識對方有才略，有膽識，有豪氣的英雄人物，他雖沒當著齊申之明言，但言外之意極為明顯，——他瞧不起厚顏事敵，賣祖國當漢奸的人物，齊申之很敏感的聯想到這一點，臉色就禁不住的尷尬起來，但佐佐木仍用等待的眼神望著他，使他不得不勉強打起精神來說：

「當然，像岳秀峰這種人，最好能想法安撫他，萬一安撫不了，就用誘捕的法子，把他擄住以後，囚在獄裏，不殺他，也不放他，俗說：蛇無頭不行，鳥無頭則散，也許時間長了，岳秀峰也會……」

「嘿嘿嘿……」佐佐木大佐突然狂笑起來：「你是說：岳秀峰也會眼你們一樣？你們敢這樣想，我可沒這樣打算過，依我的看法，岳秀峰寧可戰死，也不會輕易歸順日本帝國的，我先安撫他，只是試試看，聊盡我個人的一番心意罷了，萬一不成，那只有拚個死活高低啦！」

佐佐木當然願意能安撫得了岳秀峰，他也認真過，不一定要岳秀峰領番號，跟皇軍合作，只要他能知難而退，不在佐佐木的轄區內施行攻撲，也就夠了！

「我看這樣好了，太君！」齊申之把脖頸湊過來，透著作人心腹的親熱說：「連絡岳秀峰的事，能否交給我去辦，這樣比較方便些，有關連絡的情形，自當隨時向您報告。」

「好。」佐佐木說：「我希望儘快能有個結果。」

由於土共告密的結果，岳秀峰連長未曾死於窪野，還留在湖邊的消息，逐漸在民間輾傳開去了，岳秀峰連過去剿辦土匪和浴血雲台山的戰績，使他的名字產生一股神奇的魔力，給無數忍苦受難的陷區百姓，帶來莫大的精神上的鼓舞，這樣平時受盡了鬼子和二黃欺壓的百姓，一旦覓得有力的支撐，立刻變得強硬起來，遭上不如意，便會把兩手一攤說：

「沒有什麼大不了的事，家裏實在沒法子蹲了，拆合拆合買根槍，到湖邊去跟岳連長幹去，我不信佐佐木和孫小敗壞這夥子人還能撐多久？」

這樣的言語，並非光在嘴頭上說話，而是說了就幹的；正好三官廟以北的公路有了缺口，那些人便越過公路，繞經蒿蘆集，朝西匯奔游擊隊去。楊志高見著有機可趁，曾派人出去攔截，希望能繳獲零星的民間槍械，他派出去的分隊，不但沒跟那些翻越公路的人接火，反而被人說動，來了個窩裏反，扛著槍跟人跑掉了。

比較起來，孫小敗壞還算聰明的，他把他的號稱五團之眾，全部集中在蒿蘆集上龜伏不動，一心一意的經營炮樓，角堡，伏地堡和地下通道，準備硬熬過這個冰雪壓地的隆冬。

齊申之明白四鄉的情況，他明知任由游擊隊在湖邊坐大，對他是絕對不利的，但這情況，連佐佐木都一籌莫展了，他又有什麼辦法可想？他答允佐佐木，由他出面安撫岳秀峰，全是爲他自己著想，希望圖這個機會，雙方接觸，討價還價，使他在面子上過得去，甚至在暗中送對方幾眼秋波，好安排自己日後的退路，——跟鬼子幹事，哪能幹一輩子？齊申之算是顧到了這一層。

不過，事情的發展，比他預料的要快得多，他跟湖邊的趙岫老還沒接觸得上，游擊隊的冬季攻撲就驚天動地的展開了。

頭一次攻撲的對象，是幾股僞軍根本沒料到的，游擊隊放過據守蒿蘆集的孫小敗壞，據守上沙河的楊志高，直接撲向幾股當中實力較弱的尤暴牙的緝私大隊。

漆黑的夜晚，烏雲沉沉的低壓著，北風像一頭沒軺頭的野驢，在曠野上騰跳著，咆哮著。尤暴牙躲在炮樓裏，點著馬燈盤算煙土出進的賬目，他這個緝私大隊長，實際幹的就是走私販毒的勾當，也是董四寡婦安放在陷區的一顆棋子，——土共區煙土產銷的代理人。

對於公路被中央游擊隊切斷的事，尤暴牙並不驚慌，他駐屯下沙河，利用筱應龍原曾悉心經營的炮樓，可以說堅固得使人安心，若說游擊隊會來攻撲罷？那也不至於攻撲到他頭上，他前面有孫小敗壞擋住刀頭，背後有楊志高的一團人替他墊背，照他料想，游擊隊攻他的機會並不多，即使萬一攻了下來，他硬擋不住，還有機會渡過河，撤向燕塘高地去，他跟黃楚郎的人槍，一直有密切的呼應，狡兔營成三窟，他是有恃無恐的。

算完了煙土賬，天到起更時分了，他打了個呵欠，伸手捻黯了馬燈，和衣倒上床鋪，閉上眼，就覺滿耳的風聲像大河滾浪，把人心也吹得搖搖閃閃的。尤暴牙迷盹了一會兒，忽然被一群鳥雀的驚噪聲驚醒了，他起初只是木木呆呆的聽著，猛可的靈光一轉動起疑念來，不對勁，越想越不對勁，這陣子鳥叫聲太蹊蹺了，下沙河正西，有一大片林子，這些鳥雀都是林中的宿鳥無疑，逗上風濤滾滾的寒夜，如果沒人去驚動他們，牠們怎麼會？……

尤暴牙這樣一動疑，便翻身坐了起來，習慣的伸手抽出枕下的匣槍，趿著鞋朝樓下跑。他那緝私隊的兵，有一半是早先跟著尤暴牙販賣黑貨的私梟，有一半是後來募得的散兵游勇，在這種天寒地凍的夜晚，他們窩縮在炮樓和角堡裏沒事幹，便燃上泥火爐，圍坐在草鋪上聚賭，有些傢伙從鎮上弄些滷味、花生和酒，吃喝猜拳，有些爲了破悶，竟把鎮上的幾個暗娼也弄進炮樓，使白酒變成了花酒，由於裏面煙霧沉沉的，又暖和又熱鬧，連在外頭值崗的幾個老幾，也抱著槍退到門裏邊來，雖沒明湊熱鬧，多少也沾一分熱鬧的氣味。

「你們這些渾蛋！」尤暴牙下來罵說：「你們簡直鬆乎得不成話了，老子玩的，就是這幾根鳥槍，槍枝若叫人繳掉了，憑你們這些只會吃飯的腦袋，我還挺兜得轉，混得圓嗎？」

「甭認真，尤大爺，」尤暴牙手下的隊長呼二鬼說：「炮樓裏外，像加了箍的鐵桶似的，三五十桿槍想摸的來，連門也摸不著，咱們在這兒賭錢是假，守夜是真，總比蒙了頭呼呼大睡機警得多。」

「是啊！」另一個接碴兒說：「外頭一有什麼風吹草動，咱們把槍一順就熬上了！」

「你它媽說話像唱小曲兒似的好聽，」尤暴牙沒好氣的說：「外頭真有了動靜，你會那樣快當？」

尤暴牙正在說著，忽然一顆子彈尖嘯過炮樓的上空，對面那個傢伙不但沒順槍，反而兩腿一軟，滑到桌肚底下去了。在一片突來的驚惶混亂中，尤暴牙火氣大發，伸腿踢了桌下的那個傢伙兩腳，吼說：

「順起槍出來熬火罷，游擊隊打過來了呀！」

那傢伙並非不想爬起來，一聽說游擊隊，兩條腿更軟，乾脆一屁股坐了下去，雙手死抱住桌子腿，賴得像隻乾死了的蛤蟆。尤暴牙彎下腰，像捉貓似的硬擰他的耳朵，才把那傢伙擰出來，那傢伙臉全嚇白了，上牙找下牙碰撞，張嘴想說話，牙齒卻先咬破了舌頭。

「替我順著槍，回到角堡去！」尤暴牙吼說。

那些聚賭的傢伙們跑得太倉惶了，有一個冒冒失失的迎頭一撞，把尤暴牙撞了一跤，這一跤是仰臉八叉，蛤蟆晒蛋式的跌法，不過，尤暴牙手裏掂著的匣槍槍管不通「人」情，正好反打在他的門面招牌——那對暴出的門牙上，咯蹦一聲，招牌就砸掉啦。尤暴牙氣得牙癢癢，反手撈住一條人腿，便用槍管砸下去，那人咈咈呼痛，叫說：

「唉唷，大隊長，您是怎麼一回事，我是呼二鬼呀，您打錯了人啦！」

「呼隊長，快關照他們，頂住四邊的角堡，」尤暴牙滿嘴麻麻辣辣的，像吃多了辣椒，但時機緊迫，他也顧不得牙疼了：「游擊隊漫上來啦！」

尤暴牙預感的一點也沒錯，游擊第一支隊正撲向他的碉堡，只是堡裏在準備上慢了一步，沒等他們各就各位，槍聲業已密密的響了起來；守住四面角堡的傢伙，打槍眼朝外望，黑漆漆的不見人影兒。

單聽槍聲咯吧吧的響著，子彈就打在土圩牆和堡壁上，聲勢懾人，使他們估量出游擊隊業已攻到了外壕邊了。

「響槍！響槍抵住他們！」呼二鬼跑來叫罵說：「你們這些傻鳥，有兩丈寬的壕溝擋著，他們難道會插翅飛進來？咱們就來它個兵來將擋罷！」

這時候，滿嘴是血的尤暴牙也跑來巡視角堡，四面都是槍聲，使他也不知對方究竟來了多少人？究竟會從哪一個方向施行攻撲？不過，單從這種聲勢上看來，使他明白情形極爲嚴重，這一夜關乎生死存亡，實在有得熬了。目前，他唯一的希望所繫，是是否能熬到天亮，只要天一放亮，即使孫小敗壞那邊無法即時差人來解圍，燕塘高地那邊，董四寡婦和黃楚郎也不會坐視的，——這兒是他們煙土經銷處，這兒垮掉，也就等於砸了他們的攤子了。

守堡子的傢伙們嘴上沒說，其實個個心裏也都有數，到目前爲止，趙岫谷那幫人與燕塘高地之間的關係，微妙複雜，但湖邊游擊隊守著上面的訓令，並沒主動對黃楚郎開刀，董四寡婦和黃楚郎似乎明白這一點，在他們實力沒成之前，也儘量避著趙岫谷，全從鬼子二黃那邊繞彎兒，對湖邊那群人增加壓力。這一向完全不同了，也許趙岫谷曉得尤暴牙有土共的身分，但他幹的是鬼子的差事，對方捏著這個把柄，足可堂而皇之的攻撲，把這個名爲緝私實是走私的大隊整個吃掉，……殺漢奸是扯不上任何罪名的。

正因爲這樣，他們爲了保命，不得不硬著頭皮，死死撐熬下去。他們既然看不見攻撲來的人影，只有紛紛探出槍口，胡亂的朝黑地裏濫放空槍，乒乓五四的幹上了。說來奇怪，他們一開始還槍，外頭的槍聲立時便全部停歇了，堡裏空打了幾百發，覺得情形不對勁，也就跟著歇了手，雙方沉寂僵對著，只留下呼—嗚，呼—嗚的一片風嚎。

「這是什麼樣的鬼打法？」尤暴牙說，心裏也寒森森的，一竿子打不到底了。

「也許他們只是圍困咱們，虛張聲勢做個樣兒。」呼二鬼敲打起他的如意算盤來：「也許他們正集聚人槍，去撲打蒿蘆集的孫小敗壞去了！人，沒有不揀肥的吃的，孫小敗壞人槍比咱們多得多，要比咱們更合游擊隊的口味，他們沒道理兩頭不啃啃中間的。」

「等著再看罷，」尤暴牙關照說：「無論如何，你們空槍少放，不能浪費子彈。」

在一片哀嚎聲裏等不到一袋煙的功夫，外面清清楚楚的響起了一陣喊話的聲音：

「這是中央游擊第一支隊，支隊長鄭強，對下沙河碉堡裏頭汪僞軍緝私大隊喊話，只要你們捆住尤暴牙，扔下槍出堡子，本支隊長可以從輕發落，要不然，立即攻開碉堡，子彈無情，全得白貼性命！」

聲音隨著寒風，一字一句的捲到角堡裏，使人不由得的打著寒慄，尤暴牙怕手下人起變化，也大聲叫嚷著說：

「甭聽他那一套，替我開槍！」

說著，自己的槍先朝射孔外潑起火來。

對方眼看喊話沒生效用，立時吹響了牛角，開始了真正的猛攻行動，尤暴牙只知對方來勢猛，沒料到對方是有備而來的，他們早就把下沙河炮樓外圍的防禦設施弄得一清二楚，特別用長竹捆成三具便橋式的踏板，正好搭住外壕兩邊的壕壁，他們用棉被覆住鐵絲網，只要縱身一滾便滾過那道障礙，他們用竹竿繫住手榴彈，對付伏地的角堡，用四架雲梯和無數飛爪攀登高聳的主碉堡；這次攻撲，前後也只一頓飯的功夫，大批游擊隊便湧過外壕，翻過鐵絲網，湧到尤暴牙陣地的核心來，緊接著，西南和東南兩處角堡也陷落了。

游擊隊裏，不知是誰使出的絕招兒，他們使用風乾的辣椒袋子，燃著了火，扔進通往主碉堡的地道，這氣味使得尤暴牙的手下幾乎窒息暈厥，眼淚鼻涕和嗆咳一齊出籠，壓根兒失去了抵抗的能力。

半個時辰之後，尤暴牙和呼二鬼據守的主碉堡，也被集束手榴彈炸崩出一個大洞，尤暴牙這股人的頑抗，也就跟著結束了。

所有尤暴牙的殘部，都乖乖的扔了槍，在刺刀抵住脊樑的情形之下，被集中到主堡外邊的方場上，一排一排的用繩索串連起來，坐地等候著。這一回，攻撲的隊伍並沒有忙著在黎明前撤退，而暫時穩穩的佔據了下沙河鎮。這些俘虜，在天色轉亮時被逐一指認，尤暴牙和他手下的幾個得力助手，單獨被提去審訊，其餘的，全被押解到西邊去了。

當刺刀抵住尤暴牙，把他提去審訊的時刻，尤暴牙顯出滿不在乎的樣子。游擊隊把支隊部臨時設在街梢的北大廟裏，尤暴牙走在路上，一路有說有笑的，還厚著臉，要押解他的人點根香菸給他啣著。

「這……這完全是一場誤會。」他說：「我尤某人是哪方面的，管打聽！你們放著正牌漢奸不打，跑來修磨我，算是哪一門兒？我這些人槍，只是借鬼子的番號好立腳，你們可冤不了我。」

「算了，尤暴牙，你跟咱們嚷嚷有什麼用？」一個笑說：「有道理，你跟咱們支隊長說去，他從沒冤枉過誰，當然也不會把冤枉加在你頭上了。」

直到跨進北大廟，尤暴牙還在唸唸有詞的嘰咕著，口口聲聲說受了冤枉。押解他的兵把他挾持到大殿裏，去見第一支隊長鄭強，尤暴牙一見著鄭強，立時就打了楞登。他幹土共不是一年了，對於蒿蘆集附近的地方人物，打聽得一清二楚，但他從來沒聽過有鄭強這麼個人，鄭強穿著灰色土布的軍裝，打著綁腿，蹬著草鞋，除了一副武裝帶，他完全跟游擊隊裏的士兵一個樣兒。

只是他那橫高豎大的塊頭兒，威武得嚇人，他黝黑的臉膛上，顯出開闊的笑意，他的兩眼朝人正視時，明朗，溫和而又銳利，彷彿利刃透胸，能望得清人的腑臟。

「你就是尤暴牙？」他說。

「不錯。」尤暴牙橫下心來說：「尤某人並沒打算賴賬，仗雖打輸了，我這對暴牙的門面招牌，並沒砸掉，我不是尤暴牙，還有誰是尤暴牙罷？」

「呵呵，」黑大漢兒鄭強笑了笑說：「沒想到當漢奸，販私土，兩面全黑的人，也有這麼爽快？我問你的話，你若都能這樣據實作答就好了。」

「在你沒問我的話之前，有些事，我能否先問問你？」尤暴牙說：「據傳老中央守雲台山的那支隊伍，有兩個軍官還活著，幫著趙岫谷練兵，你是否是其中的一個呢？……以趙岫谷的地方鄉團的實力，很不容易拔掉我的炮樓的。」

「你問這個，如今業已不算秘密了！」鄭強說：「連佐佐木也曉得，老中央的岳秀峰連長留在湖邊的游擊基地，我叫喬奇，原是岳部的排長。你還有什麼要問的？」

「嘿嘿，」尤暴牙笑起來：「我說：喬排長，你既是老中央的軍官，事情可就好辦了！這一回，你們攻撲下沙河，完全是個誤會，其實，我領鬼子這個緝私大隊，只是一個幌子，骨子裏，咱們全是同路人，——你曉得，無拘新四軍，八路軍，也都是抗日的，我是燕塘高地黃楚郎派出來的人，算起來不外呀！」

「噢，」喬奇啊了一聲說：「抗日若都像你們這樣抗法，那還打什麼仗？全國上下，都脊樑蓋朝天，爭領鬼子的番號，夾著尾巴當漢奸好了！尤暴牙，咱們早就打聽過你的根底，認定你比孫小敗壞那夥子漢奸還要陰險奸詐，除開認賊作父的漢奸名義，單就你販煙走土，在境內設過鴉片煙館，毒害百姓這一條，你也脫不了死罪的了！」

尤暴牙暗暗打了個寒噤，認清喬奇這個黑大漢子真不容易對付，但面對著生死交關的時刻，他不能就這麼默認有罪，他辯說：

「咱們野生野長，沒有什麼後台撐腰，情形跟你們中央正規軍不同，咱們販煙走土，賺得的錢拿去發展抗日武裝，這也該當死罪嗎？」

「你的話，聽來倒振振有詞得很，不過，你們把抗日的槍枝，高價轉售給孫小敗壞那幫子僞軍，又該怎麼說呢？……這些槍枝買賣的情形，咱們都登上了賬，連槍枝號碼都抄錄了，你賴不掉的。」

尤暴牙一見對方居然亮出董四寡婦出售槍枝槍火的清單來，臉色就白得有些難看了。

「這……這我可就沒聽說過了。」他囁嚅的說。

「當然，槍械賣出圖利，變相資敵，你可以推說沒經你的手，但販毒這檔子事，卻是由你一手包辦的。」喬奇說：「你瞧瞧這本賬罷，——潘特派員替你記的。」

「說來說去，你們是存心要擺佈我？」尤暴牙說：「你們把我送到趙岫谷那兒去，他要斃我就斃好了，活該我倒霉，我尤暴牙千不好萬不好，可沒跟蒿蘆集上的人結過樑子，我就是販煙走土，也用不著他們來辦我！」

「你甭急，姓尤的，」喬奇手撫著椅背，緩緩吐話說：「政府雖然暫時西遷了，但它留下的律法，還是照樣施行，你甭忘記，湖邊有中央委任的地方政府，設有臨時的特別法庭，它將按照律例，正正式式的辦你，……當漢奸，作走狗，固然是死，就按禁煙條例，你也難脫死罪，這跟你是不是土共，全不相干。」

說完話，吩咐左右把尤暴牙給押下去了。

尤暴牙被囚禁在下沙河，並沒朝西押送，這又激起他的一線希望來，他盼天氣能夠轉爲晴和，蘇大嚼巴、楊志高和孫小敗壞各部，也許能聯手夾擊佔據下沙河的游擊第一支隊，把自己和呼二鬼子等人營救出去，……也許鬼子頭兒佐佐木，會聽著游擊隊攻陷下沙河的消息，派出隊伍來，幫著孫小敗壞出擊，那，自己脫險的機會就更大了……假如鬼子和孫小敗壞都沒能及時出動，至少，燕塘高地那邊，董四寡婦和黃楚郎他們，也不會坐視不管，——這筆煙土賬目交給誰去？

如意算盤這麼一撥動，囚在黑屋裏的尤暴牙就顯出三分活氣來，好在喬奇並不虐待犯人，他便嚷著要吃的，要喝的，還勸呼二鬼說：

「你們甭喪氣，咱們都是屬貓的，不那麼容易死，停上兩天，也許就有轉機了！」

「算啦罷，尤大爺！」呼二鬼苦著臉：「咱們跟你混了這多年，喪德的事幹的太多了，這回落到游擊一支隊的手裏，死掉能有個坑埋人，業已夠好的了，咱們連留條全屍的想法都沒有，你還說話騙自己幹什麼？」

「你們這些夯貨，真它媽的缺氣！」尤暴牙咀咒著。

實在不能怪尤暴牙動肝火；呼二鬼這幾個傢伙，是他一手調教出來的，若論辦事，也夠陰犯的，就是到了緊要關頭缺欠一份膽氣，平常遇上危急，還拳蹄貼耳聽他的，如今竟然一反常態，跟自己頂撞起來了。

「我說句良心話，您可甭生氣。」呼二鬼看出尤暴牙抱起手臂扭過頭去的那股嘔勁兒，就說：「咱們幾個，跟你尤大爺幹事，暗室虧心，一顆心總是虛空懸著，從沒安穩過，這些年，吃喝玩樂是有過，到頭來，又得著了什麼？……在燕塘那邊，家裏叫黃楚郎整得烏七八糟，想回也沒回得去，這種日子，活得也沒味道，如今你犯死罪，拖上咱們幾個作陪的，你也該心滿意足，何必再惡聲惡氣，窮嘀咕咱們？——跟你一坑埋，還嫌不夠嗎？」

「閉上你的鳥嘴好不好？」尤暴牙不勝其煩的鎖眉瞪眼說：「你們想死，我可不想死，你們最好蹲遠點兒，甭把那身霉氣來沾染我。」

不但對於呼二鬼這幾個傢伙厭煩，尤暴牙抬眼從小窗洞裏看天色，天色也灰沉沉的，隱隱泛出一股子死氣，北風整日整夜像棍打一般的呼號著，劃過破敗的廟廊，那種尖銳的嘯聲，說多悲慘有多悲慘，被囚兩天了，各方面全沒有一點動靜，人在虛空裏吊著等待，老是心驚肉跳，心窩裏有塊黑，旋轉，擴大，給人壓上一層不祥的預感。除了伸長脖子乾等之外，尤暴牙毫無旁的辦法可想，他既買不通看守他的人，又除不掉盤鎖著他的腳鐐，即使他想越獄，外頭也沒有半個接應的人。

「嗨，坐牢沒有探監的，清靜得過火了！」他自言自語的發起牢騷來：「這種倒霉的天，也不肯幫襯人，真它媽存心要我的命了！」

「尤大爺，你還不死心？想等著誰來劫獄?!」呼二鬼悲哀的聲音裏，帶些淡淡的嘲弄的意味：「那種事，只有水滸傳裏才有，可惜黃楚郎不是宋公明，缺欠那種草莽義氣。」

也不知怎麼弄的？也許真的脾性反常了，尤暴牙把呼二鬼狠罵了幾句，呼二鬼反唇相譏，雙方蹲在陰濕的麥草上爭吵起來，呼二鬼說：

「我講的是實在話，連你尤大爺這個饜貓的在內，咱們的時辰都已經到啦，還做那個迷夢幹啥？」

也就在當天夜晚，尤暴牙迷迷糊糊的趴在麥草上，被人用槍托輕搗屁股搗醒過來，看守的人告訴他，上頭要再一次提審他，揉著睡眼，尤暴牙被帶到大殿上，大殿的左右廊柱間，掛起兩盞馬燈，殿裏設了長案，一排坐了四五個人，除了喬奇之外，他只認得白頭髮的趙岫谷和當年蒿蘆集的鄉長喬恩貴，尤暴牙被帶上來之後，喬奇還是要人拿了把椅子，讓他坐下說話。

「尤暴牙，你聽著！」喬奇對他說：「這次是正式的審問，審問完畢，當庭判決，雖然你的罪行多，也不是全然沒有機會，你要見趙岫老，岫老如今在座，你用不著抵賴什麼，隱瞞什麼了！」

尤暴牙抬眼向趙岫谷望了一望，趙岫老也正兩眼湛湛的望著他，尤暴牙避開那雙眼，狡猾的轉動眼珠子，溜溜喬恩貴和另外兩張臉，立時他就覺出，今夜這一關是很難闖得過了。

「我曉得。」他橫下心說：「真人面前，不說假話，岫老他們不論問什麼，我都照實講，只求岫老高高手，放我一條狗命。……我全是被人利用的。」

趙岫老還是那樣注視著他，緩緩的說：

「尤暴牙，你的根底，我們早已查得一清二楚，你確是個被人利用的邪門人物，不過，旁人利用你，你一樣利用旁人，你們是勾通串結著，狼狽爲奸。」

「岫老太爺，我原先只是販煙走土，幹『梟』字號兒營生的人，」尤暴牙有些懊悔的說：「是董四寡婦上門跟我搭線，拉我入他們的黨的，您曉得，鴉片的產區，抗戰後都落到他們手裏，他們官種的鴉片田，用人屍作肥料，果子大，漿水多，貨色是一等的，人說：人爲財死，我是爲貪暴利，才跌進火坑的。」

「嗯。」趙岫老摸著白花鬚子說：「這倒是實話，不過，你這些年，貪著暴利沒有呢？」

「沒有！」尤暴牙攤開兩手，一臉苦兮兮的神情：「我只是替他們銷鴉片，賺得的錢，都叫四寡婦吸去了，我落得的，就是這個緝私大隊長的漢奸名義，和手底下的幾十條槍枝。——這還是胡三替我弄的。如今我被你們攫住了，鬼子、二黃、八路都不來救我，我才曉得自己上了洋當了。」

「這也倒是實話，」趙岫老說：「但如今你才懊悔，已經太晚了，我想，今夜這兒，黃司令——也就是岳秀峰連長和潘特派員在座，看他們怎麼說罷？」

「我說，尤暴牙，你說話還是避重就輕，一味的想卸責，我問你，北自陳道口，南至黃橋，哪一回八路偷襲中央，你沒領頭做過包打聽？這幾年裏，你欠下的人命債，直接間接打總算，少說也有千把幾百條。」黃臉的潘特派員說：「你這些作爲，哪還有天理、國法在眼裏，你是小船沒舵，——整橫了！」

尤暴牙一聽，不禁倒抽一口冷氣，他這才認清，他就真是屬貓的，有九條命在身上，今夜也是死定了！千把條人命債，八輩子也還不清。

也不知怎麼的？他覺得馬燈的光，一剎之間，在他眼前沉黯下來，變成綠熒熒的鬼火般的顏色，座上的幾張人臉，也都變成了審判人間罪惡的閻王，這兒再不是古廟，而是活生生的陰曹地府，無數冤魂，無數人臉，都在四周的黑裏飄浮著，聚集中發出索命的吶喊。

臨到岳秀峰連長向他問話時，尤暴牙癱在那兒，一動也不動，彷彿被壓住了一樣，什麼都吐了出來，岳秀峰連長問起他接觸過土共的哪些人物？他到過的北方幾縣土共的人槍實力的情形？以及活動在東海岸地區的兩團由山東南竄的共軍的活動狀況？尤暴牙毫不隱瞞，臨到判決時，他聽到死刑兩個字，才稍稍恢復知覺，人從椅子上滑到方磚地上，半蹲半跪著，用哭泣的腔調，叩求趙岫老開恩，賞給他一條全屍。

趙岫谷並沒答應，只是說：

「拖出去，不要打他的頭好了，——用緊口槍，讓他死得好看點兒。」

那時是雞鳴五更天，下沙河成千的民眾挑著燈，團聚在北大廟外面，等著看這些漢奸頭目行刑伏法，終於，他們等到尤暴牙被槍兵拖了出來，經過夾峙的人群時，有人朝他臉上吐口水，有人用葵火棒子投擲他，他被拖到廣場兩邊的草叢裏，先打一槍沒斷氣，只好又補了一槍，接著，呼二鬼幾個也被拖出來，斃倒在同一個地方。

在寒風怒號的冬季裏，下沙河的人，終於看到了青天白日旗的飄揚，這充分顯示出，還有人撐住這塊崩塌了的、黑暗的天空。

游擊第一支隊攻克下沙河，並且守住了那個鎮集，那等於是一把銳利的鐵鏟，攔腰一鏟，使沿著這條殘破的公路線佈防的僞軍，又被鏟成兩半，一半是楊志高和蘇大嚼巴，另一半就是孫小敗壞那夥子人了。

風雪天氣，一樣阻隔不了消息的傳遞，有關一支隊怎樣像閃電般的攻破五座由地道相連的子母堡，活捉緝私大隊長尤暴牙的消息，飛快傳到蒿蘆集上來，孫小敗壞聽到這消息，也顧不得有病在身了，他披上大氅，由衛士攙扶著，親自巡視蒿蘆集四門的防務，蒿蘆集那條南北向的大街上，全被一層又一層的沙包切斷，真個是三步一崗，五步一哨，擺出一副劍拔弩張的架勢；儘管這樣戒備著，孫小敗壞的心，仍被驚疑懼怖壓縮著。

毛陶兒到縣城去活動請援，佐佐木那邊，到如今不見反應，這太使人洩氣了！游擊第一支隊，只是湖邊三股當中的一股，沒想到他們吃掉尤暴牙，竟像吃豆腐似的輕鬆，孫小敗壞曉得尤暴牙的實力，他的人手不多，但槍枝齊整，彈藥也夠，下沙河的炮樓，當初是筱應龍費心修築的，在公路線各個集鎮裏，就數那座炮樓最爲堅固，游擊一支隊在前後不到兩個更次的時辰就把它攻破，可見對方實力強勁得遠超過他的想像，——他們跟當初蒿蘆集的鄉團相比，又不知強過若干倍了。

與其說恐懼湖邊游擊隊的實力強勁，不如說是恐懼那兩個傳聞中老中央的軍官，如果董四寡婦打聽來的消息沒有錯，其中一個竟然會是曾經率部血戰雲台山的岳秀峰連長？不但孫小敗壞聽著這個名字渾身發毛，他手下那夥把兄弟，沒有誰不嚇得面無人色的，在魯南和蘇北的一些縣份裏，岳秀峰連，一直是匪盜的剋星、鬼子西進初期，岳秀峰連的戰績使日本侵華軍震動，各地的民眾，在窪野戰後，全久久記憶並傳頌著這個名字，原說他是窪野陣亡了的，難道會從陰司裏活轉去來？

孫小敗壞冒著寒得透骨的尖風，連夜巡視著；恐懼自歸恐懼，命總是要保住才行，據傳來的消息，說是胡三業已落到他們手裏，在湖邊被處決掉了，胡三參與過當初謀奪槍械，坑害人命的案子，焉知對方沒逼出他的口供？以岳秀峰的精明，他會放過這血案作案的人嗎？……這一回，他們在下沙河夜審尤暴牙，把那幾個緝私大隊的頭目槍決之後張貼佈告，凡是尤暴牙生前所作的案子，所犯的罪行，一點也沒有遺漏掉，可見他們審案的認真和細密，由此推想，胡三當不會例外了，游擊隊既不放過胡三和尤暴牙，當然更不會放過自己，這一冬還早著呢，也許他們下一步行動，就針對著盤據蒿蘆集的孫部開刀，佐佐木既然不肯及時撐腰，自己非得硬熬硬挺不成，一旦被對方攫住，腦袋定叫打成馬蜂窩，那可就沒有戲唱了。

也許是心裏有鬼，再不然就是身子虛弱還沒復原，總覺眼前蒿蘆集的這條街道，變得太陰森可怖了，滿街壘疊著一層層的沙包，有刺的拒馬和增設的柵門，街兩邊的住戶隨著趙岫谷西遷後，大部分街屋都變成無人居住的廢宅，淪爲雀鼠的窩巢，門窗的木板，有的被僞軍兵士劈當柴火，有的移去作爲土堡的頂蓋，夜暗裏望過去，直如千百年前遺下的廢墟。他手下的五股人槍，分別盤紮在這條街上，表面看來，倒是戒備森嚴，但也許由於人心裏恐懼的感染罷？一股陰慘的氣氛，始終在各處籠罩著。

森寒的夜氣，把原已昏黯的馬燈光逼得發青，那些兵勇們穿著單薄破舊的黃土布的棉軍裝，這裏一堆，那裏一簇的蹲聚在馬燈光下，讓燈光描出他們佝僂著的身影，他們裏頭，有的是煙癮極深的老煙槍，有膏子吸膏子，沒膏子吸食從煙槍裏挖取出來的煙灰，有時煙膏缺乏，使這些癮君子動彈不得，都泡上了病號，連扶著槍上崗都不成；有的雖不吸煙，滿肚子卻都是酒蟲，每到夜晚，拎著酒壺，沽上一壺滲花薄酒，喝得醉裏馬胡，連左右鄰兵都分辨不清；有的迷溺於賭博，有錢賭錢，沒錢賭賬，連老婆都給押上，……這一窩使人厭煩的垃圾，自從領了番號之後，越變越差勁，遠不如當初他們走黑道幹股匪的時刻，多少還有些亡命之徒的拚勁。

馬燈在長廊間搖晃著，也映照出一些古老的，被鹽霜剝蝕了的牆壁，壁角間殘留著枯乾了的褐色的苔跡，孫小敗壞常在心裏自問：這兒真的是蒿蘆集嗎？他明知這兒就是蒿蘆集，是他自童年起，便在這裏活著的集鎮，但如今，這集鎮全在他自己手上改變，改變得連自己也彷彿不熟悉了。

還記得早年，他曾著了迷似的，癡癡熱愛過這個集鎮，爹初次帶著他來趕集，騎的是孫家驢店裏最雄健的牲口；大青騍子，爹把他摟在懷裏，讓他抓著牲口的皮韁繩進鎮市，許多喧嘩著的人頭都在他腳下滾湧著。在酒肆前的木樁上拴了牲口，讓他騎在做爹的脖頸上，那又比騎牲口更高了，進出酒肆的門，他得彎著腰，緊伏在爹的頭上，怕被門框兒打著前額。……在感覺裏，總認爲那才是蒿蘆集，陽光在斗笠尖上走著金浪，流溢著一片溫暖的黃，米糧在斗口裏傾瀉著，人群裏常響著有節奏的銀元或是銅子兒的碰擊聲，時光是推湧的水浪，那記憶實在太遠遙了！如今自己已控制了這個鎮市，控住了一大批人槍，這曾是自己多年夢寐以求的，得著了，又怎樣呢？連童年期騎在牲口背上那種高高在上的快樂也沒有了，爹喝酒後便泛紅的鼻子，迸開花白鬍子的笑臉，漾在水浪上，轉眼便幻成無數難以撿拾的碎片，甚至，他控住的這座鎮市，也是虛幻的，蒿蘆集上的那些住民，都已像躲避蛇蠍般的遠離了他，那些遠匿的人即將回來，使這座陰森的鎮市復活，但那已與他永遠無關了。

他不能忍受這個，他有一種似欲瘋癲的感覺，不時緊握起他沁著一掌虛汗的拳頭。

「替我召聚各團長，來商量事情！」他說：「這樣渾渾噩噩的等著人家來收拾，總歸不是辦法。」

開會倒是常開的，有時開會不過是個名目，大家夥聚在一道兒，也不過是喝酒，吸煙，召妓侑酒，吹彈拉唱的湊合熱鬧，不過，這一回不同了，鎖著雙眉的孫小敗壞，掌拍著桌面，一開頭就把他的這幾個把兄弟來一頓潑水般的臭罵，日祖宗，操亡人，差點把上八代都抖翻掉，然後，他才說出下沙河被佔的情況，對孫部的嚴重威脅來。

「你們沒想想，佐佐木那邊不見動靜，游擊隊的膽子越變越大，下沙河正是咱們的側背，落到他們手裏之後，蒿蘆集等於是三面被圍了，除非鬼子讓咱們退進縣城去，要不然，這個冬天，趙岫谷他們非來攻撲不可，你們沒睜開眼瞧瞧你們手下那幫雜碎，平時都沒精打采的沒有人氣。等到豁命的當口，他們能挺得住嗎？」

筱應龍、金幹、朱三痲子、夏皋和葉大個兒五個人，都被罵得悶悶的，一時，誰都沒有開腔。這些人不是傻子，誰都曉得實際情形要比小敗壞所形容的更壞，也許他們會跟尤暴牙一樣，被游擊隊摸上來，逐個兒的吃掉也說不一定，下沙河被對方用兩個時辰攻陷，真是太出人意料了，他們雖沒驚駭到魂飛魄散的地步，卻也有心膽俱裂之感，惶惶乎不可終日，吃孫小敗壞一罵，想想自己手底下人的那副德性，更沁出一頭的虛汗，哪還有什麼話好講？孫小敗壞一瞧這幾個都低著頭不開腔，火氣更大，渾身氣得發抖說：

「你們不要忘記，咱們是麻花肘兒——擰成股兒的，你們既抬舉我做老大，我就不能大而化之，不為大夥兒操心，事情到了緊迫的關口，你們話也不說，屁也不放，難道要我一個人拿主意，我的腦瓜可不是主意罐子啊！」

「老大，您息息氣，」葉大個兒說：「兄弟們都明白您說的是實話，咱們底下團攏的那些傢伙，都只是扛根槍，貪些油水，混碗飯吃的居多，如今局勢不好，油水沒了不說，連一碗飯都快吃不到嘴了，再讓他們殺頭賣命，恐怕辦不到，老鼠就是老鼠，咱們沒法子吹口仙氣，讓他們變成貓。」

「事到這步田地，我也不能不說幾句實話了！」夏皐說：「我手底下的傢伙們，不知聽誰傳講，說游擊隊裏的那個什麼黃司令，……叫黃什麼昌的，根本是個化名，他就是老中央部隊裏的岳秀峰岳連長，……他們一聽說岳青天在領著游擊隊，個個嚇得打哆嗦，雙方還沒交手，就嚇得舉不起槍來，這仗怎麼打法?!」

「不錯。」孫小敗壞說：「燕塘那邊，有人給我捎信來，說這消息很確實，岳秀峰和他手下的排長喬奇，都在那邊。」

「黃……黃什麼昌，」葉大個兒拍打著後腦瓜子，彷彿極力想著什麼？忽然他啊呀了一聲，嚷說：「你們還記不記得？咱們去年駐紮下沙河鎮的時刻，有個自稱黃督學的，到鎮上住了一段日子，還跟咱們經常見面聊天聒話呢，那一位不就叫什麼昌嗎？」

「對啊，」金幹一巴掌拍在大腿上：「黃督學叫黃世昌，這名字正跟岳秀峰的化名一個樣兒，他們會不會就是一個人？也許上回他去下沙河，是探聽咱們虛實的？真要是一個人，那可就糟透了——咱們的底牌，全叫他給抖翻啦。」

筱應龍沉沉默默的搖了搖頭說：

「依我看，不會是一個人，那個黃督學長得白淨斯文，談吐之間，顯出滿肚子的學問，明明是個飽學的文人，哪有半點像是領兵打仗的？老大，您覺得我的看法有沒有幾分道理？……岳秀峰連長若真像那樣文弱，那就不會有什麼可怕了！」

幾個人七嘴八舌的胡亂猜測著，孫小敗壞反而沒再開口，聽到筱應龍的話，他才抬起頭來說：

「算我當時瞎了眼，沒認出黃世昌就是岳秀峰來，據燕塘那邊送來的情報，岳秀峰就是那種白淨斯文的形貌，他是黃埔出身，能文能武，形貌是一回事，帶兵打仗又是一回事，……縣城裏，你們聽說哪兒有這麼一個黃督辦呀？齊申之也從沒提過這麼一個人啊？」

黑暗把花廳圍著，壓著，隔著窗玻璃，一樣聽得清風的嗚咽和咆哮，當孫小敗壞確認黃世昌就是遠近聞名的岳秀峰時，大夥兒的心更重了一層。筱應龍想起什麼來說：

「老大，咱們這條公路線，原就叫切斷了，這回他們攻佔了下沙河鎮，蒿蘆集更是孤立無援，東面的楊志高和蘇大嚼巴兩股，跟咱們一向不和睦，游擊隊若攻蒿蘆集，他們絕對不會拉槍應援幫咱們一手。我想，燕塘高地那邊，董四寡婦和黃楚郎他們，既然跟您遞消息，可見他們也憚忌岳秀峰，咱們何不差人出去接頭，彼此危急時，也好有個呼應。」

「對對對！」葉大個兒附和說：「咱們手邊的槍火，存量不足，燕塘那邊不必幫咱們多少人手，只要能賣些槍火來，咱們的心，也好略為放寬一點。」

孫小敗壞點點頭說：

「連絡燕塘那邊，想法子多添些槍火，不失是個可行的法子。」說著，他舉眼環顧一圈，把眼光落到朱三麻子的臉上說：「老三，旁人或多或少都拿過些主意，你怎麼單單坐在旁邊，不肯說話呢？」

朱三麻子兩眼紅紅的，好像事前喝了些酒，他翻轉著眼珠子，咧開肥厚的嘴唇苦笑說：

「老實不客氣的講罷，對付岳秀峰，光是守住蒿蘆集，等他來攻，無論如何總不是辦法，他那種漢子，連鬼子的大軍他都不怕，哪會把咱們這一撮人放在眼下？」

「依你，又該怎麼辦呢？」

「依我，不能靠手下那些雜碎，」朱三麻子說：「這可是豁命保命的時刻了，想當年，我一個人一根匣槍，走南到北的闖蕩，還沒遇上過硬扎的對手，如今，像夏皋兒的謀算，葉大個兒的機智，筱兒和金兒的槍法，張老虎的猛力，都算得上是一把手，咱們為什麼不能換上便裝，扮成百姓，找岳秀峰拚命去？」

「這樣幹妥當嗎？」夏皋有些疑惑了。

「有什麼不妥當？」朱三麻子把兩眼翻得挺圓，勒緊拳頭在空裏搖晃說：「甭看他岳秀峰會用兵，論起單打獨鬥來，他終究不是三頭六臂的人物，咱們只要肯冒這個險，動手先把他整倒，蒿蘆集其餘的那些人頭並不足畏，咱們絕不會對付不了！」

「好！這才是好兄弟！」孫小敗壞說：「成事不成事是另一碼事，單憑老三你這種精神，就夠使我感激的了！……老三他說的對，咱們窩在這兒等人來攻，早晚會被人給收拾掉，硬拚硬撞，也許會撞出一條活路來。」

筱應龍也點頭，認爲朱三麻子所提的辦法可行，至少，派槍到四鄉去暗中活動活動，總比龜縮在蒿蘆集裏不動要強些。

「也許咱們能摸出些路數來，找機會把姓岳的給放倒，那就省事多了！」

金幹和葉大個兒倒是贊成筱應龍的說法，他們推舉筱應龍和朱三麻子先籌劃這宗事情，只有夏皋縮著頭，另有看法，他說：

「老大，不是我在洩氣，朱老三這法子不容易討好，太不容易行得通了。……您想想罷，繞著蒿蘆集，明裏暗裏，還不知有多少隻眼在看著咱們，岳秀峰當真那麼好對付，他就不是岳秀峰了，即使咱們換上便衣出去，走不上幾里地，準會被人窩住，冒這個險，划不來呀！」

「我說姓夏的，你若縮頭怕事，你就蹲到半邊去，」朱三麻子粗聲粗氣的：「這事咱們並沒一定要扯上你幹，用不著你來提心吊膽。」

夏皋也並非沒有脾氣，但在孫部五股人裏頭，他的實力最弱，不敢跟蠻悍的朱三麻子正面頂撞，朱三麻子當著眾人的面這樣使他難堪，他也捏著鼻子，把一口氣吞嚥下去，反而打個哈哈說：

「老三，我這個人，天生嘴碎，顧慮的太多，其實也都是為大家好，你若覺不中聽，只當我是放屁的，總該好了罷！」

「好了，和氣要緊，這可不是抬槓的時候，」孫小敗壞說：「除開對付岳秀峰的事，筱老弟跟老三再計議之外，打今天起，你們得想法子讓底下人振作點兒，各自多囤糧食，至於槍火，我立即著人到燕塘去，找四寡婦連絡，她就是抬了價，咱們也得買了。」

會是開出些頭緒來了，不過，天氣並不肯幫忙，一場大風訊之後，跟著降了一場少見的大雪。這場雪一落落了幾天幾夜，野地上的積雪總有半人深，連絡燕塘的人並沒有能派出去，筱應龍和朱三麻子想去狙擊岳秀峰也沒見結果，各股頭目整頓部隊的方法還是老一套，集合起來，規定這，規定那，沒頭沒腦臭罵一頓了事，到頭來，那些烏合之眾還是我行我素，只像是多喝了一杯白水。

這場大雪，固然使孫小敗壞沒法子活動，但也使他略為安心些，因為由岳秀峰率領的游擊隊，同樣也沒見進一步的行動。

安心安不了幾天，新的難處又來了，各股人紛紛來訴苦，說是糧草缺乏，連一天兩頓稀的，也快維持不下去了。

「不像話了，你們這些傢伙，簡直不是玩意兒，」孫小敗壞脾氣變得很暴躁，略有一點兒不耐煩，就發起火來亂罵一通：「我這幹司令的，不是火頭軍，送糧送草的屁事也要來磨我的頭皮？……只怕弄習慣了，日後我還得燒妥飯菜，捧給你們吃呢！去你娘的！」

「我說老大，您可千萬甭生氣。」葉大個兒說：「這可是十萬火急，非解決不可的大事，您想罷，想讓那些扛槍吃糧的跟咱們一道兒挨餓，那是不成的，再這樣餓下去，他們非跑陣不可，一等鬧了炸營（兵勇一鬨而散之意），那可就沒法子收拾了！」

「你們沒找金幹商議商議？看他金老莊還有沒有囤積的存糧可借？」

「嗨，他哪兒還有囤糧可借？」葉大個兒說：「他的手底下人跟咱們一樣的挨餓，上回咱們擰股兒圍攻張得廣，打條子借過他的糧，如今還沒還得清，他挨了餓，反而埋怨咱們是窩蝗蟲。」

「老大，您該想得到的。」筱應龍說：「金老莊就是還有一點兒底子，金幹也會先顧他自己的那一股，若說分給咱們，橫豎不夠分的，再說，翻過冬季，就是兩頭不接的荒春，咱們缺糧的情形會越來越嚴重，也許有那麼一天，連鍋蓋都不能提了。」

「筱兄弟說的，都是事實，」朱三麻子說：「底下人勒褲帶，只能勒一時，褲帶勒得久了。甭說開火打仗，他們會餓得連槍都舉不起來啦！」

孫小敗壞鎖著眉毛一想，真它媽是個大問題，看樣子，非得費神解決不可了，解決該怎麼解決法呢？糧草這玩意，不像冰霜雨雪，會打天上掉下來，當然，換在平常，一個電話搖進縣城去給齊申之，多少總能運一點來暫時接濟接濟，佐佐木既有心讓這批人槍做他的馬前卒，他也不會完全放在一邊不管。如今這事沒指望了，交通斷絕，電訊不通，使這兒硬和縣城隔開，一切困難，都得自行設法。……金幹那邊，既挖不出囤糧來，那只有一個法子，——拉槍出去搶劫。孫部隊總是亮番號的隊伍，儘管有搶劫之實，孫小敗壞也避諱這個字眼兒，不願在口頭上自己吐認。

「那，你們就拉槍出去催搜催搜好了！」虧他想得出來；所謂催，就是用槍口衝著人頭硬威逼，所謂搜，就是威逼不出時自己動手，這種說法，聽來順理成章，可要比搶劫堂皇得多了。

「老大，能催搜的地方，咱們早就幾進幾出催搜過了！」筱應龍爲難的說：「再朝遠處去，就得冒著跟游擊隊接火的危險，老實說，在這種寒冬臘月裏，民間也搜不出多少餘糧來，除非另想辦法。」

另想辦法怎麼想呢？孫小敗壞他並非沒動過腦筋，燕塘那邊是窮窩，董四寡婦寧用鴉片煙款做軍火交易，也不願把裹命的糧食賣出來，鬼子幾次大掃蕩，接著又張封鎖，四鄉被弄得民窮財盡，羅掘不出大批糧食，不但自己手下這幾股人挨餓，自己背後，楊志高和蘇大嚼巴那兩股人，一樣餓得眼冒金星，除去靠縣城接濟，唯一的辦法，就是冒大險，從游擊隊手裏搶糧了，但這個念頭，他沒法子說出口來，他始終懷疑湖邊的那些人，是否另得後方的接濟？否則，怎樣能在荒涼冰凍的湖邊野地上熬過冬天？若說他們有糧有草，那些糧和草都囤在什麼地方?!……孫部困守蒿蘆集之後，耳目極不靈通，尤獨對湖邊游擊區的消息，可說是完全隔閡了，假如說要搶奪對方的糧草，那就等於對游擊隊發動全面進攻，鬼子目前都沒有那個力量，自己這點兒人槍哪兒成？

孫小敗壞既拿不出辦法，他手下的各股人，只是捏起「搶」字訣，踏著雪，結隊出去搶劫了。他們原是計劃去搶糧草，囤集起來過冬天的，可是，把這些窮神惡鬼一放出去之後，他們便見著什麼搶什麼，遇上什麼拿什麼了，搶人牛羊雞鴨的也有，搶人衣物錢財的也有，有些傢伙下三濫到極點，連人穿在身上的破衣服也照剝不誤，有個女人手上戴著一枚銀戒子，朱三麻子的部下懶得動手去抹，乾脆手起刀落，把那女人的手給剁掉了，他們這樣一來，蒿蘆集附近殘留下來的百姓，也都紛紛朝西逃，站在蒿蘆集的圩垛間朝外看，舉眼不見炊煙，四野都變成無人的荒地了。

即使如此，孫部缺糧的情況，仍然有增無減，這逼得他們不得不擴大範圍，到更遠一些的村落去洗劫，雪後不久，張老虎率著的一隊槍兵，朝西北拉出十里，到小曹家溝子附近，便和游擊隊遇上了。

小曹家溝子是一條彎曲的溪河，也是沙河中段的一條小叉河，春夏秋三季有水，冬季乾涸，變成一條低凹的旱溪，傍著沙河岸，有些獵戶在那兒搭建一些草寮，後來便逐漸變成參差的村落，它在下沙河鎮正西方，和蒿蘆集扯成三角形。

原屬筱應龍手下的張老虎，是個粗野的悍賊，早年在這一帶闖過混過，對這一帶的地形極為熟悉，他認為一野的積雪還沒融化，天氣又寒得緊，駐紮下沙河的游擊一支隊不會下鄉，正好趁這機會，好洗劫那全村子，他是在傍晚前到達小曹家溝子的，張老虎穿的是便服，帶著十來個人，五支短槍，六七支長槍，還牽了三匹騾子，準備搶劫到糧食和財物之後，用牠們載運回去。

在筱應龍的那股人裏，張老虎一向是以猛衝猛撞出名的，他自恃塊頭兒大，有一把常人不及的蠻力，在筱應龍早年逢村撲寨子洗劫的時辰，總是領先打頭陣，而且從沒遇過大的挫折，這樣下來，更把他的膽子養大了，自以爲很難遇上對手，若干年裏，他只佩服兩個降伏了他的人，一個是筱應龍，另一個是紅眼朱三麻子，他跟朱三麻子討教過拳腳，也聽過三麻子憑一根匣槍單行獨闖的故事，覺得自己也有足夠的資格做那樣人物，這一回，他在積雪的路上跑了十里地，想來洗劫曹家溝子，正是這種心理在作祟，他一心想在孫小敗壞前面露上一手，表示他的膽氣大過那五個當團長的。

他們利用旱涸的溪河做掩護，到達那些散佈的小村落的附近停歇下來，張老虎猛是夠猛，也有他細心的地方，灰霾霾的黃昏時分，他伏在溪上朝村裏面張望了好一會兒。

「張大爺，這幾個小村子裏，難道還有誰敢抗著咱們？」一個說：「咱們就這麼大搖大擺的闖進去算了，您還有什麼好顧忌的？」

「事情有那麼簡單？」張老虎翻翻眼說：「你們甭忘記，咱們這算是孤軍深入，萵蘆集遠在十里之外，咱們在這兒決計不能出岔子，一出岔子，連接應的人都沒有，那時候，你們還想回去？——一個個都得躺在雪地上，等著晒鳥。」

「這兒難道還會有游擊隊？」另一個說話時，嗓門兒有些控不住的顫索，——絕不是凍的。

「嗯，那可說不定。」張老虎故意這麼說著，微微皺起他濃黑的眉毛；他出心厭惡這種膽怯傢伙，這些人還都是他精選出來的呢。他伸手指著那參差的小村落說：「你們瞧，這許多屋脊上，沒有一支煙囪在冒煙的，若在平常，絕不會這麼靜寂，連一點動靜全看不出來。沒煙沒火的，哪像是人住的地方？」

後半截兒倒是真話，他心裏早已起了疑惑，當然不願冒冒失失的闖進去了。

「您就派個人先進去看看怎麼樣？」膽怯的那個拿主意說。

「好啊！」張老虎朝他呶呶嘴：「我就派你先進去看看好了，走走路，暖暖身子，免得趴在這兒凍得直打哆嗦，你說怎麼樣？」

「就派我一個人去？」

「一個就夠了。」張老虎說。

那個傢伙試著站起來，兩腿一軟，又蹲了下去，他用哀懇的聲音說：

「張大爺，好歹你得多找一個人陪陪我，有個伴兒好壯膽，您瞧，天都快落黑了。」

「少囉嗦，」張老虎一腳踹到他的屁股上：「這可不是娶親載媳婦，要它娘成雙作對，你快替我過去罷，有人打你黑槍，棺材包在我身上，你甭再說了！」說著，他拔出匣槍來，在手掌心掂動著，那意思明明是帶有某種威脅的暗示。

那個儘管滿心不願意，也只好擺出笑臉，作揖打躬的說：

「好，好，張大爺，我去，我去就是了！」

話音兒帶著些情急的憤懣，但這點火氣並不能使他的膽子變大，他是把匣槍插在腰肚兒上，手腳併使，一路爬進村子裏去的。

張老虎他們等了一頓飯的功夫，等到天逐漸黑下來，那個去探聽動靜的傢伙，用匣槍押著一個衣衫襤褸的駝腰老頭兒回來了。

「這幾個村子我都串著瞧看過。」那傢伙說：「家家門上掛鎖，沒見有人，在後面村子上，我碰上這個抱柴回去升火的老頭兒，還有他的老伴兒。據他說：村上人都帶著乾糧烙餅，到下沙河幫游擊隊挖工事去了，等於是暫時搬了家。」

「那不要緊。」張老虎吁了一口氣說：「咱們先把這老頭兒帶回他的屋裏去，要他老倆口兒給咱們弄些熱湯熱餅，塡實了肚皮，再消停的搜搜，看看有什麼好帶的，收拾了帶走。」

「是啊，」一個附和說：「既擔驚受怕的跑這麼遠的路，總不能空著兩手回去，走罷，老頭兒，」他用槍托搗著那老頭兒的肩膀說：「你要是有半個字打謊騙人，老子們就把你剁了下鍋，汆一鍋老人湯喝！」

一行人在初初壓下來的夜暗中，押著那老頭兒進了村子，天雖是個無星無月的陰天，但村前村後那些未融的積雪反光，呈一片黯銀色，像滿月光一般的明亮，張老虎掂著匣槍，一路留神察看，那老頭兒並沒打謊，這一串幾個村落，果然家家掛鎖，變成寂落無人的空村子。那老頭兒顛顛簸簸的把這夥人領到一處草屋裏，說：

「諸位爺們，這就是我家，狹窄的小地方，請諸位委屈點兒，裏面坐，我讓老伴兒跟你們張羅飯食。」

小屋丁字形，一頭是灶房，當間的地方委實夠狹窄的，壁洞裏點燃著一盞黯糊糊的小油燈，四周既沒有動靜，張老虎和他的手下也就放寬了心，他們把泥火盆移到屋子中間，撥亮殘火，加上老頭兒剛從屋外抱回來的濕柴火，用空心竹筒吹燃了，圍著取暖，張老虎把那老頭兒喚過來，仔細的盤問。

「咱們是打蒿蘆集來的，」他說：「你曉得咱們的手段，我問什麼，你都得照實說，我曉得你們都是心向著趙岫谷的，你若想不要命，那太容易了！」

「沒有這回事，大爺。」老頭說：「咱們做窮民百姓的人，遇上亂世，活得連狗都不如，還有精神管你們是哪方面的，咱們只是關起門熬日子罷了！……剛剛有位大爺問的事，我不都照實講了嗎？這村子上的人，怕人來搶糧劫財，真的都搬進下沙河去啦！您大爺若是搜著人，槍斃我就是了！」

「算了，老棺材穰子，我槍斃你？」張老虎開心的笑了起來：「你以爲我的子彈不是花錢買的？——閻王爺並沒雇用我，你把吃的喝的替咱們端上來罷！」

寒夜裏有了一爐子紅火，大夥兒擠得暖和洋洋的，再加上有了熱茶飯，張老虎和他的手下就樂開了。他們把槍靠在牆角上，盡情的吃著喝著，準備塡飽肚皮，再到村子裏去搜一搜，看看有什麼可以帶的！

一夥人正在吃喝談說的當口，忽然聽見一陣推槍機的聲音，有人一聲吆喝說：

「你們這窩黃皮二鬼子，都替我留下！」

緊接著門開了，幾支黑洞洞的槍口伸了進來。

「統統不准動，舉手，臉朝牆！」又有人這樣吆喝著：「動一動，叫你們腦袋灌風。」

張老虎人粗心不粗，一聽就知上了人家的套兒了，不用說，這老夫婦倆是跟對方串成一氣的，他在惶急中，連壓在桌角的匣槍都沒來得及抓，猛的一掀桌面，一摔身子，整個人身平平的撲起，認著一扇油紙窗直撞過去，單聽嘩啦一聲，他已經穿窗而出，滾落在屋外的積雪上。

阻住前面的槍口，吐火蓋了他好幾槍，但卻略慢了一剎，根本沒打中他，他在殘雪上打了兩個滾，爬起身，像驚兔一般快速的低著身子，朝村外飛竄出去，這時候，事情萬分緊迫，他業已無法顧及手下人怎樣了，匣槍既然沒來得及抓，當然是三十六計，走爲上計，他逃到一堆柴火背後，順手撿了一塊劈柴，也分不清方向，就撒奔子朝遠處跑，心想能奔進草溝或是地裂子藏藏身，再找路逃回蒿蘆集去，好在這是夜晚，一個人放機警點兒，想脫身並不太難。

他跑跑回回頭，原以爲追的人不會有那麼快的，誰知身後響起牲口急速的蹄聲，竟然有人緊跟著他，直追了下來。

「糟了！」他心裏說：「我甭說不是飛毛腿，就是飛毛腿，也跑不贏四條腿的牲口，對方若是伸出匣槍發火，自己這條命還是很難保得住了。」

爲防背後匣槍吐火，他拚死命的飛跑，可又不敢跑直線容易被槍彈打中；他這樣一奔子跑有半里地，騎牲口的人還在緊緊尾隨著他，但卻沒有發槍，張老虎膽子大了一些，邊跑邊回頭望望，雪光雖亮，但總不夠清晰，他只能看出追來的只是一匹牲口，牲口背上馱著個高大的穿黑衣的人，離他約有百十來步的光景。

對方敢情也沒帶槍？他想。一絲脫險的希望，從他心底上泛了起來。

以他的拳頭和一身蠻力，單對單，他很少遇上對手，對方若是沒帶槍，憑這一人一騎，不難對付，何況他脫身時，還撿了一根劈柴火棒子在手上呢！

他奔跑著，奔到小曹家溝子，順著溝崖朝南跑，一面緊一緊手裏的柴火棒子，準備到必要時，好近身搏擊。這時候，雙方的距離越靠越近，對方先開口發話了：

「張老虎，你這個渾蟲，甭再夢想脫身了，趕緊放下柴火棒子，跟我回去受審，或可免你一死，假如你不肯聽話，你可活不成啦！」

「你是誰？」張老虎跑著，喘息地說。

「我是游擊二支隊的支隊長喬奇！」那人說：「你們一出蒿蘆集，咱們早就有人把你監視住了，你停不停腳？要命不要命？」

張老虎一聽，緊張得手掌直沁冷汗，愈加不敢停腳了，但後面的一緊牲口，便越過了他，把張老虎逼得無路可走，只能在雪地上打轉。人，遇到這種情急的時刻，不由得狗急跳牆拚起命來，張老虎既然跑不過牲口，脫身不得了，索性停住腳，把柴火棒子橫在手上，等著打鬥。

那個自稱喬奇的人，忽然勒停牲口，飛身落地，把張老虎攔住了。張老虎再一打量，嘿，這人的身材真是出奇的粗壯，人說自己高大，他要比自己高出一拳，兩肩和骨膀好像也比自己更爲粗壯。他穿著上下同色的黑便衣，腰裏勒得軟腰帶，帶上插著一把匣槍，張老虎弄不清對方爲什麼有槍不亮槍？反而兩手叉腰站在那裏，好像硬要憑力氣降伏自己似的。

「你怎麼曉得我叫張老虎來著？」他問說。

「這很簡單。」對方說：「我不認得你，我的手下可有人認得你，算你膽大，竟敢跑到小曹家溝子來搶糧？老實告訴你，孫小敗壞那窩人，今年一冬，甭想在四鄉搶到一粒糧。當漢奸的，都該下十八層地獄！」

「姓喬的，」張老虎說：「你腰裏有匣槍，摘槍出來打我多輕鬆？何必跟我說這許多？」

「我說，張老虎，」喬奇說：「在蒿蘆集那窩人裏，你是個糊塗蛋，我要是伸槍打你，你就有十顆腦袋也碎在那兒去了；當初你跟筱應龍走黑路，替他殺頭賣命的幹，咱們沒罪怪你，只覺得你傻得可憐，筱應龍勾結孫小敗壞，當了漢奸，你也跟著他蹚渾水，太划不來了！我這是有心給你一個機會。」

張老虎若是略有心竅的，就該趁機扔掉他手上的柴火棒子，討個活命，日後重新做人，但他一向粗莽橫暴，滿腦門子全是黑道上那股狗熊義氣，他跟定了筱應龍，又佩服朱三麻子的闖勁，因此，他橫起心，全然不領姓喬的這份情。

「你是想教訓我？」他吱著牙，從喉間發出低吼說：「老子天生就是這麼一塊料，改不了啦！你有本事不用槍整倒我，算你是條漢子。」

「好，」喬奇說：「我既點化不了你，就把你捆去，讓你受審好了！」

喬奇揮開牲口，在黯色的殘雪的銀光裏，赤手空拳的撲向張老虎，張老虎掄起那支柴火棒子，兩個人便轉著圈子互相搏擊起來。

一開始，張老虎還以爲多了一支木棒，自己可以佔點便宜，他心想，只要一棒擊倒對方，自己就可以脫身，而且還有現成的牲口可騎；誰知兩人動手之後，他立刻發覺喬奇太不好對付了，對方不但身手矯捷，腳下異常靈活，看樣子，他確是苦練過拳術的，倆人鬥不多久，他手裏的那支木棒便被喬一腳踢飛，也跟對方一樣，變成赤手空拳。

張老虎明曉得遇上了對手，今夜很難過關，但他既然脫身不得，只有硬著頭皮硬拚下去，他在拳腳上比不贏對方，唯一可靠的，就是他那一身蠻力了。但對方在力氣上，一點也不遜於他，兩人動手沒有多久，張老虎就叫喬奇撥翻在地上，被擰轉了胳膊，他拚死命的掙扎也沒有用處，對方兩隻膀子像一把鐵鉗似的把他緊緊鎖住，使他聲嘶力竭，無法動彈。

「你……你還是殺了我罷！」張老虎絕望的叫說。

「沒有那回事。」喬奇騎在他身上說：「我說了不殺你，就不殺你，只要你乖乖跟我回去聽審就得了！」

到了這種地步，張老虎想不聽也不成了，當喬奇騎上牲口朝回走時，牲口背後跟著的張老虎有些垂頭喪氣的樣子，張老虎倒還是原先的張老虎，不過頭子上套了一圈繩索，繩索的另一頭拴在喬奇的馬鞍上而已。

小曹家溝子的這次遭遇，張老虎和他的手下，連一個也沒走得脫，全都變成了游擊第一支隊的俘虜，叫押回下沙河鎮受審去了。

若照人頭數算，孫小敗壞不過損失了十來支槍，十多個人，按理是稀鬆平常的事情，可是，裏頭有了張老虎在內，光景可就大不相同啦！在沒耳朵孫的心目裏，張老虎是個悍將，除了筱應龍和朱三麻子，就數他是膽大心細，衝得鋒，陷得陣的人物，怎會在小曹家溝子這一戰，輕易就叫游擊隊給擄走的呢?!

筱應龍曾經差人出去打聽這宗事，想找出點兒蛛絲馬跡來，結果是黑月頭撒溺，——連鳥影兒也沒有。

「這成話嗎？」孫小敗壞虛火上冒，硬起嘴來罵說：「拉屎蹲到老子頭上來拉了?!我要報復，我要好好的給他們幾分顏色看看！」

而佔據下沙河的游擊隊，顯然並不在乎孫部的報復，經過正式審訊之後，覺得張老虎從裏到外，生的是一把漢奸的骨頭，便仍判他一個死刑，拖到下沙河南門外，當著無數圍觀的民眾槍斃掉了。

張老虎被槍斃之後，游擊隊把一張寫著他罪狀的告示張貼在屍體的前面脯胸上，用一匹馬將他的屍體一直拖到蒿蘆集的北門外，響槍通告孫小敗壞的部隊出來收屍。

孫小敗壞親自去看過張老虎伏法的屍體，一槍射在胸口畢命，人還是好模好樣的一個人，只是比活人差了一口氣而已，不過，經過馬匹一路在積雪的野原上拖曳，把他那身衣裳拖得稀乎爛，更由於失血的屍體露天冰凍很久的關係，使那個生前看來寬闊粗壯的傢伙，縮成脫了毛的風雞，在人眼裏看來，可憐兮兮的，連半點兒神氣勁也沒有了。至於那張罪狀，寫有張老虎早年走黑道，跟隨筱應龍打家劫舍，擾害鄉民，後來轉投孫小敗壞當漢奸的經過，壓尾昭示群眾，共起鋤奸伐暴，又明示著當漢奸，做走狗，絕無好下場的話，……這好像是一篇討伐的檄文，似乎是說：你們盤踞蒿蘆集的這一窩子鬼，若不及早扔槍投降，張老虎就是你們的樣兒。

「老大，你可是瞧著了！」朱三麻子額角上青筋暴凸著，兩眼分外發紅說：「張老虎雖不算什麼，好歹也是咱們的把兄弟呀！就這麼聽憑人擺佈，宰割之後，屍首上貼了罪狀，用馬拖回來，讓咱們活著的人看，這口氣，你當真能吞嚥得了?!」

「老三，你也甭光火。」孫小敗壞儘管心裏有些發毛，但他明白，他總是個做老大的，當初在地方上飄流打混，到處吃癟，好不容易趁亂爬竄上來，想燒發一心鬱聚著的恨火，目前這個局面，是自己處心積慮一手捏合的，說它是邪門也罷，魔道也罷，總也走到這一步，整個陷進去，無法回頭了，遇著任何難處，旁人能慌，他不能慌，旁人能亂，他不能亂，旁人能急，他不能急，——至少在面子上，他要竭力裝扮維持，他要也跟旁人一樣，一慌，一亂，一急，那他苦心箍起來的這隻舊桶，立即就散了板啦。

正因他全心顧慮到這一點，不得不力持鎮定跟朱三麻子說：「你跟我這麼久，曉得我的脾性，我絕不會吃了人的悶虧就算了的，我自有我的辦法！」

嘴上雖這麼說了，實質上，他所謂的辦法，還在煙裏、雲裏和霧裏，渾渾沌沌的那麼一團，連一絲分明的影廓全沒有。天氣這麼寒冷，屋外滴水成冰，遍野的積雪沒融，路面全被冰封，自己當初十幾廿條槍行動起來，要比如今方便快速得多，如今空擁五團的番號，聚合了上操場，去點數槍枝人頭，倒還能擺得出一個樣兒，讓人過威武的乾癮，若說在這種天氣，拉離蒿蘆集，找游擊隊去開火打仗，可真是難上加難，連半點把握也沒有。

就算能如朱三麻子和筱應龍所說，能挑揀部分精壯的人槍，冒險拉出去罷，鬼才曉得游擊隊飄飄忽忽的結聚在哪裏?人說，暗打明容易，明打暗太難，窩縮在蒿蘆集上的孫部隊，如今是在明處，而游擊隊散佈在西邊廣大的鄉野地上，明暗之比，實在太明顯了！

「這樣罷！筱兒弟，」他沉吟一會兒說：「你先設法子弄具棺材，先把張老虎落葬，就在這幾天裏，我一定得拿出妥當的法子，替大夥兒報仇出氣就是了！」

筱應龍答應設法去弄棺材，棺材是找到兩口，好木料的沒處找了，只是極普通的薄皮材，偏偏張老虎站著比人高，睡下來又比人長，那兩口現成的小玩意兒睡不下他，有人在背地裏發議論，用開心嘲謔的口吻說：

「其實，也沒有什麼睡不下的，——把兩條腿略為鋸短點兒，也就硬捺進去了，人說：平時不燒香，臨時抱佛腳，……他既沒有佛腳可抱，也只好抱抱他自己那雙蒲扇腳，意思意思了。」

「我它媽要是張老虎，有他那麼大的個兒的話，」另一個酒糟鼻子，帶著一副透達的神氣批評說：「我它媽早就該打妥一副棺材放在那兒準備著，一旦挨槍躺下，有棺材好裝殮，免得麻煩旁人亂張羅。」

「你它媽說得挺好聽的，」早先那個笑得慘切切的：「你能算得準日後他會翹在那兒？……咱們這號人，蹚渾走黑，十有八九要過鐵（即遭遇兵凶，死在刀頭上，或槍口上之謂），人一翹，什麼都不曉得，哪還管得了睡棺材？捲蘆席？還是伸腿下土？路死路葬，溝死溝埋，這可是誰都料不到的。拿張老虎來講罷，若不是封方用馬匹把他屍首拖回蒿蘆集，他就打妥棺材，能睡得著嗎？只怕一樣晾在下沙河圩外荒地地上餵了烏鴉了呀！」

「我倒不是妄想要睡棺材，」酒糟鼻子縮頭露齒，苦笑一聲說：「我是看著張老虎單薄的躺在門板上等裝殮，我自己倒覺害起冷來了！」

筱應龍找遍全鎮找不到棺材，可供張老虎入殮，若是糾合木匠趕打，一來時間耗費，二來連像樣的木料也沒有，沒辦法，只好用三層蘆蓆密密把他捲妥，外頭再加兩三床棉被，雖是寒傖，並不草率，算是聊表了寸心，就這麼在北門外野田裏掘了個深坑，把張老虎給埋下去了。

夜晚的風勢仍然很猛，孫小敗壞躺在煙鋪上，把葉大個兒找來替他做伴。這些日子，他常常找葉大個兒陪他過夜，他自從發病後，虛火上升，夜不成眠，開初找活馬三、胡三的老婆和幾個南方婊子輪流伴著，但他一沾著色字就摟不住火，非要大張伐撻不可，他是病之在色，又不能戒之在色，這好比輸了錢，抱著賭檯想撈本，當然是癩蛤蟆淘井，越淘越深了，及後，經幾個把兄弟抬著醫生的話，一頓苦勸，才把孫小敗壞說服了，搬到趙宅的花廳裏來獨宿，對於一個久患寡人之疾的孫小敗壞來說，早就染上金瓶梅裏西門大官人的那種習慣，——不摟著女人睡不著覺，讓他獨宿，當然就失眠了。

人一失眠，多半都是精神恍惚，十分萎頓，明明大睜兩眼，卻又似醒非醒，似夢非夢，意念混亂，思緒飄游，像風牽的蛛絲般的，飛飛繫繫的沒有個落處，平常人都是如此，何況孫小敗壞拖著個被酒色淘空了的衰弱多病的身子，精神原已極端耗弱，再加上背上孫部五個雜湊的團，這副擔子沉重得使他挑又挑不起，放又放不下，他一路狠著心，帶著血朝上爬，死的是冤魂，活的是活鬼，前前後後牽結著，都在他嗡嗡叫的腦子裏盤旋，他厭煩，他懼怕，他喜怒無常的陷在半瘋狂裏，忽兒縱聲狂笑，一忽兒又鎖眉囈語，甚至他自己也不知他在做些什麼。

拿什麼來塡塞失眠的空檔呢？當然是先用鴉片了，所以他不願上床，每夜就橫身在鴉片煙鋪上，不脫衣裳，身底下鋪了一張由民宅裏搜得的虎皮，肚子上搭了一床絲棉小褥子，腳下不遠的地方，架著寬邊的銅火盆，盆裏熾燃著紅紅的炭火；鴉片提起他的精神，使他自覺還保留一點兒潛藏在骨髓裏的元氣，也使他在飄緲的麻醉中略爲鎭定一些，但他躲不開眾多飄游的思緒，他要拿定很多很多主意，如何對付蒿蘆集的那幫人？如何使孫部隊在寒冬的困境裏撐熬過去？

他一個人苦想太悶寂，有幾個伺候的衛士的臉孔，木木板板的，他見著了也嫌煩，於是，他得找個人陪伴著他。在他這窩把兄弟裏頭，筱應龍眼他關係淺，也隔了一層，他不願說出掏心亮肺的話；金幹呢？太它娘風花雪月不著邊際；夏皋膽小怕事，活脫是隻老鼠；朱三麻子硬上，太沒趣味，只有葉大個兒言語活絡，又善於出鬼點子，拿妙主意，自己跟他一敲一搭的長談不倦，於是，他便經常找葉大個兒。

張老虎的死，在他原就秋氣的心裏，又抹上了一層濃濃的陰影，因此，倆人對躺上煙鋪之後，話題便由這件事上展了開來。

「人說：人世無常，眞它媽的不錯。」孫小敗壞不由不有些感嘆：「我說：大個兒，打咱們混起來之後，一轉眼似，這就過了好幾年啦！」

「本來嘛，老大。」葉大個兒煙癮不重，只是捏著銀製的煙籤兒，替孫小敗壞燒著煙泡兒，一面慢吞吞的，眼皮也沒抬一抬，順口接話說：「春夏秋冬，像一盤驢推的磨，脫不了是轉著來，轉著去的：死了，一死百了！你的身子不硬棒，用不著多想這個……人說：咱們活著，就是沒完沒了，走到哪步算哪步，想過了頭，反而沒有什麼用處。」

「兄弟，倒不是我存心要鑽這個牛角尖，」孫小敗壞嘆說：「早先鬼子氣燄盛，咱們只管躲在大樹底下乘蔭涼，我它媽活得神氣碌谷，樂乎乎的，哪會想這個？如今晚，鬼子變成縮頭烏龜，游擊隊越來越猖獗，我這個做老大的，不能不想著如何團攏孫家班，若再胡天胡地的過下去，不用多久，大夥兒都保不住腦袋瓜了！」

「您的心意，做兄弟的明白。」葉大個兒燒妥泡子，遞給孫小敗壞，自己打開煙罐，抽出一根煙，就火點上，噴了口煙霧說：「不過，拿主意儘歸拿主意，嘆氣可千萬嘆氣不得，好好的人，常嘆氣都會嘆倒，甭說您在病著，越嘆越會缺氣，您是曉得的。」

葉大個兒這麼一說，孫小敗壞正要把一口氣嘆出來，忽然又吸了回去，費力的挺挺胸脯說：「想著一些事，不能不有些感慨，不想嘆氣不想嘆氣，也它娘一張口就嘆了出來，你想想，大個兒，咱們扯起鬼子的旗號，在鬼子窩裏混，也它娘毫不保險，這一兩年罷？原是在咱們身邊混的，倒下去好多個了？」

「我來算算看，」葉大個兒逐一扳起手指來，替做鬼的點了點名：「飛刀宋、張得廣叔侄倆，胡三胡四兄弟、卞小四兒、蕭石匠、尤暴牙、萬大奶子，——您那個老姘頭，加上如今的張老虎，對啦，還有湯四癩子，這些是死了的。至於叫閹掉的時中五，被打成殘廢的薛立，算來也有一打之數了罷！」

「被我拖去斃掉的那些公差還沒算上呢！」孫小敗壞臉色有些灰黯的說：「人這玩意兒，想想，委實也是太脆！——像它娘嫩雞的骨頭一樣，碰碰就斷掉了！倒是人死之後，那些寃魂屈鬼，纏勁兒可大得很！……前天夜晚，我這麼歪在煙榻上，半醒半睡的，忽然看著個人，渾身是血，不聲不響的站在我的面前，喏！——就站在火盆旁邊，起先我有些吃驚，還以爲是衛士遇上了岔事兒，叫人打了黑槍，我想翻身起來問個究竟？誰知兩眼空自睜著，身子卻彷彿不是自己的，一動也不能動彈，我一轉念，才知自己並非全醒著，不是做夢，就是被魘住了。」

「我曉得。」葉大個兒插嘴說：「這完全是您身子太虛弱的關係，再加上常常失眠，精神疲憊，才會這樣，……後來又怎樣了呢？」

「後來我定睛留神再一看，你猜我看到的是誰？」

「是誰？」葉大個兒說：「難道會是胡三？胡三雖恨你入骨，但他虧心在先，又不是死在你手上，我猜他也沒有這個臉跑來纏你。」

「倒不是胡三，」孫小敗壞說：「是你剛剛捏指頭數算，把他數漏掉了的毛金虎。其實，在毛金虎之前，我也見過旁的鬼魂，……在黑溝子混事，後尾在紀家賭場被你設計盤掉的那個牛，牛，牛什麼來著？……我也見過。我醒後確實有些動火，——凡是孫部各兄弟幹的事，全它媽把總賬記到我姓孫的頭上來了！老子的命只有一條，他們要索，要討，老子如今還不想給呢！」

「夢是心頭想。」葉大個兒說：「老大，朝後你白天不妨多活動活動，夜晚多找幾個人聊聊，不去胡思亂想，這些亂夢也就會少了！」

說是這麼說著，葉大個兒眼望著那盞綠熒熒的，像一隻鬼眼似的煙燈，想到若干虧心事，脊樑骨也不由發起毛來了。兩相比較，沒耳朵孫老大的那些感慨，倒是實在的，而自己的那些安慰話，倒變得非常虛浮了。在眼前的黑夜裏，風聲忽遠忽近的狼嚎著，誰知道湖邊的游擊隊又在怎樣趁黑活動著！除掉今夜這一刹，明天是完全不可靠的，他的一刹幻覺裏，遍然覺得剛剛真的中了魔，爲什麼要好端端的捏著指頭，數計那死鬼？正因剛剛數了鬼，他的手指直跳直跳的，有些控不住的痙攣，彷彿沾上了一種洗不脫的鬼氣了。

孫小敗壞吸了兩個煙泡，端起紫砂小茶壺呷了一口茶壓壓喉嚨，仍然有一陣輕咳沒壓住，從喉管裏冒了出來。他略略閉了閉眼，休息一會兒，又把話題扯到旁的地方去了，他說：

「大個兒，我心裏駭懼不安，完全是怕岳秀峰那三個字，不知怎麼的，我怕鬼也沒有怕岳秀峰厲害，彷彿鬼只是鬼，而那三個字，總使我想起閻羅王來。」

「不瞞老大說，咱們做兄弟的幾個，提起岳秀峰來，或多或少，總有點兒駭怕！」葉大個兒說：「其實，認真想想，怕也是多餘的，岳秀峰在湖邊這麼久了，他若就是黃世昌，咱們不是沒見過，一樣是一個鼻子兩隻眼，一條腿走起路來，還有些不便當，一個白淨斯文的血肉凡人，一槍照樣把他放倒，有什麼可怕的呢？」

「這也許是咱們心裏有鬼，」孫小敗壞說：「因爲岳秀峰的名頭著實太大了，甭說咱們，只怕鬼子頭兒佐佐木大佐聽到這名字，渾身也會打哆嗦。」

葉大個兒點點頭，煙燈在他眼裏，更綠得可怕了，嘴上說是不怕，一顆心卻怕得朝裏收縮，他弄不懂爲什麼會這樣？也許正如孫小敗壞所說的，岳秀峰這個名字，和他剿辦土匪，英勇抗日的戰績結合在一起，經過傳說的流佈，太震懾人了罷？

有一宗事情，葉大個兒不會忘記，——他們在胡家野鋪做下的那宗血案，被害的兵士，正是岳秀峰的屬下，這才真是個打在心上的死疙瘩，尤獨在胡三被游擊隊擄去審訊之後，他更時時想起這宗事情，他也看得出孫小敗壞對這宗事的恐懼，但，孫小敗壞好像存心避諱這個，總是故作遺忘，絕口不提這回事情，這明明顯示出他情怯心虛更甚於自己，因此，他也就不願再提起這宗深深刻印在心底的舊事了。

「我怕岳秀峰，不是怕他旁的，」孫小敗壞見葉大個兒沒說什麼，便又說出他心裏的疑懼來：「是怕在他完全弄得懂咱們，咱們卻一點兒也弄不懂他肚裏裝的是什麼？……我說這話的意思，你該明白罷？大個兒。」

葉大個兒沉沉鬱鬱的皺著眉毛：

「您不妨說說看？老大。」

「這不是很簡單麼？」孫小敗壞攤開兩手說：「旁的傳說姑且不論了，單就岳秀峰的出身來講，他是老黃埔出身，這是準沒錯的。有句俗話形容，他該是正式科班底子，所以他帶兵打仗，完全本行。他那一套，絕不是咱們這幾個臭皮匠能對付得了的。」

「我看，這也並不一定。」葉大個兒撢撢煙灰：「人說：強龍不壓地頭蛇，他岳秀峰再能，他的部隊在跟鬼子猛拚之後，也早已瓦解掉了，如今只落他和他的排長喬奇倆個，就算他們跟趙岫谷配合上了，憑他們倆個外路人，又不是三頭六臂，還能施行些什麼樣驚天動地的法術？朱老三說的不錯，咱們只要攫機會用黑槍把他撂倒，一切就完了事啦！」

孫小敗壞眨眨倦眼，眼裏透出一絲希望的光來：

「但願如此，若真如朱老三所說的那樣，我它媽做夢都會笑出聲來呢！」

倆人談說著，天已到起更時分了，孫小敗壞正想招呼左右，關照小廚房弄些點心來宵夜，忽然他的貼身衛士進屋報告，說是燕塘高地那邊，董四寡婦帶著人摸黑到了蒿蘆集來了。

「他們來了幾十桿槍，護住一些馱馬。」那衛士又說：「全馱著沉甸甸的箱子。」

「好！」孫小敗壞像撿著金珠寶貝似的，轉朝葉大個兒說：「咱們正愁沒能及時跟燕塘那邊連絡，咱們四姑奶奶先過來了，你猜想罷，她會帶些什麼來？」

「也許是大批的煙土，」葉大個兒說：「也許是大批槍械彈藥，兩樣裏頭，無論哪樣，對咱們都有幫助。」

「快請四姑奶奶進屋來歇，」孫小敗壞急忙起身趿鞋說：「大個兒，四姑奶奶帶來的人，煩你過去招待安頓去罷，我跟她單獨有話談。」

正說著，董四寡婦業已進屋來了，也許是趕路趕得太急促，她包頭的青布巾上蒸騰著汗氣，孫小敗壞躬著腰，像捧寶似的把她請進設有煙鋪的暖房，董四寡婦並沒有躺上煙榻，找一把太師椅坐下說：

「孫老大，你究竟是怎麼弄的？把你這股人窩縮在蒿蘆集裏，連頭也不敢朝外伸，這可好?!你這麼一來，等於是蒿蘆集附近都丟給中央了。」

「甭先冤我，四姑奶奶。」孫小敗壞陪笑說：「我這個雜湊班子，人頭雖團攏了不少，實力究竟有限，早先趁著鬼子的勢，還能活動活動，如今什麼太平洋戰爭這麼一爆發，這兒由前門變成後門，又由後門變成狗洞了。佐佐木有心無力，再也顧不著四鄉，一條公路被游擊隊弄垮掉，到如今全沒修好，風雪前，我差人進縣城去求援，到如今也沒見半點消息，我沒倚沒靠，像蒼蠅掛在蛛網上，全是身不由主啦！」

「這個，我曉得，」四寡婦冷冷的笑了笑說：「無論你有多少種說法，游擊一支隊攻撲下沙河，要端掉尤暴牙的鍋，下沙河離這兒並不遠，而你孫老大竟然不加一兵一卒的援手，這就太說不過去了！……尤暴牙的身分，你是清楚的，他生前也爲你出過死力，當他急難時辰，你們抱起膀子，消消閒閒的隔岸觀火，把下沙河拱手送給趙岫谷，讓他們在這條線上弄個缺口站住腳根，你說你這又是什麼意思？」

「四姑奶奶，說起這宗事，妳就更怪不到我頭上了！」孫小敗壞說：「那只能怪尤暴牙學的是紮匠店的手藝——紙糊的玩意兒，人家攻撲他的堡子，他前後只撐持了一個時辰，我就是立刻應援，也趕不上趟兒，咱們誰的脊背上也沒長上膀翅，等到咱們糾合人槍想去應援，他的堡子業已被人攻開，人槍全叫人家解決掉啦！」

四寡婦想想，沒耳朵孫說的，確也是事實，一肚子氣也緩和了些，不過，她並不就此滿意小敗壞這種龜縮的作法，她說：

「孫老大，你可得認真想想，咱們燕塘那邊一向對你怎樣？你整張得廣，咱們幫襯你，你要槍枝槍火，咱們費力張羅，讓你有今天這個局面，你要拉垮胡三胡四弟兄兩，咱們直接插手，總算如了你的心願。……咱們爲什麼要這樣出力幫你、抬你？說穿了，多少也是爲咱們自己著想，想利用你的關係作緩衝，一面穩住鬼子，一面擋住中央；你就這麼一縮頭，好了，使得趙岫谷的勢力一直伸到大溝南，咱們自顧不暇，再沒有辦法幫助你了！」

「這話也未免說得太嚴重了一點罷？」孫小敗壞說：「據我所知，趙岫谷那幫子人，雖然不在中央的正式編制之內，但對中央的政策還是極力遵行的，他早先既沒打過你們，如今當然也不會直接動手。」

「當然囉，」四寡婦說：「表面上，他們沒動手倒是事實，但他們消息靈通，把咱們販賣鴉片、運送械彈的事，摸得一清二楚，……下沙河是咱們的出口，他只要把那道出口嚴嚴的堵住，讓咱們的貨不能順暢的流出來，咱們就夠慘的了！」

「妳的意思，究竟該怎樣對付呢？」

四寡婦眨眨眼，沉重的想著什麼：

「在目前，抗日的金字招牌，咱們還得緊緊的扛著，這是對付趙岫谷的一宗法寶，說起來，咱們也買通過人，讓張得廣下沙河泡湯，又直接暗殺過胡四，咱們抱著一句口號！『中國人不打中國人』，——這意思就是他不能打咱們，先把趙岫谷穩住，再慢慢想法子磨算他。至少，在目前，你得設法子說通佐佐木，哪怕是虛張聲勢，也得擺出個架勢來，最好趁機奪回下沙河，讓我有個喘息的機會，接一接尤暴牙死後的斷線，從陝、甘，寧，到蘇、魯、皖、豫，咱們的黑貨買賣，是不能不做的。」

孫小敗壞不住的點著頭說：

「這個我曉得。」

「你曉得了就好。」四寡婦說：「就算咱們互相幫襯好了，這個忙，你是非幫不可的了！」

「好好好！」孫小敗壞瞇瞇兩眼，一疊聲的說：「旁的甭談了，就衝著妳四姑奶奶冒著風寒，大老遠的趕夜路過來的情面，我自會有多少力盡多少力，絕不會打半分折扣就是了！」

「其實，我這趟過來，倒不是單單求你幫忙。」四寡婦說：「我曉得你這邊的槍火有限，我特爲你弄來十七大箱步槍的廠造槍火，四大箱手榴彈，外加五十磅高爆炸藥，……如今，憑這些貨色，鬼子一般倉庫裏都缺得很，這是不能照一般價錢計算的。」

「妳要作什麼樣的價呢？」

四寡婦嘴角微微上翹，帶些神秘的意味說：

「咱們交情不是一天了，這筆貨，我不要你付一文錢，不過，你得替我拿回下沙河，把緝私大隊的名聲保留住，人槍由我負責湊攏，尤暴牙的差事，不能沒人接替，我囤積的煙土還等著運出來呢！」

「做歸做，可是，我有幾句話，不能不說在前頭，」孫小敗壞說：「拿回下沙河，可不是一宗輕鬆的事，尤獨是目前這種天寒地凍的時辰，更是夠難的，假如咱們能兩面夾攻，那就不一樣了！」

「我那邊不是沒有人槍，」四寡婦說：「只是都分散得太遠，山東縱隊的老八團、老十團，陳家道口一戰之後，拉回東海岸整補去了，北邊還有第五旅，也是離不了窩的地老鼠，這是靠得最近的，其他就散得更遠，到了省界外頭去啦，俗說：遠水救不了近火，我手邊的一點兒人槍，只能敲敲邊鼓罷了！」

「能敲敲邊鼓也是好的。」孫小敗壞想了一想說：「至少也能替我手下的人壯壯膽子，我想，等到天一轉晴，我就再差人出去連絡佐佐木，鬼子若能出動，事情就更好辦了。」

倆人偎在火盆邊，談到子夜更深，孫小敗壞擊掌喚人，弄些酒菜來，陪著四寡婦宵夜。人說：酒是色媒人，沒耳朵的淺酌三杯之後，眼裏的董四寡婦就已經逐漸加深她的顏色，變成紅毒毒的春花一朵。

四寡婦說起她冒黑趕夜路，穿過小曹家溝子附近，曾經遇上游擊一支隊的崗哨，近得能聽見對方扳動槍機的音，她說：

「有這批槍火炸藥在手上，無論如何不能出事，我一路提心吊膽，怕被對方截住，真是受盡驚嚇，一直到現在，我的兩腿還在發軟呢。」

「不要緊，」孫小敗壞說：「我來替妳壓壓驚，敘敘舊，我加派槍隊送妳過大溝好了！」

黑夜在外頭流著，兩個人關上房門，在暖房的木榻上敘起舊來，爲著四寡婦雪裏送炭般的送來這批槍火的關係，孫小敗壞也顧不得自己渾身的病痛了，他並不是功夫好，而是虛火上犯，孤陽亢烈，一頓奉承，使四寡婦微顫著闔上了兩眼，發出公私兩便的呻吟……。

不過，二天送走董四寡婦之後，沒耳朵就覺得不靈便啦，他找來兩個女人替他輪流搥腰，以減輕他腰下脊椎骨尾部像針刺般的痛楚。

葉大個兒過來陪他，一見這種情形，就明白昨夜孫老大摟不住火，犯了春啦，但又不便明講，只好轉彎抹角的透出一點意思，盼望他要愛惜身子。

「你沒想想，四寡婦是幹什麼吃的？」孫小敗壞罵說：「她原就是九尾狐狸變的，跟她打交道，不讓她吸飽你的骨髓，行嗎？……我這回，老本快它娘蝕光啦！」

罵自歸罵著，但四寡婦跟他說的那些話，他可一句也沒有忘記，比較起來，他不得不佩服四寡婦那一套心計深沉的辦法，那要比他自己腦瓜裏轉出來的東西高明得多了！他躺著不能動彈，叫人去找朱三麻子，要他選派一個中隊，從青石井穿三官廟去縣城，拿他的信去見齊申之，請齊申之跟佐佐木連繫，無論如何，求他派兵協助，收復已被攻陷的下沙河。

朱三麻子回去，剛把槍隊選妥，還沒有出發呢，衛士跑來報告小敗壞說：

「孫大爺，上沙河的楊志高那邊，有人帶著信來見你，說是佐佐木大佐業已帶著一中隊皇軍，通過被破壞的公路，到達上沙河鎮駐紮下來了。」

孫小敗壞一聽，大喜過望，撐持著從煙榻上翻身坐了起來，說：

「快，快召他進來！佐佐木這一趟親自領兵進駐上沙河，咱們就算解了困了！」

楊志高差來的人，帶的是佐佐木親筆寫的漢文手令，大意是：本人已率部親屯上沙河鎮，定期舉行會議，著孫部團級以上官佐，全部參加……孫小壞敗一計算，離開會期只有兩天了，因此，遣退來人，他立即召喚他那一把子人來，告訴他們這個突如其來的消息，爲了一路上的安全，他正好用上朱三麻子爲他選派出的這一中隊的槍隊。

天氣算是很幫忙，當孫小敗壞這夥人動身出發那天，雲開，風歇，變成這個風訊接續的冬季裏最好的晴天，只是那份尖冷似乎要比陰天更甚些兒。

「鬼子這些年裏，雖是烽火連天的，像掉進爛泥塘，但照我看，他們的氣數還有一段時辰好拖，」孫小敗壞望著窗外的天色，很開心的對他那群把兄弟說：「佐佐木不來，天愁地黯的，看著也不開頭，佐佐木剛到上沙河，嘿，天也開啦，雲也退啦，真它娘邪也有邪路，不按著常理，偏生左著來的！」

「是啊，老大，」葉大個兒立刻附和上了：「咱們端著鬼子的飯碗，當然巴望鬼子氣數地久天長，否則還有什麼玩頭？……再說，你做老大的，巴了個將星在肩膀上，就算是亂世魔王罷，一樣是上應天星啦！」

「說得好，說得好！」筱應龍說：「好話全叫你揀著說盡了，咱們如今端的又是老大的飯碗，總相信既是天星，好歹也有一段天星的運數，俗說：一人有福，拖帶滿星，咱們如今託老大的福，這個冬天眼看就沒有問題了……他游擊隊再強，怕也撼不動鬼子這根石柱兒，在下沙河的那股人，聽著佐佐木的名字，怕正嚇得發抖。」

金幹自從跟筱應龍倆人爭一個女人鬧翻之後，一直是嘔著一口氣在心裏，兩人的部隊也跟著不很和睦，大磨擦雖然沒有，小磨擦從沒斷過，這種面和心不和的狀況，持續很久了，尤獨當著孫小敗壞的面，他聽見筱應龍爭著奉承，便冷笑著，說了句反話說：

「咱們的筱大爺，你可甭樂得太早，你在混世的檯面上，坐定一把金交椅沒錯，但你究竟不是占星卜卦的，還不配大談什麼氣運。」

金幹的話還沒說完呢，筱應龍就蹦跳起來了，他原先就生的一張小白臉，經這一氣更白，白裏透著一股暗青，泛出隱隱的殺氣，指著金幹說：

「好！我不配談，不知你金大爺還有什麼高明的看法，也說說給咱們聽聽，長長見識。」

和筱應龍相比，金幹要陰柔些兒，他不慍不火的說：

「筱大爺太奉承了，我哪兒敢當，我也是跟著咱們老大混口飯吃的人，不像你筱大爺有那麼大的野心，那麼大的氣燄，如今只求這不是鬼子的『迴光返照』，業已算好的了！」

筱應龍還要說話，被孫小敗壞擺手阻住了，他衝著筱應龍和金幹兩個說：

「我它媽真拿你們這兩個傢伙沒辦法，你們爲它媽一個雌貨，鬥得在人前光著屁股，到如今，鬼胎沒盡，還在彼此懷恨，這樣你一言，我一語的，針尖對麥芒似的窮頂撞，太沒意思了，你們都替我下去，準備動身。」

由孫小敗壞親自率領的隊伍，終於在傍午前出發，他雖然病了很久，渾身虛弱打顫，痿痛欠靈，但這一回是去朝見鬼子頭兒佐佐木，不能不竭力裝點門面，他穿著簇新的呢質黃軍裝，揹上很神氣的武裝帶，亮出紅地滿襟一朵金星的領章，肩上虛披著黃呢大氅，腳下穿著柔軟漆亮的馬皮馬靴，靴跟裝著純銀製作的馬刺，手裏搖著一支白藤馬鞭，走起路來，略顯虛飄的大搖大擺，病弱裏透著一股洋洋自得的逍遙，彷彿他真是上應天星的人物，生來就該騎在馬上賣人頭的，只不過他那五官只有四官，缺了兩隻招風的耳朵，好在這是冬天，比較容易掩飾他這種五官不全的缺憾，他只要戴上兩隻熊皮護耳，遠看也就毛聳聳然，有那麼一點意味了。

孫小敗壞那匹馬，是託金幹替他千挑萬揀，花重金買來的口外名駒，牠比平常的馬，骨架要高大的多，但不像東洋馬那樣肥壯寬闊，大而無當，牠一身的密毛，像漆刷般的貼伏在身上，四蹄修削，昂健中帶著輕靈，尤獨是毛色純紫，隱透著墨意，真是標準的紫驊騮。……實在講，孫小敗壞不懂得馬，平常也很少騎馬，當然談不上愛馬，如果說他愛這匹紫驊騮，也不是人與馬相契的那種愛法，而只是一股潛藏在他意識裏的虛榮心在作祟，表面上是極度自傲，骨子裏是極端的自卑。好像他若不用熊皮護耳，掩飾他那被割去雙耳後留下的斑痕，人們只要一抬眼，便會看透他當年做小混混兒，犯了罪，被罰跪在祖師爺像前，叫人割去雙耳的哀嚎，——那種不像人聲的，野獸般的嚎叫聲，總在他心底迴響著，使他固執的恨著什麼。好像他若不悠盪著馬鞭，騎在一匹特別英昂的高頭大馬上，低著眼瞄人，他那一身酒色淘空的排骨架兒，就是掛上肉案也賣不出好價錢。他除去用肩上的金星，前呼後擁的隨從，出色的駿馬和他那身呢質軍裝裝點自己外，他就不是什麼；他既然費盡心機當上了老大，就得把這假名位保持下去，很早他就聽說書的說過水滸傳，他要做宋公明那種人物，極怕變成白衣秀士王倫，把這顆沒耳朵的腦袋瓜子白讓手下人給拎掉。

當然，至少在目前，他還用不著小心翼翼的顧慮到這個，他自幼就生有江湖氣，沾上黑道上的邪性，不像王倫那種迂腐狹心的酸秀士，這撮子人頭，憑他機智狡獪的腦袋和一些多變的小主意，很輕鬆的就能捏得扁，搓得圓，兜得轉。再說，這夥人裏頭，不論是筱應龍、金幹、朱三麻子哪一個，也都只是地煞星的氣派，還沒見豹子頭林沖那樣人物，只配跟著他的馬屁股走，還沒有誰能拎走他的腦袋。

隊伍共有百十來人，百十多條槍，出的是蒿蘆集的東門。隊伍是經過朱三麻子費心挑選來的，個頭兒高大整齊，槍枝也都比較新，——至少都能打得響。

孫小敗壞、筱應龍、金幹、葉大個兒、朱三麻子和夏皋，全都騎馬跟在前頭，除了孫小敗壞帶了一個班的騎馬的衛士，其餘的幾個，也各帶衛士三五人不等，他們把各團裏像樣點兒的馬匹都騎出來了，這樣，除了跟在後面的步行的槍隊，前面也有了一支擁有三十多匹馬的馬隊。馬隊裏舉著一面旗子，因爲鬼子曾經通令不准再用老中央制定的青天白日滿地紅國旗，而僞軍又不夠資格冒充東洋人，張懸紅太陽旗，在南京的汪政權便挖空心思，來個不倫不類的變通辦法，把北洋時期一度倡行過的老旗式復活，故而，孫小敗壞這支隊伍，張的是紅黃藍白黑五色條紋旗。

路上都是梆梆硬的堅冰，馬蹄一路敲打出清脆的得得聲，太陽小小白白的，高高張在天頂上，但它似乎也很害冷，連一點兒熱氣也沒透到地面上來，孫小敗壞忍住他腰骨隱隱的痠痛，挺起胸脯，用戴了白手套的手抖著韁繩，一面緩緩策著馬朝東走。

有了佐佐木和一中隊鬼子兵屯駐到上沙河鎮，孫小敗壞的心便寬鬆了下來，自覺他一身的病也去了大半，隊伍走到叉路口，他勒住馬，思索著，打這兒起，去上沙河有好幾種走法，一條路是偏向東南，到青石井北折，繞向上沙河，這條路的路程最遠，但安全性也最大，這是完全避離下沙河鎮的走法，另一條是一路斜向東北，經過孫家驢店，金家老莊正南，直奔上沙河鎮，這條路最好走，也很近便，但離開有中央游擊隊據守的下沙河炮樓，可就近得多了。除了這兩條路。在一經過驢店就北拐，穿過黑溝子，走牛胡莊，經下沙河再去上沙河，這條路雖較走中間略遠，但一路的路面寬闊些，適宜馬隊行動，只是要經過下沙河圩外不遠的地方，對方站在炮樓頂上，可以毫不費力的數得清隊伍的人頭數目。

「老大，您看該走哪條道兒？」朱三麻子說。

孫小敗壞抬眼朝遠處眺望著，還沒有回話呢，膽小的夏臯就搶著說：

「三爺，這還用問嗎？咱們這是去見佐佐木開會，又不是攻撲下沙河去的，當然能避就避著點兒，不用跟他們起不必要的磨擦，甚至正面對火，當然該繞點兒路，走青石井那一線囉。」

「其實，咱們也用不著那麼過分小心火燭，」金幹笑笑說：「走金老莊正南就成了，那兒的地形地勢，沒有誰比我更熟悉，照這種天氣，佐佐木進駐上沙河鎮的情況，我想，游擊隊還不至於離鎮截擊咱們，——上下沙河兩鎮相距太近了，他們多少也有顧忌。」

這時候，孫小敗壞轉過頭來說：

「用得著那麼心虛膽怯嗎？你們跟著我，穿黑溝子，走下沙河鎮外。咱們平時不出來，對方就把老虎當成病貓看了，姓孫的當真就是屬烏龜的？見了趙岫谷的人，就永遠縮著頭，低他一等，今天我倒要看看他們有多大能耐？說我藉鬼子的勢就藉鬼子的勢好了，也讓佐佐木看看咱們不光是一窩子沒膽老鼠，嘿嘿，若不冒點兒危險，開起會光挨罵，不好邀功，那滋味可也不好受得。」

「好！」粗莽的朱三麻子說：「老大說走哪兒，就走哪兒，兄弟跟著您闖就是了。」

「你們幾個怎麼說？」孫小敗壞轉問其餘各人說。

筱應龍、金幹、葉大個兒都還沒有說話，只有夏皋用勸慰的語調掩飾他的膽怯說：

「我說老大，這可不是我膽小怕事，這事委實不妥當，萬一跟對方接上了火，輸贏都還不怎樣，槍子兒呼呼的，若是使咱們這幾個裏頭有人掛彩帶傷，拐腿斷胳膊，或是擦破臉皮，上了會議桌子，多掛不住？」

孫小敗壞一聽夏皋的話，兩隻眉毛便擰擰扭扭的咬起架來，露出一種憎厭的表情，這種憎厭的心意，他已埋在心裏很久，他總覺得夏皋跟他們這夥子混在一堆，總使他有人頭不對的感覺。當然嘍，當初自己跟張得廣對陣，夏皋跟飛刀宋小禿子兩股人，確是幫助自己打過頭陣，除掉湯四癩子，刨掉楊志高，立過點兒功勞，不過，拿夏皋和飛刀宋相比，尤獨在如今急需用人的當口，夏皋簡直抵不上宋小禿子腳根一塊皮，人家飛刀宋那種豁命的玩勁兒，夏皋一點都沒有，他只是一隻老得爬不動的癩蛤蟆，老是蹲在黑角上，半醒半睡似的瞇巴兩眼。他既老，又膽小，既怕事，又它娘的死糊塗，只是鴉片抽抽茶喝喝，連嫖女人都撐不起竿兒，哪還能像生龍活虎般的領人打火？在自己屬下的五個團裏，要數夏皋一團真是一團糟，個個跟夏皋學樣，都是些老酒鬼，老煙槍，站起隊來，前胸都擠到後背上去了，這種隊伍，甭說亮不出去，連自己看了，都覺得漾漾的起噁心，若不是自己想擴充編制，用以威嚇趙岫谷那幫人，怎樣也不想升他做團長的，他它娘當了團長，一旁站著湊個數也就罷了，他偏偏死不知趣，儘在人耳根吹著氣窮嘀咕，十句話有九句半是晦氣話，即使在黑道上，也是犯忌諱的，他還自詡他在黑道上混得久呢，真它吊死鬼賣春，死不要臉透了！

孫小敗壞雖然沒說話，只是用兩眼盯住夏皋直瞅，但他一心的憎嫌，卻都像地心泉水似的，咕嚕嚕的從眼光裏直冒出來，夏皋被那種異樣的眼神逼得噤住了，勒馬朝後倒退了兩步，那意思明顯的表示出他只有跟著大夥兒走的份兒，小敗壞這才一夾馬腹，領頭奔向他的老家宅，——孫家驢店去。

經過孫家驢店門前的老沙路，孫小敗壞忽然覺得心跳加速，身子越發的虛軟起來。他記起來，自己有很久沒回到老家宅來了，孫家驢店竟然變得這樣的荒落，哪還像是當初的孫家驢店，他再怎樣一心灌滿了醉人的利慾，但童年時期眼中的圖案，仍然很明晰的刻在心上，拿眼前的景象跟他記憶裏的景象對照，眼前的一切，已全然陌生，早就不再是孫家驢店了。沙路朝遠處游過去，路兩面還留著一些冰結的殘雪，白裏微泛灰黃，驢店的屋子，連瓦頂全塌落了，只賸下一副骷髏般的破骨架，六角形的小窗呢？朱紅漆漆得鮮鮮亮亮的窗櫺呢？那只是傷心的夢景罷了，時間可以把一代代的人送進黃土，當然也能埋葬許多曾經存在過的事物，他曉得，他心裏存在著的，事實上在眼前這個真實世界上，早就蕩然無存了，正因這樣，他前沒幾年還在夢想著的「衣錦還鄉」時的那份得意，也全落了空。

他想過他會獨據蒿蘆集，當上土皇帝，不准誰再當著他的面頌讚趙岫谷、喬恩貴和黑頭趙澤民那一幫子，然後，他就率著親隨，騎著大馬，神氣活現的回到孫家驢店來，這些關於他本身的，他算是做到了，也許他今天穿的衣裳，騎著馬匹，帶的人槍，比他所夢想的場景更爲闊綽，更爲壯觀，但他意中的孫家驢店就不是這樣了……孫家驢店的人都像野地上的巴根草，依靠著一小塊巴掌大的田地，滾著爬著長，但永遠長不到高處去，做爹的就是那種人，恐怕做夢時夢著槍馬刀兵，也要沒命朝外推，他含著一根配有老漢玉煙嘴的旱煙袋，一輩子沒打算換過，有些教訓子孫的話，同樣一輩子也啣在他的嘴唇上……人哪，要知足啊，老古人說的總沒錯，知足常樂啊！像咱們這些莊稼漢子，用不著巴望誰去封侯拜相，人說，靠山吃山，靠水吃水，咱們靠著泥巴活，只有勤管五穀莊稼，有種的，就有收的，就有吃的，若能吃飯不離鹹魚，走路不離毛驢，業已算得天之福了，這番話，是世代相傳的，不是爹創的，顛不碎，撲不破，你們都得給我記著。

孫小敗壞論記倒都記得了，不過，他生性就跟這些言語所顯示的單純滿足的意願反著來，他夢得多，想得多，極不願再做貼地生長的巴根草，他要高高拔起，強取豪奪，每遇一次挫折，他這樣的意願就結得更爲堅牢。他想過，孫家驢店幾十年沒出過半個有名有姓，有頭有臉的人物，不但好人沒封侯拜相，連壞人也沒壞出名堂，自己這一路斜行上來，地頭蛇也該是條名符其實的地頭蛇了罷？孫家驢店也該跟著自己出了名啦，不是嗎？包括南北各縣，只要提起孫小敗壞，都曉得這個人王老爺是孫家驢店的人，單憑這一點，還不夠孫家驢店的人感激涕零嗎？自己回到老窩來，左鄰右舍不必說擺香案了，至少該夾道瞻仰瞻仰這份光鮮，拍幾陣巴掌，放幾串長鞭，劈哩啪啦做一番點綴罷，他總覺自己夢得既不過分，又不離譜，完全合乎他意想的情形，可是，眼前的景況，簡直使他喪氣透了。

老沙路蛇游過去，原先的林木都被孫部的兵勇出來砍伐光了，荒涼一直荒涼到天邊去，那些樹根裸露著，像是野地也害了疥瘡，一身都是疤痕，這真是極目遠眺，滿眼瘡痍了。這些該它媽的槍斃八回的王八蛋，旁的樹木都可以砍，怎麼敢把老子老家窩前屋後的幾棵老樹也斬盡殺絕的呢?他們明曉得這是誰的宅子，偏就這樣幹了，把孫家驢店的頭毛剃得光光的，這些狗操的，眼裏還有我孫司令嗎?

這種感覺逐漸成爲被自己部下侮弄的感覺，又逐漸跟當初在蒿蘆集上所受的挫辱連到一起去了，這是孫小敗壞最難忍受的，越想越像挨了刀傷火炙，疼痛進心窩裏去，……那些老樹，他摸過，抱過，赤著腳攀爬過，他甚且記得清那幾棵老樹不同的，舒枝展葉的影廓，結果卻被自己手底下的人砍掉，拖回鎮上去劈成柴火燒掉了。這它媽的成什麼話，怎怪自己滿腦子三字經，氣得直是挫牙。

「這兒就是老大您的老家窩了?」夏皋剛才觸了霉頭，這回可想到了拍馬：「這真是塊福地，要不然，哪能出您這樣的人物?」

「福地個屁，狗娘養的!」孫小敗壞正在火頭上，沒頭沒腦就罵出來了：「你睁眼瞧瞧這些老樹根，全叫你們派的人給砍的砍，刨的刨，把地氣都給老子弄洩啦，我它媽日後要是遇上疙瘩，都是你們坑害的!」

夏皋一聽，他像狗舐似的伸著舌頭熱乎上來，孫老大卻憑白澆了他一頭冷水，他腦袋又笨，一時轉不過彎子來，在馬背上空把嘴張著，眼瞪著，像它娘小孩兒張嘴等糖似的。

還是筱應龍出來替他打了圓場，他說：

「老大，您算錯怪夏皋兄了，這些樹，依我猜，是張老虎派人下來砍伐掉的，他調到您那兒之後，不歸我統轄了，兄弟還當是您曉得的呢。」

「怪不得他該死!」孫小敗壞吐了口鬱氣說：「原來他無意毀了我的風水，他自己立即就應了劫，不過，我相信砍樹的絕不是他自己動的手，等開會回來，我還得嚴行追究，不它媽斃掉幾個，我出不了這口氣。」

這樣說著，心裏又打眼前這座幾乎成為廢墟的村落的形象上，移想到一些人臉，其中最偏大的一張，正是自己平臉塌額的老婆，時間過得愈久，他愈覺對她虧欠，這使他越覺近鄉情怯。他夾著馬，很快逃離什麼似的，繞過了這座傖寒的村落，直撲向黑溝子去了。

隊伍在晌午過後繞經下沙河鎮的，這一帶平野很開曠，對方除了正面截擊之外，極少有打伏擊的可能，孫小敗壞到了一座小小的土阜上，和他的部眾勒住馬，朝眼前的下沙河鎮瞭望了一陣。

淡淡的陽光落在下沙河參差的瓦脊上，瓦脊的前面，聳立著高低五座炮樓，炮樓頂上，飄揚著一面青天白日滿地紅的旗幟，也能看得見端著槍枝，擔著瞭望的哨兵踱動的影子。除此而外，一切都是靜靜的，只有一群鵠子，在炮樓偏西的地方飛著。

「尤暴牙太它媽不靈光了！」孫小敗壞說：「看他平時，滿心都是小瓜子，怎會把這個集鎮轉眼之間就丟掉的？」

「丟掉容易，取回來難。」筱應龍感慨起來：「早知如今，當年我築炮樓時，何必花那麼大的心血，把它築得像鐵桶般的牢固來著？自己手築的炮樓，掉過頭又讓自己帶人來攻，這它媽該是怎樣一種滋味？」

「這個你放心，」夏皋這回可想對了路了：「鬼子有的是小鋼炮，只要把炮架在上沙河的土圩牆上，吊準了線，一頓猛擊，轟不塌它，那才見鬼了呢！」

「這回算你說得對。」孫小敗壞略爲開心了些，吐話也就溫和得多了：「上下沙河靠得太近，咱們在這兒，算是有恃無恐，……游擊隊若不憚忌鬼子的小鋼炮轟擊，如今，咱們望得見他，他也看得見咱們，他們爲甚麼不來截擊？可見他們的膽子也是有限。」

葉大個兒正笑露出牙齒，想呵奉孫小敗壞料事如神，但他還沒來得及開口，忽然聽見一陣捲地的牛角聲從好幾個方向響起，緊接著，輕機槍張嘴掃射，槍音密得像刮風似的，呼呼銳嘯著。

孫小敗壞以下各人，全意識到事情不妙，游擊隊竟然撲上來了。他們慌亂得不知所措，只能鞭著馬朝東跑。人說：蛇無頭不行，人無頭必亂，孫小敗壞手下的那支槍隊，一見沒耳朵孫都開跑了，當然也跟著拔腿飛奔，身後的槍煙，一股股的迸起，至少有兩三挺輕機槍追著他們打，打得這夥人連停步喘息的空兒全沒有，孫小敗壞全虧馬快，一奔子跑過施家圩，聽得追擊的槍聲遠了些，這才勒住韁繩收拾餘局，朱三麻子和筱應龍倆個，也嘗試著組合馬隊，返身接應，但那些被機槍追迫的槍隊，個個變成叫獵犬追逐的驚了窩的兔子，腿底下麻溜得很，過不久，也就把洋槍橫扛像挑扁擔似的，跑過了施家圩來了。

「幸虧這支槍隊是經過我仔細挑選的，」朱三麻子見著這光景，聊以爲慰的說：「要不然，一奔子哪能跑得了這麼遠，比馬比不上，比驢總要快當些兒。」

「甭再跑了，」孫小敗壞說：「這兒業已看得見上沙河的土圩垛子了。」

「老大，您聽！」葉大個兒說：「鬼子替咱們撐腰，朝西開炮啦，」

不錯，鬼子確是朝西開炮了，日式追擊炮的炮彈出膛，發出尖銳的速速的鳴嘯，甚至還可以看見黑油瓶似的炮彈，斜斜射向高空，然後一頭栽將下去，爆出一聲沉重的轟嘩。

這一陣轟擊，約莫持續了一頓飯的功夫，果然把追兵給阻遏住了，孫小敗壞得機會把敗退過來的人頭攏起來查點數目，百十來人只聚攏七十幾，還有卅多個沒見影子，估量著是跑軟了腿，被對方截留下去了，或是運氣不好，當時就叫機槍掃倒，躺在野地啦！

孫小敗壞抓住後來的詢問情形，槍隊的兵告訴他，說是對方不但架起三挺機槍交叉掃射，他們還集合了一支赤著胳膊的單刀隊，在角號響起時，發力猛追，一直追至接近施家圩的地方才停住，有些跑得慢的，自然是落在他們手裏被祭了刀啦！

「我真它媽的想不透，他們明知佐佐木領著鬼子進駐上沙河，他們還這樣不要命的蠻幹，難道他們想找著鬼子，正面熬硬火？」孫小敗壞說。

「這可就弄不懂了。」金幹說：「照這種情形推斷，他們似乎沒把佐佐木大佐和他這一個中隊皇軍看在眼裏！要不然，他們怎會這樣幹法？」

抱著這種困惑，他們有些頹喪的把人槍拉進上沙河鎮去，那是傍晚初臨的時刻，一輪落日，逐漸落到昏瞑的暮氣裏去，同樣是一副沒精打采的樣子。

鬼子的氣數究竟如何？鄉野上並沒誰過早斷言，至少，到了卅一年的隆冬，太平洋全面戰爭的這個大包袱，使他們彎腰駝背，氣喘如牛，這種疲累無力的光景，每塊游擊區的隊伍都看得清清楚楚，這是到了拉槍而出，和鬼子拚纏不休，牽制和損耗對方的時候了。

坐鎮在下沙河的喬奇，接受了岳秀峰的指示，要他先守穩這個集鎮，看看鬼子頭兒佐佐木突然領著一個中隊鬼子下鄉，他的真正意圖是在哪兒？當然，喬奇首先明白了這一點，——憑他這一個中隊的兵力，無論如何，是無法深入打掃蕩的。

孫小敗壞盔歪甲斜的來到上沙河鎮，代理胡三做團長的楊志高親到圩門口，以地主的身分擺隊迎接他，圩門上，一樣的掛紅披，貼歡迎孫司令蒞鎮的標語，一樣燃放了好幾串長長的鞭炮，楊志高這個傢伙，做人也圓滑得能夠打滾，不但對孫小敗壞執禮甚恭，口口聲聲司令長司令短的，就對筱應龍他們五個也奉為先進，彼此拍肩打膀子一頓哈哈，恍惚把早先的仇隙都給忘得一乾二淨了。

「佐佐木太君住哪兒？咱們該先去拜見他的。」孫小敗壞對楊志高說：「說真箇的，他這回帶著皇軍下鄉，算是幫了咱們的忙，謝也該先去謝一聲。」

「今晚用不著去了，」楊志高說：「剛剛陸翻譯來傳話，說是太君另有事情，要您和諸位團座自去安歇，明早九點鐘開會。……兄弟為了替您接風，特意備辦了幾席水酒，務請司令和諸位兄弟賞臉。」

「我說，志高，你這是幹什麼？當初咱們有過點兒小誤會，你心裏不結疙瘩，咱們業已很不過意了，你再這樣客套，咱們更是過意不去！」孫小敗壞笑著說：「好在剛才在半路跟游擊隊對火，弄得人又饑又渴，你既這樣熱切，咱們若是不吃這頓飯，那更不好意思，你領路，咱們就過去喝罷！」

楊志高把酒席設在原先張得廣佔用過的私宅裏，排場夠大的，孫小敗壞進屋一看，從縣城裏跟隨佐佐木下來的人可不在少數，有齊申之、李順時、警局局長時中五、新就任的副局長毛陶兒，以及從三官廟跟下來的蘇大嚼巴，和曾經挨過朱三麻子一槍，變得殘廢了的薛立。

孫小敗壞領著筱應龍、金幹、朱三麻子、葉大個兒和夏皋進屋，跟他們一一招呼之後，便陪著齊申之在當中的太師椅上坐了下來。很顯然的，在這群人裏，除了齊申之，沒耳朵孫業已變成第二號重要人物，連當初保荐他的李順時，也得位居其下啦。

齊申之首先問起路上的事，孫小敗壞不願提先夾著領頭逃跑的狼狽情形，只是輕描淡寫的說：

「說來齊大爺您很清楚，我跟我的這幾個把弟，天生是吃苦的命，自打領番號到如今，一直駐屯在刀口上，打火也不知打過多少場了，像今天這種接觸，簡直是家常便飯，不算一回事兒。」

「你也不必怨苦，孫大爺，」齊申之笑說：「俗說，能者多勞，也只有你才敢駐屯蒿蘆集，換是第二個早就被對方敲散了板啦！」

「齊縣長說得對極了！」做主人的楊志高說：「就拿尤暴牙來講罷，他也號稱一個大隊，駐屯在孫司令的背後，中央那股人放開強的，偏找弱的打，兩個時辰不到，就把尤暴牙的人槍整吞活剝掉了，由此可見孫老大的隊伍能熬硬火，若不是有他在，上沙河三官廟這一線，怕就很難挺得住了。」

其實，孫小敗壞何嘗不明白，這些人跟著齊申之沒口的奉承自己，全因自己手裏攢著的人槍多，勢力大，假如沒有實力在手上，瞧著還會不會這種樣？……想是一回事兒，但是，奉承人的話，人人都愛聽，經大夥兒齊聲一呵一捧，沒耳朵孫自覺渾身飄飄的，直像飛上天雲眼去一樣。

接著入席喝上了酒，齊申之這才跟孫小敗壞談到佐佐木爲何要下鄉的事，他說：

「我跟大佐兩人，可以說是最相知的朋友了！大佐這個人，學養深厚，眼光更其銳利，天下大事在他，直像伸開巴掌看紋路一樣的清爽；大佐他早就料定，這些躲在鄉角落裏抗日的支那人，都是世上一等的傻蛋，傻得太可憐，死得也太可憐了！故所以，大佐他一直沒有發兵下來打掃蕩，這就是存心給機會給他們，讓他們及早投降，……大佐他說過好多回，他不願濫開這個殺戒！」

孫小敗壞手支下巴，擺出一副傾聽的樣子，其實，齊申之所說的這一套，他根本聽不進去，他也不相信這些話會出之於鬼子頭兒佐佐木之口，佐佐木原是幹特務起的家，屠人跟屠宰牛羊豬隻沒有兩樣，他若真是這麼說，怕也是小和尚唸經，——有嘴無心，唸著做做樣兒罷了！不過，對於齊申之說話時的那副架勢，小敗壞倒是極爲折服，齊申之究竟唸過幾天書，肚子裏有點兒墨水，因而，他的談吐就有些斯文掃地的氣概，——雖然掃了地，究竟不失其斯文，他兩手扶著椅背，兩肩略斜，腦袋略歪，說起話來，慢吞吞，文謅謅，既捧了佐佐木，又暗暗的抖露出他在佐佐木面前的一等紅人的身分，他的玳瑁邊的眼鏡，小拇指粗的掛錶鍊子，配合上他那身華而不麗的長皮袍兒，給人一種壓得住的感覺，這正是他自己所欠缺的。

齊申之曉得他在這批套了軍服的土匪頭兒們的面前，有著高高在上的分量，因此，他越說越形得意，彷彿真的成了佐佐木大佐的代言人了。

「這回，大佐他帶著一個中隊皇軍下來，並不是掃蕩湖邊那窩子蛤蟆來的，」他推動眼鏡說：「他還帶來大批的新警察、電影隊、廣播車、戲劇隊，……他要讓這一帶的人了解日本帝國與支那民族共存共榮的意義，他要喚醒這些土腦瓜子，共同維護帝國苦心經營的『大東亞共榮圈』的理想。」

齊申之這樣搖著晃著，直到頸子有些發痠了，這才停下話頭來，乾嗤一口吐沫。這時刻，一屋子裏，沒有旁人能接著說什麼，這種鴉雀無聲的場景，忽然使他覺得或許自己說錯了話，——這一屋子的傢伙，才真是一窩子土蛤蟆，他們誰懂得他的這一套現買現賣的詞兒？終於，他先伸出手來，朝桌面那邊擺動一下，說了一句人話說：

「來來來，咱們邊吃邊聊好了！」

一上了桌，大夥兒就顯得有了精神，划拳行令鬧成一片，並且輪流向齊申之和孫小敗壞敬酒，孫小敗壞在楊志高、蘇大嚼巴和薛立過來舉杯敬酒時，仰臉直脖子，一口乾了一大杯，倒過杯來瀝著，想藉這種豪氣的乾杯，表示出杯酒釋前嫌的氣度。

這一鬧鬧了兩個時辰才收席，楊志高備了暖房，特請齊申之和孫小敗壞進屋抽煙，其餘的，都成群大陣湧到前廳去賭牌九去了。

暖房裏靜靜的，齊申之一面吸著鴉片，一面跟孫小敗壞單獨談起話來，他說：

「老兄弟，你真算是大有能爲的，竟能在短短兩年裏，團攏這許多人槍，駐穩蒿蘆集，不飄不散，順時當初把你推荐給我，我可沒看錯人，你初領番號，是我力保的，這也算是一段緣法，如今佐佐木把你看得很重，只要你好自爲之，前頭的路還寬得很呢！」

孫小敗壞也想過，若按一般情形，自己這個自封的土司令，在地位上，顯然凌乎一個縣長之上，不過，這個縣長是齊申之，情形就全然不同了，論起投靠鬼子，他是縣裏第一人，真正是老牌子漢奸，主要原因還不在這裏，他跟佐佐木之間私誼厚，平起平坐，說話極有斤兩才是真正的關鍵，因此，他雖當上了司令，仍舊兼任蒿蘆集的區長就是這個道理，他要讓齊申之曉得他沒有推倒齊字號老招牌的野心，不必過分憚忌他，也就是說，拍他姓齊的馬屁，就是拍上了佐住木的馬屁，只要呵奉上佐佐木，就等於保定了飯碗，這種一加一等於二的小算盤，他還是打得很準的，齊申之如今既表示出對自己推心置腹，他當然樂得順水推舟了。

「齊公，您大力提拔的恩德，我它媽要有一時一刻忘掉它，就不是人養的。」他說：「只是，我是個粗人，沒有大學問，您剛說我前頭的路寬得很，我可就有些迷糊了……我千辛萬苦擴編了五個團，可是，我這個司令還是黑牌兒，在上面，我還只是一個團長，團長放團長，說來是個大笑話，無論如何，還得要靠齊老您幫大忙，要不然，我這個正式的旅長銜頭，還是下不來，自封三齊王，究竟不是個辦法。」

「不會的，不會的，老弟台。」齊申之說：「你的銜頭，南京雖沒正式發佈，不過，說實在的，這話業已由我跟佐佐木報過備，他點過頭，就算是正式的，誰也不敢說一個『不』

字。」

「就算是正式的罷，」孫小敗壞說：「我看也就是到此爲止了。」

齊申之咧開八字鬍兒笑笑說：

「我的孫大爺，你還想怎樣？咱們這個縣裏，吃鬼子飯的人頭不算少，但肩膀上扛起將星的，只有你一個啊！你要曉得，你跟汪記的老闆沒有絲毫關係，又不在人家的系統裏頭，再想爬高一層，那就太難了。不過，機會也並非完全沒有，俗說：山是人開的，路是人闖的，依我看，目前你有兩個機會，能獲升遷。」

「您說說看，齊老。究竟是哪兩個機會呢？」

齊申之突然鬧起咯嗆來，一咯咯了好一陣子，這才伸手抓起銀盤裏的紫砂茶壺，呷口濃茶壓了壓，又放下茶壺，換端起專門吐痰用的小痰盒兒，把一口含在嘴裏的黃色黏痰，吐到痰盒裏，清了清嗓子說：

「這頭一宗，你得使你的聲望，在附近幾縣的和平軍各頭目裏變成拔尖兒的地位，服得了他們，也壓得住他們，——當然，能不動大干戈，合併旁的小股更好，上頭講的是現實，你的人槍實力到了那個地步，他們不放你師長也不成啊！」

「啊，您說的這一步，走得通太難了！」孫小敗壞說：「我有自知之明，一出了縣界，我這點兒名頭就不靈光啦。那第二呢？」

「說起第二宗來，那就不用出縣界了！」齊申之說：「日軍駐華派遣軍當局，如今想招撫一個人，那就是如今在趙岫谷那兒帶領游擊隊的老中央軍官岳秀峰，這回佐佐木下來，全是為他來的，你若有本事，能使岳秀峰和他領的人歸順皇軍，佐佐木感激之餘，根本用不著你開口，他也會主動保舉你升級。」

「原來有這等事？」孫小敗壞吃驚的說：「算我弄左了！——我前不久，還跟手底下幾個計議著，想設伏打他的黑槍，把他撂倒呢。」

「這也不算想左了，」齊申之說。「不過，按理而論，死的總不如活的好，死了一個岳秀峰，他們多了一個抗日的烈士，那是對方有號召，若能把他說降，這邊的文章就好做啦！比如：當年的抗日英雄，如今願跟皇軍攜手，同為建設大東亞共榮圈努力啦；比如：支那當局日暮途窮，岳秀峰毅然來歸啦，你想想，日後報章一喧騰，說你是穿針引線的，你不是一舉成名才怪了呢！」

齊申之在鴉片煙騰游的雲霧裏，淡寫輕描，畫出一個夢來，孫小敗壞利字當頭，一傢伙就掉到夢裏去了，樂得眉笑眼開的說：

「齊老，您真是高招兒練到了家了，這主意極妙，大可試一試的。」

說出口的話是這樣，還有一半吞嚥下去，沒好當著齊申之的面說出來，他最近常窩在心裏的一宗事，就是當初在胡家野鋪殺人劫械的案子，這使他日夜不安，提心吊膽，生恐像胡三那樣的結局也會落到自己的頭上，使他和葉大個兒、朱三痲子恐懼的不是旁人，正是岳秀峰，假如岳秀峰能受日方招撫，不用說，那筆老賬就沒有人出面來結算了。當然，想使岳秀峰受招撫，自己並沒有半分把握，至少，為本身利益和安全著想，實在值得盡力去試上一試。

「這樣好了，」齊申之打了個呵欠說：「明天佐佐木召集各人開會，主要的也就是商議這宗事情，你只要牢記『撫』字訣兒，準沒錯的，你一路辛苦勞頓，那就早些歇著罷！」

齊申之說著，起身要回房去就寢，孫小敗壞趿著鞋送出來，擔心的追著問了一句說：

「假若撫不成呢？佐佐木大佐還有什麼樣的良方妙策對付姓岳的？他會發兵下來痛剿嗎？」

「那當然沒有什麼好客氣的了，」齊申之睏得聲音發啞說：「你甭見佐佐木沒急於下鄉，就以爲皇軍的氣燄沒有初時那麼旺盛了，其實，他們只是太忙，沒工夫爲這撮子毛人差遣大軍；話又說回來，到了必要的當口，佐佐木大佐只要拍個電報上去，問題就解決了！」

送齊申之回房，孫小敗壞重新躺回鋪上去，順起煙桿，吱吱的吸著半鍋沒吸完的鴉片，獨對著綠熒熒的，鬼眼似的煙燈，渾渾沌沌的想著，齊申之迷裏馬虎的一番言語，說得太如自己的意了，人它媽一如意，整個身子就像坐飛機似的發飄，其實，這形容也許欠妥當，他從沒坐過飛機，並不曉得真坐上飛機，會是什麼樣的一種滋味？至少，他能猜想出那種情形，上下左右前後全不靠邊兒，雲一陣霧一陣的，如今的情形正是這樣，他的思緒一片一片的飄著，太輕，太浮了，簡直就是雲，正因爲想得不深，想得不透，他才覺得輕鬆如意，這跟抽鴉片逐漸上了癮似的，他也逐漸喜歡上這樣的夜晚了。

醒著做夢，永遠比睡熟了做夢要好，這樣，他可以選擇他想夢的去夢，那些夢，都在碧色的煙燈的火燄上點燃著，他只要用鴉片煙槍輕輕撥動，那些夢便一個個的跳將出來，隨著浮騰的煙霧游舞。

他夢見他騎著金鞍銀蹬的紫驊騮，在長風獵獵的草原上行走，紫驊騮撥動輕靈快捷的四蹄，踏過時間的風雨，俄爾發出一聲希律律的嘶叫，一野搖曳的蒿蘆，都變成了人形的兵卒，在他眼下排列著，聽候他的檢閱。他又夢見他說降了威名四播的抗日英雄岳秀峰，佐佐木擺了慶功宴，拍著他的肩膀稱許他，口口聲聲叫他孫師長。

這些夢的圖景，每一幅都是那樣迷人，他就在那種迷醉當中，臉上帶著一絲笑容，像一隻餵飽了的狗似的，蜷縮在鴉片煙榻上睡著了，楊志高過來看望，沒敢叫醒他，只是著人把室內的爐火添旺，在他身上蓋了一床小被。

一盞那樣昏黯的鴉片煙燈照著他熟睡的臉，透過綠色多角的玻璃晶面，燈光呈現出一種陰森淒怖的綠色，傳說中屬於地獄的顏色，時間對於人產生的變化呈現在他的臉上，他那張曾經被驢店老主人誇爲眉清目秀的臉，業已那樣的虛浮鬆弛，爬滿了淺淺的皺褶，他的鼻樑和嘴角，很自然的朝一邊扭歪著，人雖睡熟了，眉眼間仍透露出一股隱隱的邪性，望之不似人君。煙燈淒怖的顏色照射在他的臉上，和他滿臉的煙容一襯映，變成更難看的霉綠色，彷彿是長上了一層苔衣，又彷彿那已不再是生人，而是從千年古墓裏挖掘出來的殭屍。

那一夜，他被夢魘住三次，其中一次曾發出驚叫，他的衛士跑來搖醒他，他坐起身來，一面揉著眼，吸回嘴角拖出的黏涎，一面發出咿唔不清的恨聲咒罵，他不明白，爲何他醒著找夢，夢得那樣如意，而當他睡熟時，撲向他的夢，卻都那樣驚怖，像噬人的餓鬼一樣。

會議準時舉行，齊申之領著這一批魚鱉蝦蟹，提前半個鐘頭就到達了會場，在門前列隊等待著迎接佐佐木大佐，這批人裏頭，大部分都還沒見過佐佐木，一個個緊張得掌心出汗，兩腿發抖。

會場設在佐佐木駐屯的炮樓附近，一座關閉很久的學堂裏，這座學堂原是前清的書院，建築頗具規模，學堂前方的一座樹木扶疏的花園被剷平了，當成操場，磚砌的升旗台背後，禾木旗桿頂上，飄著白地紅太陽旗，學堂正門前，有一座寬闊的影壁長牆，新用白粉刷過，上面寫著「爲大東亞和平而奮鬥」的紅字標語，影壁牆兩邊，除了分列八名荷槍實彈的鬼子衛兵之外，佐佐木確實擺出了一副和平的姿態，他讓那些年輕的新警察放下笑臉，和一些穿著白上衣，西裝褲，高跟鞋，頭髮燙得像翻毛雞樣的女宣傳隊員，挨家挨戶敲門散發傳單，有些人家不肯開門，也不要緊，他們在那扇緊閉的門上塗了一刷子漿糊，把傳單像貼財神爺似的硬貼上去。同時，那輛漆成銀灰色的廣播車，也開始播送起柔軟的音樂來，有的是「滿洲姑娘」之類的日語流行曲子，有的是上海「百代」唱片，「真善美」唱片，不外乎「毛毛雨」、「嘆煙花」、「四季想郎」，音調淫靡，使四周的空氣都軟得有些思春的味道。

「你瞧著了？老弟台。」站在班首的齊申之跟孫小敗壞說：「你若是跟隨大佐的日子久了，你就會曉得他，他真是一等一的儒將的材料。」

他又帶著親暱的樣子，壓低嗓音，跟孫小敗壞作一番神秘兮兮的耳語：「平素鬼子下鄉，到一處燒一處，走一處殺一處，哪兒會像這樣笑臉迎人？他這種籠絡人心的功夫，算是做到了家了！」

「您看真的有用嗎？」

「怎麼沒有用?鬼子不燒不殺，這可是接近民眾的頭一步啊，假如民眾見著鬼影子就跑，那還接近個屁?!」齊申之伸手指著廣場外面的幾撮探頭探腦的人群說：「你瞧，他們不是叫勾引來了嗎?」

不錯，是有一些老弱和孩童逐漸麇聚到廣場邊上來了，那些警察和女宣傳隊員迎上去，朝老人賣笑臉，朝孩子手裏塞糖果，好像這就成為大東亞共存共榮的象徵，跟佐佐木一道兒下來的記者，趕緊趁這機會，歪著上身，翹起屁股，舉起相機獵取鏡頭，也許這些照片，很快就會出現在陷區的報紙上，讓那些專摟鬼子粗腿的專欄作者們觸景生情，大做共存共榮的文章;實際上，齊申之和孫小敗壞都明白，這些民眾不過是一時好奇，出來張望張望，看看鬼子搞的是什麼鬼花樣罷了。因為警察的女宣傳員很和氣，人群逐漸圍攏來，一些孩童怯怯的伸出手，去摸觸那輛會發聲唱歌的、奇怪的車子，有些老年人也發出了議論，有個白鬍子老頭指著那些女宣傳員說：

「你們看罷，這些妖精是打哪兒來的?我敢說她們都跟鬼子睡過覺，沾了一身鬼氣。」

「不成話。」另一個老頭兒說：「咱們中國，哪天出過這樣的女人來著?頭髮成了雞窩，腮上搽成一片紅，活脫是猴子屁股，嘴唇搽得滴血，就像剛在亂葬坑裏吃過死小囡似的，人常說，三分像人，七分像鬼，我看她們渾身上下，連半分人味全沒有。」

「兩位老爺說得對。」另一個中年漢子看樣子是出過遠門，跑過碼頭的，他插嘴說：「其實，依我看，這些破爛娘們，根本不值一提，她們不全是上海四馬路的老野雉?不過換了一套衣裳罷了，咱們當年跑單幫，見過的可多啦，只要花上一斤豬肉的價錢，就叫她們躺平了喊親爹啦。」

孫小敗壞的臉，叫太陽晒得發熱，他雖沒有耳朵，但耳朵眼子並沒塞住，這些議論，他隱約聽得見，同時他也轉念想過；這些民眾既能沸沸揚揚的議論鬼子帶下鄉的女宣傳員，又何嘗不能議論齊申之和自己這一幫子人？只恨佐佐木不早些來，讓這許多大列隊在這兒出洋相，又不便發作，怕犯了佐佐木的忌諱，心裏一覺尷尬，居然汗流浹背起來。

幸好佐佐木很準時，九點一到，那邊的炮樓門就打開了，鬼子的兩個銅號手響了立正號音，佐佐木大佐在一群鬼子軍官的簇擁之下拖著洋刀，馬靴橐橐的走向曠場這邊來了。

也許在縣城裏過慣了養尊處優的生活，又著重於中國式的消閒趣味，佐佐木大佐的身材顯得較早時肥胖得多，那頂帶稜角的日式軍帽，幾乎套不住他那剃得發青的腦袋，太陽照在他頭上，給人一種渾身朝外迸油的感覺。他那抬頭挺胸，手捺在東洋刀把上走路的姿勢，永遠摻不進他想像當中支那文人雅士式的瀟灑和風流，他永遠是沉重，僵硬，而又帶幾分昭和武士笨拙的黑熊，但在這許多列隊迎候的人群裏，這隻矮胖的黑熊有著他的威嚴，即使他故顯親和，咧開肥厚的嘴唇翹起仁丹鬍子的鬍角，朝他們露出笑容，他們也都垂手立正，連眼皮也不敢朝上抬。

佐佐木大佐笑得很開心，他緩緩走近這兩排夾道迎候的行列，脫下右手的白手套來，跟那些傢伙一一握手，一面點著頭，嘴裏要唏要唏的，發出類乎攆雞的聲音，陸翻譯哈著腰，碎步跟在後面，用中文翻譯說：「很好，很好！大佐見到你們很高興。現在，請跟著大佐進屋去開會罷。」

會議開始時，佐佐木用鈍重的聲音，發表了一篇關於太平洋戰爭最近情勢的演講，他用極度誇耀的語氣，說到珍珠港突襲對美國所造成的毀滅性的搖撼，說到帝國海軍無敵的艦隊縱橫於南太平洋，說到帝國空軍的英勇，陸軍的強大，說到印度支那、呂宋、安南、緬甸、馬來各地的閃電攻略，這些戰績保證帝國輝煌的勝利前途。然後他說明後方的困境只是暫時的，要在座各人盡力忍耐，這種物資缺乏、游擊隊擾襲的情形，很快就會過去，最後，他才提到湖邊的趙岫谷和岳秀峰，他說：

「本人一向敬重支那軍像這樣勇敢的軍官，本人這次到上沙河來，就是要到曹家大窪去，在支那軍埋骨的大塚上，舉行慰靈祭，並且勸諭附近民眾參加，中日兄弟之邦，同文同種，當大東亞和平曙光升起的時刻，本人極希望支那人民忘掉舊恨，放下槍桿，歸順帝國，皇軍將保證寬大處理。」

佐佐木說這番話時，神情是愉快的，兩眼浮出夢意的光彩，恍惚他平服湖邊游擊區，招降趙岫谷和岳秀峰等人，只是舉手之勞，根本不需費心勞神。

他說完話，朝齊申之和孫小敗壞擺手示意，齊申之不愧是虎牙長毛——老手，他習慣地順著佐佐木的大腿摸卵子，摸著了，就極力的呵捧，他形容佐佐木大佐滿腹經論，一身兼具支那傳統的儒道釋的心胸，這一方算是有福，能有他這麼一個救星來播撒和平之種，……歌之以功，頌之以德的話說了一大篇，完全不著邊際，對於孫小敗壞各股人的交通，電訊被切斷，械彈、給養兩邊不濟，蒿蘆集三面被圍和下沙河被佔的事，隻字不提，對於怎樣招撫游擊隊，說降趙岫谷和岳秀峰，更沒拿出可行的辦法，一頓馬屁拍完，噓了口氣，又坐回椅子上去了。

臨到孫小敗壞講話時，有些話，他不得不在咬了幾次牙之後，硬著頭皮朝外吐，因為他平常難得有和佐佐木碰面的機會，有了這個機會，再不講些話，他這個老大，簡直就沒法子做下去了。

「我是個粗人，只懂得說實在的，」他說：「大佐要和平，咱們就跟著講和平，不過，這種要對方放下槍，矮下半截身子的和平，至少一時還沒辦得到，也許就在這個冬天，對方拖出槍來猛幹，會把蒿蘆集，上沙河，三官廟一線的幾股人兒都給吃掉！」

他懸著心，吊著膽，一面這樣的說著，一面偷眼看著佐佐木臉上的表情，當翻譯陸小霸傳話過去時，他看見佐佐木用發光的兩眼，穿透什麼似的直盯著他，嚇得他直是乾嚥吐沫，恨不得把吐出口的話全數再吞嚥下去，不過他繼而看見佐佐木在沉吟之後，居然點了點頭，而且把嘴角朝兩邊一咧，兩撇鬍子像鳥飛似的朝開一翹，他便臨時從舌底下搜出點兒口水潤潤喉，接著說了下去。

「說幾句天地良心的話罷，」他說：「咱們在座的一些人頭，原都是走黑路的，在刀槍叢裏，一路伸著脖子朝前闖，豁著這條命，貪圖的只是穿的光，吃的辣，喝得香醇，如今咱們領帝國番號，脊樑朝天，變驢變馬由皇軍騎著，上上下下，當然也有點小小的圖劃，說穿了，不外是升官發財，享享樂樂，可是，咱們如今槍枝是雜湊的，十支槍，有五支打不響，即使打響，也都是鬆口淌子兒貨，子彈出膛橫著走的，這叫咱們拿什麼去壓制人家？尤獨公路被破壞之後，電桿木也叫對方拖去當柴燒啦！……咱們手底下，個個餓得肚皮咕咕叫，單憑幾道銹鐵箍，箍他們不住，再不速想辦法，眼看就要散板啦！」

他一股勁兒的說完這一段，跟著作結說：

「所以，我在這兒懇求大佐，先想法子恢復電訊，修通公路，有多餘槍械子彈，米糧麵食，多多補給咱們，我斗膽改一句俗話：要得馬兒跑，先得多餵草！」

該說的都說了，孫小敗壞的屁股也落回了板凳，唯一使他覺得美中不足的，是他的話裏，彷彿欠缺了點兒什麼？他想起那不是旁的，原來是拿掉了他習慣掛在嘴邊的三字經，他的話裏若是缺乏了這玩意兒，就像菜裏缺了鹽，變得淡而無味了。

好在東洋人是吃淡食吃慣了的，陸翻譯把話傳過去，佐佐木大佐點了一點頭說：

「好的，你們的困難，本人統統知道，假如這次湖邊的游擊隊不服招撫，本人當用強硬方法對付，先連絡空軍偵察，申調大部隊來正面掃蕩；同時，我要協調水上部隊，封鎖湖面，斷絕他們的退路。……當然，正式進剿之前，我會儘量設法解決你們的問題。」

孫小敗壞一番話，掙命似的說出口，原想撈點兒現的，比如糧食械彈，多就點兒，少就少點兒，有了總比沒有好，誰知掙了半天，佐佐木口惠而實不至，僅僅答允「儘量設法」，至於能盡多大的量？設出什麼樣的法？全都沒有下文了！

會議不成會議，僅僅算是被召來聽訓，佐佐木訓了一番話作爲結論，就宣布散會，散了會，差人來通知，在大佐回城前，各人都得陪同著。

陪就陪罷，孫小敗壞這幫子人，不想陪也得陪下去了，先是陪著佐佐木向民眾講話，再陪著佐佐木看鬼子放映的太平洋戰爭的電影，無非是以此爲證，誇耀帝國皇軍的實力，然後陪著佐佐木看晚會，聽京戲，看到紅臉漢子出場就發噓，對著白鼻子奸雄反而鼓掌叫好，明知這是反調，可是，若不這樣，自己就沒處站腳了！

二天，佐佐木大佐下手令，要楊志高多聚合民眾，跟他們一道兒起程去曹家大窪，舉行貓哭耗子式的慰靈祭，一群心虛情怯的僞地方政軍頭目，也不得不厚著臉皮，一路跟隨下去。

那天傍午時，抵達荒涼的窪野，佐佐木久經籌備，使這場對支那官兵陣前死難亡靈的祭典，做得又堂皇，又愼重，一樣豎起招魂旗，一樣請來僧道唸經行法超度，一樣供上香花果酒，由佐佐木領著脫帽致敬，孫小敗壞這幫土腦瓜子，弄不懂佐佐木爲什麼要來這套假慈悲，逗上這種大寒天，旁的什麼事兒不好幹，偏要趕這將近廿里的冰封的硬路，跑到這種荒天野湖裏來，拜這些埋進土去的白骨，這對招撫湖邊那幫人，會有什麼樣的關聯呢？

最慘的是到晌午時，祭奠的諸般儀式行完，這位高高在上的大佐並不轉回上沙河，卻逕自領著他所帶來的全部人馬，直接回縣城去了，孫小敗壞原以爲那一中隊鬼子，會重新常駐上沙河的，儘管他們不出動，有重機槍和鋼炮，多少總有點鎭壓作用，誰知佐佐木下鄉也不過是虛晃一槍，以挽他敗退的面子而已。

望著佐佐木帶著人絕塵而去，留在原地的一些人，立即驢長了臉。楊志高首先說：

「孫大爺，咱們日坐愁城，業已不是三天兩日了，早巴鬼子，晚巴鬼子，巴到佐佐木本人下來，也是場空歡喜，如今丟下的爛攤子，還得咱們自己撿拾，您可有什麼好辦法沒有？」

「佐佐木都在高來高去拿不定紮實主意了，我還能有什麼好辦法？」孫小敗壞攤開兩手苦笑一陣，忽然心念一動說：「嗯，辦法我倒想起一個來，不過，卻不方便說，怕你們起誤會。」

「事到如今，哪還有什麼好誤會的？」楊志高說：「咱們如今只要能保得住人槍實力，前頭有條泥路可走就成，哪能怕髒了鞋底?!」

「您既有主意，您就說出來聽聽罷。」葉大個兒摸得透孫小敗壞的心思，故意這樣催說：「好在咱們跟楊、蘇兩位團長過去那點兒彎子，三言兩語一拉就直了，大夥兒原本不外乎，您還有什麼好顧忌的？」

「既然這樣，我就直截了當的說了罷，」孫小敗壞說：「人說：天下事，分久必合，合久必分，早先張得廣也不是沒跟我幹過？如今情勢很緊，咱們既依靠不了佐佐木，這三股辮子，就得擰緊點兒，儘量的呼應，雖然建制不動，但非得有個統一的號令不可，我說這話，楊、蘇兩位覺得怎樣呢？」

「行啊，這有什麼不行的。」楊志高搶著說：「要是蘇大爺沒意見，咱們就聽您的調度就得了！」

「我當然沒……沒有二話好講，」蘇大嚼巴說：「這樣擰合擰合，力量確實要強些，對彼此都有好處。」

「好！」孫小敗壞懂得楊志高和蘇大嚼巴這兩傢伙心裏駭怕，趁人之危這一鏢打個正著，不用費吹灰之力，輕鬆幾句話，就取得這兩個團的調度權，這還是對方雙手捧上來的，他心裏一樂，人便精神起來了，他抬眼瞅瞅天色，接著說：「大體上，咱們先把話這麼說了，至於細節，站在這兒說也不妥當，我看，等咱們回去研究研究，再聚個頭，仔細商量好了！」

他們在窪野分開，各帶各的護從人槍，回到各自的駐地去，一路上，孫小敗壞和他的那一把子兄弟們談起這宗事，大夥都覺得佐佐木雖然自以爲聰明，其實是上了齊申之的套，被姓齊的耍了，齊申之那一套關在屋裏的空想，根本行不通，趙岫谷和岳秀峰若不是豁命抗日的人，哪還能熬到今天？其實，齊申之並不真的主張剿，或是撫，他只要各方面的形勢均衡，他才有官好做，當然，佐佐木這回下鄉，光打雷，不下雨，把各樣事情，各種困難，都一包袱包回縣城去研究辦理去了，名爲研究辦理，實質上就等於不了了之，無論鬼子把他們在太平洋上的戰績作多麼大的吹噓，而困處縣城的佐佐木手邊物資和兵員缺缺，打不出一張硬牌來卻是事實。

接著談到楊志高和蘇大嚼巴這兩團人願意受孫小敗壞節制的事，魯莽的朱三麻子就說了：

「我還是那句老話，你們都憚忌著那個姓岳的，我一直就不服這口氣，想當年，咱們一個人，一支槍，也到南到北的闖蕩過，並沒輸給誰，當真風水輪流轉，如今活該咱們吃癟了？老大，加上楊志高和蘇大嚼巴，你有七個團在手上，論拚也夠拚他們一陣的。」

「老大，三爺的話固然是帶些火性，但多少有些道理。」筱應龍說：「直到如今，咱們還沒跟游擊隊熬過硬火，他們總是打埋伏，打突襲，整得咱們手忙腳亂的，照理論，這並不能算數，不熬硬火，總是試不出對方的真正實力來的。」

「你們兩個，是我的哼哈二將！」孫小敗壞說：「有你們在，就替我壯了膽啦。不過，你們也要明白，咱們這七個團，實則只是七個中隊，若說打家劫舍，當然綽綽乎有餘，真說熬硬火，恐怕經不住耗的。如今，連佐佐木都不主張打，咱們何苦伸著腦袋去撞牆？總而言之一句話，對方不打到咱們頭上來，咱們還是保存實力要緊。」

「對了！還是老大拿的主意妥當。」夏皋是最怕出頭去打火的，立即附和上了：「依我看，日後湖邊那座爛攤子，只有讓佐佐木本人去收拾，鬼子打頭陣，咱們跟著走二趟兒，這還差不多。」

孫小敗壞在回頭的路上，由於楊、蘇兩團人願意跟他捻成股兒，心裏要寬鬆樂意得多，他想過，楊志高領的那個團，要比較雜亂一些，蘇大嚼巴那個團，簡直就等於是張得廣原先的全班人馬，依目前狀況而論，三股人的處境危困，怎樣擰得緊是說不上了，至少，他們不會再像當初那樣暗跟自己為敵，這樣一來，自己便有了緩衝的餘地，萬一守不住蒿蘆集，還可退守上沙河，還可再退三官廟，三官廟跟縣城如同唇齒，佐佐木再不願多事，總不會說被人打腫了嘴唇也不還手的？……這是最壞的打算，游擊隊是否立時就行攻撲還是個問題？

當夜他回到蒿蘆集，除了著人找中醫替他開方子，熬藥補腰之外，他就關照各團集合，好在第二天聽他的訓話，他要學著佐佐木，兩手叉腰，大聲嚷嚷，替他這批手下的嘍囉灌氣。

當孫小敗壞當著他手下那批人說得天花亂墜時，岳秀峰正領著一群馬隊，到了蒿蘆集南鄉堆頭上，在業已荒廢了的胡家野鋪歇馬。

依照錄證下來的胡三的供詞，這宗斥堠離奇失蹤的血案，業已算是正式偵破了，血案的正兇孫小敗壞，從兇朱三麻子和葉大個兒，如今都縮匿在蒿蘆集上，還沒歸案，不過，如今看來，這宗案子已不是在單獨辦理，而是和抗日行動配合到一起了。

他不相信一般迷信的傳說，認爲胡三是讓冤魂纏繞兩腿，才落到趙澤民的手裏的，但他認定天道好還，因果關聯，這些人早晚都會落網，這些人不過是些弄火的草蟲子罷了。

隨他同來的趙澤民，找到崖下那塊埋骨的地方，著人用鐵鍬挖掘，挖下去不到六七尺深，便見著白骨，證實胡三所供無訛，這宗相隔幾年的血案一破，堆頭一帶的居民都紛紛轟傳著，扶老攜幼圍來燒香拜祭，一面咀咒著做案的孫小敗壞、朱三麻子和葉大個兒，也將和胡三、蕭石匠和胡四一樣的遭受報應。

棺木是準備妥了的，但連岳秀峰也無法逐一辨認出誰是誰了？只有把七具棺木排成一列，重新落葬，墳前勒石一方，寫上王朝宗、何順五等七個人的名字，合稱爲七人塚，他在墳前鞠躬祭弔時，兩眼潮濕，瀝酒在紙灰上，忍住咽哽說：

「王班長和弟兄們，有我和喬排長活在世上，你們安心瞑目好了！天人一理，公道是要顯的，當初昧心作案的六個兇手，有三個業已得了報應了，餘下的三個，如今是甕中之鱉，他們跑不掉的。」

辦妥這件事的當夜，岳秀峰、潘特派員、趙澤民、喬恩貴、李彥西，在胡家野鋪集會，商討鬼子頭兒佐佐木率兵駐屯上沙河，開會大放和平空氣，又到窪野舉行慰靈祭的事，岳秀峰分析說：

「佐佐木跟齊申之串結在一道兒，拿出來的，都是狡詐的鬼主意，其實這一套極爲浮淺無聊，不值識者一笑。誰都看得出，鬼子野心過了火，這回挑起太平洋全面戰爭，根本就是不自量力，他們幾百萬陸軍陷在中國大陸各處戰場上，處處都是火線，處處都成了前方，抽也不能抽，調也不能調，泥濘陷至脖頸的總司令都頭焦額爛沒有辦法了，何況佐佐木這種貨色？他們口口聲聲高唱太平洋！太平洋！他們用太平洋葬身埋骨，我看倒是好主意，——水葬不用花錢！」

「岳先生說得極爲中肯，」潘特派員說：「咱們從大處看，鬼子已變成一匹困獸，早晚會崩潰掉，這樣的戰爭再打下去，他們本土的一切物資都會很快耗光，日本海的海水不會化成石油，富士山的石塊也不會變成鋼鐵，再說，他們國內的百姓也要活命，也就是說：戰爭物資的損耗，達到威脅他們本土民命的時候。他們就沒有法子再打下去了！如今，他們剛開始打太平洋戰爭，國內木材就已經缺乏到不夠製造槍托的程度，這是事實，不是笑話！這個仗，依照咱們委員長的看法，最多還有三幾年好打，而且越撐得久，鬼子越是山窮水盡，虧耗一空。」

「照兩位先生這麼說法，佐佐木是不會再調集大隊鬼子下鄉打掃蕩的囉？」李彥西問說。

「這倒不一定。」岳秀峰說：「整體形勢，和一城一地的形勢，完全是兩回事。在目前，他們爲了掩飾他們兵員和物資兩缺的困難，所以高唱大東亞和平，想用這招，緩和各地游擊隊不斷的擾襲，好讓他們喘息著熬過寒冬，如果咱們直襲縣城，佐佐木還是會集中他分駐各縣的兵力，對咱們形成絕對的局部優勢，一舉吞噬掉咱們，但這並不是說鬼子贏了，你懂罷？……因此，咱們不進襲縣城，卻先藉機翦除這批靠鬼子吃飯的汪僞軍，讓鬼子有翅沒毛，飛不動，蹦不高。」

「要佐佐木有翅沒毛，真是好比方。」李彥西點點頭說：「這我就聽懂了。」

「岳先生說的不錯。」潘特派員又說：「孫小敗壞這一幫子人，若讓他們分據幾個鄉鎮混下去，對鬼子的幫助太大了，要緊的是，這些漢奸，半明半暗的跟『八』子們勾結，聲氣相通，這些年裏，咱們散股游擊武力被他們吃掉太多了，蘇北的七個保衛，有半數毀在他們手上，咱們絕不能再上這個大當。」

「我們都贊成先解決孫小敗壞！」趙澤民勒起拳頭，在半空裏晃著：「他們肆虐一方，殘害百姓，爲奸作惡的事幹得太多了，湖邊的百姓都在伸著頸子等待這一天，如今正是連根拔除他們的時候了。」

「好！」岳秀峰說：「咱們在開春前，得先攻開蒿蘆集，收復上沙河，讓這一帶逃難到湖邊去的百姓好回鄉重耕田地，栽點莊稼，打鬼子既不是一朝一夕的事，收成還是最要緊的，有了餘糧，百姓才能跟咱們一道兒撐熬下去。」

游擊隊辦事極爲快速，天交五九，岳秀峰便把他的司令部遷移到堆頭來，和下沙河互相配合，形成一把鉗子，爲了防止孫小敗壞逃竄，他著令新編成的第三支隊，沿青石井一線東進，配合蒿蘆集作戰，佯攻三官廟，切斷蒿蘆集和上沙河地區僞軍孫、楊兩部的退路，同時，增撥一個大隊，增加一支隊喬奇部的兵力，以防止孫小敗壞在攻擊發動前和燕塘高地取得連絡，先發制人，夾攻下沙河。

這些計劃變成行動之後，窩縮在蒿蘆集上的那一幫人，立即覺出苗頭不對了，孫小敗壞歪身在煙榻上，外頭不斷有人來報告消息，一會兒說是游擊隊已經在堆頭駐屯了，沿著那條長堆遍挖掩體，一會兒說是有一支隊伍朝東拉，越過青石井，隔著河道進逼三官廟，從上沙河到三官廟這一段路面，業已全被封鎖。

葉大個兒的隊伍也聽著了消息，說是下沙河的隊伍封鎖了通往燕塘高地的北大溝，來往的行人都要檢查才能放行。

孫小敗壞一盤算，不得了，蒿蘆集和上沙河兩地，全都落在對方張開的巨網裏了。按常理來說，趙岫谷和岳秀峰也太囂張了些，縣城離蒿蘆集不過六七十里地，何況這又是鬼子佔領的地面，他們竟敢以各地匯集的鄉團鄉隊，明目張膽的攻撲北地重要的集鎮？這實在太不可思議了！

「狗日的，都是齊申之這個王八蛋，日夜在佐佐木面前慫恿他講和平，看樣子，大東亞和平，照鬼子的條件，根本講不成了！」他躺在煙榻上，揮舞著煙槍窮抱怨起來：「這一回，游擊隊趁著寒冬，想把鄉鎮盡收掉，讓佐佐木『日』坐愁『城』，我看他還講不講他那種一廂情願的鳥和平！」

才行。」

「罵齊申之沒有用，老大。」筱應龍不安的在煙榻前抱著膀子踱來踱去：「您就罵乾了吐沫星兒，他在縣城裏也聽不到，單就眼前這種局面，究竟怎麼收拾法兒？您該拿出主意來才行。」

「拿主意？」孫小敗壞無力的光火說：「我它媽主意拿有八百回了，有個屁用？我讓你們到四鄉催糧逼草，你們逼著了多少？讓你們準備先打下沙河，你們有誰爭先拉人去打那場火？……這一回，天塌下來，我它媽也躺著不管了，你們自己到外間替我開會拿主意去，你們替我準備一張繩床，你們若還把我當老大看，到哪兒，把我給抬著走好了！」

「好罷，筱兄弟，」夏皋說：「老大他既在火頭上，咱們也不必再煽風了，越煽他的火越大，來來來，咱們大夥就到外間再商議罷！」

夏皋這樣急著催大夥兒拿主意，其實他自己早已拿妥了一個主意，那就是卅六計，走爲上計，乾脆趁蒿蘆集還沒被完全圍困的時辰，來個風緊拉合子（黑話，即拔腿開溜之意），和楊志高、蘇大嚼巴兩股，一道兒退回縣城去。

不過，筱應龍首先就反對這主意，他說：

「老夏，你縮著頭，想的倒挺美的！佐佐木沒點頭，咱們敢拋掉這些鄉鎮回縣城，翹起二郎腿，打茶圍，聽京戲？我老實告訴你罷，咱們只要一退，佐佐木就會用擅自離開防地的罪名，拿咱們的腦袋去祭鬼子的洋刀了！」

「老筱說得不錯。」葉大個兒說：「兩膝跪地，伸著脖子捱刀，可不是滋味。」

「我還是老主意，」朱三麻子粗暴的說：「咱們爲什麼不找姓岳的見見真章，先拉出去反撲下沙河，只要奪回那個集鎮，就跟燕塘高地連成一氣了，那時候，誰也圍不住咱們啦！」

幾個傢伙七嘴八舌的商議一陣，意見還是很紛紜，金幹和夏皋堅持穩守蒿蘆集不動，要比冒險拉出去攻撲下沙河好些，葉大個兒主張先趁白天把隊伍拉出去搶糧，免得另一場風暴來時，大家捱餓，他振振有詞的說：

「人要糧，馬要料，一旦挨了餓，連它娘的槍都舉不起來了，還打個什麼？」

朱三麻子另有說法，他說：

「四鄉百姓稀疏，能爬能跑的，早都逃到湖邊去了，四鄉若是有糧好搶，咱們也不會餓一頓飽一頓的，受這許多洋熊罪了。咱們若能攻開下沙河，對方一定存的有糧，咱們既攻撲，又搶糧，不是兩全其美嗎？」

還是他這一句兩全其美把大夥兒說動了，於是，決定立即攻撲下沙河，打通通向燕塘高地的門戶，他們幾乎都抱著很如意的想法，只要能跟土共董四寡婦和黃楚郎連絡上，這種窘困的局面，便會產生有利的變化。

會後進暖房，去見孫小敗壞，葉大個兒告訴他，幾個人商議的結果，還是先攻下沙河鎮，一面趁機搶糧，一面打通通向燕塘的門戶，孫小敗壞沒精打采的瞇唏著兩眼，用手指輕揉擦出黃色的眼屎來說：

「好，你們有主意，事情就好辦了，不過，要我拖著一身的病親自上陣，這我可沒辦法，打火總要有個指揮的，你們自己推舉好了，我帶一個團，在蒿蘆集留守。」

這好?臨到上陣的時刻，他這做老大的突然退縮了，那幾個面面相覷，心裏涼了大半截兒，但孫小敗壞有病也是事實，平常睡倒爬起，都需得人攙扶照應，他說他不能上陣，確乎不是假話；人是要推舉的，這擔子該由誰來替他挑呢?葉大個兒先推筱應龍，筱應龍說什麼也不肯答應，葉大個兒轉身又推金幹，金幹也連連的擺手搖頭，結果朱三麻子說：

「這主意既是我拿的，你們幾個不幹，只有我來幹，我它媽是個老粗筒子，站著這麼高，睡著這麼長，我沒有什麼好在乎的。」

季候接近年根歲底了，天晴過一陣，又轉變得陰沉，據守蒿蘆集的那些僞軍隊伍，一聽說要拉離駐地，去攻撲下沙河，跟老中央的游擊隊正面對火，一個個嚇得臉無人色，尿屎屁流，當夜就有好幾批翻越集牆，開了小差，朱三麻子隱瞞不住，只好據實報告孫小敗壞。

「這怎麼成?」孫小敗壞火得虛虛的，手腳都有些發軟了：「隊伍還沒集合拉出圩子，業已有人成群結夥的開溜了，等到拉出去熬火的辰光，不它媽的跑光了才怪呢!老三，這不是鬧著玩的，你得速速差人出去抓人，抓著了，殺雞儆猴，替我當眾砍它幾個，吊起腦袋做樣兒，唯有這樣壓一壓，才能鎮得住。」

「您也甭著急，老大。」朱三麻子說：「開差溜號這檔子事，平素總是免不了的，尤獨在咱們隊伍裏，早就成了家常便飯，不過，如今正逢上要開拔出去打火，情形不同一點，我業已差出好幾個分隊去抓人了，只要能抓得著，我一定按照您交代的辦。」

各團開差溜號的，一共有二三十個，朱三麻子差出去的人，抓了一天，總共才抓回來三個，這三個是葉大個兒團裏的伙伕，落到朱三麻子手上，變成了倒楣鬼，三麻子著令把這三個綑到孫小敗壞司令部門前的方磚場子上，當眾砍掉他們的腦袋，然後再加上挖眼割鼻剜舌，把這三具血淋淋的人頭，高高挑掛在竹竿上示眾。

儘管這樣嚴行鎮壓，但並沒能遏阻開差溜號的，第二天，金幹的團裏也跑了人，領著人逃跑的不是旁人，正是金幹的小舅子。他臨走時，不承認他是開小差，只說是在這兒空披這身黃皮，照樣的挨餓，他是改行換業，回家另找出路，不幹了。朱三麻子面臨這種情勢，沒有更好的主意可想，只好關照各團，硬著頭皮，提前出發。

照朱三麻子的意思，原想仿照黑路上的規矩，在出發這一天，來個一盤四碟，開幾罈子土酒，跟這些弟兄夥大塊吃肉，大碗喝酒，這是他們頭一回正式拉出去跟老中央的游擊隊接火，應該把做老大的孫小敗壞請來，說幾句好聽的話，討個彩頭，然後，大夥帶著三分醉意，熱熱鬧鬧的登程，但逃兵逃得多，孫小敗壞情緒極壞，交代他把這些繁文褥節一概免掉，只在傍晚時分，悄悄拉離蒿蘆集就好。

隊伍業已悄悄的拉出去了，但躺在煙鋪上的孫小敗壞心裏亂成一批麻，絞結糾纏的扯不清，不錯，這幾年來，他很信得過他的拜弟朱三麻子和筱應龍兩個，認爲這兩個傢伙確實能打硬火，金幹和葉大個兒也許不及那兩個驍勇，但他們腦筋活，主意多，一般說來，實力並不算弱，這一回他們拉出去攻撲下沙河，真是自己頭一回找著游擊隊硬碰，他暗自拿賭錢做比方，這一傢伙，算是把面前的籌碼全推上去賭了，而對手不是旁人，正是連鬼子也憚忌的岳秀峰。

這把牌，是輸呢？還是贏呢？他連半分把握全沒有，贏了自然沒有話說，萬一輸掉，自己可不是混回頭，又變成一個空殼子了？早先空殼子還能保住性命，如今兜在人家佈成的網裏，一旦人槍散了板，這條命哪還能留得住？一想到這點上，渾身便冷得像被冷龍纏住似的，直是哆嗦，幾乎連一根煙槍都抓不牢。

先是擔心朱三麻子帶人出去打火的輸贏，那還不怎麼樣，又怕駐紮堆頭的游擊二支隊趁虛直搗蒿蘆集，剷掉自己這個老窩，偌大的一個集鎮，如今只有夏皋這個迷糊蛋，領著他那個團在守著，真是說多單薄有多單薄；那種單薄，自己躺在屋裏都猜想得出來，不必披起大氅去巡察了，準是越看越駭怕。

他想過，假如張老虎沒有死掉，帶著人留在自己身邊，那該多好，單看他那身段、塊頭，自己也就安心很多了，如今跟夏皋一道兒，說是自己膽怯，那傢伙比自己更要膽怯，遇上事，只有縮著腦袋抱桌腿的份兒，不過，他也曉得這回攻撲下沙河，確實太要緊了，鬼子縮在縣城裏冬眠不醒，他只有跟燕塘高地的董四寡婦加緊勾搭，才能苟延殘喘的撐挨下去，游擊隊扼住下沙河，使他前後門不通，完全是關起門打狗，他若不能一舉攻克下沙河，早晚也是落在對方張開的網裏，他差朱三麻子領著自己幾乎全部人馬出去，全是豁命保命的算盤，因此，不得不硬著頭皮冒點兒險了。

事實上，莽悍的朱三麻子並沒讓他失望，他領人出了蒿蘆集，穿過天荒地野的黑溝子，連夜攻撲下沙河西面和南面，筱應龍和金幹兩個團攻得很猛，但對方守得也緊，一步不讓的據守著土坯牆，雙方發射的槍聲響成一片，連遠遠的蒿蘆集上，全能聽得見槍聲。

躺在煙榻上的孫小敗壞接到衛士的報告，說是下沙河方面業已接上了火，孫小敗壞立即著人把夏皋找來，跟他說：

「夏皋兄，你覺得朱老三他們攻撲下沙河，能有幾分把握？」

「這個……很難說，老大。」夏皋說：「按道理講，三爺領出去四個團，槍枝人頭比對方多得多，應該是瓦罐裏摸螺絲，——走不了手的，何況乎董四姑娘那邊說好了要去接應，兩面夾攻，對方就很難挺得住了。」

「但願如此。」小敗壞噓了口氣說：「我不但巴望三麻子能奪回下沙河，而且巴望越快越好，一旦把游擊二支隊解決掉，我就好把隊伍抽調回來。朝南邊開刀，……姓岳的如今在砂崗上駐紮，正黏在咱們的脊背上，讓人時時刻刻的不舒坦。」

「火線上的情形，如今我也弄不明白。」夏皋縮縮腦袋，眨巴兩眼說：「這樣罷，老大，等到天一放亮，我就著人備兩匹快馬趕過去打聽去。」

「好，」孫小敗壞又想起什麼來，交代說：「你最好關照去的人，順道朝東繞段路，通知上沙河的楊志高，叫他帶人朝西壓，攻不要他主攻，敲敲邊鼓總行啊！」

夏皋退出去之後，一陣風把槍聲飄送過來，隱隱約約的槍聲真夠密，像隔屋聽見炸荳似的，劈哩啪啦響個不歇，即使他真的相信夏皋所說的話，攻下沙河也不是一天半日的工夫，在隊伍沒抽調回來之前，他心裏總惴惴不安。忽然，他吩咐衛士進屋，要他們把他的馬給備妥，另外替他準備擔架，衛士聽著楞了一楞，報告說：

「報告司令，您半夜三更備馬，敢情是要出去？您打算去哪兒呢！」

「我把你這個傻鳥，把你那笨腦袋劈開，塞話進去麼?!」孫小敗壞罵了起來：「你沒想想，憑夏皋這個熊團，七八支破槍，能把蒿蘆集守得風不透、雨不漏麼？……萬一南邊堆上的游擊隊趁空子打一次突擊，一傢伙恐怕就捲到司令部來了，咱們若不時時準備著，十有八九會成甕中之鱉，你不用再問，只管照我的吩咐，把馬匹和擔架準備妥當就是了！」

剛把衛士給罵走，出去不久的夏皋又氣喘吁吁的跑回來了。

「老大老大，我是跑回來報告好消息來了！」他說。

「怎麼會那麼快當？」孫小敗壞會錯了意，還以爲是對方打聽出下沙河攻撲的情況了，急忙問說：「是火線上有人下來了怎麼的？」

「倒不是那個，」夏皋說：「守南門的向我報告，說是他們捉著老中央的密探了，我過去一看，哪兒是什麼密探，原來是當初中央的老區長孫振山和他帶的兩個隨從，他們是打東邊來，原想摸到堆上去會岳秀峰的，誰知黑裏摸迷了路，摸到咱們南門外的哨棚裏去了，雙方隔得太近，他們連匣槍都沒來得及拔出來，便叫咱們的人撲上去按倒了。」

「呵呵，這才真是送上門來的肥貨呢！」孫小敗壞開心的狂笑起來，原先一直皺攏的眉頭，也全放開了：「我它媽做夢也沒想到，孫振山也會落在我的手裏，有了這個人質握在手掌心，姓岳的還能造得起反來？……對啊，姓孫的人呢？」

「人已經捆著送過來了！」夏皋：「就在花廳外面，等著老大您發落，……這是孫振山隨從所帶的匣槍，烤藍沒褪，只含半火，還是新貨呢。」

「一邊擱著罷，」孫小敗壞瞇起眼說：「先叫人把孫振山給我提進來，那兩個隨從不用提了，替我丟到前屋看管著，我只要跟姓孫的單獨談談。」

不一剎，夏皋的幾個槍兵，就把老區長孫振山給押進屋來了；孫振山是個滿肚子墨水的老儒士，高高大大的個頭兒，挺胸站著，像一棵挺拔的老松。——一棵壓著白白霜雪的老松，他的鬚眉和額髮全已灰白了，除了一臉由常年風霜打熬出來的皺紋，他並沒顯出一絲衰疲的老態，在孫小敗壞眼裏，他還跟當年常在趙岫谷宅裏作客時的樣子一樣，這使孫小敗壞極不舒服。

「呵，老區長，你還認得我這姓孫的家門罷？」他捏起煙槍，擺動一下說：「你們還不給我拖張椅子，讓孫區長坐下?!……進了這個門，他該是我的客人啦！」

衛士趕忙拖過椅子，孫小敗壞又說了：

「趕緊替咱們老區長鬆綁，這樣把個老年人綑得鐵緊的，像就要推出去問斬似的，成什麼體統，咱們肚裏雖沒有幾滴墨水，但總還該懂得點兒待客之禮呀！」

綁一鬆開，孫振山抖抖藍緞面的皮袍，冷哼一聲，開口說話了，他說：

「小敗壞，這一向你算夠神氣的了，不過，咱們族裏居然會生出你這麼個當漢奸的敗類，真使我自覺沒有顏面，今夜我落到你手裏，實在不願拿正眼看你，我想，你不必貓哭耗子假慈悲，我生是中國人，死是中國鬼，幹的是中央的事，抗的是東洋鬼，咱們冰炭不同爐，沒有什麼話好講，你不如乾脆把我拖出去，掏槍打掉算了！你想套我一句口供，讓我說出半句好聽的話，你是在做夢，我這陣春風，不灌你那驢耳！」

「好傢伙，究竟是喝過墨水，見過場面的人物，」孫小敗壞捺著性子，半諷半嘲的強笑說：「老傢伙，你在族裏，算是老輩人物，罵我幾句不要緊，不過，你可要弄清楚，今夜我請你來，並不是聽你教訓來的。」

「一塊肉落在砧板上，要砍要剁隨你的便，」孫振山一屁股穩坐下來說：「你還想跟我說些什麼呢？你那些漢奸言語，一句跟千句沒有什麼不同，你不嫌嘴臭，我聽了還會覺得耳臭呢！」

「聽你說話，像剛開罈的原泡小酒似的，——衝勁兒大得很，」孫小敗壞笑說：「不過，我不吃這一杯，你也拿我沒法子想，你曉得，你的天崩了，地塌了，你這區長，也早過了氣了，……這不是趙岫谷的宅子嗎？你早年不是這兒的常客嗎？嘿嘿，如今這一方的區長，是我，是我孫某人兼任的了，姓趙的宅子也沒收成我孫某人的財產，當初在你們這些大人先生眼裏，永世成不了氣候的小青皮，如今沙灰發熱，當了司令，……你甭說什麼鬼子不鬼子，總而言之，有那許多槍枝人頭在，我這個司令絲毫假不了，……你可沒料到罷？十年河東，也它媽的轉了河西，孫某人就是天魔星降世，氣死你！」

「我有什麼好氣的？」孫振山穩穩的攤開兩隻巴掌說：「你是上了沒底的船，不到臨死，看不見你自己浮在弱水上的一副臭皮囊，你沒想想，胡三怎樣？蕭石匠怎樣？尤暴牙又怎樣了？你們這些走狗漢奸，一個一個輪著號兒來，不定明天後天，報應臨頭，你就見不著早上的太陽，如今你炸鱗抖腮給誰看來著？」

「給你看啊！」孫小敗壞用濃濃的鼻音，自鳴得意的說：「話也甭扯得那麼遠，什麼明天後天？若扯到百年之後，世上人，人人都變成了鬼，咱們就事論事，只談今天夜晚，如今我是座上客，你是階下囚，總沒錯罷？」

「就算是，又怎樣呢？」

「只要你點頭說個『是』字，事情就好辦了！」孫小敗壞這才逐漸冷下臉來說：「老實跟你講，我孫某人就是死，好歹也要找個墊背的，你懂罷？我沒找到趙岫谷，但總算找上了你，你想痛痛快快的死？哼，可沒那麼便宜，我是一日三餐，外加宵夜，要消停侍候你，讓我過足癮頭，使你吃足排頭，……我這兒，皮鞋、梭子、站籠、老虎凳，五味俱全，單看你的骨頭硬？還是我的耐性足？我非磨折得你屎滾尿流，叩頭告饒不可。」

「那當然。」孫振山說：「你可以試試，古人說：士可殺，不可辱，如今我又想到兩句，算是狗尾續貂，那就是：士可辱，不可屈，……你能當面辱我，你卻是屈不了我的。」

「真有學問，」小敗壞說：「最近我發兵攻撲下沙河，事情忙得很，沒有閒空兒陪你長聊，咱們這就長話短說好了，我問你，湖邊那個姓岳的，你見過沒有？」

「我不願意浪費吐沫，」孫振山區長顯出不耐煩的樣子：「你問我任何事，我都不知道，你要整我，及早動手整好了，我這條老命，死活交在你手上總成了罷?!」

「心平氣和點兒，好不好？」孫小敗壞說：「你想用急火烤，我偏要用慢火煨，咱們算是先禮後兵。……你不妨再想想看，你這把老骨頭，經得住我幾抖弄的？假如你識相點兒，有問必答，我自會看在同宗的面上，不爲難你，一槍畢命，送你一口棺材！……來人，把他押到前屋去，用牛鐲鎖住他，加派槍兵看守著，夏臯，你留下來，我還有話要跟你說。」

押下孫振山，孫小敗壞彷彿一下子減了幾分病，添了幾分神，他跟夏臯說：

「孫振山這個老傢伙，當年是唯一能跟趙岫谷平起平坐的人，在蒿蘆集，算得上是極有斤兩的人物，咱們這回捉住他，好像佩上了護身靈符。我敢說姓岳的投鼠忌器，絕不敢輕易攻打蒿蘆集了。」

「老大說的極是，」夏皋說：「這跟咱們當初抬財神、綁肉票一個樣，有人在手上，不怕對方不花錢。依兄弟的看法，您不如出面寫封信，差人送給姓岳的，跟他討價還價吊著來，……能拖過這一冬，情形便不同了。」

「嗯，」孫小敗壞考慮著：「這主意倒真是個主意，假如早幾天就捉住孫振山，我就打算用他換取下沙河了；如今，下沙河方面既已接了火，那只有等把那個集鎮拿下來之後再說罷！」

下沙河那邊，雙方正在激烈的熬火，槍聲鬆一陣緊一陣，幾乎一夜沒有停歇過，孫小敗壞雖然疲乏得渾身發飄，但總無法成眠，一絲一縷的亂夢糾結成球，在他昏沉沉的腦子裏滾來滾去。

二天天亮不久，夏皋差出去的兩個人回來了，一個是活的，另一個比活的差了一口氣，據說也並沒遇著什麼特殊情況，只是他的騎術不精，摔了馬，正巧又被後一匹馬踢著了腦袋，把個水包皮的玩意兒踢扁了；不過，孫小敗壞沒理會這種屁大的事情，有個人回來報告消息就好。

報告消息的人說是下沙河那一帶混亂得很，這兒聽到的槍聲，不光是下沙河來的，在朱三麻子率人攻撲下沙河的同時，游擊隊另一股人正在攻撲上沙河和三官廟，陷住了楊志高和蘇大嚼巴兩個團，使他們根本無法動彈。……至於下沙河那邊，朱三麻子原先倒計議過怎樣攻撲的，不過，當筱應龍和金幹兩個團撲上去攻土圩子沒有奏效之後，三麻子便把另兩個團也像在賭桌上推籌碼似的，一股腦兒推上去了，報告的人形容這種叫做豁命賭，要就是一把撈，要不就是一把乾。

「甭說這許多廢話了，」孫小敗壞說：「我只問你，朱三爺帶人攻圩子攻得順不順當？到你去的時刻爲止，你們灌進去沒有？」

「順當先倒是順當，四更多天，筱團用炸藥把土圩子炸了個缺口，咱們這邊撲進去不少人，不過，沒過多久，他們又叫人給頂了出來，乾旱的沙溝裏，躺滿了帶彩的人，有的哼，有的喊，瞧著叫人心寒。」那個傢伙好像想到當時他所見的光景似的，渾身有些顫索說：「風又猛，天又寒，圩外野地上黑漆漆的，我也弄不清哪個團在哪兒？不過，到了五更天，下沙河北邊又起了槍聲，聽說是黃楚郎帶著的人也搶渡沙河的冰面，過來接應了！」

聽說土共果然出來扯游擊隊的後腿，孫小敗壞嘴角便微朝上翹起來：「照這麼說法，情況還不算太壞！」

「是啊，只要咱們連著再上一把勁，發力緊它一緊，外圈他們就很難守得住了。」夏皋說。

「這樣好了，」孫小敗壞說：「你在集上替我鎮著，我這就帶一班衛士趕到火線上去瞧瞧，這它媽叫什麼來？……督戰，對了，我當司令的人，不能不上去意思意思，那就去督戰好了，不過，那個姓孫的老傢伙，你得千萬替我看緊，不要讓他跑了！」

孫小敗壞早上出的發，騎了三里路的馬，躺了五里路的擔架，剛穿過黑溝子荒地，到達牛胡二莊，就看見揹的，抬的，攙的，扶的，輕重傷兵像螞蟻似的一路撤了下來，有的渾身染血，有的黏泥帶土，有的一臉硝煙，好像剛從煙囪裏爬出來的。他們進了莊子，就麇集在莊前的屋簷下面，一團團，一簇簇的歇了下來，呻吟著，咒罵著，有個掛尉級肩章的小混混，胳膊負了點兒輕傷，連槍也丟了，見著孫小敗壞，就哭喪著臉說：

「孫大爺，下沙河守得像鐵桶似的，咱們屢次三番進撲，還是撲不上去，前頭各團亂成一片，朱三爺這才吩咐，要大夥兒全部朝後撤，拉到牛胡二莊來整頓，我看，一時兩時想拔掉下沙河，太難了！」

「你它媽的這副肩領章怎麼掛的？」孫小敗壞罵說：「你竟敢當著我的面，說這些洩氣的話？我不斃掉你就算好的，你的槍呢？」

「我？我哪裡還有槍？」那個說：「我是在躺下的人堆裏爬出來的。」

孫小敗壞皺著眉頭，一心又結起疙瘩來。當初尤暴牙據守下沙河，游擊隊只用兩個時辰，就把尤部解決掉了，這回，自己可說是出動全部實力，一千多條槍，兩千來人，合攻下沙河，激戰通宵，還沒能攻破一道土圩牆，況乎土圩牆裏面，還有堅固的五角子母堡，看光景，真是夠麻纏的了。他原打算再朝上面走一段，看看攻撲的實況，既然聽說朱三麻子他們要把隊伍撤下來整頓，那就停在牛胡二莊，等著他們來好了！

隔不上一會，孫部各團人，都像一窩驚兔似的奔了下來，筱應龍拎著匣槍走在人群裏，渾身黏著乾草刺，軍帽也丟掉了，金幹倒還騎著一匹馬，樣子有些灰敗，朱三麻子把兩柄匣槍斜插在腰眼，正對著底下人潑吼，單只沒看見葉大個兒。

他們看見孫小敗壞，便圍了過來。

「情形究竟怎樣？老三。」孫小敗壞撐著從擔架上坐了起來說。

「真沒想得到，咱們拿著銅頭，撞上了鐵板，——咱們硬，對方更硬上一層，」朱三麻子說：「我跟筱應龍、金幹三個，親自領著人朝上硬攻的，他們全面硬擋，熬火熬了一夜，就是攻不上，拿它有什麼辦法？」

「姓喬的漢子太不簡單了！」筱應龍說：「聽說他就是當年岳秀峰手下的排長，這個支隊，是他一手訓練的，每個人槍都打得很準，您瞧咱們負傷的情形，就能看得出來了。」

「老大，」金幹也插嘴說：「那些游擊隊，好像吞了符似的，根本不怕死，我的一個排衝那個缺口，他們裏頭，竟然跑出一個光赤上身的漢子，渾身都掛著手榴彈，跑進人叢來，喊叫著拉火，那一傢伙不怎樣，我的一個排就那樣覆沒了。……天曉得，早先咱們闖黑道，也有好些年了，像這種陣仗，我可從沒遇著過。」

「嗨，真它媽的糟得很！」孫小敗壞有氣無力的說，「依你們看，咱們該怎麼辦呢？」

「您也甭著急，」朱三麻子說：「好在黃楚郎那邊拉出兩個大隊，接著跟他們熬上了，咱們撤下來，略為喘口氣，跟他們來個車輪戰……依眼前情勢，他們人少，咱們人多，耗著是唯一的辦法了。」

朱三麻子說得沒錯，黃楚郎拉來的兩個民兵大隊，正在下沙河的北面緊氣朝上攻撲，槍聲像連珠炮似的響著，這兩個大隊是黃楚郎壓箱子的本錢。這一回，喬奇的游擊第二支隊一傢伙吃掉了尤暴牙，堵塞了他們煙毒的出口，使這窩土共沒法子動彈，董四寡婦一急，不但攤出她的老本，更四處奔走，企圖糾合更多股共軍，跟中央的游擊隊在湖邊決戰，一舉拔掉趙岫谷和岳秀峰所率的隊伍，而勾結孫小敗壞的偽軍，打開下沙河的瓶頸，僅僅是他們謀算的開端而已。

不過，土共壓箱子的貨色抖出來之後，情形並不比朱三麻子所率的四個團偽軍強到哪裏去，他們的民兵，全是裹威脅百姓組成的，槍枝破爛不說了，作戰經驗根本沒有，只會啊喝喊叫亂放空槍，拿這種隊伍去攻喬奇據守的圩子，攻擊不成攻擊，簡直就是迎著槍口送死，第一陣攻撲沒成，圩牆外的壕溝裏，業已伏滿了屍首，第二陣攻撲上來的土共，一瞅前面血染的光景，兩腿便先自軟了，一個個翹著屁股趴在地上，直著脖子大聲叫喚，卻沒有誰敢冒著呼呼叫的子彈爬圩牆的。

兩次沒撲上去，黃楚郎光火了，罵說：

「小敗壞究竟是怎麼弄的？拿了咱們的子彈，不挺住勁上火，搞不多久就偃旗息鼓涼在一邊去了，這怎麼成？——要咱們唱獨角戲，這不是拆咱們的蹩腳？你們趕快著人過去聯絡，要攻一起攻，要退一起退，不合起手來兩面齊撲是不行的。」

黃楚郎差出的人到了牛胡二莊，孫小敗壞手下的五個團仍然亂成一團糟，掛傷帶彩的總有百把人，醫又沒人醫，送又沒空送，就把他們放在屋簷下面狼喊鬼叫，其餘的人槍重新編配，編配妥當了想朝上拉，誰知底下紛紛嚷叫著不肯走，說是肚皮空了，人身上發冷，連放槍都抖抖的沒有準頭，非得先吃飽肚子不可。孫小敗壞用得著人朝前，不得不答允他們，人多單位雜，只好挖鍋洞，行野炊，這樣一來，搞得遍野狼煙。

「孫大爺，咱們的人拉上火線去了，怎麼你們的人又撤下來了呢？」來的傢伙著急說：「咱們連撲兩次，對方的槍火太猛烈，實在挺不上去，得要跟您這方面取得聯絡，雙方會攻才行。」

「好好好！」孫小敗壞連連點頭說：「你不妨回去跟董政委她報告，咱們這邊只是暫時拉下來整頓，等到大夥兒用了飯，便立即朝上拉，你們只要聽到咱們幾挺輕機槍一齊張嘴，就放膽朝上攻好了，今夜好歹要灌進土圩子，先剝掉他們一層皮再說。」

嘴上說起來容易，但孫部這四個團的兵勇，剛剛在火線上吃過對方的苦頭，再朝上拉，可就不像早一回那麼順當了！朱三麻子、筱應龍、金幹、葉大個兒四個人，拎著匣槍，像趕羊似的，吼著把人朝上趕，朱三麻子把喉嚨都給喊啞掉了。孫小敗壞本錢不足，身子單薄得像紙紮的似的，心餘力絀，連吼都吼不出聲來，只好安慰朱三麻子這幾個把兄弟說：

「諸位耐心點兒，多多偏勞，只要今夜能把下沙河打開，每人我賞十塊大頭！我在牛胡二莊等著你們的好消息就是了！」

「沒問題，老大！」朱三麻子賣狠說：「聽說下沙河游擊隊囤的糧草很多，只要能攻開堡子，咱們就能熬過荒春，不會餓得前牆貼後牆了！」

黑夜的風吼和槍聲，使人陷在混亂的渾噩中，孫部的攻撲，一入夜又開始了，他們靠著董四寡婦售給他們的幾挺機槍爲主，直射那個圩牆的缺口，好像用不息的火流澆灌什麼似的，這樣一來，游擊第二支隊感受到的壓力，便愈來愈沉重了。

喬奇仔細盤算過，以二支隊人員的精神和所受的訓練，雖然不能比得中央的老部隊，但若說對付僞軍和土共這樣的烏合之眾，可以說是游刃有餘，問題是堡裏所存的槍火也很有限，像這樣不斷和對方糾纏對耗，時辰拖久了，絕不是辦法，依目前情況，下沙河被僞軍和土共團團的圍住了，第三支隊由喬恩貴領著，牽制住上沙河和三官廟一帶的僞軍，一時也無法應援，只有駐紮在砂崗的一支隊，可以配合聲援，……岳連長作戰的方法，沒有誰比跟隨他很久的喬奇摸得更清楚，喬奇料得很準，他明白岳連長要他率部扼守下沙河這塊咽喉要地，主要的目的，就是要吸引僞軍和土共聯手，傾巢夾攻，這樣，一支隊便有絕好的機會，一舉搗掉孫部盤踞的老巢——蒿蘆集了。

岳秀峰連長既有這種想法，自己扼住下沙河，也就顯得更爲重要了，這些年來，在軍中滾在戰鬥裏，喬奇早已練就了咬牙苦忍的功夫，他曉得，不論目前來犯的僞軍和土共的人數多過己方若干倍，不論自己的處境有多麼困難，他都得靠二支隊本身的力量苦撐下去，一切辦法，也都由自己來想。

扼守土圩牆和對方這樣互耗既不是辦法，逼得他只有行險招兒，採取另一種冒險的方法——把對方放進土圩牆，利用黑夜的混亂預先設伏，和對方作近身的、肉搏性的掩殺，一面以奪取或毀掉對方的那幾挺機槍爲主，只要能一舉摧毀孫部的那些機槍，那些土匪便更不足畏了。

他拿定主意之後，不到三更天，西南面和北面的土圩牆，便同時撤守了。

孫小敗壞手下那夥人，一旦攻開了那道土圩牆，便錯以爲他們業已拿下了下沙河了。據朱三麻子說，那裏面又有囤糧，又有草料，這下子該可撈得一筆大油水過冬啦。一個傢伙發聲說：

「老夥計，朝裏頭衝啊，每人十塊大頭的彩金，篤定拿到手了！」

一個人這麼一吼，大夥兒便亂鬨鬨的，朝圩牆缺口間推湧了進去。

同時，攻撲北面的土共也朝南撲進了圩子，他們有些表錯了情，還以爲游擊隊是因爲受不了孫部的攻撲，才主動撤離第一線，退據碉堡的呢！……天是那麼黑法，風頭又那樣猛，話一脫口，話音就被飄得遠遠的，土共的人朝南推，孫小敗壞的人朝北湧，兩下裏湧到下沙河的後街上，隔著一座很大的池塘，由於雙方聯絡不上，不知怎麼就糊里糊塗的對幹起來。

朱三麻子說是要集中槍火，在撲進土圩牆之後，先打對方一個下馬威，所以就把孫部全數六七挺機槍一字排開，朝汪塘那邊猛掃；黃楚郎可做夢也沒料到這一招兒，硬著頭皮挨上了，土共初進圩子，地形又不熟悉，天黑看不到東西，孫小敗壞所部的這一陣掃射，至少打傷土共四五十人，黃楚郎沒有辦法，只好領著人朝池塘裏爬，池塘的水面仍結著一層厚厚的冰殼兒，他們根本沒法子鑽進冰層下面去，少不得一個個趴在冰面上，像是孝子似的，學學臥冰的王祥。

朱三麻子讓這幾挺機槍潑足一梭火，正自得意著跟筱應龍說：

「老筱，你瞧怎麼樣？一梭火就把對方打悶啦，咱們該轉頭朝東，去圍攻炮樓去了！」

「不錯，老三！」金幹說：「俗說：打鐵趁熱，咱們正好藉他們外線崩掉的當口，一鼓作氣把炮樓拿下來，那時刻，姓喬的想天法子，也挽回不了啦！」

這邊正說著，黑裏有人從側面奔湧上來，喊叫著說：

「嗳，夥計們！自己人不打自己人，咱們匯合成一路去拔那座炮樓啊！」

「好了！好了，」葉大個兒首先嚷說：「北面也叫攻開啦，那不是黃楚郎的人嗎？」

就在他們一怔忡的當口，對方業已斜斜的抄了過來，雙方一接觸，朱三麻子才覺得情況不對路，因爲衝上來的百十多條漢子，全精赤胳膊，手掄纏紅的大刀，攫著人就像砍瓜切菜似的一頓猛砍，朱三麻子這還算見機得早的，有些傻鳥的僞軍，直等到刀鋒橫過，脖頸一涼，這才曉得怎麼一回事。不過那時他們業已身首異處，無能爲力了。

孫部的僞軍，由於天黑膽怯，一進圩牆，便擠成一團，這樣子，和游擊隊猝然貼近身打肉搏，原已吃了大虧，再加上他們的長短槍枝無法順利潑火，和對方靈活使用單刀相比，那就更加相形見絀了。混亂當中，游擊隊突然另現一群人，直撲那幾挺機槍，捨命的去搶奪，一剎時，地面上滾成了好幾簇人團兒。

朱三麻子一瞧，不對勁，這幾挺機槍算是孫部的寶貝，沒有它，火力便要損失一大半，根本無法去攻炮樓了，他把心一橫，寧可玉石俱焚，也不願眼見那幾挺機槍被游擊隊奪走。他兩手分掂著兩支匣槍，一時也顧不了誰是誰了，只是衝著人團兒咯咯的潑火，他這一開火，人群除了中槍的，都分朝兩旁滾開了，但游擊隊有備而來，哪還能讓僞軍再攫著機槍？立時便有人朝機槍那邊丟了好幾顆手榴彈，把好幾挺機槍給炸瞎了。

這是一場極混亂又極慘烈的拚搏，雙方都有嚴重的損傷，不過，算起來，吃大虧的還是孫小敗壞這邊，這場突擊，使他的六七挺機槍毀掉四挺，另加被奪走一挺，幾乎完全消滅掉他的自動火力。不過，這情形，孫部的僞軍並不完全知道，他們分別湧進土圩牆之後，分佈得太散，大夥兒只曉得裏裏外外都在打火罷了。

混亂在黑夜的街道上延續下去，朱三麻子和筱應龍、金幹、葉大個兒之間，也互相跑散了，他們每個人身邊，都只落下幾個貼身的衛士，而且喊啞喉嚨，也聚合不起足夠的人來去攻撲炮樓。

朱三麻子挎著槍在街巷中亂竄，好不容易才又跟葉大個兒重新會合上，朱三麻子作急說：

「倒楣的熊天，黑成這個樣子，隊伍一亂一奔，散了就圍合不起來，這它媽該怎辦呢？」

「我倒想起個法子來了！」葉大個兒說：「下沙河的民宅又不是咱們家的房屋，咱們何不四處放火，藉著火光聚合隊伍，先攻炮樓要緊；萬一把今夜耗過去，對方有了應援的，咱們弄得進退兩難，那就更加不妙了！」

「對！咱們就放火罷！」

葉大個兒這個主意一出不怎麼樣，下沙河鎮街道上的民宅可遭了大殃，孫部的僞軍四處放火，把整條大街都變成了紅毒毒的火場，千條萬條無情的火舌，蛇信似的，舐著一間又一間古老的宅子，燒得樑柱嗶剝有聲，那些瓦面不斷的朝下陷落。

靠著魔性的火光的照耀，孫部總算你呼我喚的，勉強把分散的人頭聚合起來，各團分別查點一下，原先出發時的近兩千人，如今還落下一半的樣子，除去好幾百死傷的，還有幾百人不見影兒，不是怕死躲匿在暗處，就該是趁亂開了小差。

「我操，這些傢伙真它媽的不靈！」朱三麻子又罵說：「我倒要瞧瞧，趕明兒司令他發賞金的時刻，會不會還是這點兒人，只怕他們躲進老鼠穴，也會把頭伸出來搶著要來領賞呢！」

有人報告他，說是從一個茅坑裏，拖出兩個傢伙，他們賴在地上打滾，說他們不能再去攻炮樓，因爲他們業已負了傷。

「對啊！」朱三麻子說：「你們這些傻鳥，約莫是搞暈了頭啦！好腿好腳不去找，爲啥單拖受傷的，他們既負了傷，咱們也沒空子抬，就叫他們爬出圩子去算了，拖他們做什麼？」

「報告司令，不，不是這樣的！」報告的那個委屈的叫說：「他們渾身不見一滴血，也沒見一處槍眼，他們究竟傷在哪兒呀？」

「好，既然這樣。」朱三麻子匆匆忙忙的說：「那麼你做主，叫他們去攻炮樓，把他們賞金給扣掉！」

「報告司令，」那個又說：「叫他們拿什麼去攻炮樓呀？他們的槍全扔掉了！」

「沒有槍不要緊。」朱三麻子說：「如今正在急需人手的時刻，你總不能再爲這點屁大的事情斃人罷？……沒有槍，就叫他們扛子彈箱，也是一樣！」

正在這時候，一隊穿著老薑黃軍服的士兵，由黃楚郎領著撞了過來，黃楚郎口帶怨聲，招呼朱三麻子說：

「噯，三麻子，你們真是夠交情?!咱們沒命的替你敲邊鼓，幫你攻圩子，一進鎮，你們就把機槍排了隊，猛迎著咱們打掃放，一傢伙撂到咱們好幾十個，差一點也就把我剃了頭。你?你這是什麼意思?」

「只怪天太黑了，彼此都弄不清，」朱三麻子說：「這完全是一場誤會。」

「算了！」黃楚郎說：「這也不是算爛帳的時候，目前情況很亂，還是聯手攻炮樓要緊。」

攻炮樓要緊，朱三麻子何嘗不知道?但等他把那些雜亂的隊伍再糾聚起來，天已到了四更了。一街的大火仍然燒得那樣猛，從火光裏，看得見街角南梢的炮樓聳立的影子，那比一座壁陡的高山還要難爬。不單朱三麻子有伸展不開的感覺，筱應龍、金幹和葉大個兒也都覺得飄飄盪盪的不落實，唯恐游擊隊會來增援，……經過兩日夜的應戰，孫部的兵勇和土共的民兵都已筋疲力竭，實在不能再對付對方生力軍的突襲了。

不過，情況再怎樣困難，他們也無法中途撤退，這一仗，只有硬著頭皮打下去，好歹撐持到天亮再說，因此朱三麻子仍然在火光裏吩咐號兵響號，繼續撲攻街南的那五座散佈成梅花形的碉堡。

喬奇站在炮樓頂上，望著下沙河鎮一街的大火，他也望得見孫部奔跑集結，顯得一片混亂的偽軍，他料得到朱三麻子仍會率著他那群烏合之眾來攻碉堡，但他相信朱三麻子這全是雞孵鴨子——枉費心機，孫部的這些兵勇，原都是黑道上的土匪小賊，這些傢伙能勝不能敗，平素仗著人多勢眾，攻撲實力單薄的村莊，他們顯得很蠻悍，一旦遇上硬扎的對手，他們便縮起頭來當烏龜了，這堡子裏既無財神，又沒肉票，他們犯不著把命給賠上，傻乎乎的頂槍子兒，二支隊守住炮樓，對付僞軍和土共聯手攻撲，絕沒有問題，問題是如今這邊和岳秀峰連長連絡不上，不知他能否趁著蒿蘆集空虛的時刻，一舉搗掉孫小敗壞的老巢，假如趁機收復蒿蘆集，那麼，孫小敗壞這夥僞軍，絕沒辦法再在三官廟以北地區立腳了。

事實上正如喬奇所料想的，朱三麻子對炮樓的攻撲，業已成了強弩之末，虛晃一招而已，他們遠遠的發了幾陣吼叫，乒乓放了幾排槍，就分別的退卻了，黃楚郎的土共繞過火場，退向燕塘，朱三麻子率領殘部，退向黑溝子那邊的牛胡二莊。

這時刻，天正破曉，朱三麻子所率的四個團殘部剛到牛胡二莊想休息，誰知在東面的游擊第三支隊拉向西邊增援下沙河，一到牛胡二莊附近，就跟孫部打起來了，三支隊的氣銳，孫部都是疲兵，雙方剛一接上火，孫部的僞軍就站立不住，朱三麻子請示孫小敗壞，小敗壞也有些六神無主，說是：

「老三，這不成，黑溝子是塊不毛之地，荒天窪野的怎麼守法？咱們不如邊打邊退，先回到蒿蘆集去再講罷，好在我抓著了他們的老區長孫振山，有了那個重要的人質在咱們手上，我想，一時兩時，姓岳的也拿我沒奈何……他們動一動，我就把孫振山給宰掉。」

「哎呀，老大，」葉大個兒叫說：「您早說把孫振山攫住了，咱們哪還用得著拚死拚活的去打下沙河來著？對付趙岫谷，孫振山是最好的一張肉票了！」

「要走，咱們就得趕快走！」金幹想起什麼來，急切的說：「那張肉票交給夏皋那個老迷糊看管，咱們實在不能放心，萬一出了漏子，那就不好辦了！」

雖說處在這樣的情況下，確實是三十六計，走爲上計，但陣前撤退，也並不那麼容易，還是葉大個兒動腦筋，由他那團兩百多人保著孫小敗壞先撤，金幹和筱應龍兩個團跟著撤，單留朱三麻子那一團帶著兩挺機槍殿後，若是對方追得不緊，就停下來打上兩梭子彈。

他們這樣撤退，三支隊沒有啣尾窮追，追了一里多路，就停住腳，開赴下沙河協助民眾救火去了，這樣一來，孫小敗壞的隊伍才能喘口氣，開回蒿蘆集。

岳秀峰並沒趁這個機會來攻蒿蘆集，夏皋居然也把孫振山看守得很好，這對孫小敗壞來說，實在算是幸運，但他回眼再瞅瞅朱三麻子領出去的四個團，經過下沙河這場惡火，槍枝和人頭都已經耗掉了一半，不由得不心疼——彷彿是在賭檯上輸掉了巨額的賭本。

但他也無法責怪朱三麻子和那幾個把兄弟，他看得出，這一回攻撲下沙河，朱三麻子和筱應龍他們確已盡了力，朱三麻子反而比他豁達些，安慰他說：

「老大，您可甭吁嘆，這回，咱們損失雖夠重，對方也好不到哪兒去，……若不是喬恩貴領著人增援，咱們險些就把下沙河全給拔掉了！」

「我曉得。」孫小敗壞說：「並不是我看不開，這年頭，槍枝人手一損失了，就再沒法子補了，尤獨是那些機槍，可不是容易來的……董四寡婦早先賣給咱們，是想借用咱們的力，如今她們自己有了地方盤據，也在糾合人，擴編民兵，再有好槍，只怕她也不肯朝外拿了。」

「不要緊的，老大，」金幹轉動眼珠說：「好在您捉住了孫振山，咱們一切的損失，全要從他身上打主意撈回來，……這檔子事，交給兄弟我去辦，如何？」

「論起敲詐勒索來，金老弟算是一把手，」夏臯說：「我這迷糊腦瓜子自嘆弗如，老大，我看這事就讓金老弟他去試試罷！」

「也好。」孫小敗壞說：「明天一早，夏臯兄，你將孫振山和那兩個隨從提交給金幹，讓他一手經辦就是了！……我實在也怕費這個心。」

事情就是這麼說妥了的，誰曉得一夜之間出了極大的變化，孫小敗壞當時正眠在煙榻上，被衛士一疊聲的喊報告吵醒了。

孫小敗壞人虛肝火旺，正瞪起眼，想斥責衛士又是什麼雞毛子鳥事？鬼急慌忙的吵醒他，那個氣急敗壞的衛士搶著向他報告說：

「孫大爺，事情很糟，……那個老中央的老區長孫振山，昨夜竟然從夏臯那兒遁掉了。」

「姓夏的真是飯桶渾球，」孫小敗壞吼罵說：「這種要緊的人犯，怎能讓他跑掉來著？我拎著他的耳朵，一再交代，他它娘還是弄出這種漏子！……先把姓夏的替我拎的來，他要說不出道理，我非斃人不可！」

夏臯被叫進屋，渾身打哆嗦，臉白得像張紙，據他說，孫振山被押在趙岫谷的前宅，也就是夏臯暫歇的團部裏，他親自指派四個人，四支大槍看守他們，無拘日夜，也沒准旁人接近過，孫振山戴著手銬，他的兩個隨從，全被用細麻繩反捆著雙手，按理論，絕不會斷索脫逃的，但那兩個隨從不知用了什麼方法？竟把細麻繩給割斷了，當時是淩晨四點多鐘的光景，夏皋在睡夢裏聽著前院有人喊叫，便摸黑下床，趿著鞋子奔出來，等到叫起衛士，掌上馬燈去前院時，事情已然發生了，他所差遣守夜的四個傢伙，有一個靠在關囚犯的木柵上，脖頸間勒著一圈麻索，經查那麻索就是捆人所用的，另一個死在二道門的門口，身上全是刺刀的孔洞，還有兩個趕逃犯趕到側院的磨房裏，一個橫身倒在磨盤上，另一個倒在驢槽底下，……孫振山逃脫的路線，是先經側院，一直朝後去，前後三道門原都是上了鎖的，但門鎖全被人用手硬扭，把小姆指粗的鎖簧也扭斷了……

「老大，您曉得我是盡全力看管著孫振山的；」夏皋說：「但這事發生得太離奇了，我當時一點也沒怠慢，立即帶人追出去，放了兩陣排槍，但卻沒蓋著人，……天委實太黑了。」

孫小敗壞聽著，不時打鼻孔出氣，發出短促的冷哼，等到夏皋說完了，他兩眼朝下斜瞄著夏皋說：「該說的，全叫你說完啦？你暫先到囚屋裏歇著吧，等我把事情給查清楚再說。」

「老大，咱們是自己兄弟，您不能為這事坑我！」夏皋身子一矮，膝蓋就落了地，用哭嚎的聲音哀告說：「您總得給我個機會呀！」

「還虧咱們是兄弟，你才給我惹出這麼大的漏子？」孫小敗壞抓起煙籤兒，狠狠的戳進夏皋的肩膀，戳起一長聲尖厲的慘號。他揮揮手，兩旁的衛士便把夏皋架起身來拖走了。

即使押了夏皋又怎樣呢？孫小敗壞一心的懊惱還是沒有出處，在感覺裏，沒有哪個冬季比眼前這一冬更長，大大小小的事，沒有哪一宗是順心如意的，好不容易捉著一個孫振山，偏又讓對方遁走了，想來想去，非把夏皋給拉去斃掉不可，人說：人心隔肚皮，虎心隔毛衣，孫振山是夏皋捉來的，又在他手上遁走，誰敢保險這裏頭沒有文章？

聽說孫小敗壞要槍斃夏皋，葉大個兒首先就不贊成，他跑去勸說：

「老大，您沒想想這是什麼時辰？拉攏人還來不及，您怎能發火斃人？夏皋再是飯桶蒲包，他跟您還是叩過頭，插過香的一把子，您爲這事翻臉斃他，不會使其餘的幾個心寒？再說，跟著夏皋混的那一群，除非您不怕浪費子彈，把他們全拉去斃掉，要不然，他們日後準會出事，我看，您非得壓壓火氣不可。」

「我它媽哪兒是存心要斃他？」孫小敗壞恨聲的說：「全是他弄的太不像話了，連一個要緊的人犯也看不住，你說，我留著這個窩囊廢有什麼用？」

「留著他安撫人心也是好的呀！」葉大個兒悄悄的伸過頭來說：「蒿蘆集上，如今情勢極爲不穩，岳秀峰久屯在南邊，隨時會掩殺過來，您若不極力穩住局面，那就分崩離析，不可收拾了。」

小敗壞簡直不敢朝深處想，一想就要打寒噤。他臉色凝重的沉吟一陣兒，無可奈何的說：

「好罷，就如你所說，著人叫他出來就是了！……你不妨勸告他，我這做老大的，著實爲這事發過一陣火，任憑他再怎樣解說，讓孫振山這種辰光遁走，他是該被砍腦袋的，我並沒認真饒他，只是暫時把他那顆該砍的腦袋，寄放在他脖子上罷了！」

夏皋被放出來，駐紮在蒿蘆集的孫部僞軍的軍心也並沒有見穩定，他們的存糧存草，一天比一天減少，而天又落了第三場大雪，人常說：頭場風訊不理它，二場風訊不怕它，三場風訊凍得活沙沙（打抖之意），這才真是凍得死人的嚴冬。

奇怪的是，蒿蘆集四周，那些荒遼的，冰封雪蓋的野地，像死去一般的不見一絲動靜，守在集市裏的人，日夜恐懼中央游擊隊會來撲攻，而岳秀峰不知拿的是什麼主意，一直按兵不動，使蒿蘆集變成一座無法活動的死鎮，北風在屋脊上輾壓似的滾轉著，但吹不來一絲外間的消息。

躺在煙鋪上的孫小敗壞，逐漸覺得自己在萎縮，萎縮……縮小得像是煙燈裏如豆的綠火，飄飄搖搖，隨時都會熄滅掉，因此，他終天連臉也不洗，眼屎也不擦，說話也打不起精神。

不過，當衛士報告他，說是他所存的煙土也快耗光的時刻，他卻抬起頭，圓睜著兩眼，突然像發了瘋魔症似的，破口大罵起人來。他罵趙岫谷，罵岳秀峰，他罵喬奇和喬恩貴，他罵董四寡婦和黃楚郎，也罵鬼子頭兒佐佐木和當縣長的齊申之，好像他會處今天這樣的困境，人人都坑害了他，人人都欠了他的債。

甚至，他連頭頂上的老天都咀咒起來：

「你它媽的叫個什麼天？既然把我這顆天魔星硬摘落下來，就該讓老子一魔魔到底才是！這好，人困在蒿蘆集不講了，連它媽的鴉片也不能供得上，硬要讓我活著熬癮給你看嗎？」

而天並不理會他，雪落著，千片萬片，都是冷冷的悲愁……。

駐屯在砂崗上的岳秀峰連長一直很忙碌，如今他不再是中央正規軍的連長，而是這一方士紳和百姓一致擁戴的游擊隊的司令了。

早在幾個月之前，他曾央託潘特派員，設法幫他蒐集各種報紙，後方的，陷區的，甚至地方性的，他要從一連串新聞報導的相互印證，了解整個抗戰陣線上敵我進退的實際情勢和雙方力量的消長。他始終謹記著　委員長所訓示的話，全面抗戰，是極為艱苦的長程工作。他有的是信心和耐力，他的時間極為從容。

依據一般跡象的判斷，日軍挑起太平洋的戰爭之後，雖然在對南太平洋諸國的初期攻勢中，由於自由國家的防衛力量薄弱，使日軍得以席捲緬甸，進軍馬來，威懾暹邏，臣服菲島，但它的陸上精銳和海空力量，也都深陷在那裏，這種操之過急的軍事擴張，僅僅完成一種表面的、形式上的征服，這種征服的背後，卻留下了一串無法解決的問題，綰攏來看，他們以有限的資源打無限的戰爭，在基本上就犯了大錯，新戰爭所需要的大量的鋼鐵和火流，使他們本土資源消耗殆盡。

再怎樣羅掘，也掩不住他們兵源和物質缺乏的窘狀，如今，南太平洋戰火殷紅，鬼子當然無法抽調兵力回來鎮壓後方，佐佐木固然有他精明的算盤，但總是巧婦難作無米之炊，他手底下沒兵沒將，能保住縣城業已算不壞了。

從鬼子所處的情況，轉看淮河流域一帶的僞軍，他們的份子複雜，三教九流都有，絕大部分，像孫小敗壞一樣，是些煙鬼、賭徒、青皮、流氓、盜匪的綜合，組織鬆懈混亂，槍枝雜沓，戰力薄弱，名符其實是一群烏合之眾。但這些人的存在對鬼子是有利的，通常，鬼子駐紮的城鎮，都利用這些僞軍作爲外圍，僞軍雖然熬不得硬火，但他們所駐之處，設娼設賭，包庇奸邪，販賣煙毒，爲害最烈，而且這些傢伙旁的本領沒有，談到欺壓百姓，魚肉良民，卻是非常拿手的，在目前混沌的局面下，若說以游擊隊的力量，逐一去消滅這些僞軍，即使能辦得到，也是損耗太大，得不償失。岳秀峰得凝聚有生力量，在時機適當時用以痛擊日軍，所以，對付僞軍最好的辦法，就是切斷他們與土共及其販毒組織的連絡，把他們軟困住，使他們取不到最低的給養，這樣，他們便會逐漸癱瘓，甚至內部發生嘩變。

不過，在幾縣的各股僞軍當中，要算孫小敗壞這一股實力最強，和土共勾結最密，對這一方百姓的危害也最烈，游擊隊爲了進一步封鎖縣城，勢必要把這一股人剷除不可。

使岳秀峰顧慮的，倒不是單純的擊滅孫小敗壞的僞部，而是活動和圖謀日亟的土共勢力的擴展和蔓延。對於土共的活動情報，潘特派員掌握得極多，這幾年裏，他們假借抗日做招牌，發展得極快，最早他們組織貧農團和抗捐隊，組織和宣傳的方法，和明代流寇李自成如出一轍，李闖打的是「迎闖王，不納糧」的旗號，他們只是抽換幾個字而已，由於他們愚弄百姓，擄集民槍，使他們從暗地裏偷偷的活動轉變爲明目張膽的活動，廿八年間，共軍山東縱隊兩個團開進蘇北，以東海邊荒涼的海岸爲根據，逐漸滲向內陸，再匯合上渡江北上的葉挺殘部，使他們像毒液般的侵蝕了更大的地區。

這些土共和日軍之間，有著微妙的默契，日軍有意避開他們盤踞的地區，使他們能夠安心的種植鴉片，公開的販運毒品，以這些毒品癱瘓淪陷區的百姓，正合乎日本以華制華的政策，日軍明白，真正能抵抗他們的，只有中國的國民政府，所以，他們寧願利用這些土共，來削弱中央游擊部隊的抗日力量，這是極狠毒的一招兒。

在日軍蓄意培養的情況下，土共的發展太快速了，他們一股一股的互取連絡，對游擊隊形成嚴重的威脅，他們以「抗日聯合統一陣線」爲護符，用「中國人不打中國人」爲口號，專門偷襲中央的地方部隊，換句話說，就是只准他打你，不准你打他，你略微碰他一下，他就齊聲嚷叫，弄得遠近皆知，這樣狡詐的土匪，若不設法及早剷除，而任其坐大，日後會攪亂到什麼程度？那就不堪想像了。

對於剿共，只是使他心頭牽掛的遠憂，那是唯有政府才能決定的事，目前，他在策劃著如何利用這個隆冬，給予孫部僞軍最後的一擊，無論如何，能擊滅與土共互通聲氣的孫小敗壞，對土共朝南的發展，總是有極大限制作用的。

孫小敗壞那一窩子蛤蟆，可沒有看得那麼遠，他們像一群待宰的雞鴨，被囚禁在蒿蘆集這座狹窄的籠子裏，儘管憂愁著，還是剔著爪，磨著鉤喙，巴望著能熬過殘年，等候天氣轉晴轉暖，好等著佐佐木或是董四寡婦的接濟，扭轉頽勢。

接近年根時，由於孫部各團缺糧斷炊，情形嚴重，筱應龍團和金幹團爲了屠殺一匹馬，鬧起內部爭執來，起因是筱團所屠的那匹馬，金團指說是他們的馬，筱團不承認偷馬，金團非要馬不可，筱團有個分隊長先拔出匣槍，準備開槍打人，金團裏有個傢伙眼尖手快，飛起一腳踢中對方持槍的腕子，把對方的匣槍踢飛了，兩個傢伙便拳腳齊來打開了。

兩人這一動火不要緊，其餘的傢伙各幫各邊，打成了一團，因爲打架的地方是在筱團的駐地裏，筱團人多，金團人少，打不多久，金團就吃了大虧，被打躺了五六個，餘下的一瞅苗頭不對，就拔腳跑回去調人去了。

這消息傳到金幹的耳朵裏，金幹跟筱應龍原就有嫌隙，一直窩在心裏嘔著，一聽這消息，覺得筱應龍欺人太甚，大動無名火，拔出手槍拍著桌子說：

「管它媽的，老子再不願受姓筱的氣了！替我把機槍架起來，掃它個王八蛋！」

金幹一聲令下，手底下的就把機槍扛出來，衝著筱應龍的團部大門口架上了。筱團的人一瞅，立即報告上去，筱應龍一向對金幹也極惱火，也拍著桌子罵說：

「金幹這個小狗操的，豈有此理，先它娘硬栽咱們偷他的馬，這回又衝著咱們團部架起機槍亮威，這口氣，我姓筱的能嚥得下去嗎？……你們全替我拖槍上去，爽快跟他接上一火，把他那一窩人的槍枝全給繳掉算了！免得他們興風作浪！」

雙方劍拔弩張對峙著，彷彿碰一碰就會著火，這種情形被朱三麻子知道了，立即騎馬奔了去，好說歹說，先把金幹那方面勸住，這才去報告孫小敗壞。孫小敗壞氣得只能抓頭，若是在平常，他會採取硬壓的方式，把筱應龍、金幹兩個喚來痛罵一頓，但目前情形極爲不穩，不單是罵了他們就管用的，萬一處理不妥，底下鬧出嘩變，那就更棘手了。

「他們也真不知死活，」孫小敗壞帶些難過的味道說：「快逼到山窮水盡的地步了，不圖把槍口朝外，淨爲一點雞毛蒜皮搗窩包子，這它媽算是哪一門兒？……這樣罷，他們倆個如今都在氣頭上，我也不責難他們，金幹要馬，到司令馬棚裏牽一匹去，筱團打傷金團的人，要他們扶送回金團養傷調治，由筱應龍負責費用。這事若是擺不平，我這倒楣的司令也不幹了！」

筱應龍和金幹也曉得這時候橫鬧下去，到頭來也是兩敗俱傷，誰也沒有便宜可討，氣也氣過了，鬧也鬧過了，做老大的只要能顧著雙方的面子，得便下得了台階，也就算了。孫小敗壞剛把這宗事的擺平，他的衛士又跑來喊報告，說是夏皋帶著他的貼身勤務，出東門跑掉了！

「夏皋跑掉了？」孫小敗壞渾身一震說：「他團裏的人呢？」

「全沒帶。」衛士說：「這是他手下人跑來報告，咱們才曉得的。」

「反了！反了！真它媽的反了！」孫小敗壞一眼瞧見葉大個兒在旁邊，想起當時自己要槍斃夏皋，全是葉大個兒說項，他才肯點頭放人，當下發怨說：「瞧罷，大個兒，這事全是你弄出來的，姓夏的腦後有反骨，到這種辰光，果然背棄了咱們啦！」

「老大，跑了個糊塗蛋，您急個什麼勁兒？」葉大個兒輕鬆的說：「老實講，夏皋他跑出去死，是他自己的事，總比咱們斃掉他強，這樣，也顯出您待人寬厚來。……您想像他那種人，他能跑到哪兒去？誰肯信他？誰又能用他？只要他不把他手底下的人槍帶走，少他反而少了個累贅，咱們只要趁這個機會，把他那個團的人一分四股，分編到其他四個團裏去，一方面使他們造不起反來，一方面您也做了順水人情，豈不是宗好事？」

「對對對！」孫小敗壞這才轉過腦筋來，回嗔作喜說：「還是你的鬼腦袋靈光，照你這麼一說，走了夏皋那個渾蟲，倒反是咱們的福氣了。……」

「一點也不錯，老大。」葉大個兒說：「您平素就那麼嫌他，您以爲我看不出來？」

「這樣罷！」孫小敗壞說：「改編夏團人槍的事，由你去找筱應龍、金幹和三麻子，你們四個當面商議去，不過，可甭再起爭執，替我惹麻煩了。」

「您放心。」葉大個兒一拍胸脯：「有我在，沒有擺不平的事情，單望您信得過我，我是會替您分勞的。」

四個團剛剛把夏皋的那個團給瓜分掉，當夜，東北角的上沙河鎮便又起了戰事，槍聲沸沸的響了一夜，二天，葉大個兒探聽到消息，說是二、三兩個支隊，從下沙河東撲，進攻上沙河的楊志高團，楊志高手裏實力單薄，較起據守三官廟的蘇大嚼巴，又差了好幾個頭皮，游擊隊全力進撲，來勢沉重猛烈，楊志高根本抵擋不住，攻擊開始不久，楊團便放棄了施家槍樓的外圍據點，退進上沙河去，游擊隊緊迫著打追擊趁夜撲打上沙河西面，楊志高團裏上上下下心驚膽戰，亂成一團，楊志高自己的膽氣也並不大，加上私心作祟，想保住他從胡三那兒得到的大批錢財，於是，就下令撤退，放棄孤立的上沙河。

退撤不怕退撤，要真能退得井然有序，倒也沒話說，但楊團實際上並不是退撤，而是爭先恐後的逃命，他們連掩護的人全沒有留下，大夥兒趁著黑夜，一窩蜂的湧出東門，沿著那條被破壞的公路，一路狂奔。

楊志高把他那份錢財細軟看得比命還重，馬拉的，驢馱的，大大小小的箱籠雜物總有好幾十件，連他自己平時騎乘的馬匹也用來馱了東西，他只有跟他的貼身隨從高一腳，低一腳的趕路。

他手下的那些僞軍也都一樣，大包小包的肩著、扛著、挑著、抬著，好像他們不是隊伍，而是受雇在碼頭上抬大包的扛夫。天黑，路上全是冰稜，他們一湧出圩門口，就在混亂中分散開了，兵找不著官，官找不著兵，誰也弄不清楚誰是誰，橫豎順著路朝南，直撲三官廟就是了。

他們離開上沙河，剛走六七里地，經過一處高泥崗子，突然槍聲大作，楊志高一聽子彈呼嘯聲恰從耳邊流過，就知事情不妙，準是游擊隊在半路設下了伏兵，打也沒法子打，跑又跑不快當，只是一轉眼的功夫，順著公路奔跑的那群人，就朝四處迸散啦！

「楊團就這麼垮了，上沙河也叫游擊隊給佔了！」葉大個兒懊傷的說：「聽說他們退到三官廟之後，檢點人數，楊志高一個團還落下百十來人；有一些在當時跑迷了方向，跑到蒿蘆集來了。」

孫小敗壞聽著，臉色陰冷，不斷的搖頭說：

「事情越來越不妙了！他們拿下上沙河鎭，使得蒿蘆集不折不扣的成爲孤集鎭了！附近幾十里地，除掉三官廟，咱們連個接應的人都沒有。」

「好在快過年了，」葉大個兒說：「我想，他們不會在大年裏大動刀兵的，咱們沉住氣，先熬到春來再講。糧食不足，咱們還有牲口可宰。」

「你能不能設法打聽打聽三官廟那邊的情形？」孫小敗壞說：「看看楊志高團損失重不重？蘇、楊兩個團能否把得住那一關？」

「行！」葉大個兒說：「我這就著人換便衣過去打聽，這一路雖說情況緊張，換便衣還能走得通的。」

孫小敗壞等著三官廟那邊的消息，消息終於等到了，說那邊市集上亂成一片，蘇大嚼巴跟楊志高原來是氣味相投的兄弟夥，楊志高退得太慌亂，中途又遭伏擊，槍枝人頭損失太多，已到潰不成軍的程度，他不得不在三官廟北邊的一座小村落裏，把團部設下來，收容散部，但蘇大嚼巴忽然變了卦，打起落水狗來了。

「事情真是變化多端，」葉大個兒說：「我看不出蘇大嚼巴那種人，也會有那麼多的心計，他先請楊志高到三官廟去喝酒，說是替他壓驚，楊志高帶著兩個揹匣槍的隨從過去了，他們跟平常一樣，喝了酒，抽鴉片，天到初更，蘇大嚼巴忽然變臉，把楊志高收押，指稱他擅自撤退，使上沙河鎮失守，當夜又出動了人槍，圍住楊志高的團部，把楊志高帶出來的槍枝全收繳掉了！」

「這種事，在我看，算是家常便飯。」孫小敗壞說：「說老實話，遇上我駐紮三官廟，我也會這麼幹，俗語說：大魚吃小魚，小魚吃蝦子，蝦子吃爛泥，以大吃小錯不了的，總不能讓楊志高坐大喧賓奪主！」

「可是，老大，蘇大嚼巴這麼做法，對咱們也是個大威脅，」葉大個兒說：「萬一游擊隊大舉攻撲，咱們挺不住撤守蒿蘆集，也會退到三官廟去，蘇大嚼巴變成一隻坐山虎，去多吃多，去少吃少，那就不好玩了。」

「這個你放心，兄弟，咱們跟楊志高的情形不同，咱們的實力，要比蘇大嚼巴強上八百個頭兒，伸出一根手指，也粗過他的腰眼，他憑哪點能計算得了咱們？……我若真退守三官廟，不收編他就算客氣的了！」

說是這樣說，孫小敗壞的心裏卻很不落實，因爲他不知道佐佐木對於各鄉鎮駐紮的團隊擅自撤守，究竟會有怎樣的處斷？好在擅自撤退，有楊志高開了頭，假如鬼子對楊志高不過分爲難的話，等到天氣一轉暖，他便可以放棄蒿蘆集，撤退到三官廟去，這樣，使他和縣城能夠連成一氣，不愁給養匱乏；再說，靠鬼子駐地近得多，一旦打起火來，鬼子的小鋼炮可以支援上，也好替手下的這些膿包壯壯膽子。

而事實偏又粉碎了他的如意算盤。

佐佐木在縣城裏接到蘇團打上去的報告，說是楊志高放棄上沙河，擅退三官廟，楊志高本人也遭扣押，聽命處理……，當時就吩咐著人把楊志高提押進城嚴辦。

不久之後，有人把消息傳回蒿蘆集，說楊志高已被鬼子押到西校場公開處決了，死後把屍首懸吊在木架上，凍得青青紫紫的，像一隻拔掉了毛的風雞。

這一來，孫小敗壞這幫子傢伙，怨氣可就大了。

「雜種鬼子真它媽的不通半點兒人情！」孫小敗壞氣得摔帽殼子罵說：「咱們是端他們飯碗，幫他們幹事的，甭說養人，就算養狗，也得把碗飯吃，沒聽說踢翻狗盆子的……佐佐木沒想想，把咱們放在外頭受苦，槍也沒給槍，彈也沒給彈，連糧食給養，都得讓咱們自己窮張羅，他們只出個空頭番號，叫咱們拿什麼挺？」

「是啊！老大！」朱三麻子說：「等到咱們挺不住了，他們又作威作福，這回他們處決楊志高，明明是殺雞給猴兒看，衝著咱們來的。」

「氣憤有什麼用？」筱應龍說：「咱們如今真的是走投無路，裏外爲難啦！」

裏外爲難怎麼辦呢？孫小敗壞也跟他手下幾百把兄弟計議過，他們無法像夏臯那樣，僅帶著幾支短槍就竄離這個集鎭，即使能穿過游擊隊的封鎖，也找不著投奔的地方。

「人騎到老虎背上，橫豎是下不來了！」朱三麻子帶著豁出去的神情：「咱們渾身上下沾的血腥味太多，就是放下槍，去跟趙岫谷叩頭，也叩不回一條命來，走到這一步，不豁命也不行了。」

「其實，對方也並沒有說降的意思，」葉大個兒說：「其中根本就沒有轉圜的餘地，姓岳的不把咱們置諸死地，他是不遂心的。」

「那當然，那當然！」孫小敗壞說，他一想起當初在胡家野鋪所做的血案，眼前便晃動起死亡的陰影。如今這五個人裏頭，有三個人是當年參與做案的，沒想到事隔好幾年，那宗血案反成了最深的陷阱，完全把人陷進去，根本無法脫身。

「既然沒轉圜的餘地，那只有拖著再講了。」筱應龍有些茫然的說：「實在到了挺不住的時辰，咱們還是要突圍撤至三官廟的，我不相信鬼子不會打算盤，——他把咱們整掉，看他佐佐木還能用誰抵咱們的空子？」

「嗯，」孫小敗壞像是觸動了靈機：「筱兄弟的話說得不錯，只要咱們不像楊志高那樣退得狼狽，鬼子在要人用的當口，就不會輕易拿我們開刀，楊志高那個團長是拾來的，佐佐木殺他無足輕重，咱們可就全然不同了……咱們不妨先有個底兒，萬一情況緊急，仍然朝三官廟方面撤，我想，齊申之會幫咱們說話的。」

等他們商議出一絲眉目來，業已到了農曆新年了；游擊隊仍然沒有來攻，一連串夾著雪花的冷雨，把蒿蘆集上的人心弄得冷冷濕濕的，他們在一片陰暗和慘愁中，過了一個毫無半點新氣的新年，而蒿蘆集外面顯然要熱鬧得多，守在圩垛上的偽軍，甚且能聽得見南鄉傳來的鑼鼓聲和稀落的爆竹聲，但集市裏面成了無聲的鬼市，孫小敗壞要各團殺騾馬過年，柴火不夠了，就動手拆除街屋，把頂樑和木柱當成柴燒。

一夥子男人這樣捏著鼻子受委屈，但平素不說話的女眷們，攫著機會就叫嚷起來了；在蒿蘆集孫小敗壞這夥人裏，養著的女人總有好幾十口兒，孫小敗壞的後屋裏，一個人就養有六七個女人，包括活馬三、胡三的老婆，南方的婊子，過年過得這樣冷清，活馬三頭一個不願意，她當著孫小敗壞和他把兄弟幾個的面，指著他們說：

「你們一個個不都自誇是膽大包天的闖將麼？怎麼不帶著人槍出去闖來？只會縮著腦袋，窩在屋裏怨天怨地，算什麼漢子？你們存心拖咱們在這兒挨餓，讓你們苦中作樂？還不如把咱們放生算了！」

「算了，姑奶奶們，大新年裏，委屈就委屈點兒罷，煩個什麼勁兒？」孫小敗壞陰鬱鬱地說：「妳們女人懂得什麼？……這只是暫時受困，不久公路一打通，局面立時就開朗了。」

「假如不開朗呢？」活馬三說。

孫小敗壞鎖住眉毛沒答腔，朱三麻子卻把兩眼翻得圓圓的說：

「假如不開朗，先殺牲口，牲口殺完，連妳們都殺來吃，還留妳這身白淨的肥肉做什麼？……快替我滾到後邊搓麻將消遣去，少來聒噪人！」

朱三麻子這麼一威嚇，果真靈驗得很，把一窩愛聒噪的雌貨都嚇得悄悄退走，連嬌也不敢撒一撒。女人退走之後，三麻子才跟孫小敗壞說：

「對不住，老大，我得罪了你身邊的女人，你不介意罷？有事橫在心上，我它媽最怕女人長舌亂捲！」

「我還不是一樣。」孫小敗壞苦笑說：「自打犯了毛病，我是見了她們就駭怕啦！人是怎麼說的來著？二八佳人女多嬌，腰裏別著殺人刀，……我要不是素患寡人之疾，怎會弄成這樣病懨懨的。」

「嗨，」筱應龍也溫溫悒悒的嘆了口氣：「平時對這些雌物，兄弟的癮頭倒也蠻大的，不知爲什麼，一到性命交關的當口，我連半點心腸都沒有，反覺得這些雌貨很累贅了！」

「嘿嘿，」葉大個兒笑說：「早知如此，你跟金幹兄倆個，也就不會爲一個娘們爭得翻臉了，這真是此一時也，彼一時也！」

「只有你還能呲著牙樂！」筱應龍說。

「不樂又怎麼樣呢？」葉大個兒頂回去說：「難道要我放聲哭出來？——大新年，忌諱多，咱們開口說話，不能不圖個吉利。」

「能放得開心來，總是好的。」孫小敗壞說：「你們除了加緊巡察之外，不妨多到這邊來聚頭，人多了，壯得起膽子，讓我一個人對著煙燈苦想，才真是越想越不是滋味呢！」

「當然嘍。」金幹說：「我估量岳秀峰攻取上沙河，完全斷了咱們的接應，就是攻撲蒿蘆集的前聲，我不妨先把話說了放在這兒，——他們早則十天，晚則半月，必會有行動。」

「管不了那許多了！」朱三麻子說：「目前咱們只是缺糧的情形嚴重，至於槍火，省著點，還撐得住三兩場硬火，他們再兇也夠他攻的，咱們等著姓岳的來攻就是了！」

在孫部的四個團裏，以筱應龍團的人槍實力最強，金幹和朱三麻子兩團次之，葉大個兒那團最弱，孫小敗壞爲了準備岳秀峰率眾來攻，臨時又重新調整部署，把筱團從北門調守南門，金幹團調駐北門，葉大個兒調守東門，朱三麻子仍留守西門不動，在他估量中，一旦打起火來，南門最該吃緊，因爲岳秀峰本人在南邊。

孫小敗壞的判斷還算準確，游擊隊圍攻蒿蘆集的跡象一直很明顯，但只是圍攻而沒攻罷了！這一回，游擊隊的三個支隊傾巢而出，在上元節那天夜晚，藉著淡淡的月光，對僞軍孫部據守的蒿蘆集，發動了極爲猛烈的全面攻擊。

攻擊發動時，孫小敗壞正跟葉大個兒倆個，橫在煙鋪上聊天，忽然聽見黑夜裏響起長長的牛角聲來，那是十多支牛角從四面八方吹出來的聲音，使人聽不出到底在哪個方向？

緊接著，槍聲像颳狂風似的響開了。

「來了！」葉大個兒渾身一震動說：「他們來了！老大。」

「你快回圩上去頂著，大個兒。」

葉大個兒趿著鞋，匆匆忙忙的朝外跑，一面喊著跟他來的兩個隨從。也許跑的太急促，加上腳步有點打顫，出花廳的門時，一絆絆在門檻子上，偌大的身子便朝前直撲出去，乍看像是餓虎撲食，結果卻變成餓狗吃屎，嘴唇碰在花廳的石階邊緣，腫得像豬八戒一樣，人說打掉牙齒和血吞，葉大個兒這是先噙進一口血，這才發現血裏竟然也有一粒門牙。

這時候，蒿蘆集四面角聲流轉，槍聲鼎沸，孫小敗壞也披上呢大氅，穿上馬靴出來了，扁大的春月泛紅色，迷迷濛濛的掛在東邊的樹梢上，在這種星月交輝的上元夜，一點不像接火的樣子，偏揀這辰光攻撲蒿蘆集，真是太煞風景了。

聽槍聲，四面都已發生了接觸，孫小敗壞不知要到哪邊去看看才好，一時既拿不定主意，便在花廳前的方磚地上來回不安的踱動。月光描出他的瘦影，沒有風吹響吊在花廳檐角的銅鈴，他能覺出一股春天的氣息，從深深的地層下絲絲朝上推湧，穿經他的靴底，滲進他虛弱的身子。使他傷心的是：那春天已經不再是他的春天了！如今，他頭暈眼花，呼吸急迫又微弱，好像是一棵空了心的朽木，再也發不出嫩綠的新芽來了！

槍聲那麼密集，使周圍的大氣都起了震盪，他的影子也彷彿隨著顫動起來。又恍惚連地面都在晃動，他定定神，用手拍拍腦門，驅走那種天塌地陷的感覺，至少在這一刻，蒿蘆集還握在他的手裏，他還是這支隊伍的老大，有一種近乎虛無的威嚴感。

而游擊隊的迫攻是非常激烈的，這像是用大鐵錘錘擊著小敗壞的腦門，他又覺得暈眩起來，用手扶著頭，身體打晃，彷彿撐持不住，就要挺不下去的樣子，幸虧他的衛士就站在他的身後不遠，一見這光景，急忙搶步過來，一把抄住他的胳膊，把他攙扶到煙榻上去休息去了。

這時候，戰況激烈到極點，僞軍分守四門的筱、金、朱、葉四個團，同時受攻，誰也無法顧到誰了！

岳秀峰親率第一支隊攻南門，筱應龍的隊伍硬著頭皮挺著，他們的工事做得不算差，土圩牆外面挖了三道又寬又深的壕坑，坑底也依樣畫葫蘆，插上許多鹿角，外壕上面，也有一道一丈多高的鐵絲上串掛著警鈴，一有人搭長梯爬鐵絲圩子，警鈴就會響個不歇，土圩子裏面，緊接著一排民房，筱應龍恐怕一層圩牆太單薄，容易被人突破，他便想出方法，使用長木板在房頂上搭成好幾座浮橋，一直通到圩垛背後，把預備人槍藏在那些民宅裏，準備臨到緊急的辰光，把這些預備隊使用上去，作爲增援。

岳秀峰來攻的時刻，採的是正面猛撲的方法，使筱應龍著急的是他團裏的機槍，在上回攻撲下沙河鎮的時刻損失掉了，只有一挺還在手上，而這麼僅有一挺不太靈光的機槍，剛剛打了一梭子火，就吸住了殼，槍兵用盡吃奶的力氣，再也拉不開柵子，沒有自動火器的制壓，游擊隊便顯得更爲活躍，圩外月光青濛濛的，一聲牛角響後，到處都現出黑忽忽的人影來，圩上的傢伙一瞧黑影幢幢，哪還有不開槍，乒乒乓乓一陣猛打，那些黑影反而越打越多。

筱應龍自己也在拎著匣槍守圩子，親見這種情形，先是氣得暴聲嚷叫說：

「你們它媽的，槍是怎麼放的?!個個全是窩囊廢嗎?氣不要亂喘，眼不要全閉，我教你們放槍，少說教過八百回了，你們這些渾球！」

不過，等他自己的匣槍也打過半梭火之後，他揉眼再看，那些黑影還是那麼多，他腦筋一轉，又嚷開了：

「你們替我停住，槍不要放了！不是你們瞄的不準……他們全他媽用的是假人啦！」

還算他的腦瓜子靈活，叫他看出來了。岳秀峰連長單揀有月亮的夜晚攻擊蒿蘆集，實在是經過仔細考慮和精密計算的，他認為孫部偽軍訓練不夠，加上心裏畏怯，當攻擊在牛角聲中初初開始的時刻，他們一定沉不住氣，一見到人影就胡亂的放槍，當然，要讓他們隱約的見著人影，只有揀選有月亮的夜晚，月光再亮，也隱約朦朧，他們絕無法隔著百碼地，一眼分辨出人影是真是假來。

這時候，如果讓自己的隊伍立即進攻，即使對方的槍法再不夠準頭，由於槍彈過分密集，也難免產生若干不必要的損失。所以，他事先吩咐各支隊用麥草結紮成無數假人，一樣穿上衣裳，戴上帽子，用牛車載運著，跟隊伍一起出發，另外，他選了一些擔任最先攻擊的士兵，讓他們每人挾著一個草人，取低姿勢，利用地形地物，在角聲沒響之前，就悄悄的爬行到距離外壕數十碼遠的地方，規定他們，只要聽到角聲一響，人不要動，只要躺在草溝和土墩背後，把草人舉起來，或左右挪移，或上下搖晃，用這些草人消耗對方密射而出的子彈。

這不單用在攻南門，攻撲其他三處，也用的是同一種方法，這方法事實上極為靈驗，饒是筱應龍腦筋轉得快，千兒八百發子彈業已耗掉了。

「你們替我穩住，」筱應龍彎著腰，跑來跑去的下令說：「對方只要不搭梯子爬鐵絲圩子，警鈴不響，你們就不准再開一槍了，誰它媽開槍，老子就盯誰！」

他這麼一下令，正合上了岳秀峰的算盤：假人扔開，真人拖著鐵剪和長梯，毫無阻擋的朝上爬，不費吹灰之力就已經接近了鐵絲網，開始動起剪刀來。

這一回，他們採用從低處進入的方法，他們只要輕輕剪斷鐵絲網最低處的一兩根網索，而不觸動懸掛在網上的鈴，他們就可以開始用圓鍬挖洞，從地下鑽到裏面去，把長梯和跳板搭到外壕的壕背上，他們的動作，守圩子的即使瞧著了，一時也分不清楚，仍舊以為是假人在搖晃。又因警鈴沒響，他們也不敢隨便開槍。

岳秀峰攻撲的第二步，並不急著下令讓部下捨命去爬登牆垛，展開肉搏式的廝殺，他是利用一些長竿縛上浸過桐油的大棉球，用火點燃棉球之後，再以長竿扳動的巨大彈力，把著了火的棉球從長竿頂端彈射出去，這些捆紮很緊，復經桐油浸透的棉球，劃出紅紅的弧線，打半空中飛落到那排民宅的房頂或是木質的浮橋上，便引發了熊熊的大火，桐油的凝性大，燃燒得經久，許多棉球不斷的下落，極不容易撲滅，這樣一來，筱應龍控住的預備兵力，全都忙不迭的奔出來，驚惶撩亂，造成一片難以收拾的局面，筱應龍一看不對勁，一個虎跳，從垛間飛躍下來，大聲喝阻住亂奔亂跑的那一群，要他們拎水來救火，救火當然是開始撲救了，但火在眼前燒著，水卻沒有那麼方便，得要拎著水桶，到百丈之外的水塘裏去提水，這可真的是遠水救不了近火，轉眼功夫，屋脊上的浮橋都已燒斷，隨著屋頂，一起塌落到火窟裏去了。

浮橋一塌不大要緊，對於圩垛上守兵的精神威脅可真是太大了，因爲他們斷了援兵，更斷了路，心裏便更形慌張，岳秀峰在外面看見圩裏冒出濃煙和紅火，這才吩咐再一次響角，朝圩垛上撲攻，這時，游擊隊集中在南面的輕機槍一共有五挺之多，一齊張嘴吐火，平平的掃射圩垛，槍彈異常密集，又打得非常之準，使圩垛上激起陣陣的沙雨，守圩子的傢伙被逼得無法抬頭。游擊一支隊裏，擔任首批攻擊的漢子們，在機槍火力掩護之下，很快就把那道單薄的圩堡衝開一個缺口，吶喊著湧進去了。

攻撲的游擊隊固然很猛勇，但土匪改編的僞軍筱應龍團的人槍衆多，也頗有幾分纏勁，游擊隊頭一波衝進百十來人，一直衝進圩牆，湧到街裏去，街屋裏也都有僞軍守著，使他們不得不展開艱苦的逐屋戰鬥。

筱應龍曉得，如果在今夜守不住圩子，他們便連撤退都沒有辦法撤了，因此，他親自率著衛隊，趁圩外機槍換彈匣的當口，拚死命的把那道缺口封住，這樣一來，反而使得最初衝進蒿蘆集的那批游擊隊一時了斷了後援，只有佔據街屋，在裏面熬火。

南門這一火，游擊隊固雖是打得很艱苦，但筱應龍團更夠苦的，筱應龍本人守在圩垛上，經過槍火的熬煮，圩垛間業已有了不少的傷亡。

他眼看著街梢起火，預備隊混亂不堪，但他無法分身去整頓；已經衝進街裏的游擊隊，他更無法糾合隊伍，趕過去撲滅；到處都是槍聲和手榴彈的爆炸聲，一陣一陣的喊殺聲，傷兵的咒罵和哭泣聲，其他各圩門的情況他無法知道，在這場猛烈攻撲中，他已變成一匹困獸。

比起筱應龍來，朱三麻子所據守的西門，情況也好不到哪兒去，西門外面比較荒曠，有一座綿延的亂墳塚，以及兩座很大的蘆葦塘，朱三麻子怕這兩座蘆葦塘被游擊隊利用，曾著人把那些枯朽的老蘆葦砍掉，但他卻無法把那些雜亂的墳堆一一鏟平，攻西門的游擊二支隊便把那些墳塚利用上了。

朱三麻子當強盜的時刻，一向是以人狠心辣著名的，但他手底下的那些傢伙，並不能如他的意，人說：獨木難撐大廈，三麻子再強悍，一個人一支匣槍，也施展不出什麼能爲，只有急得罵罵咧咧的乾跳腳而已，喬奇曉得三麻子的脾性急躁，偏用慢火煨煮他，二支隊利用亂塚的掩護，前進到接近圩崗的地方，便停止不動了，只是用零星的槍火，朝圩垛上攫射，喬奇下令號角手，照樣吹響牛角，但並不進攻。朱團的僞軍膽怯，連放好幾陣排槍替他們自己壯膽，明知那些槍彈無法射透荒塚，打中匿伏在墳後的游擊隊，但若是連槍也不還，在感覺上，就像是埋著腦袋挨打的味道了。

正因爲二支隊按兵沒動，朱三麻子就誤以爲游擊隊主攻是南門，西門外不過小貓三隻四隻，伏在墳後打佯攻，他不願意跟圩外一小撮人這樣乾耗下去，他瞧著一野青濛帶濕的月光，便想到帶人出去兜擊，來他一個捉活的。於是，他糾集了廿來支短槍和一挺輕機槍，由他自己率領著，開柵門衝了出來，散開陣勢，繞過兩邊的蘆塘，直朝荒塚裏摸索過去。

三麻子可沒料到，喬奇早就設了圈套等著他了，喬奇在二支隊裏精挑細揀，選出百十來個精壯大膽的漢子，帶上匣槍、單刀和手榴彈，分伏蘆塘南北較遠的地方，他們明明看得見三麻子僞軍開柵門出來摸哨，但他們仍然靜伏著沒動。

朱三麻子一瞧自己的人無聲無息的摸到荒塚邊，除了一兩圈綠色的燐火在墳間閃動外，沒見旁的動靜，便以爲計已得售，正在暗暗高興著，忽然聽到砰的一聲響，一團野火在他們伏身的地方突然燒起來，緊接著，四邊的槍彈便像雨一般的激射過來，朱三麻子心急一轉動，曉得中了對方的埋伏，再想走，可沒那麼容易啦……但不走也不成，準會被對方密集的槍火封死，好在附近多的是荒塚堆，他便用懶驢打滾的方法，一路飛滾到離火堆較遠的暗處去，雙手發槍潑火，掩護他手底人逃命。

他手底下的傢伙曉得情狀危急，便也都一路滾撲朝外突圍，但對方的槍彈像長了眼似的黏住他們，他們朝哪跑，槍彈也朝哪邊移，在慌亂的奔跑中，業亦已被對方密射的槍彈放倒了五六個了。

「真它媽的倒上了血霉！」一個掛彩的罵說：「這真是大睜兩眼朝人家槍口上撞呀！」

「這都是姓朱的害的！」另一個喘息著，跟著發出了怨聲：「他它娘麻子不叫麻子，——叫做『坑』人！」

「算了，算了！」又一個勸說：「逃命要緊，嘰咕有什麼用？」

「還它娘蔥呢，蒜什麼蒜?!」掛彩的那個帶著哭腔：「我的膝蓋都軟掉了，你們誰來拉我一把？」

「跑不動，你自己不會爬？」勸人的說：「這辰光，就是我親娘老子帶了傷，我也管不了啦！」

朱三麻子兩手分持著兩柄匣槍在青濛帶濕的月光下面，不斷的發槍，一時打紅了眼，也不管對方是游擊隊還是他自己的人了，只要瞧見黑忽忽的影子移動，他的匣槍便朝那邊點頭發彈；爲了本身的安全，他不能讓旁人貼住他。

他身子算是機敏靈活，連奔帶跳，轉眼之間，業已跳離凶險之地，伏身一轉臉，後面腳步咚咚的跟過來好幾個，他低聲喝叫道：

「是誰?!」

「是咱們，三老爺。」後面的說。

「機槍呢？那挺機槍在哪兒？」他問說。

「機槍在這兒。」機槍手說。

「你這個傻鳥！」朱三麻子咬牙罵說：「我簡直能用匣槍柄把你腦漿砸出來！你它媽有機槍在手上，遇著對方打伏擊，怎不架起槍掃射來著？要你空扛著機槍做樣子的嗎？」

「我當時楞傻了。」機槍手說：「對方槍火那麼密法，蓋得人抬不起頭來，我當時若是不跑，早就抱著機槍死在墳頭上啦！」

「好了，算你有理！」朱三麻子想想，事實上，情況確也起得太突然了，莫說機槍手，自己不也是幾幾乎嚇呆了嗎？真它媽人逢慌亂，手足無措，有嘴說人家，沒嘴說自己，他匆匆點了點人頭，他帶出來的幾十個人，除了當時掛彩帶傷的，幾乎被這一陣打得奔散了，還跟在自己身後的頂多只有八九個人。

「對方既然有所防備，咱們只好摸索著回到圩裏去了！」他說：「黑裏弄不清對方伏了多少人在附近？咱們一路悄悄爬行，切莫出聲。」

他帶著一夥殘部，剛爬到蘆葦塘裏，四面的槍聲又轉急了，他清清楚楚的聽見有人喊：

「活捉朱三麻子，綑回去扒皮！」

又有人朝這邊叫喚說：

「麻皮，你扔槍罷！你們被包圍住啦！」

「去它娘的！」朱三麻子吐了一口吐沫，扭頭吩咐機槍手：「替我架起槍，朝發聲的地方理平槍口打掃射，老子偏不相信這個！」

輕機槍架在蘆塘邊上，朝黑裏噠噠噠噠的掃開了，誰知他們不開槍還不大要緊，一開槍，等於完全暴露了目標，有人喊：

「留神呀！朱三麻子跑到蘆塘裏來啦！」

「扔手榴彈，宰它個狗操的！」

話音剛落，手榴彈就連接的扔過來，乒乓炸開了，那個機槍手一匣子彈還沒打完，人已經分家，喝喝的機槍也變啞了，朱三麻子看見一些黑影捲上來，伸槍打倒了兩個，拖著那挺機槍，朝一邊滾過去。這時候，游擊隊業已紛紛衝了上來，兩三個人撲在朱三麻子身上，搶奪那挺機槍。

朱三麻子練過拳腳，力氣又大，伸腿扑倒一個，又用匣槍管砸暈一個，背後一個死命抱住他的腰眼，他猛一弓身，使用臀部的彈勁，把那個漢子挺得退了兩步，他急忙扛起機槍，沒命的朝圩堆那邊奔跑，算他沾了天色昏黯的光，居然叫他活著跑進了圩子，隨後陸續有人跑回來，總共還不到出圩子時的半數。

「經過這場摸黑的混戰，我才曉得姓喬的很難纏！」朱三麻子喘息粗定，跟左右說：「那些游擊隊，個個都是不要命的，這是遇上我，換旁人，哪還能扛回機槍？只怕有八條命也丟定了！」

「報告團長！」有人跑過來，像報喪似的叫說：「事情不妙了！守南門的筱團，危乎危乎挺不住，南街失了火，一部分游擊隊業已進圩子啦！」

朱三麻子一楞，自覺一顆心直朝下沉，還沒來得及問什麼，又有人跑來慌叫說：

「三爺三爺，蒿蘆集沒有什麼好守的了！……聽說金幹的團裏，有游擊隊放來臥底的，危急的辰光，他們用集束手榴彈炸開柵門，金團沒辦法，全撤到司令部裏，把守趙家宅子的圍牆，北街失守了！」

「這怎麼成？」朱三麻子手掌心沁出汗來：「你們暫時守住圩子，切莫亂動，我帶幾根槍去見老大去，看看情勢再講，能守不能守，主要還得靠他拿主意！」

子彈在黑夜的天頂上四處呼嘯著，朱三麻子好不容易才通過趙宅後面的層層崗位，跑進趙宅的花廳，花廳外面，孫小敗壞的衛士們正拎著馬燈，打後屋朝外抬行李，一件件的朝牲口背上裝，小敗壞的那匹紫驊騮也已備妥鞍蹬，一副就是撤離的樣子。

「我說，老大，這是幹啥？」朱三麻子找到小敗壞，劈面問說：「你要撤，也得差人跟我打聲關照呀?!……讓我傻鳥似的獨留在西邊圩子上硬熬硬挺，好讓你們撤退，這像話嗎？」

「老三，你甭誤會，」孫小敗壞說：「我是因著金幹丟了北門，情況危急，不能不先收拾了預備著！我就是要撤退，也得靠你們幾個好兄弟帶著人槍保駕才成，這可不是趕牲口販糧，只帶衛士這幾根槍就能上路的！事實如此，咱們磕頭拜把子的弟兄，難道我還會騙你們？」

「不錯，老大他並沒有要立即走。」金幹臉色蒼白，神色沮喪的說：「剛剛他還在跟我提到，說是無論如何，先得把這一夜撐過去，要突圍，也得要各團把隊伍整頓好，天亮再突圍，像如今這樣，隊伍只要一慌，一動，人槍就散掉了。」

「好罷，算我疑心病。」朱三麻子說：「金大爺，好兄弟，北門你沒守得住，這司令部，可是咱們的老根，你得豁命守住，天快亮時，咱們其餘各門要真守不住，也好把隊伍拉過來集中，這兒若是先丟掉，咱們無法聚合，那只好自行決定，分別突圍到三官廟去了！」

「北街並沒全丟掉！」金幹說：「我的一個大隊，也還都守在北街屋脊上，跟他們逐屋拉鋸呢，我想，情況再危急，撐持到天亮絕不成問題。」

「那就成了。」朱三麻子說：「我還是先回西邊圩子上去，天亮再差人過來聯絡，東門葉大個兒的實力弱，也不知怎樣了？」

「東門槍聲稀落，」小敗壞說：「極可能游擊隊沒攻葉團，假如情況許可，咱們可以會合葉大個兒，一直衝出東門，拉奔三官廟去。」

事先存了撤走逃命的心，更覺得時辰難捱，朱三麻子回到西門的圩堡，告訴他手下的傢伙，要他們千萬不要在黑夜裏慌燥妄動，非等天亮後，看清形勢再講。但時辰好像叫定神針定住似的，彷彿不再朝前流動了，圩外的第二支隊，在三更之後才發力猛攻，他們用長竿撐跳過壕溝，不斷朝圩上扔手榴彈，手榴彈一停，人就朝圩垛上躍撲，和偽軍朱團打肉搏，這樣反覆的硬壓，把朱團的防線壓出一道裂口，天快亮時，他們也像大河決堤般的，滾滾直灌進來。

但朱三麻子這個粗莽的賊子，一向不肯認輸，他還是紅著眼，拎著匣槍，死死守著圩堡。衝進西門的游擊隊，並不攻擊朱三麻子這一股，他們沿著後街朝南移動，跟先就衝進南門的一支隊會合，兩面夾攻筱應龍那個團。

南門一直打得非常激烈，一陣陣手榴彈的爆炸聲，彷彿要把天都炸塌了似的，筱應龍的部隊都已陷在硝煙、紅火和一片密集的彈雨之中，和外間情況隔絕，朱三麻子也看得出來，像這樣的耗下去絕不是辦法，目前事實上蒿蘆集已被游擊隊攻佔了一半，游擊隊像幾把鐵鏟似的，把孫部各團間的連絡線完全鏟斷，使孫部分成四塊，南門的筱團是一塊，西門的朱團是一塊，東門的葉團是一塊，街中間的孫小敗壞和金團又是一塊，每一塊又都分別被釘死在原地上，誰也不敢冒險去救援誰。

「這樣光聽對方擺佈怎麼成？」他發急說：「看樣子，他們正在全力撲擊南門的筱應龍，咱們總得想法子救一救他才成。」

「三老爺，甭再這麼想了。」他的隨從跟他說：「咱們如今業已是泥菩薩過江，自身難保，若不及早見機撤退，只怕突不出重圍了。」

「不成。」三麻子說：「這得要孫老大拿主意，要退，也得要結夥退，你要我單獨領著這一夥人，朝哪退？……除非脫掉這一身黃皮，再去幹土匪。」

朱三麻子嘴上這樣說，心裏卻曉得，再幹土匪也已不可能了，至少，鬼子不會依你，人，不上賊船則已，一旦上了賊船，再想中途下船，可沒那麼便宜。事到如今，他心裏又懊悔，又淒惶，認真想想，做二黃，反而不及當年幹土匪痛快，多揹個漢奸名聲，並沒落到什麼好處；假如他手底下沒有這窩人槍拖住腿，從蒿蘆集遁出去倒還好混，如今拖著部隊，離開小敗壞，他真的不曉得該投奔到哪兒去才好？

正在犯疑難，外頭有人來慌慌張張的報告說：

「三爺三爺，這真砸窩了！真……它娘的沒戲好唱了！——孫老大，由金幹和葉大個兒護著，一逕從東門街出去，斜奔三官廟那邊撤了腿，把咱們扔在蒿蘆集不管了！」

「那南門的筱團怎麼樣了？」

「還不是跟咱們一樣，都成了沒娘的孩子啦！」

「老大他竟幹這種沒屁股眼子的事?!」朱三麻子忿忿的說：「咱們還是叩過頭，插過香的把兄弟呢！事到臨頭，他卻拿我跟筱應龍當他墊背的。你們再替我去探聽探聽去，看他們到底撤了沒有？」

探聽不探聽，結果就是那麼一回事，孫小敗壞瞧著苗頭不對，真的率著金幹和葉大個兒兩個團朝三官廟突圍了，孫小敗壞離開趙岫谷的宅子時，帶著眾多的女眷，大批的箱籠細軟不說，臨走時還放了一把火，把趙岫谷的宅子燒成一片紅，好像他既住不成這宅子，也不會讓趙岫谷回來再住。

朱三麻子的人出去探信，看到的是遍地雜物，和一場無人施救的大火，趙宅四圍的游擊隊開槍把他們頂了回來，其中還有一個人帶了彩。

「他們既然奪路逃命，咱們還苦守著蒿蘆集幹什麼？」朱三麻子說：「打這兒退向三官廟，一路上難免要受堵擊，咱們不如出西門，退向燕塘那邊去再講。」

朱三麻子這個團，是在五更天拉出西門，一路斜向西北角突圍的，他明知在陣前撤退，所擔的風險太大，但情況緊急，人心惶惶，他不撤也不成了。事實上，他們這並不算撤退，只是一窩蜂的逃跑。

斜西的月亮，白白淡淡的穿透碎雲的雲隙朝下掉，朱三麻子拎著匣槍，踩荒走在前頭，他手底下的人，亂七八糟的結成團兒，連奔帶跑朝前湧，唯恐落在後頭被人攫著了砍腦袋，幸好朱三麻子這夥人撤離時，游擊隊的主力正集中在南街，咬緊筱應龍的那個團，所以，追擊並不猛烈，使朱三麻子能帶出四百多人槍，脫離了戰場。

和朱三麻子相比，前一步朝東突圍的孫小敗壞，就沒有那麼輕鬆了，他的隊伍斜過曹家大窪，有個地方叫三岔坑，葉大個兒的一團走在前頭，剛剛通過三叉坑，對主伏擊的槍火就猛烈的射開了，金幹那一團的先頭，恰恰首當其衝，被打得喊爹叫娘，孫小敗壞和金幹由一群騎馬的衛士保著，不顧一切的飛馬朝外衝，金幹的腰眼受了擦傷，衛士也被打傷好幾個。打伏擊的人，認出孫小敗壞那匹紫驊騮，齊聲喊著，把槍火朝他集中，孫小敗壞沒辦法循原定的路朝東跑，只好掉轉馬頭，帶著少數幾個衛士，轉拐向東北角，和大隊脫離了。

金幹倒還跟著葉團跑，一面收容逃散的兵勇，傍午前，跑到青石井，停歇下來檢點，這才發現他的一個團，一截尾巴被人留下去了，至少損失了百十支槍。損失這些還不怎樣，做司令的孫老大居然跑離了大隊，一直沒見回來。金幹向葉大個兒說：

「老葉，你看該怎麼辦？」

「有什麼怎麼辦?!」葉大個兒說：「老大不是要退至三官廟的嗎？咱們總不能在這兒等，先把隊伍拉到三官廟去再講，好在他的路徑熟悉，又有衛士跟著，他自會摸回三官廟去的。」

他們連午飯也沒吃，匆匆忙忙灌滿水壺，又撤離青石井。好腿好腳的傢伙們，倒還能咬牙撐持下去，但隊伍裏頭有許多掛彩帶傷的，那就慘了。有些輕傷的，金幹要他儘量想辦法自己走，重傷的，依葉大個兒的意思，就全部扔掉。但金幹這團人，彼此都有點老親世誼的關係，不願意扔掉那些傷患，又無法騰出許多牲口讓傷患騎乘，只好臨時用青石井民宅的門板當擔架，把重傷的抬著。

有一個當分隊長的傢伙，被槍彈打掉一塊後腦殼，人倒還活著，也能坐起來，只是呆呆傻傻的，嘴張著，眼瞪著，兩隻眼珠子無法轉動，嘴角淌著黏涎般的血汁。另一個生著圈兒鬍子的漢子，渾身上下都是好好端端的，只是腳心有一處槍傷，但他喊叫得最兇，說是疼得受不了。——那粒子彈，是在奔跑時從腳板心打進去，又從腳背上出來的，正好把他的骨腳打斷掉，饒是這樣，他還用單腳跳，跳了三里多路，但一到青石井歇下來，他就不能再動彈了。

若說這批僞軍吃了苦頭，那麼，筱應龍那一團一定不以爲然，事實上，在整個孫部各股當中，要算筱應龍最倒楣，岳秀峰連長在攻撲蒿蘆集前夕，召聚幾個支隊長開會，大家認爲孫小敗壞雖被軟困在蒿蘆集，表面上處於劣勢，但他們並沒輕估孫部近千人槍的實力，認爲最好的方法是：先劃斷孫部各團的連絡，使他們各自爲戰，然後集中兵力，殲滅孫部實力最強的一個團，他們選定了守南門的筱團。

筱應龍年紀輕，血氣旺，當土匪時，就以精明強悍得名，他的性情，有三分風流，七分莽悍，他平素穿衣，喜歡白色，黑道上便替他取了個「小銀龍」的渾號，他自己也沾沾自喜，把他自己比成白馬銀槍小羅成，上馬能玩槍，下馬能玩女人，其實他只是好色兼肯玩命而已。這一回，游擊隊以三個支隊的主力集中攻擊筱應龍這一團僞軍，筱應龍這才發覺情形不妙，但主動權完全操諸對方之手，他明知情況危急，卻被釘死在圩堡裏無法動彈。

游擊隊的攻擊像鐵錘打鐵一樣，筱部的那些悍匪，即使一塊頑鐵，也被槍火燒紅，鐵錘打扁了。這樣苦撐到第二天天放亮的時辰。筱應龍這個團，落下的一共還不到百人槍，他們從游擊隊的勸降喊話裏，曉得孫小敗壞早在半夜時分，就率著金幹和葉大個兒兩個團棄鎮逃命，拉向三官廟去了，朱三麻子也逃竄向燕塘方向，下落不明，整個蒿蘆集的市街，全被游擊隊克復，只有南門一隅，筱部還守著一些殘餘的地堡，地堡裏有一半是死傷的人和屍體，游擊隊在這時一發出勸降的召喚，好幾個堡子都挑起了白旗。

連筱應龍的心腹衛士都搖動了，勸說：

「筱大爹，您跟沒耳朵的相交一場，到臨頭，他自顧逃命，把咱們扔在這兒，活受洋罪，您跟他幹，還有什麼好幹頭？……只要能留條命，咱們扔槍算了！」

「嗨！」筱應龍嘆口氣說：「人倒楣，騎蛤蟆都撩蹶兒，事到如今，我也不能勒逼你們不扔槍，但扔槍不扔槍，對我沒有分別……我就扔了槍，他們也不會把這條命留給我，我只好單獨碰碰運氣了。」

原來筱應龍早就料到有一天會遇上危險，他在他的圩堡裏修了一條地道，通到圩外的一條草溝裏，草溝邊是一片蒿蘆地，人可以從那兒逃走。當天色大亮，筱應龍的殘部紛紛扔槍出堡，向游擊隊舉手投降時，岳秀峰親自把那些徒手的降兵集合起來查點，這才發現筱應龍不在裏面。經過追問，這才曉得他單獨從地道跑掉了。岳秀峰立即入堡查察那條地道，當他問出筱應龍沒有騎牲口，只是一個人攜著一支匣槍跑掉時，便跟趙澤民和喬奇說：

「姓筱的這個賊骨頭，是小敗壞最得力的黨羽，這一回，咱們既解決了筱團僞部，可不能讓他漏網，你們立刻調度馬隊出圩去，分途兜捕，不拘死活，都得把他給弄回來，免得日後他又興波作浪！」

「對！」喬奇說：「姓筱的苦守通宵沒闔眼，他又沒長翅膀，單憑兩條腿趕旱，走不遠的，咱們一定能把截住。」

「我手下有許多人認得那個賊！」趙澤民說：「他更跑不了啦！」

一二兩支隊，兩批馬隊放出去，他們從蘆葦地朝左右分開，一路朝東南追，喬奇領的那一股人，追到孫家驢店南邊的尼姑庵，老尼姑出門報信說是有個僞軍，拎著匣槍進庵，向她強討硬索的，逼去幾塊烙餅，又在水缸邊舉起黃瓢，喝了半瓢水，喘吁吁的朝東去了，約莫只有一盞熱茶的工夫。

喬奇一聽這消息，立即磕馬朝東追。尼姑庵東邊有一條沙溝，筱應龍順著沙溝跑，他聽見馬蹄聲一路追下來，想躲也無處好躲，扭頭看看，馬隊的來勢極快，雙方相距越來越近了，其實，他假如站著不動，撒手扔槍，喬奇也不會當場射殺他，他橫了心，打左了算盤，自恃他玩槍玩得熟練，槍法又得心應手，也許能拚掉對方幾個，奪得了一匹馬，他就能逃得活命了。

正因爲他有這種主意，當馬隊逼上來，喬奇叫喚著，令他扔槍時，他一緊匣槍的槍柄，轉頭就撥了火。

有一粒子彈打低了一點，沒打中馬上的喬奇，卻打中馬的肚腹，馬和人一起倒下去，其餘的馬兵圍上來救人，筱應龍得著機會換了彈匣，又撥一梭火，真的打倒了兩個人和另一匹馬。

喬奇滾身站起來，舉著手槍跟著追，筱應龍轉頭又跑，這一回，游擊隊不再客氣，理平馬槍開火蓋他了，一陣平飛的槍火，使筱應龍前後左右的沙地迸起朵朵槍煙，他的匣槍雖很靈便，但射程不及馬槍，這陣槍打得他根本站不住腳，只有飛跑的份兒，但喬奇緊追不捨，筱應龍被追得心裏慌張，兩次回臉發槍，沒打中喬奇，喬奇發了一槍，卻打中了筱應龍左邊的肩膀。

但筱應龍真的成了一匹困獸，使出他的土匪性子來，雖然受了傷，邊跑邊滴血，還是咬牙撐持著，馬隊追了他三里多路，雙方都在發槍，喬奇明明看見他幾次身子一顫，上體打晃，但他仍然沒倒下去，等到最後他不支倒地時，喬奇趕上去，翻過他的身子察看，這才看出，他身上一共有七處槍眼，但都不是打在致命的部位上。

筱應龍不是被槍彈當場打死，而是死於流血過多，他跑了三里地，瀝了三里地的血，等到不支摔倒，喬奇把他翻轉時，他已經肉白如紙，眼窩深陷，雙手都白得發青了，他最後一句話是：

「我到底栽啦！」

他臉上有一種說不出的神情，朝一邊扭歪一下，便垂下頭去，不再動彈了。

新正月裏，蒿蘆集重新落入游擊隊的手中，這消息使駐紮在縣城的日軍大爲震動，佐佐木大佐氣得用馬鞭抽打桌面，大罵孫小敗壞是一隻頭號的大飯桶。而這一回，他並沒有把孫小敗壞這個敗軍之將綑來槍斃，反而差了陸翻譯到三官廟去安撫孫部的餘眾，又運了一批糧去激勵這窩僞軍的士氣，下令讓小敗壞固守三官廟，俟機收復已經丟掉的幾個重要的集鎮。

陸小霸趕到三官廟，孫小敗壞本人還沒有回來，只見到金幹和葉大個兒，三官廟地方狹小，市街的民宅有限，蘇大嚼巴那個團雖然沒敢像吃掉楊志高那樣，把金、葉兩個團繳械，但卻以地頭蛇的姿態自居，霸佔了原駐地，不讓金、葉兩團入駐。

他的藉口是：雙方擠在一起，人多地狹，會起磨擦，他必得先向佐佐木請示。金幹和葉大個兒也曉得蘇大嚼巴野心勃勃，不願冒險入鎮，就著令部下割取蘆葦編成蘆葦大蓆，沿著河邊，搭成多排蘆棚，暫時駐紮。

「雜種姓蘇的欺負人，」金幹跟葉大個兒說：「他若想把咱們當成楊志高看待，他眼全綠了！」

「先忍口氣，金大爹。」葉大個兒說：「等老大摸回來再講，咱倆人跟蘇大嚼巴一樣，都是團長，管不了他，可是老大他官大一級，姓蘇的不能不憚忌點兒。」

兩人等孫小敗壞沒等著，陸小霸卻先來了，這個翻譯問起孫小敗壞，金幹告訴他，說是他們突圍經過三岔坑，遇上伏擊，把做司令的跟大隊打散掉了，最後他說：

「咱們在這兒等他等了好幾天啦，連一點動靜都還沒見著，也不知他怎麼樣了？」

「橫豎鄉下老百姓恨咱們這類人，恨得入骨！」陸小霸說：「你們大隊拉過來，他們還不會怎麼樣，一旦落了單，落水狗人人會打，甭說是孫大哥，想當年李闖王兵敗，還過不了九宮山呢！（**按一般傳說，流寇李自成兵敗，夜經九宮山麓，馬陷泥淖，為當地農民以農具擊斃，並割其首級請賞。**）」

「照翻譯的說法，孫老大敢情是凶多吉少了？」金幹說：「佐佐木大佐怕還不知道這回事罷？」

「他當然不會曉得。」陸小霸說。

「那得勞您轉達，跟大佐請示一下，孫老大若是還不回來，這邊總得有人代理他，要不然，三個團駐紮在這兒，各大其大，誰也不聽誰，誰也不服誰，那才真的變成『三官』廟了！」

「好！」陸小霸說：「不過，我要在三官廟多住幾天，把該辦的事情辦妥了，弄清了，才能回去，到時候，如果孫老大還不回來，這事，我總要跟大佐報告的。」

孫小敗壞失蹤沒露臉的事，蘇大嚼巴同樣打聽得很清楚，於是，金幹、葉大個兒、蘇大噼巴三個人，各懷鬼胎，誰都想拍陸翻譯的馬屁，拜託陸翻譯在鬼子頭兒佐佐木大佐面前美言一番，撈個代理司令幹幹。

蘇大噼巴原駐三官廟，自打合併了楊志高所領的胡三舊部後，人槍實力大增，幾乎恢復了張得廣在世時鼎盛的光景。他以為只要孫小敗壞不在位，照理該落到他頭上；金幹以為他和葉大個兒兩人捻股兒捻慣了的，葉大個兒當年在黑溝子落魄，全由他一手拉拔出頭的，他幹代理司令，葉大個兒首先就沒有話講，站在人和的立場，這差事該他幹。

葉大個兒比較奸詐，他看到金幹在突圍時大受損失，人槍如今還不及葉團了，目前三個團，論起實力來，蘇團最大，自己次之，而金團最弱，於是，表面上他絲毫不動聲色，反而慫恿金幹跟蘇大噼巴去爭，他好坐收漁翁之利。

陸小霸比他們更精，早已瞧得個透透，但他故意閉著眼裝傻，蘇大噼巴請他吃酒，他照吃，金幹送給他貴重的禮物，他照收，葉大個兒悄悄塞錢，他一樣照拿，他對三方面都含糊其詞，答允轉達，不過，他推說他只是搭橋拉線的，最後決定、權限，還都握在佐佐木大佐的手上。

正在這時候，幾乎被認定凶多吉少的孫小敗壞忽然回來了。他的衛士和馬匹都沒有什麼損失。他回到三官廟，也帶來了一段由他自己誇張敘述的故事，說他跑到鄰縣另一支和平軍的防地上去了，那邊有個團長錢二狗子，他走路時，腦袋垂著，總傾在腳尖前面，人家管他叫低頭虎。

「低頭虎很夠江湖。」他說：「他一聽我是孫某，立刻打恭作揖，叫我老大，願意日後有機會跟我幹。我看過他沙河北的防地，又透過他連絡黃楚郎，耽誤了幾天，這才由他派隊一路護送回來的。」

蒿蘆集雖然在孫小敗壞手上丟掉了，但並沒使孫小敗壞去掉他那種做老大的味道，他那聳起肩膀，歪起腦袋，昂昂乎不可一世的勁兒，彷彿不是喪師失土的敗軍之將，而是久經戰火熬煉的英雄。這種蠻不在乎的勁兒，是他手下那夥弟兄做不到的，這也就是他能爲頭爲腦、高高在上的本錢。

孫小敗壞回到三官廟，跟翻譯陸小霸見面，顯得很不在乎的樣子，大肆批評鬼子支援不力，竟然用陽具形容佐佐木，說他欲舉無力，他說：

「佐佐木是老和尚的那話，——廢料！他欲舉無力，想讓我孫某人替他守住蒿蘆集嗎？空房獨守，我它媽守不來，只好紅杏出牆了。」

陸小霸遇上他，也擺不起威，使不得力，只好苦笑著，順著他的話路，點頭應聲。陸小霸看得出來，孫小敗壞幾句半真半假的言語，確是把鬼子目前的處境，點得透透。

如今的佐佐木空有家主的名聲，但已不再像當年那樣威勢赫赫了，只靠一個空架子還撐著沒倒，而孫小敗壞除了握有槍桿之外，使他態強度硬，反將鬼子一軍的，當然另有他的背景，——那是以販毒，陰謀發展起來的土共，他們互相勾結，吃鬼子，喝鬼子，有時還耍耍鬼子，佐佐木如今正依靠僞軍牽制中央，孫小敗壞得寵拿蹺，也是見怪不怪的事情。

孫小敗壞狠發一頓牢騷之後，擺出笑臉，很親熱的抓住陸小霸的手說：

「陸翻譯，咱們全是自己弟兄，一窩腳爪，沒有不朝裏彎的，你回去，不妨跟佐佐木報告，蒿蘆集經過血戰兩天才失守，我的四個團，一傢伙損失了一半，筱應龍團長陣亡了，朱團朝西突圍，去向不明，游擊隊下一步就是撲打三官廟，渡河進圍縣城，三官廟是咽喉地，再不能有閃失，請佐佐木大佐無論如何，要給咱們軍械糧草，越多越好！」

「您放心，老大。」陸翻譯說：「您的意思，我全明白，我進城去，儘量替您打點，把路鋪得寬寬的就是了，你還有什麼事要兄弟去辦的？」

「也沒旁的，」孫小敗壞說：「對了！城裏有出名的中醫，煩勞替我請一位來，替我治治毛病，我這一向身子不硬朗，差點躺下。」

送走了陸翻譯，孫小敗壞著人去把蘇大嚼巴叫來，要他把主官廟的正殿讓出來，作爲他新設的司令部，並且要他徵集木料、門板，交給金團和葉團，沿著淮河高堆，構築防禦工事。

蒿蘆集一戰，打寒了他的心膽，他曉得游擊隊的戰力，比他手下哪一個團都要強上幾倍，他在蒿蘆集經營了一年多的工事，都經不起對方像鐵錘般的重擊，像三官廟蘇團所築的簡單工事，簡直不管用，尤獨是金團和葉團住在蘆蓆棚裏，哪還像是隊伍？活脫成了逃荒討飯的窮叫花子了。

不過，三官廟離縣城很近，公路和電話直通，使得孫小敗壞有恃無恐，同時這一帶民間比較富庶，派出槍隊，能催收到充足的糧食，而且只要有錢，很容易買到鴉片，一切都比在蒿蘆集舒服得多，因而，在生活上，他又儘量的講究起來。

不僅孫小敗壞這樣，環境一變，金幹、葉大個兒，以及他們手底下的那些兵勇，也都跟著湊上了熱鬧，他們到處私自設卡，美其名曰收稅，實質上，就是對河上陸上來往的商民強行勒索，有了錢，便好吃喝嫖賭吹大煙。

孫小敗壞把三官廟修葺一新，粉了白壁，添了家具，買了大捲的條幅字畫做裝點，他的煙鋪做得極爲講究，對活馬三一干女眷，更是嬌寵著，驢馱胭脂馬馱粉，但凡吃喝花用的都是差人到縣城張羅來的。

日子當然比在蒿蘆集的時候過得舒坦，但孫小敗壞的心情卻不開朗，有人從鄉下帶來風傳的消息，說是筱應龍那個團覆沒掉了，沒有一個人能逃得出來，朱三麻子那個團逃到燕塘，全被董四寡婦繳了械，打散了改編，董四寡婦反臉無情，用黑吃黑的方法吞掉自己一團不說，還把朱三麻子上了綁，頭上戴了寫滿漢奸字眼的紙糊的高帽子，拉出去遊街示眾，表示她也是抗僞抗日的，人它媽旁的不怕，單怕死不要臉，睜著眼說鬼話，董四寡婦跟自己那份肉套肉的交情都不算數，可見那女人的陰毒。……當初擴編的五個團，轉眼間五去其三，如今雖加上蘇大嚼巴這個團，但蘇大嚼巴究竟不是自己心腹，他對自己的命令只是表面敷衍，比起筱應龍和朱三麻子，那可差得遠了。

他找金幹和葉大個兒商討過朱三麻子的事，覺得董四寡婦跟黃楚郎他們把朱團的械繳了，人也編掉了，這種做法太絕了。

「你們想想看，四寡婦這樣做，算是哪一門？」他氣得臉色發青說：「當初她供應咱們槍枝槍火時，那是跟咱們做交易，黃金、白銀按照她開出的價碼，咱們一分一文沒欠過她的，如今，咱們的槍枝她白白的吞掉不算，還替三麻子套上漢奸的帽子，把他收在土牢裏，世上竟有這等事情？」

「她把朱三收押在監裏，又不知打什麼鬼主意了？」葉大個兒話：「她敢情是看風行船，拿三麻子當人質，要咱們一時撕不開臉來。」

「總而言之一句話，跟那幫窮凶極惡的土共打交道，沒有好果子吃，」金幹迸出帶怨的話：「咱們被人捏住小辮梢兒邋鞦韆，這滋味實在不是人受的。」

「咱們就是找著董四寡婦，又能把她怎樣呢？」葉大個兒皺著眉毛，很洩氣的攤開兩手：「早先她是窮乞丐，如今她在販毒這門生意上發達起來了，她們的人槍像滾雪球似的，越滾越大，業已成了一大把燒天的野火，咱們當初只是白白受她利用，咱們就是不找她，她也還會找到咱們頭上來的。」

葉大個兒料得很準，這事過後不久，董四寡婦就著人把朱三麻子送回三官廟來了，跟著朱三麻子回來的只有他的一班衛士，全都是徒手，連一根槍也沒有帶回來。四寡婦爲了把朱團繳械的事，還特意寫了一封信，讓來人捎帶給孫小敗壞，信上說是朱三麻子帶著僞軍，明目張膽的進入燕塘地區，她若不這樣做，對當地附近的老百姓沒有法子交代，所謂繳械改編，也都是掩人耳目的做法，出乎無奈，希望孫司令不要把這事放在心上，日後有機會，她會另作補償的。

「她它娘說的好聽，」孫小敗壞事後憋著一肚子氣說：「她拿什麼補償？一團人和槍枝，是那麼容易湊合得起來的？這個娘們，十足是個毒蟲！」

「空發這些牢騷也沒有用了！」葉大個兒說：「朱老三能撿回一條命，業已算不錯啦，如今他沒槍沒人，您打算怎樣安排他？」

「三麻子，不是做老大的我貶責你！」孫小敗壞遷怒到朱三麻子頭上，老實不客氣的說：「你這傢伙，也實在是勇而無謀，沒腦袋……就算你朝西北突圍，也只消貼近土共駐紮，拿他們當張護符就行了，你怎麼撞到他們窩裏去？讓他們捏往把柄，找到改編繳械的藉口？你該記得，當初你這個團，是我把飛刀宋的班底交給你，才拉起架子來的，如今叫你這一把牌輸得精光，你叫我怎麼區處？還能讓你幹團長嗎？」

「老大，你罵我全該罵，」朱三麻子無可奈何的說：「這好像輸錢一個樣，——輸光老本，只有下檯子，我幹空殼子團長，還有啥意思？這年頭，誰有人槍實力在手上，誰才能說得起硬話，叫我充殼子。我是充不來的！我栽了斛斗，我自己爬。」

「我看這樣好了！」葉大個兒說：「咱們不妨爲老三打個槍枝人頭會，結夥幫他一把，老大的司令部算一股，金幹、葉團和蘇團各算一股，每股攤送他十個人，十支槍，讓他日後慢慢歸還。」

「這倒也算個辦法。」金幹說：「咱們這三股，應該沒問題，只怕蘇大嚼巴不肯。」

「那也不要緊。」葉大個兒說：「這話我跟他去講好了。」

對於打槍枝人頭會的事，蘇大嚼巴倒肯合作，很爽快的點了頭，不過有個條件，就是讓朱三麻子寫借據，正式畫押，朱三麻子只有同意的份兒。

葉大個兒主意並不錯，但當各單位撥槍撥人的時候，那可有得瞧的了，人撥的是最老、最弱，最沒用的人，槍撥的是土造雜牌，十打九不響的槍，而借據上只寫著：茲收到人十個，槍十條。雖說吃了虧，朱三麻子這個新團總算重起爐灶成立起來了，孫小敗壞氣朱三麻子沒用，常常混垮，便派他領著這點人槍，單獨駐紮在河上岸靠東不遠的陳家磚屋，讓他自生自滅，單獨發展去，同時告訴他說：「三麻子，這回我給你個機會，你若再混垮掉，你就不必再來見我了。」

「我想我上個一回當學了一次乖，下回再不會有這種事啦！」朱三麻子說：「說真的，當時四寡婦著人把我戴上紙糊的帽筒兒牽出去遊街，我還以爲她要下令斃人的呢！這回去駐陳家磚屋，請老大您放心好了，不用多久，我自會擴充起來的。」

朱三麻子把他的那些老弱殘兵和四十支破銅爛鐵帶過河駐守陳家磚屋去了！孫小敗壞也暫時鬆了一口氣，把朱三麻子的事擱到一邊，專意經營三官廟，防備游擊隊趁勝來攻。

陸翻譯回去之後不久，佐佐木派了一個日軍少尉下來，察看三官廟的兵力和守備，另外，齊申之、李順時、時中五、毛陶兒這一干人等，也都到三官廟來做客，因爲孫部從蒿蘆集狼奔而出，也只損失一半實力，所以，他們對待孫小敗壞還是非常的客氣，毛陶兒更呵奉著說：

「老大，您這回因爲給養不濟，天凍地寒，才會略略受點兒挫頓，這在您，實在算不了什麼，跌倒爬起，平常事兒，何況乎你的損失不大，儘管放開心找樂子了！」

「老弟，論起吃喝玩樂，你是行家。」孫小敗壞說：「談到這些事上，得要由你來開頭才行，不瞞你說：最近這年把，我困住在一個病字上，一直沒得好調息，如今本錢虧耗，比不得從前了。」

「哪兒的話，老大。」毛陶兒歪嘴笑說：「我那姐夫回城去交代我，讓我替你物色一位中醫，我立時就到西關，把張達江老醫生替你請到了，你這點毛病給他瞧看，只消三五帖藥，包管藥到病除。」

孫小敗壞早先在縣城就已聽人說過張達江是最聞名的中醫，不過，打縣城陷落之後，他便很少親自出面替人看病了，他那爿中藥鋪，全都交給徒弟們去料理，當然，由於張達江的名氣太大，鬼子和二黃方面一些有頭有臉的人物，也有備了重禮，去請他親自應診的，對於這些邀請，張達江並不正面拒絕，有時他自稱臥病在床，拖延過去，實在逼得緊了，他會拿出另一套道理來，說是他年紀大了，腦袋迷糊，萬一開錯了藥，賠不起這些爺字輩人物的性命，他這麼一說，哪還有人敢找他看病？他實在沒想到這一回，毛陶兒竟能把張達江請出來，替自己看病，朝好處說，能請到張達江看病，是宗值得誇耀的體面事，朝壞處講，張達江下藥怎麼下法？誰知道？他心裏有著這樣的疑惑，便跟毛陶兒說：

「兄弟，據我所知，張達江有好幾年沒出來替人家看病了，你是怎樣搬得動他的呢？」

「嘿，戲法人人會變，各有巧妙不同。」葉大個兒在一邊說：「咱們毛兄弟這張嘴皮兒，能把活人說死，死人說活，有他替老大辦事，那還有什麼話說？」

「葉大爺，你太奉承了！」毛陶兒說：「其實，我早也曉得張達江的古怪脾氣，事先，連一點把握也沒有，只想胡碰亂撞試試看的，到那兒，我把話略略一說，他竟然點頭答應了，連我也弄不明白那個老傢伙怎會變得這麼爽快了的？」

張達江既然來了，對於孫小敗壞是一宗大事，這一年來，也許毛病拖得久了，身子孱弱不堪，看事情也好，想事情也好，都覺得危乎乎，黯沉沉的，遇事也都遇上不如意的事，像夏皋的逃走，上下沙河的失陷，蒿蘆集的失守，張老虎和筱應龍的被殺，朱三麻子一團人被土共收編等等，每宗事，都在人心上結起一把疙瘩……他記有人這麼說過，說是一個人的身子若是衰弱帶病，頭頂上的火焰就低，很容易走上霉運，如今退回三官廟，有了喘息的空兒，首先非得要把自己的毛病治好不可。

送走縣城來的那些客人，他立時就著人把張達江請來替他瞧看，瞧看是瞧看，但孫小敗壞對張達江的懷疑，由他不斷對於他自己病情的反覆盤詰，很容易看得出來，張達江似乎明白孫小敗壞的用心，摸著花白鬍子笑說：

「孫司令，你敢情對我不太放心？……老實說，我做醫生幾十年，若講存心下錯藥害人，無論對方是什麼樣的人，我全不會幹這種事的，暗中用藥害人，違反醫德，儘管當年鬼子的醫生害過咱們中國人，咱們中國的醫生絕不會幹那種不光明的勾當，你想想好了，鬼子我都不害，你孫司令再大，說穿了，也不過是跟鬼子跑腿的，等而下之，我害你幹什麼？」

「張先生，你甭會錯意。」孫小敗壞吃張達江這樣一諷嘲，臉上掛不住，又窘得不便發作，只好強拉笑臉說：「我只叫這毛病拖怕了，一心想早些治好罷了。」

「這倒說得過去，」張達江說：「我說的是實話，你若不相信，不妨把我的藥方子，拿去多找些旁的大夫參詳參詳，研究研究，看看下錯了藥沒有？」

「嗨，你說到哪兒去了！」孫小敗壞說：「我若不相信你，幹嘛轉託旁人把你請來看病呢？……你看我這毛病，究竟怎樣？」

張達江坐直身子，吁了口氣說：

「照你的氣色，脈象，你的毛病不算重，可也不算輕，吃我的藥，有十付藥方開下來，也差不多能治得好，但是，治病並非光靠吃藥，你必得要按照我的話做才行，假如不照我的囑咐做，好了再犯，那我也沒有辦法了。」

「那當然，那當然。」孫小敗壞聽說張達江有把握治好他的毛病，不禁喜形於色說：「病人當然該聽醫生的囑咐，我決計照你的話做就是了。」

「你這毛病，既病之在腦，又病之在腎，」張達江說：「套句俗話，這叫下兩虧，按一般情形，單虧一頭好治，兩頭虧難醫，至少，醫起來比較麻煩得多，如今我要交代你幾宗事，頭一宗，你得替我戒色，一邊補，一邊漏，可不是辦法。」

「這個沒問題。」孫小敗壞說：「多了不敢說，戒它三幾個月不進房，我自信還能辦得到。」

「那是你的事，」張達江說：「我這做醫生的，不能不據實告訴你。」

「還有第二宗呢？」

「第二宗就是少動腦筋了！」張達江說：「你平時瞻前顧後，想得太多，一面計算人，一面又要防人計算，提著心，吊著膽，像乾柴遇上急火，猛燒自己的身子，哪有不病的道理？若想治好毛病，非得心定神閒不可。」

「嗯，」孫小敗壞顯得有些爲難，勉強嗯應說：「這個，我盡力試試看，不是我在訴苦，你想想我這幹司令的人，手底下帶著千人，大大小小，裏裏外外的事務不知多少，我怎能不煩？」

「那也是你的事，我管不著，」張達江說：「我只是個醫生，實話實說就完事了。」

張達江開了藥方，孫小敗壞便按著方子吃起藥來，張達江勸告孫小敗壞那兩宗犯忌的事，原都是孫小敗壞貪好的，如今硬要兩頭切斷它，孫小敗壞便覺得日子空空白白的，異常難過，因此，他便想出法子來，用旁的玩意兒去塡補。

天氣逐漸轉暖，冬盡春來不多久，遍野又是綠柳紅桃，一片春景了；游擊隊收復了蒿蘆集和上下沙河廣大地區之後，一時並沒有繼續攻打三官廟的跡象。

因此，孫部的官兵，上上下下都得悠閒，小敗壞的司令部裏，變成最熱鬧的煙窟和賭場，孫小敗壞本人除了躺煙榻之外，便是找人聊天破悶，葉大個兒曉得沒耳朵孫相信醫卜星象這類的物事，就把許多走江湖賣嘴皮的人物，像算命的、打卦的、看陰陽地理的、挑牙蟲的，……全都請進三官廟去，替孫小敗壞算命看相，這些人只要有人拿錢替他們洗眼，哪還會不想盡好話來奉承的？

其中有個袁鐵嘴，硬把小敗壞說成天星，據他解說，這一回孫小敗壞丟掉蒿蘆集，反而是一宗好事，因爲避過了一場魔劫；他又斷言日軍一定會統治東亞，孫小敗壞日後還會步步高陞。

「嘿，袁鐵嘴，你算的命若眞靈驗，你這一輩子衣食也就不用愁了！」孫小敗壞樂呵呵的說：「到那時，你的穿吃用度，我供養著你。」

「我算的命若是不靈，旁人怎會替我加上鐵嘴的綽號來著？」袁鐵嘴說：「司令你若不信，就走著瞧了，包管兩年之後見分曉。」

袁鐵嘴的話究竟靈不靈驗？孫小敗壞一時還看不出來，但張達江替他開的方子，確是一帖比一帖有效驗，他前後不過才吃了五六劑藥，腰骨的痛楚顯見減輕了許多，起床走路，比早先硬朗，而且也不需衛士攙扶了，病情一轉佳，他的精神便也略爲振奮起來，……這真是好兆頭，他自己這樣想著。

他因爲病情減輕，便把張達江的囑咐逐漸淡忘了，他召集過蘇、金、葉三個團的官兵訓話，要他們加強駐地的構工，他著人在三官廟前築出一片廣闊的平場子，當成大校場，要各團輪流的舉行操練，他要握緊這批老本，耐心等待升遷的機會。

由於近處不見游擊隊的影子，他交代葉大個兒恢復三官廟的集市，准許四鄉的百姓趕街做買賣，他要藉機會做給佐佐木大佐看，表明他孫某人有安定一方的力量，同時也表明寒天蒿蘆集失陷，不光是他的責任，鬼子不馳援，使他孤立被困，鬼子也有責任。

從春天到初夏，三官廟從表面上看，確比從前要發旺得多，至少，在混沌不明的局勢裏，孫小敗壞似乎把這塊巴掌大的地方給穩住了。

其實，在整個淮河流域各陷區，這一季全面都很平靜，冬季裏活躍的游擊隊，彷彿忽然的隱匿了，沒有槍聲，也沒有擾襲，愈是這樣，孫小敗壞的心愈不平靜，他總覺得，有無數隻眼在暗中盯著他。而他卻找不著那些人，他儘管懷疑著，總無法把每一個趕集市的百姓，都無緣無故的抓起來嚴刑銬問，那些匿在暗裏的眼，閃閃的眼光一直看進他的心裏去，使他枕蓆難安。當然，在若干僞軍的頭目裏，孫小敗壞有他精明的地方，但他還沒有那麼遠的眼光，能看得透整個大局和抗戰的時空因素，他只能侷處在三官廟，舐他毒發前的傷口，他仍是一匹困獸。

關於這一點，替孫小敗壞看病的老中醫就說得很清楚，有人責問他說：

「張老先生，你多少年沒親自替人看過病，你明知小敗壞是個漢奸毒蟲，四鄉百姓無人不盼他早死，你爲什麼還要悉心替他醫病呢？」

「嗨，」張達江不以爲然的說：「你們都是只知其一，不知其二，你們沒想想，像孫小敗壞這種惡事幹盡的漢奸，讓他壽終正寢，豈不是太便宜了他？如今我下藥，讓他在世上活著，橫豎也活不久，到時候，自會有人來收拾他，不會讓他留全屍的。」

局勢在眼前平靜下來，孫小敗壞又籌劃買槍添火，廣募兵員，擴充他的實力了，這一回，董四寡婦和黃楚郎顯得很夠交情，特意差胡大吹過來牽線，想重修舊好，孫小敗壞想到董四寡婦棍打落水狗，把朱三麻子一團人槍整個收編繳械的事，心裏便不由的嘔上了氣，用手指直戳上胡大吹的鼻尖說：

「大吹，你不妨回四寡婦，她那種斷子絕孫的做法，我它媽下一輩子都忘不了！我還會花錢買她的槍，到時候好讓她白白的收繳？」

「我的孫大爺，你甭這麼動火好不好？」胡大吹笑瞇瞇的說：「關乎上次那回事，政委她不是跟你來信解釋過？這一回，她業已用一大批貨款，買了廿二條簇新的快槍，不收你一文，白送的，算是聊補你當時的損失，做人嘛，不能太斤斤計較，意思到了就成！」

胡大吹這麼一說，孫小敗壞就有氣也發不出來了，回頭想想，朱團的人槍早就被她編掉繳掉了，軟討硬索，總無法要得回來，嘔氣也是乾嘔，於事無補，董四寡婦如今既然送槍修好，絕沒有得著便宜不撿的，於是，點著頭冷哼一聲，也就當著胡大吹的面一口答允了。

四寡婦的槍枝來得很快，原裝木箱開了封，裏面是新出廠的四壁捷克式，這種全帶烤藍的新槍，一支抵得上五支土造槍的價錢，小敗壞掐著指頭算算賬，本錢雖沒回來，至少也該沖回一半了！

正當小敗壞帶著笑臉收下這份厚禮的時刻，四寡婦的另一批黑貨也運到了他的防地，這彷彿是存心試探，看他的反應如何？俗說：笑著臉打人，巴掌不硬，孫小敗壞就是如此，他剛收下四寡婦的禮，若說再翻下臉來，沒收這批黑貨，那就算跟四寡婦正式絕裂了，他把葉大個兒找來商議，葉大個兒勸他說：

「我看算了，老大，咱們跟四寡婦串著玩，業已不是一天，彼此扯扯連連分不開，如今爲這事讓彼此撕開臉皮，也不好看，再說，上下沙河丟掉之後，她這批黑貨一路運過來也不容易，俗說：光棍不擋財路，咱們不能下煞手，挖她的心肝五臟。」

「好罷！」孫小敗壞無可奈何的說：「依你的話，這回先放她一馬好了，不過，咱們領不著鬼子的給養，靠山吃山，她這麼大的一批黑貨過境，過境稅總要按例抽她一成的。」

「這話說得過去。」葉大個兒說：「讓兄弟我過去跟他們說去。」

葉大個兒嘴上這麼說，身子還沒動彈呢，衛士跑來報告，說是胡大吹來了，胡大吹是送禮來的，十來包裝得整整齊齊的鴉片煙土，放在孫小敗壞的桌子上，這樣一來，孫小敗壞便把索稅的事也放到一邊去了。

「胡大吹，你說說看，憑她四寡婦那樣對待我，我在這回事上，夠不夠交情？」孫小敗壞說。

「老大，你太夠交情了，」他低聲湊過去說：「這回我把貨運過來，可說費盡九牛二虎之力，黃大爺他臨走交代我，說是近些時，他要得空過來一趟，特意來拜望你，有要緊的事跟你商量。」

「黃鼠狼替雞拜年，八成又要磨算我。」孫小敗壞說：「你們都是一個鳥樣兒，哪有好事，會找到我的頭上來？」

說是這麼說，其實也只是餘忿未消，藉機搭搭架子而已，他心裏總是空的慌，悶的慌，尤其是對於大局，完全是一盆漿糊糊住腦袋，怎麼弄也弄不清爽，也許黃楚郎要比自己懂得多些，他能過來聊聊天，也是好的。

他等黃楚郎還沒等著，有人跑過來報告他，說他的衛士之一叫做小秦的，跟他的姘婦之一——就是胡三的老婆，倆人有勾搭，昨天夜晚，他把那女人給拐跑了。孫小敗壞一聽，氣得火冒八丈，從煙榻上坐起身，把胡三的老婆罵得血淋淋的。

他明知這些日子，他病體虛弱，沒能在這方面滿足她們，但他是司令，他的姘婦跟衛士捲逃，傳出去太沒面子，他最受不了這個。

「你們幾個王八蛋，小秦的事，你們爲什麼不早告訴我？等到人跑掉了，才鬼急慌忙的跑來放這個馬後炮？」他指著另幾個衛士說：「去，你們，把小秦跟那個淫婦，替我雙雙活捉回來，看我怎樣消遣他們？人要是捉不到，有你們好看的！」

一頓雷霆把他手底下的衛士都轟出來，拎著槍在三官廟的街前街後到處找人，不找還好，一找就把消息走漏出去，孫部各團都曉得司令的姘頭跟他的衛士小秦跑掉了，這樣一傳十，十傳百，越傳，議論越多。

「這是循環報應，」有人說：「那女人原不是他正頭妻，本來是胡三的老婆，是他從胡家野鋪硬搶來的，如今又讓人給拐跑了，不是報應是什麼？」

「嘿，咱們那位沒耳朵的孫大爺，他整天萎縮在煙榻上，守著煙燈過日子，偏要留著那些花花草草的女人幹什麼？論跑，胡三老婆這只是開頭，接著就該輪到活馬三了，一個接一個，跑光了的日子還在後頭呢！」

「不拉屎，佔茅坑，他沒有先見之明，自知之明總該有的，他總不能把那些女人鐵鍊拴著過日子。人總是人，心不在他身上，拴也拴不住的。」

那些衛士到處找人，到哪兒去找？可是找不到人，回去又交不了差，只好跑到金幹和葉大個兒那邊去，把事情的來龍去脈說了，央請他們去講話。其中有個衛士說得好，他說：「得著快意的是小秦，卻害的咱們挨罵，咱們若不把胡三的老婆和小秦捉回去，全都不得過身，這真是白白受了『鳥』拖累，惹上『鳥』麻煩了！」

「這樣罷，」葉大個兒說：「你們不妨再四處找找，我去勸老大息息氣，為著一個破爛貨，發脾氣不值得。」

葉大個兒和金幹兩個一前一後來到三官廟，孫小敗壞正氣得把茶杯、紫砂壺、煙燈摔了一地，瞪著兩眼，口口聲聲的要剝小秦的皮呢。葉大個兒故作不知問說：

「老大，你的病沒全好，還在吃藥，幹嘛發這麼大的脾氣，作賤身子，小秦他怎麼了？」

「還說呢?!」孫小敗壞說：「這個沒心肝的禽獸，我一向待他不薄，他竟然把胡三嫂給我拐跑掉了，你說他該死不該死？」

「我說，老大，我還以爲是什麼大不了的事呢！」葉大個兒說：「原來是爲了那隻破鞋，老實說，像那種平臉塌鼻的女人，滿街都拾得到的，甭說只跑了一個，就是整籮筐的朝外扔，也不算一回事，哪兒用得著發脾氣？」

「我倒不是捨不得那個女人，我是氣在這宗事情上。」孫小敗壞說：「我的貼身衛士都會出賣我，這事太嚴重了，我若不攫住小秦，狠狠的懲治他，日後我還拿什麼帶人？」

「這倒是實在話，」金幹說：「不過，你也不要著急，我想小秦原是在堆頭一帶混世的，他跑也跑不到哪兒去，早晚自會落到咱們手上，那時刻，咱們再把他捆交給老大發落就是了！」

兩人費了好一番唇舌，才把孫小敗壞說消了氣，但從這一天開始，他對身邊的這些衛士也存了疑，不准他們再到後宅走動了，他想過，小秦既能拐走胡三嫂，旁人何嘗不能拐走活馬三？他不能讓這種笑話再鬧下去。

他交代手底下的人繼續捉拿小秦，小秦還沒見著影子，活馬三也捲逃掉了，活馬三是獨自一個人逃走的，聽說她曾買通常到三官廟趕集做生意的驢馱販子，用驢子做工具，假裝裝運米糧，米糧裏卻放置若干細軟物件，——那幾乎是孫小敗壞歷年來收藏的家當。

對於活馬三的捲逃，孫小敗壞本該發一場更大的脾氣的，但他聽到這消息之後，卻是搖頭，沒再吭氣，過後他在煙鋪上提起這事，跟葉大個兒說：

「婊子，王八，本來就無情無義，一開頭我就沒指望她會跟著我天長日久的過，這回她走了也好，免得使我再犯腰痠背疼的毛病，也許是年紀的關係，我自認控不住她那匹活馬了。」

「對！」葉大個兒說：「這也算是破財消災，如今你的身子沒硬朗，我看，不如把後屋裏那些粉臉油頭的貨色全都打發出去，也好清心寡慾，多養一陣子病，日後再要的話，這種兩條腿的雌貨多得很。」

「話是不錯，不過，你要曉得，這些雌貨，當初都是我花錢從老鴇那兒買來的，」孫小敗壞算計說：「一個婊子，也充抵一根條子價錢，你叫我白放她們走，我豈非又白貼了老本？你還是替我召個老鴇子來，按原價，把她們整盤子端過去，這樣，也好補一補活馬三捲逃的損失。」

「主意確是好得很，」葉大個兒說：「對她們來講，也沒有什麼對不過，她們到你後屋來，吃小鍋小灶；如今再回去吃大鍋飯就是了，這事，我負責去辦，包管很快就辦妥。」

葉大個兒替孫小敗壞賣婊子，辦得很快當，一共四個婊子，全叫縣城裏最大的春月妓院老鴇買去了，這家妓院，有毛陶兒和時中五的股份，他們覺得孫小敗壞寵愛過的貨色，對兵大爺有號召，平素可望不可及，如今略花一把錢，照樣能夠過老癮，所以就豁出價，把她們包買了。

葉大個兒替小敗壞辦這宗事，並沒得著什麼好處，雖然妓院裏送他一筆中人費，他一文也沒要，而且另外貼了一點，買回一個叫一點紅的雛妓，替她點了蠟燭。

孫小敗壞風聞著這事，心裏頗不樂意，當葉大個兒到三官廟來的時刻，他說：

「大個兒，你真不是玩意！你慫弄我把婊子賣出去，你卻買進婊子來樂意，——花的是我的錢。」

「不不不，老大，您可甭這樣冤我！」葉大個兒連連搖著手說：「我自己多少也貼了一點，這是利己利人的事情，您謝我還來不及呢！」

「你不曉得，這好有一比，」孫小敗壞悶氣的說：「好比你當著戒煙的人，得意洋洋的噴雲吐霧，讓我在一邊聞煙味，乾嚥吐沫星兒，朝後你躲在一邊樂去，不要把那個什麼一點紅朝我眼皮底下帶，當心我斃了她。」

葉大個兒只是點著頭，縮縮脖子，他曉得孫小敗壞因爲身子虛弱，經常發飄打浪，有些神不守舍的味道，他的乾火上升，經常發脾氣，但總迷裏馬虎不能貫徹到底，氣過了，就像一把火燒過去一樣，不去撥灰，就不見隱隱殘紅，所以，凡事只要不在當時頂撞他，準沒事兒。

孫小敗壞確是這樣，當時說了葉大個兒一頓，過後，一理煙槍，也就覺得心平氣和起來了，張達江開的湯藥，他只吃了五付，身體便日漸好轉，旁的是假，先把一身的毛病看好，才是真的，相士袁鐵嘴說的話，始終在他心底下發酵著，他在等候。

這當口，化裝成商客的黃楚郎，到三官廟來了。

黃楚郎跟孫小敗壞在煙榻上碰面，黃對孫還是像當年一樣的套著近乎，根本沒提起去年冬天吞掉朱三麻那一團人的事情，倆人談話的重點，自然而然的就落到趙岫谷和岳秀峰的身上。

言談之間，黃楚郎對孫部撤出蒿蘆集地區，把廣大鄉野拱手讓人極表不滿，他說：

「老大，你領鬼子番號，召集人槍，無論在槍枝錢財上，咱們暗中都幫過你不少的忙，你領著部隊佔駐蒿蘆集，不讓中央游擊隊的勢力朝東伸展，對你，對我，都有好處。你這一撤不大要緊，燕塘的咽喉叫對方緊緊鎖住，咱們的黑貨運不出來，那不是要人命嗎?!」

「這事您不能總抱怨我，黃大爺。」孫小敗壞說：「我的四個團，人槍不在少數，但總像個沒娘的孩子，整整一冬天，鬼子沒給我一包糧食，一箱彈藥，四鄉百姓都由游擊隊掩護逃到湖邊去了，咱們榨不出一粒糧來，饒是這樣，我還在蒿蘆集硬挺，和你們聯手攻過下沙河，這些，你都是知道的，這回他們全力猛撲蒿蘆集，我實在擋不住，若是再不退，只怕連如今這點人槍也保不住，那你又抱怨誰去？」

「老大您誤會了，」黃楚郎說：「我不是抱怨，我只是就事論事，事實的發展，對咱們極為不利是真的，我這回過來，就是要跟你商量這個。」

「依你看，該當怎樣呢？」孫小敗壞眨著眼問說。

「其實，游擊隊的人槍實力，並不強到哪兒去。」黃楚郎說：「他們只是佔著天時和地利，在寒冬季節活躍，一等冰雪消盡，地面乾燥了，鬼子的鐵甲車可以行動，他們的活動就有了顧慮。我認爲你們不妨託齊申之轉達給佐佐木，即使不收復蒿蘆集，也要把上下沙河兩座集鎭拿回來，使公路線暢通。」

「你以爲我孫某不想這麼做？」孫小敗壞在煙榻上，像蟲一般把身體蠕動一下說：「你不知道，如今鬼子變成個窮叫化子，單薄得很，佐佐木若不撐腰，單拿我的人槍跟游擊隊去纏去碰，把本錢耗光了，我這個司令是幹還是不幹？」

「你把隊伍朝西北拉，試試看不成嗎？」

「啊！不成，不成！」孫小敗壞把頭搖得像潑浪鼓，一口氣拒絕說：「你不曉得，這年頭，誰不爭著講利勢？大魚吃小魚，小魚吃蝦，蝦子吃爛泥，我的本錢一旦耗得差不多了，旁人誰都會撿便宜，把我給吞併掉，北邊的夏勁唐、朱嘯天、疤子李那幾股頭，野心大得很，替人賣命的事，我不幹。」

黃楚郎好不容易來一趟，原就爲了說通孫小敗壞，要他冒險打通公路線，方便他們鴉片出口，誰知蒿蘆集那一火，把孫小敗壞的膽子打寒了，再要他多冒半分風險，他也縮著頭不幹，對方這樣怕事，使得黃楚郎暗自著急起來，但他不願把「急」字寫在臉上，恐怕孫小敗壞藉機拿翹，猛敲他的竹槓。

「照孫老大你的意思，非要等到鬼子調兵打通公路線不可了？」他心有不甘的轉換話頭試探說。

「也只好這樣了！」孫小敗壞說：「鬼子的鐵甲車在前頭開路，咱們跟在屁股後頭，順水淌，這還差不多；跟你講幾句實話罷，近來我最怕人提起岳秀峰這三個字，我這土腦瓜子，即使把腦汁擰乾了，也想不出妥當的法子對付他！」

黃楚郎仍然不甘心，又提出雙方配合的辦法來，就是：由土共出燕塘，攻佔下沙河，偽軍孫部自三官廟北上，掠取上沙河。但孫小敗壞仍然一口咬定，鬼子不動，他就不動。

「一句話說絕了罷！」孫小敗壞被他纏不過，只好抖露出心意來說：「我如今是打定主意，抱住『穩』字訣兒，不再冒險，能做百里侯當然更好，不能做百里侯，做個十里侯也不錯，我能守得住三官廟業已夠了！」

兩人在煙鋪上磨叨了半個下午，還是沒得著結論，孫小敗壞留黃楚郎吃酒打牌消遣，黃楚郎推說有急事待辦，連晚飯也沒吃，空著肚皮走掉了。

黃楚郎前腳一走，孫小敗壞立即要衛士搖電話，把金幹、蘇大嚼巴和葉大個兒找的來吃晚飯，在飯桌上，他對那三個說：

「黃鼠狼這個傢伙，果然存心不良，想用他的舌頭耍人，他慫恿我出兵打通公路線，好讓他們的黑貨運出來傾銷，他說了半天，一絲一毫實際的好處沒允給我，全它娘的嘴上抹石灰，——白說；這一回，我也學乖了，硬是不答應他，急得他渾身毛躁，夾著尾巴溜了！」

「老大這真是妙招兒！」金幹說：「他要打通公路，讓他去打去，把他的人槍歇在那兒養精蓄銳，卻要利用咱們和岳秀峰苦苦拚纏，讓他坐收漁利，這事，咱們決計不幹。」

「要咱們出動也行，」蘇大嚼巴說：「首先咱們得有利可圖，咱們是不見兔子不撒鷹的。」

「老大這頭一等的瘟功，實在練到家了！」葉大個兒最後說：「目前，游擊隊沒來圖窺三官廟，咱們何不多過幾天安穩日子？要依黃鼠狼的撥弄，伸著腦袋進繩圈，開那種生死玩笑去？還是喝咱們的酒，打咱們的牌好了！」

日子朝前輾轉推移著，在三官廟這一群人裏面，日子是瑣碎冗雜的，一冬的窘困熬了過來，局面自然的平靜下來，除了一種灰沉沉的感覺上的塞悶之外，一切都還過得去，愛抽煙的躺煙榻，愛賭錢的進賭場，有些傢伙用搶劫來的錢逛窯子，橫豎就是那麼一回事，事後一壁繫褲帶，一壁假惺惺的懊惱著，說是：遇著倒楣鬼，花錢又出水，……彷彿不那麼自嘲自謔一番，他們活著就毫沒味道了！

孫小敗壞在賣掉他所蓄養的婊子之後，逐漸迷起京戲來，三官廟離縣城很近，不像蒿蘆集那麼偏遠，一些走江湖打浪的，不入流的戲班子，經常會經過這裏，金幹最先留下一個班子，付他們包錢，要他們到三官廟裏去唱給做老大的聽，小敗壞不懂得京戲，勉強曉得武家坡，那是他童年看過的戲，戲裏的情節，也煙煙雲雲的弄不太清楚了，只是薛平貴回窯那一段他還算記得清楚，因此，老是讓戲班子唱回窯那一段給他聽。

京胡的弦索很滑潤，華麗中帶著一些哀切，一些淒遲，聽著聽著，自會撩起人的遠夢來。薛平貴回窯，總還有座寒窯在，寒窯裏有個咬牙苦守著饑寒的王寶釧，而孫家驢店只是一片殘磚碎瓦，自己的女人早已變成一堆黃土了，平素他並不想這些，戲裏的情節使他廢然嘆氣，他想起自己的老婆若仍活著，他會待她好，她才是真正關心自己的人。如今他是司令，有人有槍有馬，但他心底下積著一份孤單和寒冷，他深深明白，他活在這世上，並不及早年那麼快活。

日子是一口醃缸，把他像醃瓜似的浸泡在裏面，他自覺懶洋洋的，整個心都被這等日子醃透了，醃軟了，再也脆活不起來了。

天轉暖時，他的衛士替他辦妥了一件事，他們在堆頭一處賭窯裏，抓住了拐走胡三老婆的小秦，他們把小秦繩捆索綁的押回三官廟來，當著小敗壞的面交差。

孫小敗壞冷冷的把小秦從頭到腳的看著，過半晌才問那個臉無人色的人犯說：「你把那婆娘拐到哪兒去了？」

「我沒有拐她，」小秦說：「是她花錢買通我，要我護著她跑的，一離三官廟，她就雇車進城，聽說是去找她的兩個女兒去了。」

「她一共給你多少錢？就使你背叛我？」

「不多，只是一副五兩重的金鐲。」

「金鐲呢？」

「早就化開來賭掉了！」小秦說。

「人爲財死，鳥爲食亡，一點不錯的。」小敗壞說：「你爲一副金鐲弄丟了你的性命，不後悔嗎？」

「我幹嘛要後悔?!」小秦的嗓門兒亮起來：「有人說過，橫豎當漢奸的，都不得好死，你不妨拿我當個樣兒，你孫大爺今天怎樣整死我，日後旁人就會照樣整死你，胡三嫂被迫跟你過日子，夠可憐的，她就不抹鐲子給我，我一樣會送她走。」

「好罷，」孫小敗壞說：「算你有氣概，我若不成全你，反而顯得孫某人心虛膽怯怕死了！我今天要活剝你的皮，給我自己做樣兒，看看日後誰來活剝我?!……來人，替我把他拉下去活剝掉！」

活剝小秦有些反常，連孫小敗壞自己也不知爲什麼要這樣做？只是有一口氣梗在心裏，要衝出去，撞出去，和眼前青黑裏不可知的命運作打賭性的抗爭罷了。

活剝人皮的事，只是在說書人的嘴裏聽說過，說流寇裏的八大王張獻忠愛耍這一套，他手底下的人深諳此道，剝起來，手法俐落得很。但小敗壞的衛士卻不靈光，他們把小秦綑在三官廟院角繫馬栓，整整剝了一個下午，剝得小秦像挨殺的豬樣的慘號著，那種悽慘怪異，非人的號叫聲，聽得人骨肉分家。

不過，孫小敗壞想起八大王張獻忠來，就照樣吸著鴉片，顯出心安理得的樣子。

「八大王剝過上萬的人，我孫某就剝它一個兩個，又算得了什麼？」

他嘴上是這樣說著，心裏又覺得異常懊悔。

有一種不吉的預感，沉甸甸的，在他心窩壓著。天快黑時，衛士跑來報告，說小秦的皮業已剝下來了，這種殘忍的新鮮事，一點也沒激起他的興致，他在煙榻上皺著眉頭說：

「剝了就剝了就是，嚷嚷個屁，你們這些混球，都替我死到一邊去。」

他說這話時，眼裏亮著瘋人般的光，有些呆滯，也有些陰森，像一匹剛喝了人血的狼。

而日子並看不出任何顯著的變化來，佐佐木派出的日軍巡邏隊，開著轟隆隆的鐵甲車，每隔一段日子，便來輪輾一次三官廟的街道，表示出入侵軍統治的意味，同時，他們把印製得粗劣不堪的戰報，在街頭巷尾到處貼著，以誇耀的口氣說是皇軍正再接再厲的攻撲長沙，不過攻撲的情形如何？一直沒見下文，而那些戰報也逐漸的褪去了顯色，被風撕扯得成碎條狀，兀自飛舞著，彷彿是在嘲弄什麼？

「鬼子前後三次打長沙，都吃了大敗仗！」這消息在暗中輾傳著：「看光景，東洋人的氣數快盡啦！」

這些傳言，很使靠鬼子吃飯的僞軍驚恐，北邊的夏勁唐和朱嘯天兩股，都暗暗差人到湖邊去，向趙岫谷遞信，表示他們支持游擊隊，時機一到，立可反正，只有疤子李那個殺人越貨的強盜，仍然頑硬到底，沒加理會。

孫小敗壞自承是個土蛤蟆掉下了井，看得有限，但他對鄰縣各股僞軍的動態，還是時刻注意著，他跟金幹、朱三麻子、葉大個兒這一夥死黨，打定主意，至死不回頭，就只有這樣豁著幹下去了。

「那還有什麼辦法？」孫小敗壞說：「鬼子若是垮掉，咱們橫豎是死路一條，誰叫咱們渾身染著血腥，欠下這許多人命債來著？……癩蛤蟆墊床腿，死撐活挨罷！」

「蘇大嚼巴要比較活動些，」金幹提醒小敗壞說：「當心他暗地裏跟游擊隊勾結，來咱們的窩裏反！」

「這個你放心，」孫小敗壞說：「咱們三個團夾住他，諒他沒有那個膽子！假如有個風吹草動，咱們就來它一個先下手爲強，把他的械給繳掉再說。」

金幹爲日後退路著想，又研究到萬一鬼子垮掉了，燕塘那邊，四寡婦和黃楚郎能不能收容他們的問題？朱三麻子慘笑說：

「那才是活見鬼呢？真到那步田地，四寡婦能把咱們的骨頭都給啃掉！」

「土共最它媽陰狠毒辣，」孫小敗壞說：「如今，咱們只是互相勾結，彼此利用，哪談得上交誼，情分？這一點，我看得透透，我寧願死在趙岫谷、岳秀峰的手上，也不會找他們庇護。」

「你們甭看四寡婦混得很神氣，其實，四鄉百姓恨他們恨之入骨，她自己的性命能保上幾天都說不定，她還能庇護誰?!」葉大個兒說：「咱們前頭沒路了，只好閉上兩眼踩爛泥罷！」

表面上平靜的日子，在三官廟這夥子人的眼裏，是陰沉灰黯的，一陣接一陣關於日軍在各處戰場上失利潰敗的傳言，是掩不住的烈風，在他們心裏吹盪著，使他們感覺到洶湧的波瀾。孫小敗壞這樣形容過：

「咱們這號子人，都是趁亂蹚渾水的料子，一旦水清了，咱們原形畢露，就它娘沒的混了！……夜貓子總是見不得太陽的。」

第十六章・兵凶戰危

抗戰的烽火，在淮河流域一塊塊貧瘠荒涼的土地上持續著，這些荒土，這一口深井，把遠處若干真實景況都隔斷了，除了零星的傳言之外，莊稼漢子們只能用他們眼睛所看見的事物的變化，去貯積經驗，學習判斷，那就是人們心裏的抗戰的實象。火在燒著，槍在響著，人恆常像風捲的落葉，一會朝這邊逃，一會朝那邊逃，除了遇上刀砍和槍擊，在原地躺下之外，活著總沒有個定處，田荒了，家破了，瘟疫在到處蔓延，天劫，地劫，外加上人劫，這三劫犬牙交錯，撕碎人的血肉之軀，也撕碎了無數遭劫的心靈。陷在近乎絕望情境裏的人是較容易接受謊話的，只要誰高喊打鬼子，不愁沒有人成群大陣的跟著跑，這一點，大夥兒都能判別，——打鬼子是求生的唯一的道路。

燕塘的土共，就是這樣用謊話把群眾捏合起來的。當鬼子在民國卅二年春天，長沙會戰慘敗之後，勢成強弩之末時，董四寡婦和黃楚郎這群人內心的惶恐，要比當漢奸的孫小敗壞更甚，因爲打鬼子是他們的幌子，萬一鬼子垮掉，老中央收復陷區，他們也沒得混了，——他們在動員民眾參軍時，曾經允諾過，打倒鬼子，就扔槍回家。

四寡婦明白百姓的心裏，都在盼望著老中央，沒有什麼樣的巧言，能把天無二日，民無二主的意識的老根一下子拔除掉，甭說百姓對後方的嚮往了，單單拿岳秀峰來講，在他控制的區域裏，群眾也都把他看成頭號的英雄人物，四寡婦每回到陷區經售煙土，販賣槍枝，勾結孫小敗壞，回去都對民眾說是去連絡岳秀峰的，但當她派出隊伍攻打下沙河，跟老中央游擊隊接火後，百姓已不再相信她的話，認爲土共有一股很大的邪性了。

四寡婦、黃楚郎、老魏三，……這夥子土共頭目不得不扯掉笑臉，改用鎮壓的方法，捏著民眾的鼻子，以更多惡毒的謊話，迫他們轉移鬥爭方向。

他們的桑皮報紙、歌曲、新編民謠，都以貧富爲因，階級爲由，硬想藉此把民眾和老中央之間劃出界限，她在燕塘的程家大屋、楊家樓，設了民眾教育班，專門製造鬥爭工具。

爲了加緊放手發動群眾，保持他們既得的利益，她便留在她的老窩巢裏，常常騎著騾子，來往於程家大屋和楊家樓子之間，她在楊家樓，住在一個被鬥光了的地主的舊宅子裏，那宅子古老、破舊，但很廣大，前後一共有五進院子，前面三幢是課堂和學員的寢室，第四幢住了一個衛士班，那是專門用來日夜值崗，保護她安全的。她所住的第五幢宅子，經過刻意修整，運了許多沒收來的家具作裝飾，四寡婦本人常到陷區的各城市走動，也帶回許多衣物、化粧品和生活用品，她抽煙抽的是白錫包、大前門、大炮台之類的牌子，連老刀牌都嫌辣嘴，她喝酒喝的是拔蘭地，不但講究廠牌，還講究年分，但她在屋裏的生活是神秘的，連衛士班長見她，都只能隔著竹簾子喊報告，不准闖入。

有個女人叫丁嫂的，留在屋裏服侍她，四寡婦對旁人，一向都是冷漠無情，唯獨對丁嫂比較寬和些，丁嫂是貧戶出身，自動賣到她家做丫頭，服侍她母親好些年，她出嫁時，她母親把丁嫂當陪嫁丫頭跟過去，後來，小夫妻倆遠去陝甘寧地區，丁嫂爲她守宅子，四寡婦的丈夫是在回來的路上被流彈打死的，但被當地的土共形容為抗日烈士，四寡婦也就成了烈士遺眷，從區教導一直朝上爬升，變成燕塘方面大權在握的紅人了。她把丁嫂配給她的勤務員老丁，老丁因為幫她販運鴉片，在運河線上和偽軍發生一點小衝突，幾個偽軍把他追逼下河淹死了，於是老丁也名正言順的成了烈士了。

她對丁嫂寬和些，並不是為了這些，而是為丁嫂曉得她的生活習慣，丁嫂還是稱她大小姐，自稱是下人，她即使生活得很享受，而且極為奢侈，丁嫂都不會批評她，議論她，再說，她需要有個心腹人在身邊，她必得要對心腹寬和，才不會擔心對方會出賣她。

夏季天氣燠熱，四寡婦每到晌午，總愛換上薄紗的衫子，搖著芭蕉扇在窗邊歇涼，要丁嫂替她打一盆冰涼的磚井水，抹她床上的涼蓆，好作午睡，丁嫂有個十六七歲的姪子，平素有些傻裏傻氣，正為他傻氣，四寡婦便留他在後屋裏外打雜，幹幹粗重的活計。小傻子是個說大不大的半椿小子，四寡婦一向把他看成孩子家，也可以說，後屋裏除了丁嫂之外，也只有小傻子可以走動。

四寡婦吸煙不用煙缸，常把半截煙頭踏熄了，或是隨手扔在地上，小傻子也愛吸幾口香煙，好不容易才能積幾個錢，買幾枝土煙捲吸吸，有時煙癮發作了，就會踏進四寡婦房裏來撿拾煙蒂。

這天晌午，小傻子踏進屋時，四寡婦正在睡午覺，紗帳子半撩半垂，她只穿著一件薄紗的短衫，扣子開敞著，裸露出白膩的胸肌和兜鼓鼓的紅綾抹胸，小傻子旁的事也許有些傻，但對男女間的事還算懂得，正因他傻不楞登的，沒想到四寡婦的厲害，心裏一衝動，就硬上馬了。

四寡婦整天勞累，睡得沉酣，似醒沒醒，渾身軟榻榻的沒有半點力氣，等她睜開眼，發覺是小傻子時，業已成事好半晌了，那種節骨眼上，她又不便當場發作，只好閉著兩眼，假裝沒醒透，任由小傻子舞弄。

這事完了第二天，四寡婦算計算計，雖說她的面首很多，都是她的上級頭目，假如小傻子口沒遮攔，把這事透露出去，讓人傳說政委被勤務員，——尤獨是一個傻氣的半椿小子白揩了油去，那就變成了大笑話了，她在懊惱中動了個念頭，……當天夜晚，小傻子就失了蹤了。

丁嫂沒有旁的親人，只有這個小傻子最親，他忽然失蹤了，她怎能不急？

她含著一泡眼淚找著四寡婦，央求她無論如何，要把小傻子找到，四寡婦也顯出很著急的樣子說：「傻子能到哪兒去呢？會不會失腳掉進哪個水塘去了？我這就叫勤務人員分頭去找找，妳放心好了！」

勤務員也真分開來去找人了，丁嫂焦惶惶的跟著，楊家樓的前後池塘都找遍了，他們不但下水去摸魚般的摸索，還用長竹竿到處翻攪，從早到晚，也沒見著小傻子的影子，夜晚來時，他們拎著馬燈，串著楊家樓附近的村落去詢問，看看究竟見沒見著小傻子，那些村裏的住戶聽了，都搖頭說沒見著。

這樣找了一天一夜，把附近找遍了，也沒有結果，小傻子便這麼失蹤成謎了。

這件事發生不到一個月，丁嫂在楊家樓背後的清溪邊洗衣，聽到木橋邊臨水的石級上，有幾個村裏的女人，一邊浣衣，一邊談說野泓口發現人屍的事，丁嫂心念一動，便湊了過去。

一個女人說是野泓口發現的是一具男屍，熱天地下反而陰涼，屍體腐爛得還不算太厲害，依稀能辨認出面目來；發現那屍體的是個下田去除草的農夫，他最先看見土裏拖出一根半舊的麻繩，他覺得那麻繩滿好，丟掉可惜，就彎腰去拽，誰知怎麼拽也拽不動，正好他肩著鋤頭，便用鋤頭去挖掘，掘下去三四尺深，赫然露出一顆腫脹的人頭來，那根麻繩，便拴勒在那屍體的頸子上。

「我業已去看過了！」那女人說：「看那男屍，年輕輕的，還是個半大的孩子呢！」

丁嫂聽著這話，心猛朝下沉，衣裳也不洗了，急急忙忙朝野泓口那邊奔過去，一路上，看見村裏人三三兩兩的沿著田埂朝那邊走，都是去看屍首的，她彷彿有一種不吉的預感，感到那男屍一定是她失蹤了的姪兒小傻子。

野泓口屍首出土的地方，擠了一大群人，她撥開人群，進去一認，不是小傻子是誰來？小傻子的屍體腫脹得變了形，她仍然認得出他的面貌，他的衣裳，他直立的平頂頭髮，一陣心疼，使她也顧不了屍身上的泥濘和那股惡毒的瘟臭，撲到屍體上便嚎啕大哭起來。

這宗事，很快傳遍了楊家樓，董四寡婦出面替小傻子收殮，爲他買了一口白木棺，指說楊家樓附近，一定暗中有人鬧反動，竟敢暗中謀害她的勤務員，她勸丁嫂放心，一切由她作主，早晚會把兇手找出來，替小傻子抵命。丁嫂謝了她，也沒說旁的話。

這樣過了沒幾天，在一個落雨的夜晚，事情終於發生了，當時，四寡婦的衛士值崗時，突然聽到後屋裏傳出女人尖亢的慘叫聲，他急忙端著槍衝進去查看，後屋四寡婦的臥房裏，一盞沒罩的煤燈在桌上亮著，四寡婦本人坐在床上，用手捂住胸口，一把剪子的剪柄凸現在她的指枒外面，剪柄上蛇游著活活的鮮紅，四寡婦緊咬著牙，臉色白得像白紙一樣。

「怎麼了？政委。」那個還以爲董四寡婦是鬧自殺，呆頭呆腦的這麼問了一句。

被剪刀戳進胸脯的董四寡婦，業已不能開口說話了，只是伸出一隻無力的手，朝外面指著，衛士這才想到屋裏的丁嫂，他轉身追出來，其餘的也被慘叫聲驚動，夢裏夢忪的抓槍湧過來，發現做政委的胸口挨了一剪刀，便慌成一團，有的嚷著追人犯，有的說救人要緊，結果，那個班分出四五支槍，出後門去追人，天又黑，路又滑，伸手出去，看不見手指頭，追人追到那裏去？再等他們淋得像落湯雞似的轉回來，董四寡婦業已斷了氣，手腳都涼了！

「這事不用說，一定是丁嫂幹的，」那個班長說：「她準是猜出她姪子死在誰的手裏，她才趁機會報仇的，無論如何咱們得把她抓住，才能結得了這宗案子。」

「你以爲丁嫂容易抓到？」另一個說：「她要不是事先佈置妥當，她絕不會下手，楊家樓附近的百姓會掩護她逃離燕塘地區的，如今，咱們只要把這種事報告給黃楚郎，也就沒有咱們的事了！」

董四寡婦被她身邊多年的心腹丁嫂殺害的事，使燕塘地區的一撮子土共頭目起了很大的驚恐和震動，因爲在他們裏面，董四寡婦算是見多識廣的一個，她走南到北，幾乎跑遍淮河流域陷區的各處碼頭，她一手掌握著運散毒品的眾多線路，她跟鬼子，二黃各部，以及黑道上人物，或多或少的都有連繫，尤獨是她那張翻則爲雲，覆則爲雨的嘴，確是黃楚郎之輩及不上的，她這一死，整個燕塘地區至少在一個相當的時期內，根本就無法動彈了。

「趕快替我佈線抓丁嫂！」黃楚郎這樣吼叫著。

等到他們到處搜尋丁嫂時，丁嫂業已在上下沙河鎮和蒿蘆集上出現了。她逢人便說起她那一頁滄桑來，說她是帶領著四寡婦長大的，也親眼看見她跌進邪魔佈成的陷坑，平常她殺人，丁嫂只是看著難過，一時還不忍心動手毀她，臨到她暗害小傻子，她才覺得她實在不能忍受了，……四寡婦在她眼裏業已不再算個人。那夜她質問四寡婦，爲什麼要暗害小傻子？四寡婦說是他自己找死，她氣忿已極，便拾起剪刀給她一下，……。

沒有誰要她講說這些，她自己逢人就講。

「幹八路就是跳火坑，人心都會燒成黑炭，董四寡婦就是個例子。」

當然，這轟傳的消息，很快便落進三官廟的那夥人的耳朵裏，孫小敗壞心裏泛著一絲兔死狐悲的寒愁，但當著他幾個把兄弟的面，他反而顯出與己無關的淡漠，更帶些嘲弄的意味說：

「這真是笑話，四寡婦到處跟人在床上見面的，怎麼會多小傻子一個來？她下手殺害那半椿小子時，以爲她自己是什麼樣的人？是等著蓋貞節牌坊？還是自以爲她是它娘的玉女?!」

「老大，你也甭再逗趣了，」金幹說：「四寡婦這一死，大批槍械和軍火交易，目前是停了擺啦！這對咱們擴充實力，影響可不算小啊！」

「不要緊。」孫小敗壞說：「不能說世上少了她一個，咱們大夥兒就不吃飯，你們只管替我多多摟錢，有錢在手上，還怕買不著械彈？」

孫小敗壞私下也承認，四寡婦一死，對他和土共之間的勾結確有影響，但他還有看望風色以定行止的餘地，黃楚郎那夥人可就更難受了，因爲丁嫂在上下沙河那一帶，一張嘴像喇叭筒似的，把土共的那副嘴臉全給抖了出來，他們怎樣聞香？怎樣打狗？怎樣凌虐地主？怎樣挑起鬥爭？……把人們對燕塘所抱的神秘感全給掃空了，黃楚郎不得不暗地裏派人出去，想把丁嫂給做掉。

黃楚郎這著棋委實走得太急了一點，同時也把岳秀峰估量得太低了，他派出三個得力的槍手，扮成販賣西瓜的商客，用牛車載運西瓜過大溝，到下沙河去販賣，他們把三支匣槍和一百多發槍火，用油紙包裹著，藏在牛車的車肚子底下，混過游擊第二支隊的檢查崗哨，投宿在下沙河的大來客棧去。

大來客棧前面是茶館，他們歇下腳，便把匣槍藏在身上，蹓進茶館去吃茶，吃茶是假，打聽消息是真，三個傢伙揀了一張靠牆角的桌子，悄悄的坐了下來。

鄉角裏的茶館一向很熱鬧，尤獨到了夜晚，一房子煙霧，一屋子人聲，沿牆走著一排長長的爐灶，高吊的橫木上，懸著許多掛鉤，鉤上吊著一些黑糊糊的水吊子，熊熊的火燄分叉出無數紅紅的舌頭，分舐著吊底，一閃一閃，明黯不定的光暈在人臉上變幻著，顯出一種特殊的情韻。

這三個傢伙一聲不響的喝著悶茶，一面伸著耳朵去聽旁的桌面上的人談話，正當他們留神打聽，看看能否打聽說關乎丁嫂的消息時，聽到有人說：

「游擊隊的喬支隊長來了！他要突擊檢查。」

這幾個傢伙一聽，有些傻了眼了。他們都把短傢伙帶在身上，萬一游擊隊真的用槍鎖住前後門，挨個兒搜身的話，他們決計無法脫身。

「不成了！咱們設法開溜罷。」一個悄聲的說，「再不走，準會栽在這兒啦。」

「來不及了！」另一個朝外瞄了一眼說，「前門業已被把住了。」

「好在這兒人多，」第三個更沉不住氣，慌噪的說：「咱們不如趁亂拔槍，先把姓喬的放倒再說！」

說著，也不管那兩個怎樣。他單獨伸手拔了槍，誰知他剛把匣槍拔在手上，還沒來得及拉起機頭，左右兩隻胳膊便被人抄住了，他急忙轉頭示意，想讓他的兩個同夥幫忙，一轉臉再看，那兩個也被人家給架住了。

「你們從大溝北到這邊來，應該老實一點，」一個高大的黑臉漢子出在他們的面前，微微沁汗的臉上，掛著平靜的笑容：「三支匣槍想在這兒造反，還差得遠呢……你們照實說，是不是黃楚郎派你們出來謀刺丁嫂的？照實說，我就不為難你們。」

三個傢伙你望望我，我望望你，全楞著說不出話來了；他們沒想到，下沙河的游擊隊內部組織這樣嚴密，三個人連腳都沒站穩，就被人家盯牢了，如今人已落在人家手上，還有什麼話好講？當時為頭的那個就點頭承認說：

「不錯，我們確是奉命辦事來的。」

「好！」黑臉漢子說：「不過，在這兒伸黑槍打人，你們這一趟是打不成了！你們把短傢伙和子彈留在桌上，替我立刻滾回大溝北去罷，我說過，不過分爲難你們，咱們若像黃鼠狼那樣濫殺，你們再有十條命也留不住了！」

三個傢伙原以爲被游擊隊抓到，十有八九沒有命的，誰知道對方這樣寬大，爽快的收槍放人，但對方不曉得，沒有槍，回去準死無疑，他們把槍交在茶館的桌面上，齊齊的矮了半截身子，叩頭說：

「你大恩大德，成全人就成全到底，咱們交掉了槍，一回大溝北，準會被活剝皮，黃楚郎不會留下咱們性命的。」

「咱們原都是莊稼人。」另一個苦著臉說：「是被董四寡婦威迫著參軍的，你即使放咱們走，咱們情願死，再也不回大溝北去了，如今燕塘那一帶，好些人家鍋台上長草，哪還像是人世？」

「好罷，」黑臉的漢子說：「你們既不願回去，就留在下沙河好了，若是願意扛槍打鬼子，可以在二支隊補個名字。我不計較你們以前的事情，你們在這兒待常了，就有眼看得出真假來。」

那三個以頭碰地，連聲說是願意扛槍抗日，喬奇便著衛士，把他們帶出茶館，撥補到隊上去了。

在這一段晴和的日子裏，該是游擊隊最順遂的時刻，他們從退守湖邊起始，就在咬牙苦忍中度日，一直到岳秀峰和喬奇他們會合，把那些分成無數小股的地方團隊加以整編，使他們擰合了，重新接受基本的戰鬥訓練，這才增強了他們的戰力，使他們在一次實戰中，發揮了統合的戰鬥效能，趁著鬼子龜縮的冬季，冒著冰雪苦寒，一舉攻克了上下沙河和蒿蘆集三個鎮市，使這一片三角地區，重歸他們的掌握，呈現出一片發旺的氣象。

但移駐到上沙河鎮的岳秀峰連長明白，這在整個抗日過程中，只是一場地區性的局部勝利，他必須面對著更沉重，更艱苦的日子，因爲在日軍駐華派遣軍尙未徹底崩潰之前，他們會對陷區加緊鎮壓，依目前狀況而論，土共和僞軍藉毒品流通所產生的連繫被切斷，孫小敗壞立腳不穩，更會使佐佐木坐立不安，把主意集中到如何消滅游擊隊這個題目上。佐佐木是這個轄有七八縣的日本駐屯軍的首腦，他對上級的建議自有相當的分量，日軍雖因各戰場的戰況膠著，處境極爲窘困，但也並非完全無法抽調一部分兵力，作短時間的深入掃蕩，到時候，游擊隊的移轉不是問題，而眾多原已歷劫的民眾，就得遭受更大的蹂躪和摧殘了，這就是他猶豫著，遲遲不願攻佔三官廟，過分逼近縣城的緣故。

雖然緩住了軍事上直接攻撲的行動，但由潘特派員主持策劃的地下活動，卻沒有停過，不單派人混進三官廟孫部各團裏去，即使佐佐木駐紮的縣城和黃楚郎控制的燕塘地區，也都有人在暗中活動著，把各類情報蒐集了傳遞回來，實際上，游擊隊對匪僞控制地區的一切動靜，瞭如指掌，進退的主動權已逐漸移轉到游擊隊的手裏，因此，岳秀峰連長更以等待和忍耐的態度來肆應這種局面了，——時間對他絕對有利，他便可放手作最後一擊，以竟全功。

在縣城裏的佐佐木也完全明白這種不利於日軍的形勢，但他總有一種高高在上的傲氣，沒把湖邊這股急速發展的游擊隊看得過分嚴重，他認爲整個戰局雖極不利，但他總能設法請求上面抽調一部兵力，把這局部的問題先行解決掉，他已經訂妥了清剿計劃，並且把它呈報上去，只是等待上面的首肯而已。

雙方在這樣的僵持著，時序又轉到了秋天，有些變化是緩緩而來的，尤其是在日據的縣城裏，家家戶戶都瀰漫著一種充滿希望的、等待的氣氛，這種氣氛透過一切表面的冷落和蕭條，像菊蕊般的盛放著。

「鬼子如今是陷進爛泥坑，拔不出腿來了，」有人這樣說：「在太平洋上，和盟軍交手，使他們頭焦額爛，喝足了海水，內陸各戰場，他們也得不著半分進展，這樣陷下去，不久就要斷氣啦！」

「佐佐木曉得他們撐不久，再沒有早先那麼神氣啦！」也有人說：「即使在白天，他也沒再大搖大擺拖著洋刀出來過，他怕有人打他的黑槍，只好成天團縮在鬼窩裏不敢露頭。」

正因爲鬼子萎縮不出，民間傳言也就減少了顧忌，他們談著經過無數次轟炸的山城重慶，仍然屹立，他們談著委員長所說的話，顯出希望和信心來。鬼子的統治只是一場毒霧，它總會消散無蹤的。

縣城淪陷，轉眼就是第五個年頭了，五年冰寒的日子，封住了人的笑臉，所有的事件都是恐怖的，帶著血色，混亂的戰事一直沒有停歇過，雖然這些戰事沒有打到城裏來，但城裏一直是受鬼子特務迫害最烈的地方，經過五年的日子，難得有幾戶還是完完整整的，有人被捆了丟下河，有人離奇失蹤了，也有人在鬼子拘禁的地方，被割成碎片餵了洋狗。而這些非人的迫害，並不能折斷人們心裏企盼的意願，日子過得愈久，他們的希望愈增，這種希望不是經由知識，而是經由普遍的、直感的信念，——殘民逞暴的異族入侵者，終究無法在中國土地上坐得穩江山的。

在眾多傳言裏，有一些最引動人們的興致，因為有人說起中央的潘特派員和游擊隊的岳司令，已經化裝潛進了縣城了，這傳說當然極難證實，誰也沒見過這兩個機智無畏的人物，誰也不知他們會在哪兒落腳？這傳言只是根據鬼子偽軍和偽警張惶失措的表現而推斷的，首先是孫小敗壞的隊伍，在三官廟街裏街外，像發神經病似的日夜大舉搜查民戶，差點把老鼠穴都給挖翻，緊接著，時中五和毛陶兒分領大批黑狗隊，搜查了縣城的各客棧、茶樓和賭場，最後，鬼子把鐵甲車也開出來，包圍過兩幢古舊的大宅子，帶走一些附近的住民，最後放掉幾個人，那些人說是佐佐木親自審問過他們，警告他們不得掩護潘岳兩個人，就憑這一點推測，潘特派員和岳司令一定是進了城了。問題只是在於他們冒大險進城，究竟來幹什麼的呢？

如游擊隊要消滅孫小敗壞，他們可以逕行攻撲三官廟，不必進城的。

這事發生不久，縣城就宣佈戒嚴了。

鬼子的武裝水上巡邏艇，護著五艘由平底小火輪組成的船隊到了東關碼頭，在重重警衛的佈置下，開始卸貨，鬼子把一些張了油布篷的卡車開到碼頭上去接運這些貨品，這使人敏感的猜測到，這是不尋常的軍品，十有八九是經佐佐木一再申請才補運來的械彈。鬼子佔領縣城的初期，碼頭工人都熟悉，那時候鬼子常有大批械彈運到，他們以槍刺監視，拉伕搬運那許多沉重的木箱，裝到張了篷的卡車上，駛到城西松塔寺背後的軍火庫。不過，這次運送，鬼子方面顯得緊張而慎重，日軍全部出動佈崗，所有搬運工作，都由日軍自己動手，連僞警也只能在遠遠的外圍放哨而已。

這次不尋常的運補，更惹起一般人的猜測，大多認爲鬼子增加械彈軍品，明顯是用以對付蒿蘆集中央游擊隊的，也許游擊隊方面，早就得到了消息，所以才有潘特派員和岳司令進城之說，再看鬼子這種緊張的樣，愈加證實了傳言的真確性，潘特派員和岳司令十有八九是在城裏，只是鬼子和僞警抓不著他們罷了。

運補之後，縣城裏的戒嚴一直持續下去，佐佐木大佐把孫小敗壞召喚到縣城裏來開會，詢問了好些事情，因爲潘和岳潛進縣城來的消息，是首先由三官廟傳開來的。

佐佐木問及這消息確實與否，孫小敗壞報告說：

「回大佐的話，消息是確實的，他們是趁著夜晚，在叉河口過渡的，那邊由屬下的葉團派了一個班駐守，管制渡船，並且檢查來往的渡客，臨到夜晚，總把那艘渡船用鐵鍊鎖在渡口的石樁上，而鎖匙由班長保管著，非到第二天清早不開鎖。」

「嗯。」佐佐木皺著眉頭說：「既然這樣，他們怎麼會用得上這隻渡船的呢？」

「報告大佐，他們是利用當地老百姓的掩護，騙到鎖匙的，」孫小敗壞說：「叉河口有個姓周的士紳，跟駐守河口的班長很熟悉，那天夜晚，河上起大霧，天一落黑，渡船就鍊上了，到了二更天，姓周的跑來找班長，說是他的老母親患了爛喉痧子，是要命的急症，非連夜趕過去不可……班長當時不肯答應，說是上頭有規定，天黑後不得起渡，姓周的不知遞了多少錢，說是救人要緊，好歹只這一回，把班長騙答應了，但仍派了兩個槍兵上船押渡，誰知渡船剛到那邊，兩個槍兵就被對方解決掉了，對方剝了槍兵的衣裳，冒充守兵，押回一個醫生，一匹驢子和一個趕驢的，——他們一共有五人過河，渡船一靠岸，他們就攻撲哨所，葉團這個班沒料到會有這一著棋，等到發覺情勢不妙，對方業已衝進哨所，把守兵的槍給繳掉了。」

「是這樣的？你的兵也真是太沒用了！」佐佐木頗爲惱火的說：「對方既把哨所解決了，你怎麼會知道對方是誰？」

「報告大佐，當時班裏有個弟兄，人都叫他小禿子，對方衝進哨所，喝令守兵繳械時，小禿子正好拉稀蹲坑，漏網脫劫，據他跑回來報告，說是當時對方喝令繳槍時，曾叫出：不要妄動，岳秀峰司令要你們扔槍！……小禿子認得岳秀峰和化名黃臉老潘的潘特派員，他曾親眼看見過這兩個人。」

「關於這宗事情，孫司令處理得倒是很妥切，」齊申之在一邊緩頰說：「他接到報告，立即親自下鄉查案，不過，那個姓周的業已夥同擺渡的，把他們全家帶過河去避難去了。他查出潘岳兩個人是朝東南走的，就出動人槍，全面徹查三官廟一帶地方，只是晚了一步，據估計，他們是進城來了！」

「他們在這個時候進城，一定有破壞的行動，」李順時說：「無論如何，也非得把他們抓住不可！」

「嗯。」佐佐木說：「警局對城裏的街巷很熟悉，應該多下功夫。我召集你們到這兒來，就是要告訴你們，我對蒿蘆集大規模的掃蕩計劃，上面已經批准了，除了這一批械彈之外，還有若干軍品很快運到，帝國皇軍一個旅團，在本月底之前，會開到縣城來，你們必須要全力配合這一次行動，把冬季失陷的各鄉鎮，再替我奪回來。」

佐佐木把掃蕩計劃約略說了一遍，他這次計劃的規模，實在是很龐大，除了外面調來的一個旅團，日軍駐屯部隊還出動一個戰車中隊，一個戰炮隊，一個步戰大隊配合，他要孫小敗壞在掃蕩行動開始時，帶著他手下的四個團僞軍擔任前隊右翼，以打通公路，奪取上沙河爲目標，而日軍以外調的旅團爲主力，出三官廟，朝西直撲蒿蘆集，奪取蒿蘆集之後，交由孫部接防，他們繼續朝西，一直推進到湖邊爲止。

「我請調了兩架輕航機，擔任空中偵察。」佐佐木以充滿自信的口吻說：「那些毛猴子就是跑進湖裏，一樣逃不過，因爲我同時請調了一大隊武裝巡艇，總之，這一回，我非得把他們悉數消滅不可！」

聽到有這樣的計劃，孫小敗壞的眼睛亮了起來，他可沒想到，師老兵疲的鬼子，還會突然強硬起來，趁著不冷不熱的秋天，來一場這樣大規模的掃蕩，誰說鬼子氣數將盡來著？無論如何，這對他是一件大好的消息，假如鬼子真能不打折扣，把蒿蘆集上那幫人都給拔掉，使那些令他聽著就頭疼的名字不再威脅著他，至少，他便能夜夜多睡幾場安穩覺了。不是嗎？……趙岫谷、岳秀峰、黃臉老潘、喬奇、趙澤民、喬恩貴，這串名字串成的惡夢，常使他半夜從惡夢中驚醒，他常在怔忡中想著如何放倒這些人，認爲只要這些人不在世上，他當年在野鋪所幹的血案，就不會再有人去追究了。

至於鬼子的氣數，究竟延至何時爲止？他沒有想到那麼遠，橫豎騎驢瞎撞，撞到哪兒算哪兒，亂世滔滔，誰也打不了萬年長樁。他相信到什麼時候說什麼話，以他的機智，只要不吃虧賣掉性命就成了。孫小敗壞這樣計算過：無論如何，鬼子抽調大部隊來掃蕩，對他總是有利，俗說水漲船高，只要能把游擊隊的氣燄壓下去，他還是願意再回蒿蘆集，無拘無束的做他的土皇帝。

佐佐木在散會時，重新提到捕拿潘岳兩人的事，他怕時中五警局的人手單薄，叮囑孫小敗壞要撥一部分人槍來幫忙，孫小敗壞躬身答說：

「報告大佐，您的吩咐，我回去立時就辦，我手下的團長葉大個兒，心思細密，主意很多，我讓他帶部隊進城，幫著時局長合力抓人就是了！」

這話說了第二天，葉大個兒就帶著他的一個團進了城，在城隍廟駐紮下來，葉大個兒平素也是吃喝嫖賭抽大煙，門門都精，樣樣俱全的人物，這幾年窩在鄉角落裏，受了好些悶氣，上一回得空進城一趟，回去之後，做夢也夢著縣城裏的花花世界，這回意外撿到一趟公差，要他帶著隊伍暫駐縣城，幫著時中五抓人，他可真樂開了。進城跟時中五見面，時中五因爲責任落在頭上，顯出很急的樣子，他跟葉大個兒說：潘岳兩人很重要，據佐佐木大佐的推測，他們這回冒險進城，一定會策劃某種破壞活動，大佐他很爲這事不安，特別交代由警局負責抓人到案，由於警力單薄，只好吩咐由孫部調人來配合，最後他說：

「您葉大爺經驗多，腦筋又動得快，務必請多多協力，事情辦成了，一方面在鬼子面前有了交代，同時，你我兄弟，顏面上也都光彩。」

「夠啦，夠啦，我的局長大人，」葉大個兒笑說：「這些事，咱們老大差我進城時，一五一十全說過了，這事既然由警局主辦，一切主意，都由大爺您拿，我不過是跑跑龍套，敲敲邊鼓的角色，您說怎麼辦，咱們就怎麼辦好了！」

「這怎麼成呢？葉大爺。」時中五急了：「您曉得，我這個人，平素大而化之弄慣了的，辦起事來，腦瓜紋路比您差得遠，您若推諉不拿主意，我連門都摸不著，那可就慘了。」

「其實也沒什麼，」葉大個兒輕描淡寫的：「腦袋掉了，不過碗盞大的疤，何況乎即使抓不著那兩個，佐佐木也不見得就要你的命。」

「我的大爺，您甭在一邊說風涼的話了！——鬼子跟我不是三親六故，佐佐木一向是翻臉不認人的，這事要是辦不妥，我就會變成了吃了砒霜的老鼠，鑽到哪兒去也留不下命來了。」

葉大個兒心裏有他的算盤，他跟時中五也沒有三親六故，他如今只是來幫忙的，即使抓不到潘岳兩個，佐佐木也不會辦人辦到姓葉的頭上，時中五單想拿一兩句話就搬得動人？那未免太便宜了，再說，假如三天兩日就把潘岳兩人攫住，朝後沒事可幹，鬼子必不容他長留在縣城，佐佐木只要揮一揮手，他就得乖乖帶著人槍到防地去，白出這趟公差，不撿著點兒怎麼成？他若是拖延拖延，既能拿著時中五的錢，又可在縣城裏鬆一鬆，樂一樂，把這種兩全其美的主意扔掉，那才是傻蛋呢！

「葉大爺，咱弟兄倆不是外人，您有什麼難處，儘管說，但在這宗事上，您務必得幫兄弟一個忙。」

「兄弟，這還用我開口嗎？那多不好意思。」葉大個兒說：「不過，你總得要明白，我不光是一個人，若是一個人，你要我幹什麼就幹什麼，毫無牽扯，……如今，我帶著許多手底下的人，讓他們白幹成嗎？」

葉大個兒軟軟的一竹槓子，敲得時中五兩眼冒金星，什麼移防費、幫忙費、伙食費、子彈費、犒賞費，……葉大個兒要的不多，只不過一萬大洋，但對時中五來說，卻是幹警察局長以來，敲詐勒索總數的一半，葉大個兒看著時中五苦下來的臉，反而拍著他的肩膀勸說：

「時大爺，羊毛出在羊身上，又沒花到你從家裏帶出來的，你既曉得佐佐木這一回很認真，辦事要緊，我這可不是硬敲你的竹槓，這個意思，表不表示隨你的便，不過，你要是不表示，只怕我那手底下的會敷衍，誤了事，砍的是你的腦袋，跟他們有屁的相干?!」

時中五還有什麼好說？只有硬著頭皮認了。

葉大個兒拿到這筆錢，來它一個三七折賬，把三成分給底下，七成進了荷包，他要底下人幫著時中五辦事，而他自己，卻躺煙鋪逛窯子去了。當然，腦筋他確實幫時中五動過，他要時中五到處張佈告，佈告上說明潘岳兩人潛進縣城，警局奉佐佐木大佐之命嚴緝，若有誰敢窩藏要犯，一旦查出來，定殺無赦。葉大個兒認為城裏百姓都是有家有室的居多，他們怎敢拿全家性命當賭注？只要使用恐嚇的方法，就會使潘岳兩人失去掩護，那時再抓人，就好抓了。

頭道佈告張貼出去，連半點動靜都沒有。葉大個兒又動了腦筋，——出賞格捉拿，通風報訊，都有一千大洋的賞金，——當然也由時中五出錢。他認為重賞之下，必有勇夫，這樣，十有八九能查出潘岳兩人的下落來。

誰知事情出乎他的意料，根本毫無進展，僞警和僞軍不分日夜的出動，突擊檢查一切他們認爲可疑的地方，城裏城外，密佈重重崗哨，行人過路，經常遇著搜身檢查，但結果都變成傻子掄空拳，——白費勁兒。

佐佐木著人把時中五請到他的私宅裏去，說些什麼話？外人不得而知，不過，時中五辭出來，走路急匆匆的，用一隻巴掌捺在嘴巴上，屁股後頭，明明顯顯的留著一隻靴印子。

時中五去找葉大個兒，兩次都沒見著人，急得兩隻腳換著跺，恨不能把地面跺出窟窿來。

「姓葉的真它媽不夠意思，」他發怨聲說：「俗說：得人錢財，與人消災，他開出的價錢，我可沒打一文回扣，照給了的，如今我火燒屁股了，他卻連一杓子冷水都不來澆，這它媽算是那一門?!」

「您也甭急，」毛陶兒說：「葉大個兒跟我還算有一份交情在，拿主意的事，他推諉不掉的，我這就跑一趟試試，無論如何，不能讓你單獨挑這個擔子！」

「好好好！」時中五忙不迭的謝說：「毛陶兒，你不知道佐佐木那種急法，他限我一週內把潘岳兩人拿緝到案，要不然，我就要被捆進鬼子憲兵隊去了，單望你說動葉大個兒，合力拉我一把。」

毛陶兒去找葉大個兒，他曉得葉大個兒去的地方，那是在縣城東街中段一處暗巷裏，一個遍是妖嬈的銷魂秘窟，那地方是他帶領葉大個兒去的。

葉大個兒和毛陶兒兩個，一躺上煙鋪就談論起時中五來，毛陶兒說：

「說來你比我清楚，姓時的當初依附張得廣，跟孫老大作過對的，從胡三起始，這警局就控在張得廣那一系黨羽的手裏，……齊申之那個老滑頭，表面上幫著孫老大，又恐怕你們坐大後，不買他的賬，所以他暗中總在培植張得廣那一系的人，我跟姓時的幹副手真是一心的委屈，實在忍不住了，這一回，你若不插手，憑他，根本抓不到潘岳兩個人，這對我，是個大好的機會，他一垮，我就跟著上台，齊申之捺也捺不住，那時刻，孫老大軍警一把抓，可就順當得多了！」

「那當然，那當然，」葉大個兒說：「不過，齊申之在佐佐木面前，還有相當的影響力，咱們要整姓時的，也要做得不落痕跡；也就是說，表面上敷衍著，案子不結，一旦再鬧出點兒小紕漏，佐佐木動火辦人，那時候，齊申之就是想說話，也說不上了。」

「嘿嘿，這也正是我心眼裏的意思，」毛陶兒樂了說：「我這次過來，就是表面敷衍姓時的，套句俗話說：那是緩兵之計，咱們卅晚上糊元寶，——鬼糊鬼，用幾句話先把他穩住再講。」

「對了！」葉大個兒說：「你不妨回去告訴他，我在這兒也急得很，到處佈上暗線，在打聽潘岳兩個人的消息，一旦得著一絲風聲，就會跟他研究，怎樣動手拿人，不會讓他懸著心，吊著膽，獨挑這副擔子的。」

毛陶兒回去，錦上添花把話跟時中五說了，時中五抹抹胸口，吐了一口鬱氣，至少，在感覺上略為好一些，但事情卻毫無進展，甚至連一點眉目都沒有，人常形容說：瞎貓攫著死老鼠，時中五這隻瞎貓，根本連死老鼠都沒能攫得著。

佐佐木顯得特別急躁，再次傳喚時中五去追問，這一回，他發火動了馬鞭，把時中五的半邊臉抽打得顏彩分明，好像戲台上的三花臉。

時中五眼看交不了差，一急急出個主意來，他捂著臉，坐了洋車，跑去找齊申之，哭喪著臉跟齊申之訴苦說：

「申老，我被佐佐木大佐逼得上天無路，入地無門，苦頭吃足了，說來這都是孫小敗壞害的，他硬捕風捉影，說是潘岳兩人潛進了縣城，這些時，我廣佈耳目，把縣城的大街小巷，各處都查遍了，甭說是人，就是地上丟了一根針，也該捏起來啦！大佐一直逼我要人，我該怎麼辦？我沒辦法隨便捏兩個人去交差呀。」

齊申之咳咳吐吐的，聽完了話：

「說起這檔子事，原委我很清楚，小敗壞也並非存心對你，潘黃臉跟岳秀峰渡河，不是空穴來風，佐佐木大佐聽過孫的報告，相信他們確實混進縣城了！你也並不能過分自信，硬說是沒有。——憑你警局那些混混兒打聽消息，能敢說確實嗎？」

「是啊，申老，您是知道的，我時中五對這事，一點兒也沒放鬆，出了力，還得挨揍，我實在是冤枉。」

「我知道這個，」齊申之說：「假如在平時，即使中央有人進城來活動，佐佐木大佐也不會追得這麼緊，如今，他正緊鑼密鼓的佈置大進剿，……大批軍火運囤到這兒不說，他申調的那個旅團，不日就要開到，在這種節骨眼上，你想，他會讓這兒出岔事嗎？這就是他發火動氣的癥結所在，我不說，你也該想得到的。」

「也許是我無能，」時中五說：「這些日子，我日夜不歇的搜查，人也沒見著，鬼也沒見著，這樣再拖下去，腦袋還是保不住，佐佐木關門打狗，我橫豎是沒有路可走了，長痛不如短痛，我想，申老願不願幫我這個忙？能在佐佐木大佐那兒替我曲達一聲，就說經警局徹查過，潘岳兩個人已經不在縣城了。」

「這話，我倒不是不能說，」齊申之搖頭晃腦的想著說：「只是責任太大，擔子太重了，而且，不光是空口說白話，佐佐木就能信得過的，這個……」

「這……這不要緊，」時中五立即接口說：「只要大佐肯相信，我願意具結擔保，……萬一這段日子縣城出事，我願意負全責，這樣成不成呢？」

「成！」齊申之說：「你若真願具結，這事就好辦了，我明天就去大佐那兒替你把話給說到！不過，我勸你還得考慮考慮，這個關乎性命的結，可不是好具的，縣城這麼大法兒，情勢又很緊張，在這段時間，萬一有了紕漏，有個切結在佐佐木手上，那時候，誰也沒法子幫你說得上話，你怕是懊悔也來不及了！」

「我知道，」時中五說：「佐佐木逼我到這種地步，我只好冒險賭命了！」

時中五透過齊申之，在佐佐木面前具結保證，說是經警局確實調查，中央人物潘黃臉和岳秀峰已經不在縣城，假如他們最近鬧出事端，時中五願以性命擔保，絕無可能。既有這種具結，佐佐木便暫時放了時中五一馬。

這事由毛陶兒傳到葉大個兒的耳朵裏，葉大個兒樂呵呵的說：

「這可好，沒用咱們費手腳去整姓時的，這個傻鳥，卻自己伸長脖子套進了繩圈，他這種做法，明明的飲鴆止渴，暫時看起來好像緩了一口氣，日後不出事便罷，只要有屁大的事端，時中五準得命貼上，就算他走運，他也沒有三五個月好活了！」

這事傳揚開去，在縣城的一夥漢奸，都說時中五太傻，具了一個賭命結，後患無窮，當這種議論幾乎變成一致定論的同時，誰也沒料著的事發生了，——那個被眾人目為傻鳥的時中五，卻撒手放開僞警局長的職位，換了一套便裝，悄悄買了一張小火輪的長程船票，潛逃到南方去了！

齊申之不敢對鬼子隱瞞，佐佐木氣得直吹鬍子，把警局裏好些人捉去查問，有人供說：時局長走時並沒帶太多東西，只帶了一口皮箱，有人供說，局裏根本沒人曉得時中五會離職潛逃，當然更不會曉得他去了哪兒？……依佐佐木本人估計，時中五不會逃出日本人控制的地區，但要想捉住姓時的的確也很難，也許他去了南京？也許也去了上海？人是有腿的玩意，只要他腰裏有錢，說不定他又會轉到北平、青島……那些北方的城市去，地方這樣大，想找一個換了裝束的人，要比大海裏撈針還難，跑了只好讓他跑了，除掉拍桌子大罵，他也沒有旁的法子可想。

最使佐佐木心煩的，倒不是跑了一個時中五的問題，而是開了一個惡例，日後這批吃日本飯的傢伙，人人都有另一把算盤在心上，有好處，他們像一窩蛆似的，伸著頭朝前亂鑽，有難處，他們難保不跟時中五學樣，捲了行李，揣著鈔票，一走了之，他們估定日方沒法子抓到他們，那時候，便不可收拾了。

他搖電話把齊申之召喚到宅裏來，要齊申之替他收拾這個爛攤子，齊申之說：

「大佐，我也沒有料到姓時的會要這一招，不過，如今人已經走了，而且也沒有把握抓到，我看，就不必大張旗鼓的喊著抓人了，到時候人抓不著，反而不好，不如就這麼悄悄的換人了事；想整姓時的，只好暫時擱一步，日後有適當的機會再說。」

「好的。」佐佐木強作鎮定說：「那就讓毛陶兒當局長如何？或是由你保舉適當的人選，好頂時中五遺下的空缺。」

「當然，毛陶是陸翻譯的親小舅子，用他是要比較可靠一點。」齊申之說：「不過，他是公子哥兒型的人物，辦公能力有限，尤其在目前，恐怕他擔不起這副擔子，依屬下的看法，駐守蒿蘆集的蘇大嚼巴倒是很好的人選，目前，城裏的警力不足，能把蘇團調進城來，對戒嚴時的佈置，大有幫助的。」

佐佐木點點頭，但仍沉吟了一會兒，這才說：

「好，就調蘇團進城，讓蘇大嚼巴兼掌警局好了！命令由我發佈，加他個城防司令的名義，你得替我告訴他，要他好好的幹！」

本來，時中五這一潛逃，毛陶就以爲這個警察局長，篤定是他的了，誰知齊申之搶先了一著，在佐佐木面前進言，硬把局長的職位，安排給張得廣系統裏的蘇大嚼巴，爲了這件事，毛陶和葉大個兒倆個，暗地裏把齊申之恨得牙癢，因爲情勢很明顯，自從張得廣死後，他那一系實力逐漸削弱；楊志高、胡三已死，時中五和薛立成殘，算來算去，只有蘇大嚼巴那一團，槍枝人頭還算完整些，假如齊申之不暗中搗鬼，蘇大嚼巴窩在三官廟，勢孤力單，已被孫部各團擠壓得動也不能動彈，到那時，孫小敗壞只要找機會把團長一撤換，張得廣系就土崩魚爛完全瓦解了，這如今，齊中之把蘇大嚼巴弄進城，讓他接掌警察局不說，還說通佐佐木加給他城防司令銜頭，這樣一來，縣城明顯的劃爲姓齊的勢力範圍，孫部根本難以插腳了。

蘇大嚼巴一進縣城，佐佐木親自接見他，並且先升他一級，使他肩上也掛上了金星，但佐佐木並沒立即下令，讓葉大個兒離城，卻把葉團的指揮權，暫時撥交到蘇大嚼巴的手上。這一來，葉大個子氣得三葷六素，差點把肺葉都吐出來，但這是鬼子頭兒佐佐木下的命令，他不敢違拗，只好捏著鼻子忍受著，暗中差人去三官廟，把情形告訴孫小敗壞。

蘇大嚼巴上台之後，更把縣城弄成恐怖的地獄，到處濫捕人，捕著之後略加審問，便下在監裏，有些託人備款來說人情，也許能留下一條命，假如沒人關說，十有八九，不是捆捆丟下河，就是拖去槍斃了事，河口的碼頭上，不斷有小火輪靠泊，替佐佐木運來進剿所需的物資，佐佐木要集中兵力進剿蒿蘆集，雖沒對外透露，但由於鬼子所採的各種措施，使人敏感的覺察出這項進擊的時機，已迫在眉睫了。

果然，在不到兩週的時間裏，外調的那個旅團，不知從哪兒開到縣城裏來了，旅團在番號上，確實是個旅團，不過，連一般居民都明顯的看得出來，這一支破爛兮兮的部隊，一定是臨時從哪個戰場上抽調回來的，運輸隊的軍馬沒有幾匹，只有一些馬瘦毛長的馱騾，而這些騾子，並非日軍飼養的軍用騾子，絕大部分都是從民間強拉來湊合的牲口，騾群裏還夾有瘦小的毛驢；戰鬥單位缺員缺得很厲害，有的步兵連隊，全連只有五六十個人，最多也不過七八十之譜，而且，其中鬼子老兵沒有一半，多數是打朝鮮征來的補充兵，士氣消沉，樣子也顯得非常狼狽，好像三天沒吃過飽飯。至於武器配備，比起鬼子初初入侵時的正規部隊要差得多，所謂重裝備，只列了幾門小山炮在關王廟前的空場子上，用上了補釘的炮衣蓋住，顯得非常的寒傖。

當地百姓們習慣把駐紮縣城的鬼子叫做「家鬼」，把外面調來的鬼子叫做「野鬼」，他們原來猜測佐佐木既然久久籌謀對付蒿蘆集，這回申調鬼子的大部隊下來，一定是有一番氣燄，但這窩野鬼下來，根本就是破爛兮兮的窮神，說是調回來整補養息，那還差不多，若說是來進剿蒿蘆集，那就有些離譜了。

佐佐木也來看過這支部隊，也跟旅團司令官舉行過一次會議，在會議桌上，他對這支部隊的戰力，表示出他率直的懷疑，旅團長表示，他們是剛從湖南地區調回來，待命整補的，誰知南京方面卻臨時指定他們北調徐州，剛到徐州，上面又要他們調下來。

「我們的武器和兵員，都有一年沒有補充了！」他說：「而在這一年裏面，部隊從沒離火線，無論閣下滿意與否，這隊伍本身就是這個樣子了！」

「當然！當然，」佐佐木說：「前線艱苦情形，本人非常明白，部隊實際戰力雖打了折扣，不過，這次進剿任務，對象只是一窩鄉下的毛猴子，根本沒有抗拒皇軍大部隊的能力，關於貴部執行這次任務所需用的子彈，我早已分批申運囤積，只要能按照原定計劃，把對方壓退到湖邊去就行了！另外還有水上艇隊和空軍機群的配合，我想，還不致有太大的困難的。」

「關於這點，本人願盡力去辦。」旅團長說：「但，時間的安排上，越快越好，最好不要超過三個星期，也許就在這段時間裏，前方一吃緊，上面又會臨時改變主意，把我們中途調走，那就前功盡棄了！」

「不會有耽擱的，」佐佐木保證說：「進擊的行動，立刻就可以開始，本部駐軍，由本人親自率領配合，假如進行得順利，有十天的時間就足夠了。」

日軍完成出發準備的當天，縣城裏出了一宗大事，——城西的那座軍火庫起了爆炸，爆炸聲傳遍了十多里地面，城西一帶，商戶的玻璃櫥窗都被震碎了。爆炸一陣起一陣落的連綿了幾近一個時辰，然後，土山背後捲起了黑色的硝雲。由於日軍封鎖現場的關係，沒有人確知那座軍火庫被破壞的情形，但消息總難密掩得住，有些僞軍僞警被派去救火，回來形容說：這回爆炸，一共炸毀了六座倉庫，其中有一座裝的是炮彈。

本來，日軍的倉庫在安全措施和安全顧慮上，都很完善，每座倉庫相隔幾百碼，庫房四周都有土堤保護，其中即使有一座倉庫發生意外，也很難波及到其他的庫房，但這一回，炮彈庫先發生爆炸，很快波及到其他的庫房，使佐佐木費盡心機囤積的軍火，一傢伙就毀掉了三分之二以上。

城裏的百姓們，很敏感的意識到這事是誰策劃的，要不然，鬼子的軍火庫，絕不會在這種時刻發生爆炸。佐佐木大佐不是傻子，當能也猜得到，但他啞子吃黃連，有苦說不出，——說出潘黃臉和岳秀峰又有什麼用呢？大張旗鼓的抓人抓了半個來月，連一點影子全沒見著，不光是僞軍僞警都是些廢料，連日軍憲兵隊也都是一群飯桶。

「這些破壞份子，有一天落在我的手裏，我要把他們一個個全送進電磨，磨碎了餵狼狗。」他咬著牙發狠說：「他們若是以爲爆炸掉軍火庫，就可以阻滯皇軍進剿的行動，那就錯到底了！」

他打電話連絡旅團長。他仍決定按照原訂的計劃日程，開始行動。鬼子進剿部隊從縣城出發，已經不再是一項秘密了。佐佐木存心公開這次行動，主要是想在縣城民眾和游擊隊的地下情報份子面前，亮亮他的威風，誰說鬼子處境困窘來著？你們這些支那人可以看看，我佐佐木仍然可以請得外調的大部隊來向在鄉角落活動的一撮游擊隊開刀，雖然軍火庫出了點兒意外，那不算什麼，就用餘下來的子彈，已經夠了。

由於他事先有指示，新上任的兼警察局長蘇大嚼巴便竭力奉承，每家每戶送通知，規定他們在皇軍列隊出城時，要舉行盛大的歡送，張紅披、搖彩旗、擺香案、放鞭炮，還要全家老少，站在門外列隊歡送，日軍把清剿行動，說成是「清除破壞份子，保障地方安寧」，除了要準備這一次歡送，蘇大嚼巴更逼令街上居民，預先準備更盛大的歡迎皇軍在完成清剿任務後的凱旋，他認爲這是必然的，岳秀峰再會打仗，他領的那些游擊隊，也絕不是日軍一個旅團的對手，也許最多半個來月，佐佐木就會奏凱回城了。

日軍終於在一個晴朗的早上出發了，那個外調的旅團先動，浩浩蕩蕩的列隊經過沿河的大街，隊前舉著血紅的白地太陽旗，鳴著鼓號，然後是一連尙稱整齊但略顯老邁的東洋馬隊，幾門鐵輪小山炮組成的炮隊，由於拉炮的牲口太瘦弱，他們不得不差出一些鬼子兵來，在每門炮的兩邊，翹起屁股幫著推炮，炮衣上的補釘和那堆炮兵士屁股上的補釘無獨有偶，前後輝映，使佐佐木一心亮威的想法滲進一些略帶寒酸的趣劇，這卻是他沒曾設想到的。

跟在炮隊後面的，是留小鬍子的旅團司令官，他騎在一匹餵養得異常驃壯的東洋馬背上，長長的刀一直拖到馬腹下面，挺著胸，昂著頭，仍然是一副征服者的派頭，不過，即使脖子有些瘦，他也得繼續把頭昂下去，因爲他假如不把眼光望到高地方去，他就得接觸炮衣上和他的兵士屁股上那些補釘，——他已經望過了兩眼，那使他自覺有損尊嚴，極不是滋味。

其實，前面這幾塊補釘，不過是一種具體而微的象徵，幸好他腦後沒長眼，看不見跟在他馬後的那些部隊，那些部隊顯得更爲老疲寒傖，穿著有補釘的軍裝的，業已算是衣能蔽體的了，還有些兩肘露空，褲襠裂縫的，更有些皮鞋開了鮎魚嘴，一步一呱嗒的，有的根本丟掉上衣，只穿一件布製的圓領汗衫的，但那都是伙伕雜兵居多，這情形，旅團長心裏明白，所以，他在既無法瞻前，又不願顧後的情形下，他只有舉眼向天，威他一個人的武了。

「這哪像會打勝仗的樣子？」有人在鞭炮聲裏說。

「這些野鬼，在外地連吃敗仗，就該收斂點兒，在這兒有什麼威風可擺呢？」

「全是佐佐木拿的主意，我敢說。」另一個說：「比較起來，佐佐木領的家鬼，在縣城裏養尊處優過了好幾年，他們的情形，比野鬼好多了，……這樣一比，咱們就明白鬼子的情況很糟了。」

先頭的這個旅團過完之後，騎白馬的佐佐木大佐出現了，這說明在進剿行動中，佐佐木親自出馬，帶著他的駐屯部隊，配合那個旅團作戰。……家鬼不多，但已傾巢而出，一個輕裝甲連隊，一個迫炮連隊，一個步兵連隊，一個輜重隊，除掉鬼子憲兵留守外，佐佐木已經把他手上所有的籌碼全推上賭檯。

日軍出動的同時，駐紮三官廟的孫部僞軍，早已奉命集結，按原定的計劃，出三官廟後，外調旅團居右，朝西直撲蒿蘆集，佐佐木居中，撲向西北角的下沙河。孫部算是左翼，借日軍伸展之勢，攻打上沙河。佐佐木預料孫部戰力薄弱，只有在側背沒有威脅的情況下，才能完成單純的佔領任務，他估計岳秀峰面臨日軍進擊，一定不會分三路抵抗，而是把兵力全部西移，集中抵抗旅團的進擊，這樣一來，戰火就全集中在蒿蘆集方向，上下沙河兩地即使有戰事，也很輕微。

計劃是他定的，使得讓那個外調旅團去打，好在那個旅團是要整補的，多耗掉一點沒有關係，旅團是戰鬥部隊，兵員補充，第一優先，而他帶的駐屯軍是留守部隊，損失了人員武器，在目前情況下，根本沒有得到上級允准補充的可能，因此，他多少自私一點也自覺情有可原了。

鬼子和僞軍混合的進軍部隊，在三官廟前的渡口過河，分三路展開了。對於眼前這一片荒涼的原野，佐佐木並不陌生，但他領著隊伍朝西北跑下去，突然，他心裏有了一股可怕的、陌生的感覺。天是那樣遼闊高邈，地面上的林木稀落，野氣的荒涼透人胸骨，舉眼望出去，十多里的地面，只見墳塚，不見炊煙。數算起來，日本帝國全面入侵，到如今業已是第六個年頭了，論動員，不能說不廣，論戰鬥，不能說不盡力，當初上峰預計以三個月的時間，就可以征服支那本土，早已變成可笑的夢話，拿這塊荒涼的鄉野地來說罷，日軍一再的踐踏、掃蕩，如今連人煙、雞犬都很難見得著了，按理說，應該是完全征服了，但它仍然是屬於支那人的土地，盤馬朝前，感覺上就跟在日本本土完全不同，彷彿在這片秋風葉落的野地上，仍瀰漫著一股無形的反抗氣氛，哪怕是一草一木，都像是懷有深沉的敵意，使人看了心生凜懼。

究竟要怎樣才能使那支那臣服呢？他怎樣苦苦思索，也得不出答案來，隊伍默默的朝前走著，對於天皇的盲目信仰，使他們腳步朝前，走過空間，走過歲月和風雨，自己也跟他們一樣，把生命整個投擲到這片荒涼裏去，這樣，征服兩個字，就顯得特別空洞，又使人困惑難解了，空間固然是支那人的空間，連時間也彷彿變成了支那人的時間了，究竟是誰來征服誰呢？

六年以來，在華北戰場、華中戰場、在狂風飛捲的塞外、在瘴霧瀰漫的西南，無數無數的大和武士，用坦克的鐵輪，輾壓支那的土地，用燒夷彈燃燒支那的城鎮和鄉野，用開了鋒刃的刺刀吞飲支那人的血肉，更以成千成萬噸的硝石和鋼鐵，顯示昭和政體征服的慾望，但在戰爭進行的同時，那些慘綠年華的大和武士們，也一批一批的曝屍戰場，有的埋骨斯土，變成了支那土地的一部分，有的被烈火焚騰後，只撿得幾塊骨灰，塞在每人隨身攜帶的，刻有他們軍籍號碼的小鐵盒裏，寄回扶桑三島去。……那些生靈的死，一如雲散煙消，如今，連一些痕跡都未曾留下，而活著的，仍然不斷把生命投入荒涼，土地可能被征服嗎？這疑問，像毒蛇一般的盤結在他的心裏，推不開，驅不散。

但隊伍仍然在進行著。有一些行動，活著，就得進行下去，似乎無需追究它的意義，儘管無可奈何，也得盲目進行下去，其中表現得最顯著而又最難理解的，就是戰爭。當初，那種炫耀式的黷武的心情，不單是佐佐木大佐，每個人都曾有過，當號角吹響時，當伐鼓鼕鼕時，人心都會自感熱血騰湧，猶如春日裏櫻花之怒綻，而那只是一時的魔蠱，這心情，早就隨著歲月輪移，變灰變黯了。

在佐佐木的眼中，這不是一片幾乎被征服的土地，卻是大和武士埋骨的地方，他這樣的極目朝遠方凝望著，帶著寒意的西風，一陣陣的吹在他的臉上，他板著臉，凝結上一層冰霜。

這次進襲，在開始的第一天，可以說是非常的順利，左翼孫小敗壞的隊伍，推進到蘆草河一線宿營，距上沙河只有十多里路，右翼的旅團推進到青石井，曹家大窪一線，用無線電連絡，說是沒有發現敵蹤；佐佐木大佐的隊伍到了黃桷樹，一路上，也沒見到游擊隊的影子，一個炮兵軍曹，捉著一隻灰黃色的兔子。

二天的天氣很晴朗，佐佐木申請支援的飛機出現了，不過，只是一架偵察用的輕航機。上下沙河和蒿蘆集一帶，敷衍了事的打了個盤旋，很快就飛進雲裏去了。

當天下午，左翼的旅團就進入了蒿蘆集，完全沒遇著抵抗，那些在整個冬季活躍異常，並且把孫小敗壞整得頭焦額爛的游擊隊，也不知聞風得訊，隱遁到哪兒去了？佐佐木的隊伍開入下沙河，根本就是一座死鎮，不但沒見游擊隊，連居民也都逃空了。當晚，孫小敗壞派人來報說是他的部隊也已順利收復了上沙河。

佐佐木覺得這種情形有些失常，失常到使人乏味的程度，他原以爲游擊隊多少會有一番抵抗的，如今一彈未發，計劃的第一階段已經達成了。他和旅團長連絡，他們唯一能做的事，就是把部隊沿著上沙河、黑溝子、蒿蘆集這一線，作正面展開，一路朝西，向湖邊壓迫過去，他相信游擊隊想利用湖邊複雜的地形，一定在西邊集結，非得逼到湖邊，才能抓住對方的主力，覓得殲滅他們的機會。

旅團長心急，希望早點完成這次行動，好北調整補，當時就同意了佐佐木的意見。

兩支日軍聯合，在另一天，展開部隊，朝西壓逼過去，蒿蘆集以西，遍地都是生煙的野林子，和大片大片的蘆草，連路影子全被蘆草遮蓋住了，日軍朝西走，行動自然就減慢下來，他們步兵，還可以利用刺刀和長刀，芟削那些蘆草，踩荒穿越那些野林子，他們的輜重車輛，尤獨是幾十輛改燒木炭的軍車，就行不得也了。

炮隊的情形更糟，鐵輪子常被鬆浮的軟土咬住，非要拚死力的猛推不可，而在佐佐木的作戰地圖上，蒿蘆集以西，連一個叫得出名字的集鎮全沒有，在這段追逼游擊隊的日子裏，他們無論遇著任何惡劣的天候，都得露天宿營，儘管他們出發時所帶的給養，短期不虞匱乏，但他們每人攜帶的飲水極爲有限，這種情況，逼使他們非速戰速決不可。

日軍朝西推進的第三天，行進到一處蒿蘆茂密的野蕩邊，支援的偵察機以電訊通告佐佐木，說是在日軍正面的一些參差土阜上，有游擊隊結集，依判斷，他們構成一種縱深幾華里的防禦陣地，而且這些陣地，早已構築完成，依空測判斷，陣地深入地層，異常堅固，足可抵禦一般小型山炮和迫炮的轟擊……。

得到這個情報之後，佐佐木反而興奮起來，在他會見旅團長時，神態顯得非常得意。

「這情況，表明本人判斷正確無誤。」他說：「本人深知湖邊地形複雜，支那毛猴子們據爲老巢，他們曉得皇軍要大舉進擊，便放棄了上下沙河和蒿蘆集，退回老巢來，打算固守，因爲駐屯的皇軍從沒像這樣深入過。但，這一回，他們完全估計錯誤了。」

「很好。」旅團長穩穩的點頭說：「這正是皇軍一舉殲敵的好機會，我軍可以調集炮隊，集中火力，對正面那些重疊的土阜，施以密集的，飽和性的地毯式轟擊，然後發動裝甲車隊，加以衝壓突破，再用步兵跟進，佔領敵方陣地，逐步清掃戰場，總之，這一戰，即使沒能徹底殲滅游擊隊的全部主力，也能把他們都趕下湖去，再由水上艇隊去擴大戰果。」

土阜區的攻防戰，在黃昏時分，當鬼子逼進到防禦區域六七華里的地方時，正式展開了。日軍集中了幾門小山炮和全部重迫炮，不歇的轟擊正面的土阜，從正午轟擊到黃昏，落彈點遍及每一座阜頂，這種單面的轟擊，使佐佐木產生一種殘忍的、報復性的快惑，彷彿這種盲目的、麻木的、機械的舉措，是一團魔性的火燄、慘綠、陰森、沒有熱力，但它總是一團活動的火，塡補了他在迷茫凝思時，內心呈現出的空白。

他希望這種炮擊，更加延長下去，這是一種殺戮，而不是雙面的戰爭，因爲游擊隊根本沒有遠射程的重武器，當然也就沒有反擊的餘地了。

硝煙一陣陣的在土阜的上空捲騰著。土阜背後，那一輪血紅的落日，以及鱗狀的霞雲，被煙霧阻隔，全顯得黯淡無光。趁著這種黃昏慘淡的時辰，佐佐木把他手裏的法寶，——幾輛半履帶的輕裝甲車放了出來，以步兵連隊配合，向土阜正面直衝過去。

當他發動這樣決定性攻擊的時刻，突然的，一種極糟的情況，使他指揮的攻擊變了方向，——向後轉，正面對向他衝了回來，佐佐木舉起瞭望鏡再一看，土阜前面的野林子，蒿蘆和野草全部著了火，入晚的西風轉轉急，使那把火轉瞬燎原，而且朝東急捲過來。

「撤退！」他扭頭喊著下令說：「立即撤退！」

事實上，不管是那個外調的旅團，或是他自率的部隊，也都看到大片的野火捲地奔騰，直撲己方陣地而來，風吹的野火，速度猶若怒奔的馬群，他們顧命要緊，哪還顧得了什麼命令，一片混亂的掉轉炮口，拐過車頭，朝野草稀落處逃竄過去。

這把野火，不用說，是游擊隊預定的滯敵行動之一，這也是岳秀峰對付日軍大進擊時所使用的戰法，當初他進入黃埔軍校時，就已經宣誓以身許國，這一回，他預感到日軍自侵華以來，戰況膠著，愈陷愈深，早已處於困境，他們國內的軍用資源已竭，乃盡其所能的窮征暴歛，搜刮東南亞佔領地區的資源財富，以圖苟延殘喘於一時，佐佐木處心積慮要消滅地方游擊武力，由來已久，他一旦傾全力發動，淮河兩岸的百姓必會大遭殺戮，故此，他和趙岫老、潘特派員等人聚議，使日軍預定掃蕩地區的百姓，全部星夜東移，使那片荒野，變成百里無人的空地，只留下一支自願的勇士組成的敢死隊，約有六七百人槍，他們的任務，就是誘敵深入，然後儘量利用湖邊複雜地形，把日軍的主力拖住、陷住，而以移屯在上沙河以東的游擊主力，利用這個機會，迅速解決掉實力薄弱的孫小敗壞僞部，威脅縣城，無論佐佐木的意圖和決心如何，縣城是他駐節之地，也是他經營多年的老巢穴，他若使縣城棄守，上面的壓力非逼使他切腹不可，這樣一來，他必會草草退兵，使他這次掃蕩行動毫無結果。

他計算過，用六七百個敢死隊員的生命，保護萬千黎庶的安全，是義不容辭的責任。在最先的決定中，這支敢死隊原是由他親自率領的，但趙岫谷老先生和潘特派員堅持不可，他們認爲岳秀峰連長如今身爲游擊主將，雖然這一次是大敵當前，但鬼子氣數未盡，大家的任務未了，萬不能遽失主將，而他的屬下喬奇支隊長認爲：他跟隨岳連長多年，學習戰技，蒙受教誨，這一回，他應該率領敢死隊和日軍優勢兵力決一死戰，於私，以報長官，於公，以報黨國，他說：

「對日軍作戰也好，撲滅孫小敗壞也好，總而言之，一上戰場，都是生死決於俄頃的事情，我率敢死隊拖住佐佐木那個旅團，您在東面痛擊孫小敗壞，其實，任務一樣，所擔的擔子，所受的危險，也都是一樣的。」

岳秀峰拗不過眾人的堅持，這副以必死決心，力抗鬼子主力的擔子，便由喬奇獨力擔負起來。

喬奇自有一套他獨創的戰法，他利用連綿數里的土阜，構成的縱深陣地，根本就是疑陣，日軍輕航機偵察到的，正在構工的游擊隊並非真人，只是一束麥草，上面加了一頂斗篷而已。這樣，造成佐佐木大佐和日軍旅團長在感覺上的混淆，以爲業已捕捉到游擊隊的全部主力，發炮猛轟，幾個鐘點的轟擊，使日軍所攜的炮彈，幾乎耗去了七成以上。這時刻，躲在野林裏的游擊隊，便開始縱火，使用火攻了。

喬奇早就依據天時、地勢，詳密估算過，秋季西風大起，曠野上沒遮沒攔，風勢勁猛，一旦燒起火來，一如強弓催箭一般，蒿蘆集以西的地區，幾乎全是林木，野草和蘆葦，天氣久旱不雨，天乾物燥，火起後，根本無法灌救，因此，這把火抵得上十萬雄兵，足可阻滯鬼子西向進撲的行動不說，至少，在鬼子後竄的同時，可以使他們的大部分火炮、給養來不及運走，全部付之一炬。

喬奇的估計，事實上極爲精確，由於火勢蔓延極爲迅速，鬼子在向後逃竄時，大部分車輛、火炮、給養丟掉不說，有的連背包都扔掉不要啦！

佐佐木這一退，足足退上去六七里地，直到遇上一塊不毛的沙地和兩道沙溝，才算勉強停住腳步，佈置崗哨，暫時宿營。

也因此，使佐佐木臉現怨毒之色，咒罵說：

「這些膽大包天的毛猴子，太狡猾了！皇軍大部隊出動，他們還敢正面硬抗?!我看，他們這把火，把草木燒完之後，他們還有什麼方法抗拒皇軍的掃蕩？」

「本人同意大佐的看法，」旅團長用洋刀頓地說：「以本人所率的全旅團的兵力，對付這些地方武力，假如仍獲不著應得的戰果，回去面對上級，根本無法，也無顏交代！」

火攻雖然也使日軍遭受損失，攻盤暫時頓挫，但到第二天凌晨，他們便重新結集，完成攻擊編組，以幾輛輕裝甲車前導，通過遍地黑色灰跡的火燒地帶，向土阜地區攻擊前進。

出乎佐佐木意料的是，當輕型戰車衝上土阜時，發現那些土阜上根本沒有游擊隊的影子，報告傳到佐佐木的耳朵裏，他親自登阜察看，果然那些上坡都是空的。這樣一來，昨天傍晚所發的那些炮彈，豈不是全都射空了麼？

「八力！八力！」他用粗穢的言語罵著。

佐佐木一向以中國通自許，他常常看平劇，更看過孔明以草船借箭這場戲，對方如今用草人騙炮彈，光景完全相同，這樣，自己不是變成笨驢似的曹操了麼？

他轉念再想，游擊隊可能自知不敵，才故佈疑陣，希望藉此阻滯皇軍的行動，好讓他們有登船入湖的時間，假如自己配合旅團，快速追擊，也許不等他們逃至湖邊就可以追得到，把他們盡殲於淺灘沙渚間，是最容易的事了，因此，他立即連絡旅團，快速追擊。

日軍因爲這些土皐未曾設防，所以便大膽急進了。

誰知剛翻過第二道土皐不久，對面的輕機槍便像暴雨般的密集掃射過來，日軍根本沒想到這種虛虛實實，極盡變化的防禦方式，——游擊隊顯然故意讓出第一重土皐，使日軍錯以爲土皐地區根本無人防守，他們便挺著腰走大路，而這一陣攻其無備的突然潑火掃射，至少使他們損失了好幾十人。

佐佐木發現情況之後，立刻指揮他所率領的隊伍，進攻土皐的右面，這當口，假如他手上還握有充足的炮彈，發炮制壓對方的火力，正是最適當的機會，如今，有了這個機會，但他業已沒有炮彈了。

沒有炮火支援的日軍，只有依靠幾輛輕裝甲車的衝力，但游擊隊所據守的這一道土皐，全是筆陡的懸崖，裝甲車根本爬不上去。戰車既然派不上大用場，他們所有的，也只有輕重機槍了。當然，在火力上，日軍還佔有相當的優勢，而他們的部隊多，上皐空間不夠，攻擊的部隊無法順利開展，全都麇聚在皐頂，或是暴露在游擊隊的槍火交織成的火網裏，因此，在雙方火熱交戰時，日軍的傷亡數字，便隨著一分一秒的時刻，急驟的增加了。

在旅團的那方面，情形也和這些差不多，他們曾經結集步兵，分三波，作過正面突破式的進攻，在旅團長認爲，這些支那地方軍，都該是一群烏合之眾，根本沒接受過正式的軍事訓練，利用密集式的正面攻擊，可以使對方產生一種心理上的恐懼的搖撼，也許只要一兩次攻撲，就可以把土阜奪取過來。

但事實不然，對方好像是橫了心，無論日軍的攻勢有多猛烈，他們仍然死守不退，三次攻撲的結果，徒使陣前挺了若干具大和武士的屍身。

這樣支持到傍午，游擊隊的陣地上的槍聲沉寂了，日軍終於攻陷了這幾座阻擋他們進路的土阜，等到佐佐木親自上去清理戰場時，才發現據守這幾座土阜的，只不過廿多個支那人和八挺輕機關槍，他們一直守到全部陣亡爲止，有的屍身上面，留下多處槍傷，可以想見他們裹創再戰的情形，一定異常壯烈。這種驚人的、血肉橫飛的血戰，使佐佐木在怨恨中不得不暗暗敬佩起岳秀峰連長來，……他從沒見過岳秀峰，但這個人的形象，在他心裏站立著，他想不透，一個支那正規軍的低級軍官，從哪兒學來的，超人的能耐？不但在他統軍時，創出輝煌無比、壯烈驚天的戰績，而且能利用極短暫的時間，把游擊隊裏這些土牛木馬莊稼漢子，訓練成勇敢無畏的死士，這裏面，實在含蘊著他難以理解的，支那民族的神奇。

甭看這幾座小小的土阜，日軍攻擊它們，整整耗去了一天的時間，經概略統計，日軍的傷亡總數已有一百多人，應該是對方的五倍，……從侵華以來，日軍憑藉優勢火力，在戰場上傷亡的比例，從來很少有這樣的情形，佐佐木在土阜上會見旅團長時，倆人的臉色都很凝重。

土阜朝前伸延過去，到這時，日軍已是騎在老虎背上，非要接續著熬火不成了！

佐佐木大佐和旅團長都有同樣的想法：皇軍下鄉，原就是來掃蕩來的，不能因爲游擊隊的頑強抵抗，就開始撤退回城，哪怕情況再艱難，也得撐持下去，即使不能盡殲游擊隊，至少也得把他們逼下湖去。

於是，日軍整頓態勢，繼續攻擊，再朝西，每一個土阜，都有游擊隊死守著，寧死也不退一步。日軍攻克任何一座土阜，都得用血肉做代價，毫無半點便宜可討。游擊隊面對人數和火力佔絕對優勢的日軍，打得鎭定而從容，在佐佐木攻擊第三道防線時，他的兩輛半履帶輕裝甲車開進對方預設的陷坑，被土製地雷炸得粉碎，而且，當日軍佔據土阜，趁黃昏鞏固陣地之後，對方一直不停的使用真的逆襲，假的擾射，小規模的摸哨等各種戰法，使露宿的日軍疑神疑鬼，草木皆兵，整夜難以交睫。

這樣熬到第四天，土阜區的爭奪戰還在持續著，但日軍的主力旅團的一部，業已改道西進，抵達了湖旁。單就這一地區的作戰形勢而論，游擊隊據點已被圍困，毫無脫走之望了，但他們堅守在陣地上，根本就沒有脫走的打算。

喬奇和他的弟兄們都知道這些，他們哪怕是多熬一個時辰，也是好的，這樣把日軍主力吸在這片荒野上，東面的游擊主力才能有充分的機會，一舉擊潰孫小敗壞的僞軍。

岳秀峰連長經常提及過這一點，說鬼子並不十分可怕，因爲他是異族，人人都恨著東洋入侵者，而陰毒的土共的破壞是無形的，他們一樣是中國人，黃面孔，他們走私販毒，笑著臉打謊，人們很容易受騙上當，不知不覺的陷入他們事先佈妥的圈套，汪僞的南京政府，雖以「和平、反共、救國」爲號召，實際上，土匪紛紛朝裏滲透，消滅這些僞軍，就等於剪掉鬼子和土匪的翅膀，尤獨是孫小敗壞這一股子人，份子複雜，又毫無紀律，民間受他的荼毒極深，這一次，非消滅掉他們不可。

爲貫徹既定的計劃，喬奇咬緊牙齦，使戰鬥的時間延長下去。晝間的激戰，使死守土阜區的每一組之間的連絡都被日軍切斷了，陣地裏面的弟兄，全已傷亡過半，喬奇的一隻胳膊也已帶了槍傷，但趁著黑夜初臨，槍聲暫歇的那一剎，他仍然不介意的笑著，爲游擊隊裏跟隨著他的弟兄們，講說他們當年作戰的故事。

在弟兄們的屍身和血泊之間，夜是長的。夜，在他的感覺裏更長，他出生在北方的鄉野上，自幼就不知太平歲月的滋味，天荒地野，鄉角的人，彷彿被人遺棄在那裏，該生的就生，該死的就死，沒人管，也沒人問，天外的世界和人群，和他們彷彿隔著一層什麼，彼此無關。那時候的黑夜就很長，很長，怪鳥在夜裏拍動翅膀，狼在遠處榛莽中嗥叫，小燈如豆，沉黯得幾乎難辨人的眼眉，人們在燈下噴著嗆人的葉子煙，說著前朝前代的饑荒，災變，亂離和兵燹的故事，那時候，黑夜彷彿是一條河，長長的，墨色的河，一直通到幾百年前去，終人的一生，也休想走出那種魔境。

後來那條河莽莽的流過來，傳說裏的饑荒、災變、亂離和兵燹都跟著流過來，流經他荒野上的家鄉和他們原已貧困的日子，今天是兵，明天是馬，土匪盜賊多如牛毛，他那時沒出過門，不知天外的情形怎樣？整個中國又怎樣？但他知道，他站立的土地，是中國的一部分，黑夜長得令人窒息，令人無法容忍，他當兵吃糧，是逼出來的，他想經此找一條出路，看一看真正的溫暖的陽光。

黑夜雖然很長，但他們結成了隊伍，打上了保鄉衛國的槍桿，他們彼此信誓，互相慰藉，他們已不再寒冷，不再孤單了。這些年來，輾轉在南方北地的戰場上，什麼樣的痛苦，什麼樣的艱難，他幾乎都經歷過，這不算什麼，他早就認定，他生下地就是吃苦來的，賣命來的，也許多有一些吃苦賣命的人，會使百姓活得安穩一點，哪怕只要比眼前好上一點點，那也值價了。

其實，這都是他心裏的意念，這種意念，在他心底醱酵時，他懂得很透澈，但他語言笨拙，越是努力想把它說明白，越是說不明白。

人，總是要死的，有些人，一生只死一回，像岳連長和他，業已死過好幾回了，死能死得其所，根本就沒有什麼可怕的。

記得當年有位弟兄鬧牙疼，疼得他捂著半邊發腫的臉在地上打滾翻身，一次在戰場上，這位弟兄被炮彈炸開胸脯，血流滿地，奄奄一息，真的要死了，旁人都覺得他的遭遇很慘，有人問他覺得怎麼樣？他露出牙齒笑一笑，留下他最後一句言語，說是：也不怎樣，至少要比牙疼好受得多。

「咱們的時辰不多！」他說完這個笑話之後，說起正事來：「咱們據守的這些土阜，如今已全部被鬼子團團困住了！岳司令交代過，咱們要儘量拖延時間。把鬼子吸住，咱們光是守著耗，不是好辦法，以咱們的人手和槍彈，最多能耗個兩天，就該耗完了！假如咱們用突擊，夜襲的方法擾亂對方，也許能阻延他們集結，混亂他們的陣形，使他們一時無法整頓妥當，大舉攻撲，這樣咱們就能多拖延一些時辰，死是一樣的死法，這樣就值價了！」

「您放心，支隊長。」一個漢子說：「咱們這是保鄉保土，鬼子打來了，該當硬抗，您是外方人，您原可回到後方去的，如今，岳司令和您願跟咱們同死，咱們還有什麼好說的？……人是一個，命是一條，聽您的！您要咱們怎樣幹，咱們就怎樣幹，總而言之一句話，——咱們跟鬼子豁上了！」

這種視死如歸的決心，立即就變成了行動，這些不要命的行動，使得佐佐木和那個小鬍子旅團長大傷腦筋。因為這些天來，鬼子深入不毛，連番攻擊，精神和體力消耗極多，一到夜晚，即使露宿，也非得呼呼入睡不可，只留下少數的哨兵站崗，擔任警戒，這時刻，黑夜裏掩上來的游擊隊幽靈似的，無聲無息把哨兵給放倒了，他們有時切割鬼子的人頭，有時破壞軍械，有時把鬼子貯存的彈藥引爆掉，鬼子能及時發現，開槍擊中對方，也不過三五個人而已。

喬奇支隊長所領的一批精銳，專門趁夜深入敵陣，逆襲鬼子的司令部，他用集束手榴彈，炸毀了佐佐木僅有的三輛輕裝甲車，最後，他獲致一項連他也沒曾想到的戰果，——他的傳令兵，居然直撞進佐佐木大佐的營帳裏去，鬼子衛兵開槍打中他三槍，但他仍然拉動了胸前六顆手榴彈的拉火環，把佐佐木大佐給轟得分了家，連腦袋都找不到了！

佐佐木大佐的陣亡，使日軍旅團長暴跳如雷，他不再延遲，立即以全旅團的兵力，困住游擊隊所據守的最後陣地，作不分晝夜的進攻。

結果是可以想見的，從日軍越過蒿蘆集算起，喬奇所率的這支敢死隊，前後把鬼子主力吸在湖邊荒野上十一天，直到他們全部陣亡爲止。

由於他們擊斃了佐佐木大佐，也使攻擊的日軍遺屍三百多具，小鬍子旅團長直至清理戰場時，還皺著眉頭，並不認爲這場戰鬥的勝利是屬於日方的。他們開始朝南方繞道撤退，用他們的太陽旗包裹著這場攻擊的策劃者——佐佐木大佐的屍身。

臨走時，他們架起乾柴，把陣亡日軍的屍體全部焚化了，這樣，不光是爲了行動便捷，而是在回縣城時，面對那些祝捷的行列，可以減少一些狼狽的形象。但佐佐木的死，是無法掩飾的，他是日軍七縣駐屯部隊的首腦，旅團必需運回他的屍體，爲他舉行隆重的火葬禮，並把他的骨灰運回本土去。

正當日軍被吸在荒野地區苦戰時，隱匿在公路以東的游擊隊主力，迅速的出動，以全力撲擊據守上下沙河地區的孫小敗壞所部。

孫小敗壞根本沒算到岳秀峰的這一著棋，他還以爲鬼子在前，他們在後，完全是躲在大樹底下乘蔭涼，所以，他留下朱三麻子守上沙河鎭，吩咐葉大個兒守施家圩，他自率金幹那個團，和他自己的衛隊，到下沙河接防，使他的隊伍像三星似的散佈在一條相距十里的線上。

「佐佐木真是夠意思，老兄弟，」他跟金幹說：「若不是他全力主剿，咱們哪能這麼順順當當的回來?這一回，鬼子水陸併進，又有飛機助威，夠他姓岳的受的了!鬼子算是在台上唱戲的，唱的是趕盡殺絕，咱們在一邊看戲還不帶買票，——白瞧熱鬧，可真窩心透了。」

「這只能說是趙岫谷那幫人流年不利，」金幹附和說：「他們以爲鬼子備多力分，沒有後勁了?誰知鬼子吞吃他們的力量還是有的，他們儘管跑的快，充其量，也只能退到湖邊爲止，到那時，還是甕中捉鱉，再也跑不掉的，即使他們能弄到幾隻船，哪能鬥得過鬼子的艇隊?」

不但孫小敗壞和金幹抱著這種想法，連平素智多謀足的葉大個兒，也以爲這回篤定泰山，可以睡安穩覺。所以他的隊伍一拉到施家圩，就這一撮那一撮的狂賭起來，但據守上沙河的朱三麻子，就比較收斂得多，一來他手底下的人槍有限，二來上沙河形勢較孤，三麻子外表兇悍，內心卻很深沉，上一回他誤退燕塘，落到土共手裏，人被收編，槍被收繳，差點把自己的腦袋也給玩掉，在孫小敗壞的部隊裏，他們全靠人槍實力奠定他們的地位，自己的隊伍垮掉了，地位自然也一落千丈，冷板凳可不是好坐的，平素這夥把兄弟，笑臉變成了磨刀磚，又青又冷，這使他心生警惕，把保存實力看得第一要緊。

日軍出蒿蘆集西進的第三天夜晚，朱三麻子就敏感的嗅出氣味不對了，他手下人跑來報告，說是有大批游擊隊穿經曠野，向西移動，他依據眼前情勢一判斷，便覺得奇怪起來。按理說，鬼子掃蕩下來，游擊隊應朝西退，大湖旁是他們的老根據地，他們沒有放棄根據地，轉到鬼子屁股後面來的道理，如今，他們從東面出現，朝西移動，這已經明顯的看出，他們是存心對著孫部來的，這一回，他們的來勢，一定比去年冬季的攻撲更爲兇猛了！

黃昏時，朱三麻子立即派出兩匹快馬，他想先通知守在施家圩的葉大個兒，要他加緊防備，因爲這回游擊隊退走時，把各集鎭原先構築的工事完全破壞掉了，去年在蒿蘆集，孫部各團都築有強固的工事，尙且擋不住游擊隊的攻撲。這一回，各部以爲是在鬼子翼護之下，心理上首先鬆懈，根本沒有構工，游擊隊攻其無備，也許在鬼子還沒有來得及趕回援救之前，孫部各團就已支撐不住，整個潰散了。

快馬放出去，但這兩個通風報信的傢伙，卻沒能到達施家圩，他們走到半路上就被游擊隊給截住了。

岳秀峰這回對孫部的攻撲，計劃異常綿密，他使用李彥西的一個大隊，圍襲上沙河的朱三麻子；用喬恩貴的第三支隊，撲打葉大個兒據守的施家圩；用趙澤民的第一支隊，直薄下沙河，把原屬喬奇的二支隊作爲總預備隊，由他自己率領，埋伏在上沙河以南的公路線兩側，他料定一旦攻撲開始，不到兩個晝夜，孫小敗壞的僞軍，必然會全面崩潰，奪路南逃，而他率部埋伏的地方，正是潰散的僞軍必經之處，孫小敗壞若是曹操，這兒就是華容道了。

攻撲從薄暮時分開始，三處同時發動，岳秀峰決心用速戰速決的作戰方式，儘快解決孫部，這樣，他可以及早壓迫縣城，以解決喬奇所受的壓力，挽救那一支已決定犧牲的隊伍。

在上沙河，李彥西大隊遇著朱三麻子，攻撲得並不如想像中那麼順利，朱三麻子這隻狡猾的狐狸，他早就料出對方一旦攻撲，不論人頭槍枝，一定都強過己方多倍，假如自己按老方法佈了陣死守，一定會被很快釘死，對方加火猛熬，他就是想抽身脫逃，也來不及了。既有這種顧慮，他便拿出當初的看家本領來了，說穿了，就是土匪對官兵的打法，把「守土有責」那一套，全部扔到腦後，上沙河這個集鎮，他毫無堅守的理由，他是見風轉舵，先放槍搶它一陣，能守就守，不能守就逃。

他告訴他的手底下人說：

「夥計，咱們吃鬼子飯，只是一時權宜之計，萬一玩不成，咱們還是回歸老本行，——幹土匪去——這回游擊隊攻撲，來勢兇猛，準是要把孫家班扯垮掉來的，臨到這種辰光，咱們也只好金鋼鑽鑽碗，——自顧自（取茲咕茲之諧音），守不住，儘快拔腿！」

「要跑，咱們該往哪兒跑呢？三爺。」有人問說：「咱們是否要回三官廟？還是乾脆逃回縣城去？」

「我說你們這些傻鳥，」朱三麻子罵說：「你們的腦袋瓜子怎麼那麼笨法？三斧頭都劈不開！……你們跑回三官廟去幹啥？——菩薩能替你們擋住游擊隊？」

對方被罵得脹粗脖子，怔說：

「那兒靠縣城很近，三官廟實在蹲不住，也好退進縣城去啊！」

「退進縣城又怎樣呢？」朱三麻子說：「你們甭忘了，如今鬼子全都拉出縣城，趕到湖邊去啦，縣城是個空殼子，照樣擋不了什麼，再說，如今是張得廣系的蘇大嚼巴在守城防，咱們敗退進城，正像把肉包子塞進狗嘴裏一樣，那是好玩的？」

大夥兒一聽蘇大嚼巴，渾身便涼了半截，不再說話了。

朱三麻子環顧一圈，又說：

「咱們要退，也絕不能朝南退，你們要曉得，咱們對手不是旁人，是大名鼎鼎的岳秀峰，他們攻撲咱們，外面早就張起層層疊疊的網來啦！他會讓咱們順順當當的逃出去？……我先跟你們說了罷！咱們泗水過沙河，朝東北角逃，我想，岳秀峰不會在冷門下注，東北角十三里地，有三家磚瓦窯，咱們必要的當口，分批或是單獨逃出去，到三家窯聚面，那時刻再定行止好了！」

大夥兒一想，這倒也是個辦法，他們的主意剛打定，外面也就響槍接火了。

李彥西大隊原是游擊隊的後勤大隊，戰鬥經驗差，實力比較薄弱，他們趁著黑夜，響槍就朝上湧，上沙河的土牆很低，又沒經修補，而且朱三麻子的隊伍根本就沒守在圩牆這一線上，所以他們一鬨而進，很快就湧進街巷了。

正因他們湧進去太急速，使朱三麻子的隊伍還沒來得及竄走，朱三麻子的隊伍便採用「高」字訣、——爬上了房頂，李大隊長的人一進街巷，在黑夜裏，自然有些混亂。舉眼也見不著僞軍，有些人沉不住氣，就乒乓亂放起槍來，旁人一時辨不出槍聲是敵是我？也就開槍還擊，打成一片，這樣，使朱三麻子所率的那幫傢伙有了兔脫的機會，他們順著房頂，匍蛇游，朝街北匿遁過去。

但這情形，很快就被游擊隊發現了，有人指著街屋的屋頂喊叫說：

「龜孫兒的，僞軍全上了房子啦，圍住他們，捉活的呀！」

這一叫喚，立刻把人給提醒了，房上的和房下的便開起火，雙方一對火，游擊隊顯然吃了虧，他們的人在街巷裏擁湧成團兒，朱三麻子的人不用瞄準，只消閉上眼開槍，只要槍口朝下壓，就能打得著人，何況朱三麻子猛扔手榴彈以求免脫，不到一剎功夫，李大隊的傷亡，就到了可觀的程度了。

不過，朱三麻子的人既被對方發現，朝上仰射的槍口可也不在少數，他們爬在房頂上的每一個人，都有十幾支槍口瞄著他們，游擊隊員紛紛利用廊簷，牆角和門窗的掩護，朝上潑火仰射，照樣把對方打中，吉裏谷碌，下雞蛋似的朝下滾，那些能逃出群槍密射，泅水過沙河的並沒有多少人。

朱三麻子機警快捷，槍法又有準頭，他總算領著幾個貼身衛士，拋下其餘的不管，最先逃出去了，但有一粒沒長眼的子彈，也許並不是打著，而是亂碰亂撞的撞到他的鼻尖上，幸好是側面而來，只打掉他鼻尖的一塊肉，使他應景似的開了一個小彩。

李大隊在人數上，遠較朱團爲多，況且朱三麻子先唸「跑」字訣，使他手下人毫無戀戰之心，逃的逃了，散的散了，餘下的不足五十個人，被槍火咬死在房頂上，爬到這邊，這邊喊打，爬到那邊，那邊喊打，這可不是空口說白話，隨著喊叫聲，槍火便密蓋過來。他們既然佔著居高臨下的便宜，但眾寡之勢太懸殊了，一窩螞蟻還抬得動蜈蚣呢，何況朱三麻子那些手下也不是強龍，所謂對火，也不過是在乾耗時辰罷了。

有一個傢伙在房頂上挨了槍，他兩手死抱住瓦脊上的龍頭，生怕會滾落下去跌死，他的血順著瓦溝朝下流，業已使地面都紅了一灘，但他還不願意鬆手，下面的喊著，要他扔槍投降可以保命，孰不知這位老幾的槍，早不知扔到哪兒去啦，屋面很昏暗，根本看不清楚，底下人等他扔槍，不見有槍扔下來，身上業已變成馬蜂窩，前前後後，至少有幾十個窟窿，有洞沒有血，——血早就流光了。

另一個被圍在一座古老宅院的屋脊上，由於那宅子構造複雜，可躲的暗角多，下面追射之時，忽然會失去他的影子，有人性子急，主張也爬到屋頂上去，旁邊的人搖頭說：

「就讓他躲在上頭好了！躲到天亮，他還是跑不掉的。他匿在暗角裏，舉槍等著，你爬上屋脊，正好湊上他的槍口，那可不划算！」

「你不曉得這些漢奸有多可惡！」那個說：「這幾年裏，四鄉八鎮的人，被他們整慘了，如今攫著機會，當場不把他撂倒，等他一舉手扔槍，他就死不了啦！……岳司令總是那麼仁厚，只准咱們在火線上格殺，等對方扔槍，該死不該死，都得經過審判，那多麻煩！」

他大聲這麼一嚷嚷，上頭那傢伙乖乖的把槍扔下來了，他喊著說：

「甭開槍，我投降，我願意受審。我是朱三麻子硬扔來扛槍湊數的，他們立下規矩，一個壯丁若想不幹，得繳給他們一擔七斗糧，我沒糧好繳，只好跟他扛槍了。……這也算是漢奸嗎？」

「雖不算漢奸，也沒什麼出息。」下面的說：「你怎麼不扛槍開差來著？」

「不成啊！」上面那個說：「我老娘住在當地，我一開差，三麻子會把她逼死。」

「這回不會啦，朱三麻子砸鍋啦！」下面的說：「你下來罷！」

上面那個爬下來了，在馬燈光亮裏，看他只是個十七八歲的半椿小子，怯生生的一副排骨架兒，不像是幹僞軍的老油子，李彥西過來，親自問話，他是有問必答，親自問話，據他講，所謂朱團，總共只有一百多人，七十多支槍，這些人，還是朱三麻子死命抓丁抓來的居多，真正幹土匪出身的，至多四五十個人，他們大都跟朱三麻子朝北跑掉了！

李彥西曉得這種情形，立即下令，只朝房頂上喊話，勸他們扔槍回家，這方法極爲有效，不到四更天，扔槍投降的業已增到廿多個了。他們被俘後，全說沒見到朱三麻子，但他們供出三麻子的去處，——北方十多里地的三家窯，三麻子說是要在那邊聚合的。

「大隊長，」有人說：「既然這樣，咱們不如也派出人槍，跟著追過去，人說：擒賊擒王，這一回，若是讓朱三麻子逃脫掉，日後他還是會興風作浪的。」

「那當然！」李彥西說：「不但要立即追下去，還得要儘快，三家窯正好和鄰縣搭界，咱們若是晚一步，朱三麻子就會投到別的一股僞軍裏去了。」

追捕朱三麻子，集合了三十多人，十桿步槍，廿支短槍，有手槍、駁殼槍和廿響的快慢機。他們由李彥西親自率領著，越過沙河，直撲三家窯。天剛放亮，他們趕到那兒，只抓住四個傢伙，當時他們脫得一絲不掛，正在窯裏升火烘他們泅泳弄濕的衣裳鞋襪呢。

「咱們是後逃出來的，」一個供認說：「三麻子關照咱們在這兒會齊，等咱們來了，他卻先走掉了！」

「這堆火，原是三麻子他們升的。」另一個說：「他就是走，也剛走不久，——咱們來時，餘火沒熄，有些炭塊還是通紅的。」

李彥西也帶人到窯頂上去眺望過，四野的荒草和灌木極多，既無法判定朱三麻的去向，也就無法再追了。他雖然遺憾沒有捉到朱三麻子，但他總算把朱三麻子新召聚的這個團給瓦解了，同時也佔領了上沙河鎮，一夜之間，能有這樣的戰績，比他原先意想的還要順利得多。

他押著那四個俘虜到上沙河時，施家圩那邊的槍聲還在密密的響著。喬恩貴所率的三支隊團撲施家圩，情形要比李彥西大隊艱難得多，喬恩貴決心不讓葉團的偽軍有一個漏網，所以，一開始，他就像箍桶一樣，採用四面完全包圍的方式，把葉大個兒全團緊緊箍死，不過，這方法也有它的缺點，那就好比關起門打狗，使葉大個兒所部偽軍逃不了，竄不了，只有硬拚上了。

施家圩的槍樓和圍牆很堅固，葉大個兒這個團，火力又比朱三麻子那一團旺盛得多，他們在走投無路的情形下，被逼成了困獸，喬恩貴的民團作過兩次攻擊，都沒能撲進高牆，只有開火對耗著。

假如喬恩貴喊話勸降，替葉團的偽軍留一條活路，也許戰況立刻就會改觀了，甭看葉大個兒團裏有五六百個人頭，絕大部分都是混飯吃的，真正肯跟他一道兒賣命的並不多，喬恩貴只要一招降，他們白天不扔槍，黑夜也會扔槍；喬恩貴的性子倔強，他一向是剿辦土匪強盜剿慣了的，他覺得當二黃吃鬼子飯的傢伙，全是數典忘祖，沒有脊樑骨的畜牲，比土匪強盜可惡百倍，留下他們，也只多糟蹋世上的糧食，這一回，攫著機會攻撲他們，非得把他們悉數殲滅不可，因此，他根本不給這些偽軍留活路，一心要用猛火熬化他們。

雙方槍戰一整天，葉大個兒心裏可急透了。他雖然被困在施家槍樓裏面，不曉得上沙河的情形究竟怎麼樣，但他可以猜想得出，游擊隊要攻就是全面進攻，絕不會放開東西兩個集鎮，單獨攻撲居中的施家圩，要不然，這邊整天熬火，孫老大那邊無論如何也會聽著動靜，趕過來應援的。

既然三處同時受攻，想等著增援的隊伍來解圍，看來是毫無希望了。他從槍樓頂層的窗口望出去，能望得見四邊野地上游擊隊穿著灰軍裝的影子，和槍口發射後所飄起的槍煙。游擊隊對施家圩的包圍不是一層兩層，一直迤邐到幾里地之外，這情形使他發覺：除了鬼子能從湖邊趕回來，才能使孫部脫困之外，自己這樣死守下去，始終不是辦法，等到子彈耗光，也還是要被對方攫住的。

說來有點兒宿命了，好幾年前，他亡命蒿蘆集，想躲那場人命官司，打那時起始，就一直在喬恩貴和趙澤民的追捕中過日子，連睡覺也把短槍壓在枕頭下面，時時刻刻陷在驚恐裏面，後來他們跟隨孫小敗壞奪槍混世，像雪球一般越滾越大，原以爲用自己的實力，轉頭再去對付喬恩貴的鄉團，應該是輕而易舉，毫無問題的了，誰知水漲船高，游擊隊的發展，要比孫部更爲迅速，始終剋制著他，使他抬不起頭來。

「嗨，我真算遇上鬼了，」他說：「姓喬的是我的剋星，我好像命該栽在他的手裏?!」

他自言自語的這麼說著，有一半是宿命的認定，另一半卻是不甘的怨忿，天，說著說著又逐漸晚了，外面的槍聲還是那麼密集，游擊隊利用薄暮漫上來，他們業已攻進施家圩長牆外面的小街，喊殺連天的展開混亂慘烈的巷戰，這樣的喊殺聲，也只持續了不到一頓飯的光景，小街就陷落了，游擊隊又已轉攻施耀章家宅院的長牆了。

葉大個兒拎著匣槍，帶著一批親隨，拚死堵住那道長牆——那是他們最後一道防禦線，如果長牆一破，他們只能退到槍樓去了。他很明白，能守得住這道長牆和內宅，他這個團，多少還有一點機會，等到內宅一破，槍樓根本無法再守了。

長牆也只守到二更天，游擊隊就從兩面突破了，他們利用長梯爬牆，先頭的敢死隊，腰間帶著六個手榴彈，跳進來就拉火，使守牆的偽軍死傷枕籍，不得不退進內宅去，用火力死撐。

游擊隊進了院子，就開始挖掘地道，據住了不退，這樣又熬到天亮，葉大個兒據守的幾座屋子裏，擠滿了人，其中有一半是受傷帶彩的，有的哭、有的喊、有的怨聲咒罵，遍地都是血跡，而對方的槍火還不曾停歇，使人的眉影下，鎖著一片慘愁的雲霧。

鏖戰到太陽上升，施家內宅的一半，都陷到游擊隊的手裏，只有槍樓和槍樓附近的屋子，還在葉大個兒手上，這當口，對方沒喊話投降，偽軍裏面，業已有人爬出屋子，扔槍哀求饒命了。

喬恩貴見到這光景，提出條件來說：

「你們想活命，行，但得先把葉大個縛了送出來，偽軍裏頭，所有當官的，即使扔槍，也得解送到上面去受審，要不然，就架上機槍掃射了！」

他這麼一說，葉大個兒據守的屋子裏立即起了變化，幾乎所有的槍口，都轉朝著葉大個兒和那些偽官了。葉大個兒一瞧這光景，真的水盡山窮，完蛋了，他白著臉朝他的那些手下說：

「你們也甭逼我，我是恁情死，也不願活落到喬恩貴手上去的，我自行了結之後，你們把我屍首拖出去請降也是一樣！」

說著，他用顫抖的手舉起槍，把槍口觸在他自己的太陽穴上。說是百感交集麼？事實卻不是那樣，葉大個兒偌大的身子，彷彿在那一剎間，全被一泡熊人淚浸軟了，他腦袋空空洞洞，又暈暈糊糊的，自覺有些潮濕，也有些悲哀，他的手不肯聽話，抖索得那麼厲害，冰冷的槍管不斷點戳著他的額角，一個意識掠過他的腦際，——人它媽就是這一輩子，這可是走得太快了，酒色財氣，這世上哪一樣都值得留戀，不過，那些都像浮泡般的上升著，破裂著，遠遠遙遙，聚合不出某種凝固的形象來，死是一個無底的，漆黑的大坑洞，一腳踏空，便會沉落下去，他簡直不敢再朝下想了，那就早點兒把這想法結束了，他用盡全身的力量，這才把扳機壓了下去，轟的一聲，他那麻木的腦袋便飛掉了半邊，屍首歪在牆角上，軟塌塌的，那柄匣槍，還抓在他垂落的手上。……

喬恩貴的三支隊，總算把偽軍葉團給全部解決了，他用馬匹拖著葉大個兒的屍首，給趕出施家圩的百姓看，讓所有受過欺凌的百姓，都看到這個漢奸的頭目的下場，葉團五六百人，被俘的有三百多，其餘非死即傷，三支隊一共擄獲了將近四百支步槍，卅多支短槍和幾十箱彈藥，而他們本身，也有四十多人傷亡。

當施家圩的戰事結束之際，下沙河的戰鬥還在持續著，這倒不是孫小敗壞和金幹那個團特別能熬火，而是燕塘高地的黃楚郎在這當口插上了一腳，使這場火變得複雜起來了。

黃楚郎的情報做得很靈通，但他並沒有料到游擊隊攻撲來得這麼快，游擊隊如果閃電解決孫部，所得的槍枝彈藥足可再擴充兩個支隊，這對他們是極端不利的。因此，當趙澤民率領一支隊攻撲下沙河孫部時，黃楚郎立即動員了一個教導團，四個民兵大隊，在下沙河外面，攔住了趙澤民的隊伍，同時，他派人和孫小敗壞連絡，勸他率部退到燕塘地區去。

孫小敗壞也有他的機伶處，他找金幹商議說：

「中央游擊隊是要明吞咱們，八路卻是要暗算咱們，黃楚郎在表面上是喊著保護咱們的口號，其實，朱三麻子上回的遭遇，就是個例子，……咱們一退進燕塘地區，人槍就全被他們吞掉了！」

「老大說的是，」金幹說：「咱們不如趁著他們雙方接火的空子，扔掉下沙河，突圍奔三官廟，三官廟若是蹲身不住，就朝縣城撤退，縣城是鬼子的老窩，還有鬼子的憲兵隊駐守著，我想，游擊隊假如直薄縣城，佐佐木必會回援的，只要咱們人槍實力不分散，蘇大嚼巴也未必敢把咱們怎麼樣的！」

「儘管這法子並不是好法子，」孫小敗壞說：「但總比蹲在下沙河強，前後都想吃咱們，夾縫裏的罪太難受了。」

孫小敗壞說幹就幹，他率著的衛隊和金幹一個團，趁著游擊一支隊和土共對火的時辰，出東門拚命突圍，一路斜向東南，踩荒摸黑，想斜撲到公路線上，盡速退向三官廟去。

突圍開始時，進行得還算順當，一支隊只有零星的火力阻擋他們，但那些偽軍一開始就抱著逃命的念頭，緊捏著火力封不住他們的地方奔竄，尤獨是孫小敗壞和他的衛隊，都是騎騾乘馬的，跑得更快，不到起更，他們業已奔到沙河東南方的公路線上了。

這時候，他也顧不了施家圩的葉大個兒和上沙河的朱三麻子怎樣了，奔上公路時，他才抹抹胸口，舒了一口氣，對左右說：

「岳秀峰這個人，用起兵來，真是神出鬼沒，鬼子蜂湧到湖邊去剿他，他卻把人槍轉到東邊去，在鬼子屁股後頭打我？幸好我的腦筋動得快，要不然，連金幹這個團也帶不出來。」

「出是出來了，司令。」他的衛士苦笑說：「葉團和朱團被游擊隊圍攻，施家圩、上沙河全陷，咱們可不是成了斷尾的壁虎？」

「逃命的辰光，誰還顧得了誰？」孫小敗壞說：「若不是黃鼠狼出頭把游擊隊頂住，咱們想逃出來，還沒有這麼容易呢！人說：大難不死，必有後福，只要我的字號在，日後還怕招不到兵？買不到馬?!」

孫小敗壞正說著，忽然聽見一聲槍響，敢情是朝天上打的，水浪似的槍音，波傳得很遠，他起先以為是金幹團裏有人的步槍走了火，惱恨的罵了一聲，要衛士到後面去查問是誰？他要辦人。衛士嘴裏答應著，還沒來得撥轉馬頭，四面的槍聲忽然密密的響了起來，孫小敗壞側耳一聽說：

「糟了，遇上埋伏了！……快跑罷！」

他說著，拚命的鞭馬向前面竄過去，有幾個衛士很機伶的跟著他策馬飛奔，這時候，游擊隊的機槍和排槍，業已把剛奔上公路的金幹那個團給鎖住了，公路的路基較兩邊的平地略高，金幹那一團擠在路上展不開身，對方開火突擊時，他們只有就地臥倒，盲目的還槍亂射，連個掩蔽全沒有，有人想滾身滑到路肩上面去找遮擋，但游擊隊是從公路兩面發槍夾擊的，哪一面斜坡都不安全，他們不滾還好些，一滾到斜坡上，正是槍火密集的被彈面，立即就中彈狂號，真的滾下去了。

岳秀峰司令親自指揮這場伏擊，前後不到一個時辰，金幹這僞團就差不多瓦解掉了！因爲是黑夜的關係，少不了有一些漏了網的，但漏網的人數不多，總計還不到十分之一。

當夜不到三更天，擔任伏擊的二支隊便俘虜了金團三百多人，擊斃他們一百多人，包括金幹在內，更收繳了他們所有留在現場的槍枝。

在下沙河方面，由於孫小敗壞率眾逃竄，使黃楚郎無利可圖，同時，克復施家圩的三支隊和克復上沙河的李大隊朝下沙河移動，增援第一支隊作戰，黃楚郎也看出苗頭不對，連夜撤退，遁回沙河北岸的老巢去，使中央游擊隊結束了這一回合的攻勢。

岳秀峰司命當夜趕回下沙河鎮，召集趙澤民、喬恩貴、李彥西等人集會，從各單位的報告看出這次攻勢，完全達到預期的成果，他們一共使用五天的時間，徹底擊潰了孫小敗壞所部各團的僞軍，使孫小敗壞手下的團長葉大個兒自殺，更在公路伏擊中，擊斃了僞團長金幹，孫部的頭目，只落下逃回三官廟的小敗壞，和向東北角亡命奔竄的朱三麻子，追隨在他們左右的，僅僅幾十人槍而已。

「孫小敗壞這一火，咱們雖是勝定了。」岳秀峰司令沉重的說：「但諸位都明白，這全是湖邊的那支敢死隊把鬼子主力吸住的結果，如今，咱們必得轉移兵力，向縣城進迫，使鬼子不得不撤兵來保護他們的巢穴，這樣喬奇所率的那群弟兄，才能有活命的機會。」

「司令的話是不錯的。」黑頭趙澤民說：「營救咱們自己的弟兄，固然是刻不容緩的事，但隊伍怎樣拉動，似乎得要分配一下，因爲燕塘這窩子土共，要比孫小敗壞難纏百倍，咱們如果放棄新克復的上下沙河和施家圩，全部拉去進逼縣城的話，土共趁勢撿現成的，把上下沙河一帶整個囊括掉，咱們便沒了根了！」

趙澤民說的是實話，這難題使岳秀峰司令緊鎖了一陣眉頭。

「這樣好了！」他想了一陣，抬頭決定說：「咱們並不想在這時刻真的和鬼子硬拚，單單只收復一座縣城，只是要做出壓迫的聲勢，等鬼子一撤回頭，咱們仍退守蒿蘆集和上下沙河這一線，當然不能把這一帶地方白送給土共，趙兄不妨帶著你的一支隊和李大隊，暫時堵塞這個缺口，不讓土共伸頭，兄弟和恩貴兄率著二、三兩個支隊，先佔三官廟，打聽到鬼子一撤回，咱們就移屯蒿蘆集，這樣，便又恢復到鬼子出兵前的原狀了。我敢斷言，鬼子失去孫小敗壞所部僞軍之後，他們再沒有拉出縣城的機會了，那時候，咱們便可重組保甲，專心對付黃楚郎了。」

「好，咱們就照司令的話辦罷。」喬恩貴說。

但世上事，極少兩全其美的，當岳秀峰司令引兵進迫縣城時，也正是喬奇和他所率的敢死隊全部犧牲的時辰，敢死隊在日軍旅團圍攻下，死事是那樣壯烈，當夜打旱閃，響沉雷，彷彿連天都在咆哮。日軍撤退之後，濱湖有少數漁戶費了好幾天的時間，用牛車把那幾百具屍體，一車一車的運出土阜區，他們人手有限，一時無法營葬，便在荒郊找了一座野蘆遍生的乾涸的池塘，他們管它叫東大塘的地方，把屍骸填在塘裏，上面覆以鮮土。單單這樣草草的埋葬，也耗費了他們十多天的時光。

而岳秀峰對喬奇所率的那支敢死的孤軍，還抱著一線希望，他率同喬恩貴支隊，渡河佔領了三官廟，他的領頭隊伍直撲縣城外圍，和鬼子留守縣城的憲兵隊以及蘇大嚼吧的雜牌城防部隊展開了前哨戰。

雙方在緊張的狀況下僵持了幾日夜，鬼子的旅團才運著佐佐木大佐的屍首，從西面陸續返回縣城來，這一回，預定的歡迎日軍凱旋的場面被取消了，他們進城時，是在月夜，細瘦的上弦月黯淡而清冷，隊伍在半街月色半街房影中走著，除了釘鞋擊打街石的聲音外，那些鬼子士兵是靜默無聲的。

那種垂著頭，弓著腰的影子，和偃旗息鼓的狀態相映，足見麻木而寒冷，從他們內心裏面透發出來，他們在若干戰場上轉戰，烏黑的運兵車迎風喘哮著，噴濺出突突的濃煙，粗糙的煤渣，不斷落在他們多髭的臉上，落在他們淒迷的眼裏，他們互相挨擠，或枕著背包，或抱著冰冷的槍刺，像一群運往屠場去的牲畜，這裏和那裏同樣陌生，毫無分際。他們只記得夜晚，風裏飄搖的火燄，廊柱間戰馬的悲嘶，夜深，火殘時分，從寂寞唇邊哼出醺醉的歌，鬱沉沉的，帶著冰封雪壓的北海道古老漁歌的風味，斷續飄散在夜暗的風中。只記得各色土層的斷面，彎曲的壕塹，無情的紅銅短柄的軍號響聲，那聲音魔役著每個人的行動。無論是這裏或那裏，他們到處都碰得上刀矛和槍刺的閃光，碰得上怒燃的仇恨的眼神。他們的血跡落在他們的足印上。尤獨是這一回，他們浴在血泊裏，夷平了湖邊的土阜地區，那些支那人死後還暴睜著兩眼，滿臉不屈的神情，像利刃般的穿透了他們的心。如今他們疲憊的走著，但早晚之間，他們的軀體會被炮火撕裂躺在不知哪一處支那的荒土上，而這就是侵華戰爭對於他們的全部意義。

佐佐木大佐就是這個樣子。

這個鬼子在長淮一帶駐屯軍的頭目，被太陽旗包裹著，經過長途跋涉行軍的稽延，他的屍體業已開始腐爛了，屍身流出的血水，使旗面的紅太陽變成黑太陽，生前，他曾以中國通自炫，吃了一肚子中國的美食，聽了一腦門子京戲，也學會了不少的中國話，常常以為他已經征服了中國的一半，——至少是說他被中國征服了一半，無論採用倨傲的說法或是虛謙的說法，他都覺得要比旁的日本人高出半個頭來。如今他卻不再是什麼，只是一具腐爛的臭肉，他的大進剿的行動，也變成了過眼的煙雲。

鬼子回城的消息傳到岳秀峰司令的耳朵裏，他便下令第二、三兩支隊暫時退守三官廟，維持著和縣城遙遙相對的局面。這當口，有人從西面來報告，說是死守湖邊土阜區的喬奇支隊長和他所率的兄弟，已全部戰死，那兒的草野被大火燒過，一眼望不盡的漆黑，鬼子的山炮、車輛和輕型戰車，遺留在火街上為數不少，足見喬奇曾利用燎原的大火，使鬼子挫頓過，更從屍身散佈的情形，判斷出喬奇和那批敢死的兄弟，確曾固守每一座土阜，儘量吸住鬼子，使他們陷在慘烈的爭奪中無法撤離。同時，一些百姓們發現鬼子撤退時，曾經火焚他們自己的傷亡者，包括受了傷的牲畜，現場還留有成堆燒焦了的鬼子兵的遺骸，這種火焚陣亡者的方式，是鬼子一向慣用的，但把他們的傷兵也投在火裏活活燒死。至少，在他們早期戰鬥中還沒曾聽說過，由此可見鬼子死要面子，不願縣城裏的居民看見他們那種狼狽形狀——尤其他們的對手，只是中央的游擊隊。

「聽說鬼子頭兒佐佐木也陣亡了，」來人說：「鬼子繞路撤退，有人看見鬼子用軍旗裏著他的屍首，放在牲口背上運回縣城去的。」

「假如佐佐木陣亡，這消息，鬼子是無法掩飾得住的。」岳秀峰司令說：「等縣城的消息來了，咱們就可以證實了。」

來人退下去之後，岳秀峰司令抬起眼，望著三官廟外的天空，他的兩眼是潮濕晶瑩的。原是該由自己親率敢死隊，死在那兒的，如今，倒下去的卻是夥伴喬奇；他心裏有一股熾熱在翻騰著，不光是悲痛，不光是悼惜，喬奇跟隨他轉戰南北有年，一條鐵錚錚的漢子，從沒怨過苦，怨過難，雲台山那場阻敵的血戰，滿山石塊都冒火星，莫說人是血肉之軀了，但那也沒使他怕什麼；窪野那一戰，自己的心，早就陪著死難弟兄葬在那塊窪野上了，如今這條命，還是喬奇救回來的，論公，是長官部屬，論私，是情逾骨肉的交情；敵人的一粒子彈，曾貫穿過喬奇的肚腹，又射進他的身體，使他們生和死，肉和血，都緊緊黏在一起。誰能在槍彈貫穿肚腹之後，拖著腸子，揹著一個重傷昏迷的人奔跑七八華里的路?!光是忠勇之類的字眼，創不出這樣的奇蹟，只有靠生命本身的熱愛。他的死，使人有一種穿透性的省悟，——這一切促使一個生命飽滿的走向完成。

能活著的人，必得撐起這一塊塌下來的天，艱難的朝前走下去，人不能活上萬載千年，只要拿喬奇和這些死士做榜樣，便真的生而無尤，死而無憾了！

這種僵持的局面一直延續下去。

在陰濕的初冬，縣城裏的鬼子替佐佐木舉行過一項送靈的儀式，那是把佐佐木的骨灰，裝在一隻古老的中國的細瓷瓶裏，把它送上南開的小火輪，轉運回日本本土去，佐佐木的遺缺，上面暫時沒派人來接替，只暫時下令由小鬍子旅團長島村津代理，島村的這個殘破的旅團，被當成一枚銹釘，釘在長淮這隻漏桶上了。

面對著這種困窘的局面，小鬍子島村也沒有什麼善策，他檢討過孫小敗壞僞部的崩潰，把隻身逃回縣城的小敗壞關到憲兵隊裏去，島村的原意是藉此機會，把喪師失地的孫小敗壞明正典刑立立威，但齊申之出來緩頰，說是孫部一垮，縣裏僞軍已蕩然無存，像孫小敗壞這種走投無路，只有靠日軍爲活的人，多一個好一個，不如解除他司令的職務，給他一個召募殘部的機會，至於日後給他個什麼樣的職位，得看他能召聚起多少人頭和槍枝而定。

島村想一想，心向著日軍的人，越來越少，殺孫小敗壞，等於殺掉一隻看門狗，那也沒有什麼趣味，於是，孫小敗壞便被釋放出來，掛起招兵募勇的牌子，幹起他的光棍主任來了。

中央游擊地區的情形，也在陰沉冷鬱的季候影響下變得凝悶，趙岫谷回到他蒿蘆集老家的老宅子裏，聚合過潘特派員、岳秀峰司令，以及各支隊長，議過目前的局勢。潘特派員坦率的指出：土共利用中央游擊努力做墊背，拚命的發展，當中央游擊和鬼子力拚，損耗到筋疲力竭的時辰，他們的人槍實力卻在急驟的增加，這樣一消一長的耗下去，等鬼子一垮，這一帶等於成了真空，那時刻，土共傾巢而出，非把淮河流域席捲掉不可。

趙岫老點著他花白的頭顱，從他沉凝的臉上，看得出這個熱愛鄉土的老人，也懷著同樣的遠憂。

「特派員和岳先生都曉得的。」他說：「這支游擊隊，事實上全是這一帶根生土長的百姓，局勢是好是歹，我們都沒有話好說，——誰也不能把家給拋掉……但我們力量有限，經過這五六年的亂局，不論鄉村集鎮，家家殘破，戶戶人亡，尤獨是年輕力壯的漢子，十成去掉了七八成，田地一荒蕪，農戶的日子就難挨，長淮地帶，若干萬忍饑受餓的老弱婦孺，已變成一片滔天的活苦海，這卻不是游擊隊千把桿槍能解決的，我們一切都指望著老中央回來好安頓，這兒離後方太遠，只有靠特派員連絡，無論如何，煩請特派員能親回後方，把這兒的實情上告，請中央當局留意，萬一鬼子投降，不能替土共留空隙，要不然，這最後一劫，非弄得赤地千里不可！」

「岫老真是看得遠，看得透澈！」岳秀峰司令說：「我想，中央當局對各陷區的情形，是早有了解的，我這是朝最壞的地方打算；據我所知，土共這把野火，從南到北，業已燒遍了千里以上的地面，鬼子真的投降的話，一定是野火四竄，中央的部隊從後方起運，當然，空運是最快的了，但飛機有限，運載量更是有限，正所謂杯水救不得猛火，只怕這一劫，終難全免的了！」

「黃巢殺人八百萬，在數難逃！」粗黑的趙澤民說：「咱們也不想逃避，只不過，咱們拖累了司令和喬支隊長，心裏著實不安，尤獨是喬支隊長，埋骨在荒湖邊，連一口棺木全沒睡得著，我一想到他，心裏就像刀絞的一樣，……你們原可回到後方去的。」

「澤民兄，甭這麼說。」岳秀峰說：「咱們當軍人的，即使歸了建，一樣要上戰場，一把骨頭，埋在那兒都是一樣，只要死得值價，抗戰這五六年裏，甭說軍人，單只是黎民百姓，也不知死了幾百萬了？路死路葬，溝死溝埋，咱們是這塊土裏來的，再回到這塊土裏去，誰會計較區區一口棺材？」

「這樣罷！」潘特派員說：「岫老暫時不必牽掛這一方的事，我想趁這個冬天，穿過封鎖，把游擊區的難處，親自向上面報告，好歹總要得個結果回來，依目前情勢，這兒有岳司令撐持，足能穩得住，……日後不管局面多難，我一定回來，跟諸位共生死就是！」

「特派員，有您這句話就夠了！」喬恩貴說：「咱們只要有一口氣在，不但要把這帶地方保住，還得要設法安頓百姓，儘量幫他們播種開耕，就算咱們把鬼子打敗了，荒春也得要有糧活命，百姓才有日子過啊！」

對游擊區來說，這次集會有特殊的意義，隨著時間的輪轉，土共的威脅日增，而原先猖獗的鬼子，氣燄早已消退。日暮途窮，只困守在幾座城市裏苟延殘喘而已，他們對於淮河兩岸地區廣大的鄉村，已經沒有威脅力量了，游擊各支隊的存在，在一般百姓的眼裏，防共的意義更重於抗日的意義，因爲土共常常在夜間出動騷擾勒索，使鄉莊時刻陷在恐怖不安之中。

岳秀峰司令明白這種情形，立即改變隊伍的配置，把從蒿蘆集到上沙河這一線，當成防共的第一線，集中三個支隊的兵力分屯在這三個集鎮上，只留下由俘獲僞軍武器而擴編的第四支隊，——原李彥西大隊，駐屯在青石井一線，遙遙監視鬼子盤踞的縣城。

燕塘地區的黃鼠狼，在冬來時想越過大溝，朝南蠢動，但幾次都被打回去了，土共各單位懾於岳秀峰的威名，一時不敢挑起戰火，他們在等待著機會。

由於游擊隊對土共防範得嚴密，上下沙河和蒿蘆集地區便逐漸興旺起來，早先逃避兵亂的百姓都紛紛回來，修整農具，爲來年的春耕準備著，蕭條裏現出一片短暫的溫暖與祥和的氣氛。

天落頭場大雪時，有人從湖邊東來，途經埋葬了喬奇和那些抗日敢死隊的東大塘，替民間帶來一個新異的神奇的傳說，說是大雪把遍野蓋得一片茫茫白，唯有東大塘敢死隊埋骨之地，一片雪都沒有。

「奇怪?雪怎麼不朝那兒落呢?」

「那是喬支隊長在顯靈，……他們生前心是熱的，血是熱的，死後的屍骸，也化爲一片熱土。雪並不是不落，落上去也都融了!」

這傳說，很快就傳遍了遠近的地方，有許多民眾來，都帶了香燭和乾糧，冒著寒風，跑了兩三天的路，到湖邊的東大塘去親眼看這種奇蹟，並且焚香膜拜，還有些百姓，主張替喬奇他們立廟的。

趙岫谷老先生爲這事詢問過岳秀峰司令，岳秀峰只是淡淡的說：

「不單是東大塘，還有曹家大窪，凡是爲國血戰，捐軀捨命的，無論中央正規軍也好，地方團隊也好，都該查實了，把姓名登錄下來，日後一併呈報到中央去，立廟倒不必了，總要有座烈士碑擧在這塊地上，好讓後世曉得，有人是這樣獻上性命的。……人，總歸是人，何必要把他當成神看呢？其實，我不過是這樣想想而已，那都是太平年月的事了！」

第十七章・青月光

哪一天才能巴得著真正的太平年月呢？

整整一個冬季，岳秀峰司令都在忙碌著，即使在忙碌當中，他腦子裏也始終盤旋著這樣問詢的聲音。他騎著馬，率著少數的隨從，到東大塘去憑弔喬奇和敢死隊勇士們的葬處，那兒只是一片荒土，連隆起的墳堆都沒有，北風帶著摧天折地的銳嘯，在曠野上捲盪著，雲重天低，地面全是殘雪和冰稜，那光景，如同慘淡的黃昏，任刀一般的寒風割著他的臉，一個隨從牽著他的馬，不敢驚動他，也寂默的僵立在那兒，曠野雖顯得肅殺，卻很平和，除了大火燒焦的草莖，再看不出什麼激戰的痕跡了，但願像這樣的殺伐，不再重臨斯土，很多到東大塘憑弔過的百姓，怕都這樣想過罷？但這心願只是善良的人們一廂情願的想法！世上只要有橫暴和邪惡，就必會有這樣悲慘壯烈的抗爭。

他趁夜騎馬朝北轉，冒險巡視和土共連接搭界的大溝沿線，大溝的土壁，呈黯淡的褐紅色，彷彿是這些年來，土共坑害百姓所留下的血痕滲入了這一帶的土層，他離燕塘地區很近，近到能聽得見那邊村落上傳來魔性的鑼聲和隆咚，隆咚的鼓響，……這不是太平年月譙樓的更鼓，而是驅迫那些單寒襤褸的村民的信號，這使他想到，更大的苦痛，更大的荒寒還在後面。

即使抗戰勝利了，鬼子倒下去了，又如何呢？後方的那種歡樂，不會來到這裏，頭髮花白的趙岫老把土共那一套看得很透：他們利用鄉野地上人們的憨樸和愚懞，把謊話說上一百遍，不怕假的不會變成真的，要不然，會有那麼多匹小毛驢，馱著那麼許多佩紅花的年輕漢子，去投入他們的隊伍?!……不要光說流寇李闖和八大王張獻忠如何如何，若沒有那許多萬人簇擁著他們，他們會大肆屠殺？會一路打進北京城？當人眼被塗了血腥，人心也就變成一匹狂獸了。

他想過，人生的際遇，實在是很奇妙的，假如奉命掩護大軍轉進的，不是他這個連，假如孫小敗壞那幫人，不暗中坑害了他派出的斥堠，他和喬奇就不會留在這兒，領著這支游擊隊了，當初他只是想偵破斥堠失蹤的血案，擒住那些血案的兇手，使他們伏法，就要回到後方去，找到原部隊歸建，但目前，他無法卸脫這副沉重的擔子，他已經託請潘特派員，把他的情形向上面報告，請求上面允准他繼續留在這裏，除了追緝孫小敗壞和朱三麻子這兩個當了漢奸的兇犯之外，他要領著這支隊伍，力抗土共對這個地區席捲的企圖。

無論局勢如何艱難，他不能使百姓斷絕了對於承平歲月的遙遠的盼望，那只有這樣拚著豁出去罷！

而局勢仍然陷在悶塞的僵持狀態中，一時沒有顯著的改變。黃楚郎自忖他手上的力量，還不足以一舉吞噬岳秀峰所領導的這支游擊隊，所以他們便轉朝東北的鄰縣發展，對於傾向中央的僞軍朱嘯天、夏勁唐各部，加緊逼攻，希望能收繳朱、夏兩部的槍枝，擴展他們的實力，好作和岳秀峰決戰的本錢。同時，黃楚郎派人去跟幹土匪出身的疤子李連絡，用大批煙土爲餌，誘使疤子李出兵，側面攻擊朱夏兩部。

疤子李是個野心勃勃的傢伙，但人粗腦瓜子笨，自以爲挾著土共的勢力，可以編掉朱夏兩股人，在北地幾個縣份，成爲一方的霸主，孫小敗壞兵敗下沙河，疤子李更加得意，因爲久久以來，孫小敗壞在僞軍各股裏最強，老是使他有被壓之感，小敗壞一垮，在各股僞軍裏，他業已露頭拔尖，算得上是老大了，偏偏朱嘯天和夏勁唐兩股人，硬是不買他的賬，論人頭，朱、夏兩股擰合起來，也不及他的人多，但朱嘯天有一個騎兵營，兩三百匹好馬，和新銳的短柄馬拐子槍，在平地上作戰，異常猛銳，夏勁唐雖沒有騎兵，但他的匣槍隊也夠受的，早先，他也曾有好幾次和他們起過衝突，一次便宜全沒佔著，這事一直窩在他的心裏。

這一回，黃楚郎主動要吞朱、夏兩部，對他來說，正是尋仇報復的大好機會，硬仗由黃楚郎頂著，他在旁邊敲邊鼓，抽冷子撿便宜，應該是萬無一失，何況黃楚郎還許給大批煙土作爲報酬呢！

他糾眾出動前，有個人奔來投靠他，那就是由孫小敗壞那兒逃離的團長夏皋，疤子李不識貨，聽夏皋大吹法螺，便把夏皋當成得力的幫手，等到孫小敗壞兵敗，孫的悍將朱三麻子帶了六七桿槍，也想去投奔他的時辰，夏皋事先得這個消息，便在疤子李面前損了朱三麻子，把他說成是無情的野狼，——絕不能當成狗來養。

三麻子曉得夏皋在疤子李那兒作梗，不敢貿然投奔疤子李了，只好把這幾枝槍緊緊團在一起，在三不管的地區浪蕩，靠打劫維持。及至打聽到孫小敗壞沒死，在縣城重新掛起牌子招兵募勇，三麻子就想再回到縣城去，還跟孫小敗壞扯在一道兒，以圖東山再起。

由潘特派員事先佈妥的耳眼線，使岳秀峰雖坐鎮蒿蘆集，但對此地的情形，全摸得很清楚。他曉得，如果土共跟疤子李勾結，夾攻朱嘯天和夏勁唐的話，那兩股偽軍，很快就會被吞噬掉，到那時，黃楚郎後顧無憂，更能放膽朝南發展了。要想不讓黃楚郎如願，就得設法儘快的除掉疤子李，同時緝捕南竄的朱三麻子，免得他竄回縣城，使孫小敗壞死灰復燃，增加了土共的外圍呼應。早先有句俗話，說是天亮前總要黑一黑，如今正是這種情形，鬼子的氣燄逐漸消退了，但地方上的魅魑魍魎卻都趁機顯形，百姓在一片漆黑的混亂中，所受的痛苦要比早幾年更多、更大，他即使深夜獨坐，在一分一秒的時辰裏，都能聽得見四野人們滴血的聲音，……那聲音一直震撼著他的心靈。

「我得親自去辦這件事，」他對他自己說：「能使土共延緩朝南捲襲的時間，就能替這一方多消解一分劫難……這，太要緊了。」

他跟趙澤民、喬恩貴和李彥西商議過，由於土共區的阻隔，疤子李遠在北方，無法開動部隊，打一般性的明火，唯一的方法，就是要精挑若干精明幹練的弟兄，穿著便服，扮成商客，攜帶短槍，繞過土共區東面三不管地帶，混進疤子李駐屯的地區去，秘密連絡，擇定時辰，以突襲的方法撲打疤子李的司令部，只要能擊斃疤子李，使他的隊伍群龍無首，黃楚郎想利用這支偽軍去夾擊朱、夏兩部的計劃就落了空。

「當然囉，論起領兵打仗，司令要比咱們強得太多，」李彥西說：「不過，您這樣做法，是不是太擔風險了？……疤子李在名義上，雖只是偽軍一個團長，事實上，他手下有十二個大隊的番號，槍枝實力並不比孫小敗壞勢盛的時刻差，就算您能打一次突擊，但突擊之後，想退走可就不容易了。」

「這些難處，我都反覆想過。」岳秀峰司令說：「不管事情有多難，總得要試著去辦，主意是人想出來的，假如能把疤子李部隊分佈情形弄清楚，進和退就都不是難事了！——暗中突擊，疤子李是防不了的。」

「我看這樣罷，」趙澤民說：「要司令一個人帶人過去冒險，咱們也放心不下，我願跟您一道兒去，先到三不管地帶，兜捕南竄的朱三麻子，順便差人到北邊，滲進疤子李的駐紮地區，取得更確實的情報再動手，那可就穩當得多了。」

「好的，」岳秀峰司令點頭決定說：「除了截捕朱三麻子，設法擊殺疤子李之外，咱們還得藉這機會，把共區的情形深入的研究研究，若不知己知彼，日後跟他們正面交手，就會吃虧了。」

這一回，趁著大寒天秘密出動，除了直接參與其事的，外間沒有誰知道。岳秀峰只挑選了二十幾個漢子，分成好幾組，有的扮成販賣糧食的驢馱販，有的推著雞公車和油簍，算是董家油坊的夥計，有的跟著趙澤民，扮成各類走江湖的，分批出上沙河，斜向東北角，經三家窯奔宋家旗杆，——那正是三不管地帶的當中。

三不管地帶形成的原因，倒不是因爲那兒偏僻荒涼，而是中央游擊隊、鬼子僞軍和土共三方面的勢力互相衝激，自然空出這麼一塊地方來，土共用來做鴉片的買賣，鬼子用它蒐集情報，三方面都會利用它，還有些被迫得站不住腳的土匪強盜，黑道上做投機買賣的，都借這塊地方出沒生存。而宋家旗杆這個小集鎮，表面上一片平靜，實質上，卻是多方面衝激的焦點。

岳秀峰和趙澤民這一行四五個人，剛過三家窯，夜晚天起風訊，借宿在一個只有兩三戶人家的村落裏，那兒沒有床鋪，只好把麥草綑打散了，鋪在灶口，幾個人藉著灶裏餘火的溫暖，閉上眼睛靠牆歇著。

歇到夜來三更天，風暴來了，風頭掃著屋後光禿的枝杆，發出天塌地陷似的吼聲，一簷垂掛的冰稜，不時地被斷枝打折了，散折在地面上，偶爾聽得見黑地的狗叫聲，帶給人一股驚恐不安的感覺。

屋主是個矮小的老頭兒，他聽見狗叫，便咬著短煙桿，起來摸摸柴笆門槓好了沒有？回頭轉到鍋灶口，悄聲的嗅說：

「嗳，過路的幾位客官，這兒靠土匪共區不遠，只有五六里地，白天還好，夜晚不甚平靜。你們若是聽著什麼動靜，……無論是什麼動靜，都閉眼歇著，不用管，切忌開門出去瞧看，一黏上就不得了啦！」

「這兒常發生事故嗎？老爹？」趙澤民問說。

老頭兒掖了掖棉袍，在牆角蹲了下來，噴著煙，幽幽的嘆了口氣說：

「嗨，事情總是說不完的，如今的日子，哪還是人過的日子？……土共最近像發了瘋似的，打鑼打鼓鬧參軍，把毛頭小子、白鬍老頭，都集草似的，集了去騎青驢參軍去了，有些人不願受那種苦，常會趁夜朝東逃的，土共派出槍手越界追捕，有的被他們捉了回去，有的被他們用亂槍蓋倒，這可不是熱鬧啊！」

「您放心好了。」岳秀峰說：「咱們只是過路借宿，絕不會替您惹麻煩的，明兒一早，即使天落雪，咱們也會起程上路的。」

「單望平安無事就好了！」老頭兒說：「有時刻，你就是不惹麻煩，麻煩也會找到你頭上來的，是前一個多月罷，一天夜晚，土匪追逃勇，追到屋後墳場那兒，乒乓的槍響，那時，我的小兒子根墜兒還在家，他摸黑跑來跟我說：

『爹，土共的槍，一定打中了，我聽得出來，——進肉的槍聲，總是悶悶的不拖尾兒，這回又不知是什麼樣的人倒霉送命了？』

當時，我勸他說：『根墜兒，甭去想這些了，世道這樣亂，外頭哪天不倒人？打中打不中，咱們都管不了的，只求神佛保佑那些逃命的人罷了。』」

「後來怎樣了呢？老爹。」誰這樣問了一句。

「還有什麼好怎樣的？」老頭兒絕望的攤開手說：「二天一早，根墜兒跑到屋後去，找到兩具屍體，一老一少，身上都釘了好幾處槍眼，有人認得他們，是三家窯的住戶陳老基父子兩個，他們沒有理會土共派給他們的捐稅單子，土共指他們抗命，三更半夜去捉人，父子倆便拔腳朝北跑，對方追著用排槍蓋，都蓋倒了！

陳老基只是燒窯的工頭，窯早封掉了，他老婆生病，連抓藥的錢全沒有，哪能上得起土共的捐？沒有錢，就得貼上性命，天下竟有這種理和法？……根墜兒說是陳家只有父子倆，死絕了，不能就這樣把他們光身埋進凍土去，咱們屋後還有些乾糧材，能編兩床大張的蘆蓆把他捲埋了，……根墜兒編了一整天的蓆子，又搓了兩串草繩，才把那父子倆埋下去。」

「黃楚郎、老魏三那窩人，幹這種絕事，可也幹的太多了。」趙澤民說：「咱們早就聽說過，諸如此類，八大本書也寫不完。」

「嗨，事情還沒有完呢……」老頭兒捏著短煙袋，非要把鬱在心裏的話說出來不可，他說：

「這事過去沒多久，也是這麼深的夜晚，遠遠飄過來沖上天的狗叫聲，緊跟著，土共又在響槍蓋人了，這一回，他們沒能把人全打死，到了下半夜，有人拍打柴笆門，我叫根墜兒起來掌燈開門，開了門一看，有個下半身染著泥和血的年輕漢子，喘息哀求著，要咱們救救他，他身上穿著破爛的灰軍裝，一望而知是那邊逃出來的，無論如何，咱們總沒有見死不救的道理啊！我就跟根墜兒兩個，把帶傷的那個抬進屋來了。那個才十五歲，說他是楊家樓人，他不願參他們那個軍，是黃楚郎硬把他逼了去的，他夤夜逃走，土共派出一個班追著開槍打他，槍彈嵌在他的大腿枒，他一路爬過來的，若不是遇著咱們這個村落，準會凍死在荒郊野外了。……他在這兒養傷養了半個月，根墜兒才用手車把他推到東邊去，找著他的親戚。

客官，你們說說看，我和根墜兒哪點做錯了？我們是貧苦百姓，住在三不管的地界上，世道業已逼得人不敢睜眼看外頭的世界了，難道受傷流血的半樁孩子，爬到你門口來哀求你救命也錯了嗎？……那孩子剛被送走，土共來了，用麻繩把根墜兒像捆牲口似的捆走了，他們臨走怎麼說？他們說根墜兒存心幫著反動的，說根墜兒送走他們的逃勇，得抓他去補空缺！……我的大兒子和一條老牛，是叫下鄉掃蕩的鬼子用機槍掃死的，二兒子被孫小敗壞部隊抓去修路，用皮鞭打死的，根墜兒是唯一的一條根，又叫土共抓去補缺去啦！……天底下哪還有個『理』字在？對著一窩子兇人！」

那老頭兒說著說著，聲音也變得含糊帶濕，充滿了哽咽，流向心裏去的淚，遠比淌出來更爲悲傷，從話裏聽來，他的憤怒是深的，但已變得微弱無力了，他是這樣的衰老，就要朝棺材裏爬的年紀了，除了這樣噴著煙，跟旁人乾說說，又能把那窩兇人怎樣呢？……無論是憤怒或是悲哀，當這些痛楚，像一條捆纏的毒蛇，把人纏至痲木的程度時，連歲月也彷彿中了毒，變昏沉沉了，這不是活生生的魔魘是什麼？

狗在遠處黑裏吠叫著，吠聲經北風吹刮，變爲斷續的流咽，也融在虎吼般的怒風中，碎成無數黑色的故事，奇幻的，撞擊著人的心胸。

「聽罷，狗又在驚叫了！」老頭兒哽咽說：「又不知要鬧出什麼事啦！……我的根墜兒，會掙脫他們逃回來嗎？」

「您還是去睡一會兒罷，老爹，」趙澤民說：「等歇若真有什麼動靜，需得著咱們幫忙的，咱們一定會幫你的忙，空想那些傷心事，也沒有用啊！」

「就算真有什麼事，你們這些過路的客人，又能幫得上什麼忙呢？……能舞著扁擔對那些土鋼槍麼？」老頭兒鬱抑的說：「除非西邊的岳司令，能把他的隊伍朝東移，土共最怕蒿蘆集的游擊隊，那時節，他們就不敢隨意越界，明目張膽的爲非作歹了。」

「話是這麼說，不過，岳秀峰連長的人槍實力究竟有限，他就有庇護天下老民的心，也護不得這許多地方。」趙澤民也長長嘆了一口氣說：「照土共目前的發展情勢來看，真像一把燒天的野火，哪塊地方能免得了一切？只怕也歸於天數，不是人力所能挽救得了的了！」

時辰流過去，恍惚沒有多大一會兒功夫，一排槍聲在風雨裏波傳過來，緊接著，前面有了腳步聲，一個急速的聲音在柴笆門外低喚著：

「快開門呀！……我是根墜兒，爹！」

「是誰？誰來敲門了？」老頭兒的耳朵不靈，兀自這樣的問著。

「是你兒子根墜兒回來了！」趙澤民虎跳起來，附著老頭兒的耳朵，用力的說。

老頭兒聽了，不由怔了一怔，彷彿不能相信他自己的耳朵，試探的問了他一句：

「外頭是根墜兒嗎？」

「是啊！爹。我是根墜兒，我逃回來了，爹，您快開門罷！」

老頭兒把柴笆門打開，根墜兒進來了，跟在他後面的，還有兩個人，屋裏沒點燈，只能憑簷外透來的一點黝黯的天光，隱約的辨得出閃動的人影。

「你還帶了人來？」

「是的，爹，」根墜兒說：「咱們三個，結夥逃出來的，若不是天黑，風緊，排槍早就把咱們全蓋倒了……我的地勢熟，故意把追的人引到北邊去，這才領著他們拐回村上來。」

「糟了！」老頭兒說：「他們找得到這兒，他們會追過來查問的。我這把老骨頭豁出去不要緊，你們若是再落到他們手上，就沒有命了！」

「爹，您甭擔心，」根墜兒說：「咱們三個早就商議妥當了，不管是誰，只要能活出來，咱們就到蒿蘆集去，投奔岳秀峰司令，向他討一支槍扛扛，哪怕日後粉身碎骨死在火線上，那也算是保家衛國死的，不枉在世為人一場……我只是回來見爹一面，立即就得動身上路，投奔蒿蘆集去了。」

「這倒是個好主意！」老頭兒說：「灶房的客官，你們全聽著了，我這個兒子忠厚憨樸，又真有幾分做人的骨氣，他若真跟岳司令幹，無論死活存亡，都是值得的，總比活著被人當成牲口強。」

「怎麼，屋裏還有客人？」

「幾個過路借宿的客官，」老頭兒說：「也許他們能幫你們三個拿拿主意，……土共也是地頭蛇，說不定就跟蹤過來了，他們若是捉不到你們，惱羞成怒，真會舉火把整個村子都燒掉。」

「你不必擔心了，老爹。」趙澤民忍不住發話說：「你兒子要投奔的岳司令就在這兒，……咱們就是中央的游擊隊，我是第一支隊的支隊長趙澤民。您先把燈掌上，土共來了，由咱們對付他。」

「我這不是做夢罷？」老頭兒摸著火刀火石，打火燃上灶壁間的小油盞，瞇起眼，仔細打量著業已從灶間走出來的漢子。

「您不是做夢，我就是岳秀峰。」岳秀峰司令說：「這一回，我是帶著弟兄到三不管地區來辦事的，原不想驚動你，但你的兒子出了事，咱們不能放著不管，你若真放得下心，就讓這三個跟我走罷！……看光景，他們在這兒，總是蹲不住的了。」

風仍在曠野上呼號著，一盞油燈的燄舌，替這茅屋裏的父子倆帶來了光亮，岳秀峰看了根墜兒和他帶來的兩個伙伴，都還只是十八九歲的年輕漢子，眉眼之間，顯著北方農民的樸拙，他們雖然略感單純魯鈍，但這種農村的、泥土氣習很重的資質，極適合扛槍，他知道這些孩子的原始心胸，愛恨分明，只要加以適度的訓練和調教，使他們增加經驗，他們就能成爲鄉野上出色的戰士了。

「你被他們抓去多久了？根墜兒？」他微笑著，用溫和的聲音問說。

「十多天罷。」

「編在他們哪個單位？」

「新第八師，」根墜兒說：「那不是土共地方部隊，那是他們新編的正式部隊，幹部都是從老三師和教五旅撥來的，黃楚郎只管送兵，每日訂有額數，額數不夠了，就得從民兵裏挑選朝上送。」

「你們三個，都是一個單位的？」

「是一個連的。」根墜兒說：「瘦高的這位姓張，是東邊張家蕩人。這位姓王，我還不知他叫什麼名字？他也是被抓去的。土共抓兵不叫抓兵，他們說是要動員你參軍，其實抓就是抓，硬要你騎到毛驢上頭，做給旁人看，說這都是自願的。」

「你們是從哪兒逃來的？」

「楊家樓子，」姓張的說：「如今，新八師的指揮部就設在那兒，——他們準備要打蒿蘆集，把大部隊都調到沙河北來了。新八師早上開大會，晚上開小組會，成天喊著要鏟掉岳秀峰。」

「嘿嘿，」岳秀峰司令苦笑笑，聳聳肩膀：「連我也沒想到，在他們眼裏，姓岳的會變得這麼有斤兩！我領著游擊隊，拚死拚活的打鬼子，哪一點礙了他們的眼？他們放著鬼子不打，一心要把我鏟掉？」

「他們一切訓練，都衝著你來的，」姓王的說：「我編進去，要比他們倆人早一個多月，他們模擬攻地堡，地堡的形式，據說都是游擊隊愛用的那一種，練手榴彈投擲，他們便在地上放籮筐，代表地堡的槍孔，不但要人投得遠，還要投得準……要使扔手榴彈能投得槍孔裏去；練衝鋒，上刺刀戳麻袋，每個麻袋上，都寫著岳秀峰的名字，幹部一講話，就罵你是頑固派啊的一泡臭屎！」

「有人相信嗎？」

「有人相信，就不會成天抓逃兵了。」根墜兒說，「你打鬼子，剿土匪，這許多年，此地百姓誰不知道？旁的謊話，也許有人相信，這個可沒人相信，聽說要攻蒿蘆集，連他們自己的老幹部也有開溜的，上回就有個連指戰員，被他們抓回去槍斃掉了。」

「即使底下人暗中並不相信，他們還是不會死心的，」岳秀峰司令說：「早晚他們會攻撲蒿蘆集地區的。姓岳的一天不死，他們便捲不掉那塊地方，無怪他們恨我恨之入骨了！」

他正說著話，忽然把話勒住，靜聽了一會兒，咈的一聲把小油燈吹熄了。在黑裏，他說：

「你們幾個，快扶老爹進房去，不管外頭有什麼動靜，伏在床下不要動，——追捕你們的人業已來了！澤民，你領著弟兄翻牆到屋後，再折回麥場，咱們既動手，就不能讓他們走脫一個，要不然，我們一走這村子就遭殃了。」

趙澤民和他領著的三個弟兄，都是經驗豐富的老行家，動起來快速無聲，眨眼就翻牆跳出去了，岳秀峰司令掖起皮袍子，把匣槍從懷裏摘出來插在腰帶裏，飛身出院，很快就上了屋頂，這時候，村口的兩條狗狂吠起來，表示來人已接近村子，快到打麥場上來了。

天是漆黑的，連一粒眨眼的星子全找不著，但追逃兵的那幫子匪軍，卻燃著一盞馬燈，他們的人數不多，只有六七個人，六七條槍，一個便裝的地方幹部在前頭拎著馬燈，看樣子是帶路的，另兩個把槍枝裝上刺刀，耀武揚威的嚇唬咬生的狗，另外幾個跟在後面，搖搖晃晃的把槍掛在肩膀上，好像他們業已料定這小村落裏，沒有誰敢反抗他們。

「那陳老頭，你替我豎耳朵聽著。」拎燈的那個站在打麥場當央，粗聲暴喝起來：「我是燕塘鄉，鄉聯會的會長周兆山，你兒子陳根墜，打新八師開差溜號，還拐走張富里和王錦堂兩個新兵，新八師的同志追到宋家旗杆來要人，我曉得他們是跑回你這兒來啦，你要是明白人，就開門，把三個逃勇送回來。交給他們帶回隊去處斷，要不然，叫咱們撞開都搜著，當場就斃掉，那時刻，你丟了兒子，還得多貼三口棺材，後悔也來不及啦！」

伏在房頂的岳秀峰司令聽著，不禁緊緊的皺起眉毛來……這算什麼？這不就是土匪上扒戶的口氣嗎？他們跟孫小敗壞、朱三麻子那一夥，雖各自不同，實質上都是百姓眼裏的狼虎。回想到抗日這些年來，陷區裏的中央游擊一心打鬼子，對身後的這批狼虎從沒有認真打擊過，如今，他們坐大了，農村所受的荼毒，要比受鬼子的燒殺更深切，鬼子的燒殺只是一時的，可逃、可躲，也總有過去了的時刻，而他們日夜糾纏著人，像一條吸血的蟒蛇，百姓被他們緊緊捲住，根本無處可逃，比較起來，這些獸性的人魔，要比孫小敗壞、朱三麻子更毒得多了，無怪好些人聽到他們都臉色泛白，渾身打抖……他們簡直就是從歷史書上跳出來的，那些流寇的陰魂！

「陳老頭，你是真聾？還是假聾？你要不理不睬，咱們就要在屋外堆柴火，燒光這個村子！」那個自稱是土共鄉聯會的周兆山又在吼著了：「不論死活，逃兵總是要拖回去的！」

「甭浪費唾沫啦，周同志的，」抓逃兵的班長說：「咱們這就堆柴火，放它一把火回去交差，大寒天夜晚，餓著肚皮追人，一心煩躁，咱們沒那份精神再窮耗了，拿這村子當火盆，也好暖暖身子！」

當他們去抱柴火的時刻，事故發生了，匣槍打了三陣清脆的點放，打麥場上那窩子人便靜靜的圍著那盞馬燈匍匐下去，好像一群伏在火燄邊的燈蛾。

岳秀峰司令這行人，是在第二天清早從這裏動身的，臨走之前，他和手下人把那些土共的屍骸埋在後面亂塚堆當中，——當初他們濫射無辜的地方。而岳秀峰的行列裏，多了陳根墜、張富里和王錦堂三個新手；他為了拯救這三個年輕漢子，使小村落免遭火劫，不得不用非常手段，殲滅那些橫暴的狼虎。

當大雪飄落時，他回頭眺望龜伏在荒天凹野中的村落的茅脊，他知道，那村落是可以暫時保全的了。

迎風冒雪跋涉到傍晚，他們落宿甘家口這個小集鎮上，甘家口的住戶，十有八九都是甘家的族人，他們居然還聚有十多支雜牌槍枝，成立們一個保鄉會，這類民間組織，在三不管地帶是習見的，他們的自衛力極爲單薄，凡是大膽的鬼子，僞軍或土共下來竄擾時，他們無法抗拒，就護著當地百姓逃難到旁的地方去，平時巡更守望，只能防一防小股的土匪和宵小混水摸魚而已。

甭小看這十來支槍不怎麼樣，卻使這個小集鎮在漫天風雪裏，保持著一種疑似承平年代的熱鬧，各方來的商客，因爲這兒有保鄉隊的槍枝，可以防範土匪，大都麇集在鎮上躲避風雪，等待天晴後，聽取路上的動靜再定行止，他們常走這條道兒的人，對於這一帶的情形極熟悉，也都具有超常的敏感，以保護他們本身的性命和貨物的安全，這樣一來，鎮上的客棧和茶館便都客滿了。

甘家口保鄉會的會主甘士豐，正是潘特派員手底下的人，負責三不管地帶南邊情報的蒐集，岳秀峰司令一到鎮上，甘士豐便親自迎接，把這一行人全請到住宅裏去了。

「前幾批弟兄業已過境，往宋家旗桿去了。」甘士豐說：「咱們曉得司令和趙支隊長親自下來，逐日伸長頸子，等著，盼著，這總算是盼到了。」

「這邊的情形有什麼變化沒有？」岳秀峰說。

「有。」甘士豐說：「疤子李跟黃楚郎已經見過兩次面，雙方把勾結的條件講妥了！黃楚郎調集四個民兵大隊，配合他們教五旅的一個團，攻擊朱嘯天守地的正面，疤子李講妥在土共攻擊朱部的時辰，出兵咬住夏勁唐，不讓他向朱部增援……依照判斷，他們亟欲在年內把朱、夏兩部吞掉。」

「照這麼說，咱們來的正是時候！」趙澤民說：「再晚一步，怕就來不及了。」

「朱三麻子怎樣了呢？」岳秀峰司令轉問甘士豐說：「聽說他到北邊兜了一轉，又竄回宋家旗桿這一帶來，幹起他打家劫舍的老營生來了？」

「三麻子目前就在甘家口附近出沒，」甘士豐說：「看光景，他是想謀算甘家口保鄉會上這十來條爛槍，好做他東山再起的本錢。」

「到目前爲止，雙方可曾接觸過？」

甘士豐搖搖頭：

「還沒有接觸過，但我們全曉得，三麻子手底下的長短槍枝，還有廿多支，另外還有幾匹快馬，這實力，在司令跟支隊長的眼裏，也許算不得什麼，可是，甘家口的人全在提著心，吊著膽，假如不是司令和支隊長趕來，咱們正不知道怎麼辦！」

「我曉得三麻子的習性，」趙澤民說：「他若真領著僞軍一個團，那倒好辦，他一恢復土匪那種打法，就難纏得多了！正因爲他手底下人數少，當初跟著他突圍的，又都是跟他很久的老土匪，他們行動快捷，飄忽，很不容易窩住他們。」

「我倒有一個好辦法在這兒。」岳秀峰司令說：「據我所知，朱三麻子除了狡猾兇悍之外，還有個脾性，那就是心高氣傲，受不得委屈。上一回，他被圍在蒿蘆集突圍時選錯了方向，跑到燕塘集去，被黃楚郎窩倒，人被編了，槍被繳了，隻身回到三官廟，受了孫小敗壞的白眼，讓他坐了半年的冷板凳！這一回，他雖有心回縣城，跟孫小敗壞重新擰股兒，但他可不願就這樣狼形狽狀的回去；剛剛士豐兄說的不錯，他一路朝南竄擾，只要遇上零散的槍枝，就像黃狼拖雞一樣，貪婪得很；咱們不妨利用他這種貪婪，以甘家口保鄉會這些槍枝做餌，暗暗佈成陷阱，誘他自動找上門來，這可要比咱們出面找他要容易得多了！」

在美孚油燈下面，岳秀峰司令把他的想法，詳詳細細的說了出來，最後他說：

「我跟澤民兄這回出來，主要的，是要剷除爲虎作倀的疤子李。對付朱三麻子還在其次。不過，既然遇上了，也沒有把他放過的道理。我們不出面，暗中把陷阱佈妥，倒巴望他儘快的來，讓咱們立時把他解決掉，不要耽誤咱們的行程。」

計議妥當了，陷阱便按照岳秀峰司令的意思佈置起來，專等朱三麻子上鉤。

這次風雪不但來勢很兇猛，而且延續很久，大雪加上連陰，化成雨夾雪，鄉野的流諺，說是：雨夾雪落一月，那意思是說，這種天氣，能夠持續到三四十天以上。

即使在平時，過路的行商遇上這種天氣，也都裹足不前，找個地方停歇，因爲路不怕冰凍，單怕一半冰凍，一半泥濘，泥濘會使車輛打滑翻倒，碎冰渣兒其薄如刃，專割牲口的蹄脛，而那種寒雨，會使棉紗、糧食，大多數的貨物遭受很嚴重的損失，平時已是如此，何況傳說朱三麻子那夥強人就徘徊在甘家口左近一帶，走惡路已夠麻煩，再遇上吃人不吐骨頭的惡漢，賠上錢財貨物是另一回事，弄得不好，連性命都給貼上，這種顧慮，使他們硬忍住焦急和不安，停留在甘家口的街上。

陰鬱的天色，把人心也染得黯黯淡淡的，風雪把外間的消息都阻絕了，誰也不知道朱三麻子在什麼地方？會不會突然從黑裏冒出來，撲擊甘家口的保鄉會？這些疑慮，就變成他們竊竊議論的話題了。

保鄉會的那些鄉丁，好像很沉得住氣，根本沒把朱三麻子可能進撲的事放在心上，他們除了值更的，抱著刀矛槍銃，守在圩門口的更棚裏之外，其餘的一些全都擠到茶館裏十字街那一家的茶館，烘火喝茶去了，裏面有十多張桌面，每張桌面都坐滿了人，居子當中，放一隻頭號的泥火盆，燒著一盆熾旺的劈柴火，大門口垂著厚重的棉門帘兒，把一街的風雪和嚴寒隔在外頭，若是平常時日，這種紅紅旺旺的火和熱氣騰騰的茶，正是消寒話夜的好陪襯，煙袋猛吸，如今，一屋子都在無可奈何的悶坐著，有些人噴著煙，弄得一屋子都是嗆人的煙霧。

「甘士豐甘大爺也真是放得下心，」一個販棉紗的行商說：「甘家口不是鐵箍箍著的大集鎮，十條八條槍，只能唬唬幹小手的毛賊，拿來對付朱三麻子，那可能就太單薄了！……這些鄉丁大而化之，摟著槍，窩在屋裏喝茶烤火，朱三麻子若真捲襲過來，怎麼得了？」

「我看這幾天不會有什麼動靜。」另一個說：「人說：偷風偷雨不偷雪，一般土匪，都不揀落雪天出來做案子，人的腳印和牲口的蹄跡會暴露他們的行跡，朱三麻子是這一行的老幹家，他還會不懂這個？」

「話可不是這麼說，老兄，」販棉紗的行商說：「朱三麻子雖在上沙河那一仗，被老中央的游擊隊打垮了，但他的老虎皮沒脫，不是土匪，仍是有番號的僞軍，他要真動甘家口的腦筋，一定是明吃，沒有藏頭露尾的必要，……你沒想想，在這種地方？誰還能去追捕他？」

「對！秦老哥說得對，」販棉紗對面有個中年的油商說：「這種雨夾雪的天氣，並不能阻攔朱三麻子，他既打算竄回縣城，就不會在這一帶停留得太久，大夥兒千萬不要以爲天氣不好，他就不會來，說不定他就會趁著咱們不留意的時辰，突然捲襲過來，打得保鄉會措手不及，他才好出奇制勝呢！」

「是啊！我就是這麼想的。」姓秦的說：「要真這樣，我看，甘家口這十來條槍，非叫他吃掉不可，這麼一來，咱們留在鎮上的這些人和貨，都跟著完蛋了！」

「我看這樣罷，咱們公推秦大叔出面，去找甘士豐大爺去，跟他把事情說清楚，——咱們雖沒有槍枝，哪怕就拎上刀槍棍棒，爲了護衛自己，也該幫著保鄉會，一道兒來守這個集鎮的，咱們坐在這兒喝茶烘火，發議論，光著急有什麼用？不是坐等著朱三麻子來收拾嗎？事到如今，只有挺身而出才是辦法。」

「你們去找甘大爺，不用去了，」那個說：「那邊挑門帘兒進屋的，不就是甘士豐甘大爺嗎？」

「噯，甘大爺，請這邊坐罷，」老秦站起身叫說：「咱們正爲朱三麻子的事，在這兒發愁呢！剛剛有人說了，他們以爲保鄉會的人槍實力有限，未必能抵擋得了朱三麻子那股兇神惡煞，正想推兄弟出面找您打商量，能不能找些刀矛槍銃之類的，分給留在集上的商客，大夥兒一道來守這個集鎮？」

「那還有不好的事嗎？秦兄。」甘士豐作揖說：「其實，我也正爲這事著急，保鄉會人頭雖然不少，槍枝實在有限，拿去對抗朱三麻子，真太單薄了。保鄉會都是甘家族裏的，守鎮保鄉，也就是保護自家的生命財產，是好是歹，都沒有二話好說得，你們諸位在鎮上，總是過境作客的朋友，不到萬難的辰光，咱們怎好拖累諸位？……這究竟是玩命的事兒，今晚，您要不是先提起，我是無論如何不會開這個口的。說實在話，臨到這種時刻，咱們磕頭求人來幫忙還來不及呢！」

「這也不是客套的時候了，甘大爺。」老秦說：「咱們既然陷在這兒，遇事咱們一樣有份，您想想罷，甘大爺，三麻子既謀算甘家口的槍，他眼裏會沒有咱們這許多貨物？這年頭，上路都帶分險，保貨，也是保命，遇上這種事，不豁命也不成了！」

「你們能糾聚多少人呢？」

「二三十個人不成問題，槍是沒幾支，只有扁擔和防身的小攮子。」老秦說。

「好罷。」甘士豐說：「不過，咱們也沒有多餘的刀矛槍銃分給各位了，鎮梢的祠堂裏，還有早年起廟會的單刀和鐵叉，只怕都上了薄銹了！要是用的話，我立即著人取了送過來。」

「管它呢！」有人這麼說：「只要是鐵打的玩意，總比空著手強，事到緊急的當口，哪怕只是一根柴火棒兒，照樣派得上用場！」

「諸位既然肯這樣熱心助陣，兄弟的心，可就寬鬆多了！」甘士豐說：「咱們這一帶的人，誰一提起朱三麻子，大夥兒都會覺得頭痛沒旁的，說穿了只是一句話：怕賊怕慣了，咱們這兒，在抗戰前，多年連命案都沒出過一宗，莊稼人打獵殺生都有顧忌，哪天對土匪認真過陣來著？朱三麻子當初在這一帶混過一段時期，他那殺人見血的行徑，誰聽著都搖頭嘆氣，唸一聲阿彌陀佛！他的命拴在槍把兒上，咱們的命是要養活一家老小的，比不來呀！」

「比不來也沒有法子。」老秦酸苦的說：「咱們並沒找著他，是他衝著咱們來的，扛不動也得扛著。」

行商們爲求自保，大夥兒都願意挺身出來，幫著保鄉會保鎮，甘家口雖不是大集鎮，但以保鄉會和行商們的這點兒人手，還無法分佈人守圩子；甘士豐的意思，指出甘家口的圩堆破舊，外牆多處圮塌，行人能把它當成路走，根本無險可守，與其把兩邊幾十個人推送至外守線守圩堆，敷衍門面，而使內街空虛，不如把人槍集聚到中間，利用街屋守，這樣可使槍火集中，彼此之間也有個呼應。

茶樓的院子一角，有棵高大粗壯的沖天榆，甘士豐便利用那棵樹作爲瞭望樓子，把所有的槍枝和人手，都集中到甘家口的十字街附近來，這種作法，在岳秀峰司令的計劃裏，是明明顯顯的佈餌，希望能以餌所散發出的香味，誘使嗅覺靈敏的朱三麻子，能快一點兒上鉤。

朱三麻子對甘家口的圖謀，算是被岳秀峰司令料準了，這時刻，他正糾集那幫子徒眾，盤紮在甘家東北角的一座破廟裏。三麻子也算邪有邪門，魔有魔道，他從上沙河突圍出來，被中央游擊隊一路啣尾窮追，疲於奔命，離開三家窯之後，左右落不到十個人，但他能用這點兒殘臏的本錢，招聚星散的黨羽，又勾結三不管地區的小土匪和地痞混混兒，拉攏了將近卅桿槍，一邊橫身打滾，一邊趁機南竄，想循著被游擊隊切斷的公路線，渡河逃回三官廟，再跟縣城裏的孫小敗壞取得連絡。

他曉得，憑他這點兒人槍，常在三不管地帶混下去，總歸不是辦法，北邊靠著疤子李的地界，他既聽信夏皋，忌自己再起，必會多方設法把自己連根拔掉當柴燒；西邊是黃楚郎新擴出的土共的地界，黃楚郎一向講究利害，沒有說見了落水狗不打的道理；而使他最憚忌的，仍然是西南方的游擊隊，經過兩次交手，他算是被打怕了，自承絕不是岳秀峰的對手。孫小敗壞勢盛時刻，號稱有五個團的兵力，開拔時，隊伍迤邐有幾里地長，隊伍前頭響號，後尾兒聽不見，中間還得要有接號的，當時自己也以爲是混定了，坐穩了，誰知僅只是曇花一現，轉眼就垮了桿兒了，而當時跟自己一道兒混起來的人物，像張得廣、胡三、飛刀宋、楊志高、金幹，蕭石匠、葉大個兒……一個個都被擺平了，俗說兔死狐悲，不由不使他膽戰心寒，如今，只有他跟孫小敗壞倆個還活著，一個是驚弓之鳥，一個是漏網之魚，若不趁早跟游擊隊離得遠一點，總有一天會落到岳秀峰手裏去，那就吹了燈啦！

想朝南竄，必得經過游擊隊控制的地區，這一關，是朱三麻子最怕闖而又不得不闖的，要想順順當當的竄回三官廟，冬寒季節是最好的時機，他可趁夜急行，利用雪的掩護，避免對方截擊。

過了冬寒，開冰化凍，那就走不得了，再想走，得要等到青紗帳起的時辰，他曉得岳秀峰不會給他這種機會的，所以，這個冬季，實在是他唯一能走得脫的機會，否則便會險象環生了。

險是很險，但朱三麻子卻仍不願平白的放過甘家口保鄉會的這批槍枝，保鄉會的鄉丁，扛槍跟扛鋤頭一樣，在他眼裏，都是些又呆又笨的土牛木馬，沒經過陣仗的，對經不得陣仗的，他只要一領馬韁繩，便能把這個小集鎮夷平，若能再弄到他們的槍枝，自己的實力便撈回一半了，這樣回縣城去，面子上要好看得多，——至少比孫老大光著屁股回城要強得多。

有了這個心，便使他停了下來，派人踩探過甘家口的動靜，當他聽說甘家口還聚有一批帶貨的行商時，他更起了貪婪的心，決意先拿甘家口，把對方的槍枝和貨物一口吞了。

正當他要出動夜襲時，風訊來了，雨夾雪的天氣，攪得他意亂心煩，他們在破廟裏乾等著，等了幾天，雨雪還是不停，他手底下的人勸他捺下心再等幾天，而三麻子計算計算日子之後，搖搖頭，不願再等下去了。

他跟那些傢伙說：

「快到年根歲底啦，哪還能再等？年前不闖過岳秀峰的地界，年後的機會就更小了！好在咱們業已有人扮成商客，潛進甘家口臥了底，如今正好趁著連陰雨雪，來它一個出其不意，攻其不備，一舉就把保鄉會拔掉，……咱們一得著槍枝和貨物，立時拔腳朝南奔，連停都停不得啦！岳秀峰早先計算事情，總比咱們快一步，這就是咱們大敗虧輸的緣由，這一回，老子非搶先一步不可。」

「三爺說的對，」三麻子的馬弁吃過游擊隊的虧，餘悸猶存，立即附和說：「早幹完這一票，好早點兒走路，待在這個空檔兒裏，三面受敵，心都吊到喉嚨管，快吐出來了！」

三麻子做案，一向極爲精明，這一回當然更不例外，他在這兒混過，常經甘家口，對這個集鎮的地形地勢瞭如指掌，他曉得這集鎮的後街，東西各有一座池塘，圩堆破爛，無險可守，街梢有一座小廟似的甘家祠堂，孤單單的，也不是什麼險要。

甘士豐手底下的人槍不多，無法拉開守圩子，只有把槍枝人手都糾聚在十字街口，他的家宅附近，像這種大寒天，雨雪不停，他們也不會光著頭，赤著腳，終夜立在外頭等著，十有八九，是抱著槍枝，圍在屋裏烘火喝茶，他只要偷偷的把人槍拉進圩子，設法先放倒守望的崗哨，甘士豐他們便成了瞎子，很容易便可以用短槍把他們逼住，喝令他們繳槍了。

他忌諱甘士豐會利用那棵長在茶樓內院裏的榆樹，使人爬上樹去瞭望，如今野地上積有薄雪，人在高處，很容易看出遠近的動靜，不過，萬一樹頂有人，使他偷襲不成，他也有另一套辦法，那就是縱火焚燒街屋，把保鄉會硬逼出來，再用冷槍把他們撂倒，這方法雖然略爲耗時費事，但保鄉團終究是走不脫的。

這一切他都計算得很好，除了一點他根本沒有算著，那便是——岳秀峰司令又比他快了一步。

朱三麻子這一行人，冒著夾雪的寒雨，爬過圩崗子繞過後街的大池塘，來到冷落的後街上，他們沒燃燈火，只憑微弱的雪光照路，後街對著一些住戶的後門，高高矮矮，曲曲折折的土牆迤邐著，牆腳下就是一條半邊朝池塘傾斜的，小小的坡路，一步一滑塌，異常難走，有的地方較寬，偏就有一個茅廁坑，人若一不小心，就會滑下茅坑去，如果雪後天氣奇寒，茅坑封凍，那還不怎麼樣，如今天氣還沒冷到那種程度，只是坑面上有一層碎花花的薄冰，人要掉下去，冰片能割碎人的頸子，碰著這種地形，他們只有耐著性子扶牆走，想快也快不得。好不容易摸著一條小巷子，可以橫向前街去，朱三麻子蹲下身，朝後一招手，後面的就紛紛圍攏過來了。

「後街有屋脊和土牆擋著，看不到茶館院心的那棵老榆樹，」朱三麻子低聲的關照說：「可是，咱們一進到前街，就看得見那棵榆樹的樹梢了，……樹上極可能有人蹲著瞭望。」

「那咱們該怎麼辦呢？」

「不要緊，」朱三麻子說：「你們一個一個的溜出巷口，儘量弓著身子，連爬帶跑，溜到對街的廊影下面去，切忌結成團兒，或是弄出聲音，到了接近十字街口的地方，各人取妥位置，匿住身，等我過去，咱們先攻茶館，喝命他們繳槍，他們若是還槍抗拒，就使用手榴彈，拉了火朝裏頭扔，等手榴彈炸過了，進去撿槍也是一樣。」

風在簷口的凍鈴上打著尖細的胡哨，朱三麻子手下這夥子人，像覓食的狼群一樣的奔竄過狹巷，一個一個，悄無聲息的溜出巷口，奔到對街的廊影下面去了。

三麻子心裏雖有九成的把握，但他也防著萬一出了岔子，他好有退身之路，等前面的人全出了巷子，他轉臉對跟在他身後的一個馬弁說：

「人已經夠用了，你替我留在這兒照應馬匹，假如事情有了意外的變化，咱們就上馬朝外衝。」

他手裏緊緊掂著匣槍，心裏有一種發洩性的恨意，究竟恨誰他也很朦朧，橫豎是半路殺出來的岳秀峰以及蒿蘆集上的那幫人，他都恨，因爲那些人阻擋了他，使他不能如意，但除了驚悸之外，他也抱有一份傲感，岳秀峰再有能爲，他卻沒能把我朱三麻子擺平，足見我朱某人也不簡單，我也讓你姓岳的瞧瞧，灰沙照樣發熱，我朱三麻子跌倒還會爬起來的。

他自知自己看不遠，所以立定主意，不看遠處，只看眼前，未來的變化像滿天雲霧，誰知鬼子還能撐持多久？誰知外界會打成什麼樣？槍在腰裏，馬在胯下，他仍然就是活著的朱三麻子，人生在世，就是一場賭，點子沒亮，不曉得誰輸誰贏！

「夥計們，跟我上罷！」他朝後一招手，又有一撥子人，跟著他竄到對街的廊影下去了。

正當他們側著身，踮著腳，沿著廊影朝前溜的時刻，不知從哪兒吉裏谷祿滾來個東西，有個傢伙衝著那玩意彎下腰去，忽然怪聲的嚷叫起來說：

「快趴下，手榴彈！」

虧得他眼尖手快，伸手抓起手榴彈擲到街對面去了，他嚷叫並沒有嚷錯，手榴彈也的確是一枚如假包換的手榴彈，不過，那枚手榴彈是從他自己懷裏掉下來的，根本沒有拉過火，但旁人並不知道這回事，聽他一喊趴下，全部乖乖的趴下去了，朱三麻子比別人敏活，趴的也最快，趴下去一會兒，手榴彈還是沒有爆炸，而他這麼一嚷嚷，街口卻響起拉動槍機的聲音。

「誰？」一個聲音暴喝說。

朱三麻子這邊還沒有回話，砰！的一聲，那邊扯平了開了一槍，緊接著，雙方糊里糊塗就打了起來。人說：一泡雞屎壞了一缸醬，一個迷糊蛋的這一聲嚷叫，使朱三麻子想不發一彈窩住對方的算盤打不成了，對方既然開槍硬抗，那也只有打開來再講了。

當然，論起火力來，朱三麻子這邊要比保鄉會那邊強得多，他手下的匣槍潑火，密得像機槍打掃射一樣。但匣槍再靈，子彈也射不透都些房屋重疊的土牆，若論雙方所佔的地勢，保鄉會顯然要比朱三麻子的人要佔著極大的便宜了，三麻子的人伏在街上，能掩蔽他們的地方有限，多半都暴露在對方的槍火下面，而保鄉隊的人利用屋牆做掩體，匿伏在門窗的背後開槍，用明暗來作比，保鄉會是在暗處，朱三麻子的人卻在明處，暗打明容易，明打暗很難，這樣一來，朱三麻子想撲上去縱火也不容易，雙方半斤八兩的對耗上了。

「你們不要亂開空槍，浪費子彈，」朱三麻子說：「這邊撲不上去，咱們不妨放靈活點兒，分一部分抄巷子，轉到另一邊去試試，再去幾個人去抱柴火，先把火給放起來！」

雖然朱三麻子覺得對甘家口的攻撲，並不如想像的那麼順利，但他仍然使用大魚吃小魚的姿態，想把啣到嘴裏的這批槍枝整個吞掉，他沒在乎保鄉會開槍頑抗，他認為對方只不過拖耗時辰而已，等到他縱了火，保鄉會就會撐持不下去了。

一部分人分成幾小股，抄到附近的幾條巷子裏去，有人利用打腳凳兒疊羅漢的方式，爬上了屋頂，再順著屋脊朝前竄動，不一會兒功夫，保鄉會據守的大街口一帶，就已四面受攻，槍聲鬆一陣緊一陣的響著，不時興起雙方殺喊的聲音，足見有些地方，已經到了短兵相接的程度了！

有些有狗的人家，狗在槍聲裏驚吠著，有一條中了彈，發出一路的哀嚎，跑過街心。朱三麻子手下有兩個膽氣壯的，一直跑到茶館的屋脊上去，其中一個被人打了一槍，滾落到內院裏，另一個踩碎了天窗，跌進屋裏去了。

朱三麻子也揣著槍上了房子，他上房脊不久，便看見茶館後院冒起火燄來，估量著他手下已經縱火縱成了，由於雨和雪一直落著的關係，房脊都是潮濕的，火雖燒著了，但火勢並不猛烈，火燄升上來，不久就低落下去，骨嘟嘟冒濃煙。

「這些傻鳥，真它媽的差勁！」他罵道：「要燒也該燒茶館的前屋，他們偏燒後屋，那幢房子和前屋之間有院子隔著，風馬牛不相及，燒了有什麼用處?!」

事實上，這把火的用處是有的，它幫了朱三麻子一個倒忙，因爲外面的雪光究竟很黯淡，守在屋裏的保鄉會，光聽見滿天彈嘯，也不知朱三麻子帶來了多少人槍?每個人心裏，難免有些緊張，等到火光把外面照亮了，攻撲上來的無所遁形，屋裏的人能從窗子背後，數得出街上的人頭數目來，把槍瞄準了打，心裏也就安定多了。朱三麻子的人，原可以趁黑朝上漫的，這一來，反而不敢把自己當成活靶，迎著人家的槍口朝上撞了，也就是說：這把火使朱三麻子指揮的攻撲，根本受到了挫頓了。

最先蒙受縱火之害的，也許就是朱三麻子本人。

火光把他蹲身的屋脊，照成一片橘紅色，好像是亮著晚霞的黃昏，他高，還有人比他更高，保鄉會放在樹上的那個瞭望哨，最先發現了他，伸槍瞄定他打，雖然那個槍手的槍法，並沒有大準頭，但子彈銳嘯著，擊碎他腳邊的瓦面，也夠使他渾身打寒噤的。朱三麻子半側著身子，舉手朝樹梢仰射了兩個點放，然後，順著瓦溝朝下滾，落進一所宅院的暗巷裏。這條巷子座落在正屋與廊房之間，裏面放了好幾口鼓肚罈子，他的身子橫著落下時，胳膊打碎了罈蓋子，使他嗅到一股臭臭的醃菜味道。

人就怕時運不順，可不是?幸虧身上有棉衣隔著，要不然，這一跤能摔得人走不動路，朱三麻子想起早年當土匪的時刻，匹馬單槍，走哪兒吃哪兒的光景，不由吐了一口鬱抑的悶氣。

當年他無論什麼案子，都是手到擒來，順當得很，有一回，他在宋家旗桿搶劫牌坊前的賭場，那天在檯面上賭錢的賭客，三教九流全有，其中還有幾個海盜和湖匪的頭目，他們腰裏有槍，懷裏有攮子，大把的銀洋堆在檯面上，根本沒想到會有誰敢動他們的腦筋，搶劫搶進賊窟，這種事從來也沒有聽說過，但他朱三麻子一向是和尚的大襟——左著來的，他就那麼幹了！……他一隻手拎著羊皮口袋，一隻手抓著胸口手榴彈的拉火環，威脅那些賭客把銀洋扔進他的口袋，要有人不幹，他就拉火，大家同歸於盡。

這一招狠絕得出奇，使他搶得了半口袋銀洋，等他倒退著出門，鞭馬奔離，裏頭才有人拔槍追擊他，但那已變成名符其實的「後炮」，不像是追擊他，倒有幾分像是替他送行的味道了。……更有一回，在北邊的呂家堡，他一個人闖進去，挾持了呂家堡堡主的獨生子，用匣槍點在他的後腦袋上，把他牽出去當肉票，呂家的槍隊，有好幾十條槍，都端平了在兩面瞄著他，但他卻大模大樣的搖著走，一面笑說：

「你們誰先開槍，這孩子就沒命了！」

結果他還是得了手，用那人質換了一千六百塊現洋。但自從被張得廣、尤暴牙倆人逼離北邊，亡命蒿蘆集之後，這種順當事，就沒碰上一回。

孫小敗壞有回開玩笑，說劉備手下有五虎大將，我孫某人手下雖不敢有五虎，至少也有五隻狼，憑心說實話，就算它五隻狼罷，以自己的狠勁，蠻悍，也該位居五狼之首的，但事實上，筱應龍，金幹和葉大個兒後來都比自己混得強，這不是流年不利是什麼？……正因爲這幾年跟孫小敗壞沾上霉氣，竟連攻撲甘家口這種小地方，也都疙疙瘩瘩的，不能順心如意了，這真使人悶氣的慌。

天已過了三更了罷？雨和雪還在落著，槍聲乒乒乓乓的在四面亂響，也不知手下人打得怎麼樣了？無論如何，他不能窩困在這斷頭巷子裏，他得翻牆出去瞧瞧，他務必要在天亮之前打贏這一火，把保鄉會的槍枝悉數繳掉，要不然，白忙乎這一夜，那就太冤了。

他試圖翻牆時，這才發覺腰骨疼，約莫適才滾跌在罈子口上，跌得重了些，筋肉受了傷了，傷雖不太重，但總有些不得力，連牆頭都翻不上去了。

翻不上牆，只有走門罷，他又轉回身子，到巷口探頭張望，他發現這座宅子有幾進院子，他正好跌落在中間的院子裏，前後過道的門關得鐵緊，根本無法打得開，這家人爲了躲避滿天亂飛的彈雨，敢情都匿到哪個牆腳去了，不熟悉的口音叫門，他們絕不會開的，在這種情形之下，他唯有設法翻牆了，否則他就會被困死在這院子裏，等到天一放亮，連脫身怕都很困難了。

他忍住痠疼，揉了揉腰桿，試著挪動那些罈子，用罈子當成墊腳石，好不容易才爬到牆頭上去，他剛上牆頭，樹上的槍口又對著他射了過來，這一回，他不再打算朝下滾了，他冒險順著脊頂朝後爬，等他到遠處的屋脊上的時刻，才有人喚說：

「是朱三爺嗎？您好半晌沒見影兒，咱們還以爲你是中槍跌下去了呢！」

「放屁，」朱三麻子沒好氣的說：「你們這些沒用的東西，只曉得在這兒死蹲著，幸好我沒中槍，若真掛彩帶傷落下去，靠你們來救，那我不是完蛋了！」

「三爺您不明白，樹梢上那桿槍，居高臨下，屋面上的動靜，他看得清楚，咱們動一動，槍火就衝著咱們打過來了！」

「您的槍法準，三爺，」另一個說：「您得想法子把樹梢上那個傢伙打落下去，咱們才好朝上撲，要是咱們白丟了性命，您就是得了槍枝，又有誰來替您扛啊！」

朱三痲子一想，這個膽小鬼說話，也確有一番道理，自打孫部被解決掉之後，鄉野地上，除了黑道人物站不住腳，旁人誰也不願幹僞軍了，槍固然要緊，人也不能損耗得太多，不然，這筆交易不一定划得來。

「要換在白天，樹梢的那個傢伙，我只要一伸槍，一發子彈就能把他打翻掉！」他說：「如今天太暗，遠近拿捏不準，剛剛我仰射幾槍，都沒能打得中他，算這小子走了狗頭運，……我再試試看好了！」

他一面說著，一面把一支匣槍裝在木製的槍匣子上，把短槍當成步槍使用，瞄準樹梢的黑影開了一槍，這一槍果然沒打錯地方，樹梢那個人撒開手，發出一聲慘叫，直直的摔落下去了。

「嘿，」朱三痲子得意起來，歪吊起嘴角說：「這總算開了彩啦，你們瞧，三爺我的槍法還不賴吧？」

「真有你的三爺。」幾個都誇說：「這一下，高處再沒誰擋住咱們了！」

「好！大夥兒先衝過去再講！」朱三痲子說。

朱三痲子奪槍心急，領頭從房頂上朝前飛撲過去，這當口，保鄉會伏在各屋裏的人，全都注意著從街道上進撲的各股僞軍，一時照顧不到房頂上了，所以，朱三痲子率著的六七支短槍，很快便竄到茶館的屋面上了。

「你們替我砸爛天窗，我好朝下喊話！」他吩咐說：「另外去兩個佔住院子，見人逃出來就開槍打！」

一個傢伙用槍管把天窗搗爛了，朱三麻子揚聲朝下面喊說：

「甘士豐和保鄉會的傢伙們，你們聽著，我是和平軍的團長朱三麻子！今天領著全團人馬，打甘家口經過，我要收編你們！凡是願意跟我南下的，我保險你們有吃有穿有餉拿，只要你們扔槍走出來，我絕不爲難你們，你們若敢頑抗，我立刻就把手榴彈朝下丟，讓你們嚐嚐鐵蘿蔔的味道，是抗？是降？限你們在一袋煙的時刻裏頭，給我回話。」

他這樣的喊話，帶有極大的威脅性，因爲底下人明白，假如真有一顆手榴彈從屋頂上扔下來，這一屋子的人，誰也跑不了，大夥兒沒誰能答得上話，只有悄聲詢問甘士豐，問他該怎麼辦？

「不要緊，」甘士豐悄聲說：「那邊有暗門通到隔壁，你們不妨挨箇兒爬過去，轉個圈兒，伸槍朝著這邊的屋面上打，我留在這兒吊住他們！」

「成嗎？」

「怎麼不成？」甘士豐說：「你們儘管放心，咱們在外頭另有接應，朱三麻子不會得逞的。」

他這一說，裏面的人都從暗門遁走了，只有甘士豐遁到暗門邊，把步槍舉起來，瞄著那扇透著微亮的天窗，他計算過，上頭就是把手榴彈扔下來，從拉火到爆炸，也得要數到三聲數，這時間雖然不長，但已足夠使他跨過暗門，躲到土牆背後去，土牆有一尺五寸的厚度，一般子彈都打不透，手榴彈的碎片，當然更炸它不穿了。照這樣的計算，自己的安全無虞，而站在瓦面上的朱三麻子卻不保險，自己的步槍摸著他的聲音朝上射，一定可以貫穿屋瓦，碰巧就能打中他，這種有賺無賠的打法，值得試上一試的。

朱三麻子蹲在天窗旁邊等著，聽不著屋裏的動靜，不一刹，他已經覺得不耐煩了，罵罵咧咧的，又朝下面發話說：

「噯，傢伙們，你們敢情是兩耳塞了驢毛啦？沒聽見三老爺我跟你們說的話？再沒人答腔，我就拉火把鐵蘿蔔朝下扔了！」

「慢點兒，慢點兒，朱三老爺。」甘士豐一面朝上回話，一面把槍口循著朱三麻子發話的聲音移動著，單發的步槍比不得連發的匣槍，假如有匣槍在手上，朝上猛潑一梭子火，莫講一個朱三麻子，就算有三個朱三麻子，也準會中槍滾落下去，而步槍只能打一發，一發如果打不中，對方不會等他再拉栓塡火，立即就會把手榴彈給扔下來，……甘士豐記得岳司令所講的話：打蛇打頭，擒賊擒王，只要攫著機會，一槍把朱三麻子撂倒，其餘的徒眾就不敢再逞威了，他寧願冒三分險，也不願意失掉這種一擊而中的機會。

「你有什麼話好講？」朱三麻子說，「你們只有一條路好跑，那就是開門，扔槍，一個一個的舉起雙手，走到院子裏來！」

「有話好說，三爺！」甘士豐說：「咱們底下人多嘴雜，您總得讓咱們商議商議，再跟您回話！」

「好罷！」朱三麻子說：「你們若是想要什麼花樣，那可就是存心找死，我早把手榴彈的塞子拔開，拉火環扣在指頭上了！」

「不會的，三老爺，咱們哪敢耍那種不要命的花樣來著？」

說著，甘士豐就壓下了扳機。

他有計算，屋頂上的朱三麻子更有計算，他並不是死死蹲在那兒發話的，每說一段話，他就機靈快速跳離他吐話發聲的地方，讓對方無法循聲判定他所站的位置，上回在上沙河就曾中過槍，使他鼻尖上還結著一個疤，但那是亂飛的流彈瞎撞撞上的，應該不算數，在平時打火的辰光，儘管他左右倒了一大片，他總能憑他的機靈，避免掛彩。

甘士豐這一槍，打穿屋瓦，雖沒打中朱三麻子，卻打在朱三麻子旁邊一個蹲著的馬弁屁股上了，子彈從肛門灌過去，沿著直腸尋幽訪勝，使那傢伙連一聲哎喲都沒喊得出來，就把屁股猛的朝上一翹，上身朝前趴了過去；他這一趴，正趴到他用槍管打碎了的天窗上面，好像不太相信下面有人開槍，非要探頭瞧個究竟的樣子。

「好小子，居然打老子的冷槍？」朱三麻子從緊咬的牙縫裡發出一聲哼冷，抬眼瞧見那馬弁把半個腦袋探在天窗口上，高翹著屁股，便也會錯了意，罵說：

「還有什麼好瞧的，讓開點兒，好讓我扔手榴彈下去。替他們送葬！」

那傢伙居然充耳不聞。連動彈全沒動彈。

「你是怎麼啦？」

朱三麻子伸手一扳，這才曉得他自己這一旁，又少了一個。他這一發火，就連二趕三的扔了三個手榴彈下去，同時也站起身，扳住老榆樹的一根橫枝，把自己的身子，像盪鞦韆一般的盪起，利用橫枝的彈力，把他彈向另一幢街屋的房頂，他手下的幾個，眼看手榴彈就要爆炸，便也跟著朱三麻子朝前飛竄，他們剛奔離茶館的屋脊，裡面手榴彈就轟通轟通的開了花，地面震顫著，爆炸使門窗飛裂，鼓湧出大團的白色煙霧。

「著！」朱三麻子說：「這一下，咱們得手啦！下去撿槍罷！」

嘴裡這麼說，身子還沒動彈呢，一陣排槍突然從對面的屋後密射過來，當時就又使屋脊上的傢伙們報銷了兩個，三麻子還算快，伏在瓦溝躲過第二陣槍，這時候，也不知道怎的？四周圍撲的槍聲和殺喊聲都沉寂了，使朱三麻子覺出有些不妙。

他想：他手下的人，不會好好的停止攻撲，扔下他不管，自願拔腿撤退的，如今突然歇了火，一定有了意外的原因了。

他不願讓跟隨他的人也有這種疑慮，翻到另一面的屋脊上，揚起匣槍，朝對面還擊，同時招呼跟隨他的幾個，聚攏過來說：

「這邊的槍火太密集，咱們的人又分得太散了，好在咱們業已把茶館一夥人解決掉了，不妨暫時撤下去，整頓整頓再撲。」

但對方的排槍又密射過來，使朱三麻子根本無法掩飾他處境的窘困和狼狽了，他領先跳下屋頂，順著街廊朝北溜，想到原先那條狹巷裏去尋找他的馬匹，就在他一路奔跑時，有一個粗沉的聲音喝叫說：

「朱三麻子，你這條漏網之魚，你還想活出甘家口嗎？拿命來罷！」

隨著喝叫的聲音，吧吧的甩出火來，朱三麻子一聽，不對勁，這是快機匣槍，廿發連響的，據他所知，甘家口保鄉會上沒有這種槍，除非是老中央的游擊隊追蹤追到這兒來了？……對方的快機匣槍不是亂放的，一梭火只打五六發，朱三麻子身後，已經趴下去兩三個，三麻子一時沒趕得及拐進巷子，只好閃身匿到門角，一面發槍還擊，一面喊說：

「哪門哪路上的朋友？甭蹲在黑角裏潑火傷人，亮出招牌來，我朱麻子扛著你的。」

「咱們老打交道，你還聽不出來？我是蒿蘆集的趙澤民，上回打得你夾住尾巴跑，這回你可跑不掉了！」趙澤民的聲音莽沉沉的：「我說，三麻子，人作虧心事，那顆心，夜裡會反潮的，跟你結夥拜把子的那幾個，胡三，蕭石匠，葉大個兒，金幹和筱應龍，都做了鬼啦，你若是聰明的，就立即扔槍，跟咱們回去受審，死後還落具棺材，你若要跑，只是讓咱們在你身上多開幾窟窿，……岳秀峰司令親自下來捉你，你想想，還能讓你跑掉嗎？」

朱三麻子一聽說岳秀峰在甘家口，不由打心裏朝外透涼，他這才明白，為什麼保鄉會的那些人槍打得那麼沉著，為什麼他的手下會突然歇火，全都因為岳秀峰的緣故。說起來，岳秀峰也只是一個血肉凡夫，但他就有那麼神奇，他人到哪裏，哪裏就鎮定起來，他到哪裏，哪裏的人就有了一股奇異的力量，自己跟岳秀峰交手，沒曾有一回討過便宜。岳秀峰好像天生是他的剋星。

看光景，今晚諸事不宜，遇上了黑道神，非得及早脫身不可了，他用肩膀扛扛門，還好，那扇門是虛掩著的，由於趙澤民手上那支快機匣槍使他有了憚忌，他不願再在街上現身，當對方的活靶了，只有設法穿房越宅，繞回那條巷子去牽馬。

隨著心念轉動，他悄悄推開身後那扇門，匿遁到屋裏去，他在黑裏抖抖衣裳，這才發覺渾身盡是雨水和雪花，一片冰寒，他沒有時間再顧及寒冷，摸到過堂門回去拔門子，想從院子裏奔竄出去，剛伸手拔開門閂子，就聽見那邊巷子裏也響了槍，且有馬匹驚嘶的聲音。他不敢朝巷子那邊翻牆了，穿房越戶一路朝後跑。等他跑出後門，迎面撞上了他的馬弁和另外幾個人，那馬弁一見了他，就結結巴巴的說：

「三爺，三爺，整個砸了……五六匹牲口全丟啦，他們用匣槍堵住巷子打，咱們還是翻牆出來的。」

「其餘的人怎麼樣？」

「誰曉得。」那馬弁說：「保鄉會在外面顯然另有援手的，咱們的人圍不攏了，三爺，咱們快走罷！」

「你們前頭走，我來斷後！」朱三麻子說。

這一行人摸著牆，一滑一塌的朝前奔，想從原路繞到池塘那邊去，沒等他們拐彎，汪塘對面射來的槍火，就已阻斷了他們的去路，走在最前面的一個傢伙還以爲是朱三麻子差出去的另一股，高聲喊叫說：

「不要亂開槍，都是自己人，……咱們是跟朱團長從正街上退下來的。」

「好極了！」對方叫說：「咱們是游擊一支隊，專捉朱三麻子，不扔槍，拿命來塡罷！」

雙方相距不太遠，對方邊叫邊發槍，朱三麻子這邊，連著朝糞坑裏滾人，三麻子一瞧不對路，前面有人截斷了路，後面又有追兵，不幹也得硬著頭皮幹了，他想：他絕不能再回頭朝街裏面衝，趙澤民和保鄉會的人都在那兒，天不久就要放亮了，萬一衝不出去陷在裏面，那是死定了！目前唯一求活之路，只有朝外猛衝，碰不著子彈，便能脫身，碰著子彈，那算倒楣。

「你們跟著我，朝前潑火踹過去！」他招呼手下的人說：「這是最後的機會，等到天一亮，咱們連一個全走不了啦！」

風和雨雪雖使朱三麻子一夥人行動不靈便，但也帶給他突圍脫困的機會，因為天色沉黯，對方分辨不出誰是朱三麻子。他一面找開匣槍打點放，一面撒開步子猛奔，對方伏在後街的，僅有一支匣槍和兩支步槍，無法截得住他們，不一會工夫，朱三麻子居然衝出了甘家口了。當他喘息著回頭檢點人數時，發現他算是陰溝裏翻船，這一回，在甘家口這麼個不打眼的小集鎮上，竟栽得比上沙河更慘，——除了他自己之外，僅有一個馬弁和兩個槍兵。

不論朱三麻子敗得多慘，對於岳秀峰司令來說，沒有能除掉三麻子本人，總是一宗頗為遺憾的事，他在甘家口這場火裏，俘獲了朱三麻子所部的十一個人，繳掉他們十四桿長槍，一支短槍和三匹馬。按照估計，朱三麻子逃脫的殘眾，最多還有八九個人左右，當他從俘虜那兒問出朱三麻子是窩藏在鎮東破廟裏時，他便立即決定使用牲口連夜追過去，趁著天初亮時包圍他們。

「司令，」趙澤民說：「三麻子滑得很，他逃離甘家口，還會回到那座破廟去？何況他逃走時，業已估算出有活口落到咱們手上，一逼問口供，他們就會供出他原先窩藏的地方，他哪還敢再回去？」

「一般說來，澤民所說的很有些道理，」岳秀峰司令說：「但在這些陰雨寒冷的天氣，路面泥濘不堪，三麻子又丟失了馬匹，他們渾身濕淋淋的，根本無法上路，也許他們以爲咱們在天沒亮之前不會窮追，再回破廟去，收容散竄的人槍，升火烘乾衣物，這也不無可能！……總比他踩泥濘夜行，趁夜南竄，要少擔幾分風險，——在這種天氣，沒有牲口，他是走不了的。」

「司令料事，更有道理。」趙澤民想了一想說：「咱們這就備牲口，把那座破廟困住再說，走了三麻子事小，假如消息走漏，讓疤子李知道司令在這兒，朝後後便不好辦事了！」

追擊的人數不多，由岳秀峰司令親自率領著，一共三匹馬，兩匹騾，五個人，五支匣槍。破廟離甘家口不遠，他們在四更尾就到達那座破廟的後面了。

沒出岳秀峰司令所料，朱三麻子果然竄回破廟來了，他們攻撲甘家口不利，一共退下三批十一個人，有三支短槍和五桿步槍，還有兩個連槍都扔掉了，朱三麻子心裏非常懊惱，把他左右的人一個個指著鼻子罵了一遍，罵人也無濟於事，他又叫人去抱柴火，在殿堂前升起火來烘叫雨水浸濕的衣裳鞋襪。

「我早該料到岳秀峰會追踩過來的！」他垂頭喪氣的說：「爲什麼在攻撲甘家口之前，我沒把岳秀峰的人槍計算在內呢？……天黑，又落雨雪，咱們也弄不清，這一回游擊隊來了多少人？」

「照他們響槍的情況判斷，他們來的人槍不多。」朱三麻子的馬弁說：「不過，他們都是新匣槍，潑起火來，又快又準，咱們這邊，至少被撂倒十來個。」

「死的並沒那麼多，」另一個說：「對方拎槍一吆喝，咱們的人就扔槍下跪，雙手抱頭，當了俘虜了！」

「不要再說了！」朱三麻子眉毛緊擰著：「我說你們這些烏合之眾，成不了事的，單靠我一個人撐著，怎麼成？等天亮之後，咱們還是設法朝南挪，離甘家口越遠越好，……憑咱們如今這點兒人槍實力，對付保鄉會都不夠，何況再加上岳秀峰！」

「咱們如今夠慘的了，朱三爺。」又有人說：「咱們雖然有槍在手上，但槍火都打光了，五支長槍，一共只賸下三排火，匣槍連一匣子壓膛火都不夠，……有槍沒火，不是跟扛燒火棍一樣？朝南去，萬一遇上接火的情況，那不就完蛋了！」

他這一說，提醒了朱三麻子，他檢查一下他自己的匣槍，也只落七發子彈而已。

「槍火不足，咱們白天還不宜行動，」他嘆了口氣說：「但留在這兒也不是辦法！岳秀峰會從俘虜那兒套出口供，知道咱們原是窩在這兒，這地方離甘家口不遠，他們備上牲口，說到就到，……我想，咱們這就得準備走，另換一個地方。」

朱三麻子正說到這兒，外面院子裏，幾支匣槍業已瞄定他們了。

「我是岳秀峰。」一個聲音說：「你們被包圍了！把槍放下，一個個走出來。朱三麻子也是一樣！……你就長了翅膀，也飛不出去了」。

三麻子手下的那些人，一聽這話，渾身都軟了，坐在火邊的朱三麻子卻不甘心束手就縛，一個虎跳著起身，赤著一雙腳板，拾起匣槍，發聲喊說：

「姓岳的，就算我朱三麻子前世欠你的債，你屢次三番挫磨我，也該夠本了！你非要逼得我沒路走，是什麼道理？」

「這個你用不著問我，問你自己好了！」岳秀峰司令說；「你早年爲非作歹，滿身血腥，那些私仇私怨，我可拋開不談它，你跟小敗壞在胡家野鋪，謀害中央軍的斥堠，劫奪政府的軍械，又投鬼子，當漢奸，坑殺百姓，這些罪名你一條命是不夠抵的，你想，我能讓你活回縣城，再跟孫小敗壞勾結去嗎？今夜你被俘定了，扔槍受審，還能多活幾天，要不然，明年今天，就是你的周忌，走哪條路，任你選。」

「橫豎是死，還有什麼好選的？」朱三麻子發出幾聲帶嚎的慘笑說：「算你姓岳的高招兒，我今兒認命扔槍就是了，閃開點兒，我出來。」

他這麼說著，揚起匣槍乒乓兩響，人跟著槍音就朝外竄，但岳秀峰司令只發了一彈，朱三麻子便扔了槍，滾跌在方磚地上了，——那一槍正好打在他的膝蓋骨上，使他的叫聲像是受傷的狼嚎。

朱三麻子這一倒，其餘的乖乖把槍朝外扔，一個個雙手抱頭，魚貫走了出來，孫部最後一股僞軍，便這樣簡單的解決掉了！

不過，受了傷的朱三麻子仍不死心，他爬著去抓那支他扔開的匣槍，趙澤民眼尖，比他快上一步，一腳把那支槍踢飛了，朱三麻子又翻了一個身，亮出他腰裏的攮子，但他自知無法用飛刀傷著對方，便把攮尖對著自己的胸脯，使雙手硬壓了進去，他這半輩子，就這麼結束在自己的手上了。

辦完這宗事，岳秀峰司令這行人只在甘家口停留了一天，他把保鄉會編進第四支隊，又著甘士豐把朱三麻子手下被俘的僞軍押送回上沙河鎮去，這才冒著風雪北上，抵達了疤子李駐地的邊緣集鎮，宋家旗杆。

在遙遠的縣城裏，由於寒冷和風雪的阻隔，根本聽不著鄉野地上的消息，當朱三麻子被塡進土坑時，孫小敗壞還在盼著朱團的消息呢！

孫小敗壞兵敗之後，差點被島村津送去餵了狼狗，雖然被齊申之保釋出來，並且給他招兵募勇，重組一支僞軍的機會，但他那份落魄潦倒，是可以想見的，他的小腦瓜子一向很靈活，遠處看不到，眼前卻看得很清楚，在淪陷區僞軍的組織系統上，雖然也按正規的方式，分出軍師旅團營，事實上，這僅是一種表面文章，運河一線，只有幾個漢奸的頭目，各領各的番號，各佔各的地盤，橫的連絡和磨擦有之，縱的隸屬卻亂成一團糟，沒有誰肯聽誰的，單看誰的人多槍多，以實力決定他們的身分和地位，小敗壞當初的實力，和一般僞軍比較起來，編成一個旅還有餘，所以他就掛將星，稱旅長了，誰知他這個旅維持不了多久，在蒿蘆集和上下沙河兩次接火，就被中央游擊搗掉了底兒，只落一個光桿，回縣城後，連旅長的空銜也沒保得住，變成一個招兵處主任的閒差，這種窩囊勁，使他抬不起頭來。

如果縣城裏頭的僞軍僞警是他系裏的，那還能透氣，偏偏擔任城防司令的蘇大嚼巴，原是張得廣的人，跟他一直有嫌隙，當時，他曾威迫過蘇團受他的節制，做過蘇大嚼巴的頭頂上司，如今顛倒過來，處處要看蘇大嚼巴的臉色了。

他曉得，雖然齊申之和李順時爲了他們本身的利害，多少還在扶持他，希望他能再起，但他的處境仍是非常危險，他的招兵處裏，只有三四支破槍，蘇大嚼巴不用明整他，只要暗地派幾個人打他的黑槍，他就招架不了，他唯一還有的依恃，就是他的拜弟朱三麻子還突圍在外，不久還會回到縣城來。他總用這種說法，表示他手底下還應有一張牌，這樣，蘇大嚼巴想動手，心裏也就有了忌顧，至於三麻子逃到北邊去之後的情形怎麼樣？三麻子那邊沒派人來聯絡過，他也沒得過有關三麻子在北邊活動的消息，三麻子能不再回來？他連一點把握都沒有。

除了利用三麻子做幌子，他在齊申之門下走動得極勤，更以門客的姿態，把齊申之頂在頭上呵奉，用以阻止蘇大嚼巴把他整掉的圖謀。齊申之一面把孫小敗壞當狗養著，一面也關心朱三麻子的下落，他當初加意培植張得廣一系的人，就是怕孫小敗壞坐大，如今，孫小敗壞倒了，他照樣要扶他一扶，不能弄成讓蘇大嚼巴大一統的局面，他知自己是借鬼子的勢上來的，實在是個空架子，對這些有槍的僞軍頭目，不能過分信任，非要讓他們彼此牽制，局面平衡，他才可坐收漁利。

而蘇大嚼巴的腦筋就簡單得多了，他曉得齊申之在鬼子面前走紅，就是有心想整孫小敗壞，也不敢冒冒失失的動手，他既有人槍在手，又在當令的辰光，並不在乎姓孫的會動手整他。這樣，便形成了暫時的，表面上的相安無事了。

這窩漢奸頭目雖然暫時相安，沒鬧大決裂，但整個縣城裏面的氣氛，卻越來越變得陰鬱了，很多天外的消息，在陰鬱中悄悄傳遞著，民間隱藏在心裏的希望，是一粒粒幽微的星火，螢似的在這裏那裏飛舞，那些消息顯示出鬼子在西南戰場的潰敗，在南太平洋也同樣的吃足了霉頭，儘管那些消息經過輾轉傳告，並不十分真確，至少可以顯示出鬼子越來越疲憊無力了。

「老中央就快回來了，天也快亮了！」很多人私底下都這麼猜測著。

但在天亮之前，共區的滲透也跟著增加，他們仍然使用鬼子並不禁止的鴉片，嗎啡之類的毒品，當成滲透的工具，以販毒，開煙館，設賭場，掩飾他們的身分，由於僞軍組織鬆弛，大部分都是吸毒的，很容易落入他們佈妥的圈套，變成一些陰鬱，灰敗，毫無生氣的軀殼，只知到賭場去狂賭，只知到煙館去噴雲吐霧，唱的是哀嘆思鄉的曲調，想的是摟錢開差，整個蘇團的人都變成這個樣子，連蘇大嚼巴本人也惶惶然不知怎麼辦才好。

在這點上，孫小敗壞要比蘇大嚼巴有狠勁，他曉得他這條命，無論落在誰的手上都保不住，他只有咬牙豁著幹，只要鬼子不倒，他是有一天活一天。

他的召兵處開了幾個月，就招到五六個原先幹土匪的，後來混散了股逃進縣城的傢伙，這些人物時常都在茶樓賭場混跡，備有長短槍枝，孫小敗壞來者不拒不說，還把他們全委任爲大隊長。

他的第一大隊長丁四邪皮，是精瘦臘黃，賊鼻賊眼的傢伙，雷公嘴尖下巴，唇邊有兩撇老鬍子，丁四邪皮只有兩根槍，一長一短，短的別在他自己腰眼，長的給他的小勤務兵扛著。那小勤務兵是他的侄兒，斜眼，歪嘴，嘴角老是拖口涎，有點兒白癡。

第二大隊長楊塌鼻子，人的五官貌相還過得去，只是鼻子缺少鼻樑骨，遠看鼻孔朝外翻，明明顯顯的兩個黑洞，由於他臉皮很白，鼻孔看得更清楚，不無有些破相，楊塌鼻子只有一支手槍和五發子彈，但他早先跟齊申之相處過，當過齊家的門客，衝著齊申之的面子，孫小敗壞也給了他一個大隊長的頭銜。

第三大隊長是筱應龍的族弟，叫筱五常，年輕輕的，卻害了癆病，成天咯咯喘喘，一吐一口血痰，小敗壞起用他，總想能藉著他的關係，把當初筱應龍混世的老地盤上的殘眾召聚起來，但筱五常的身子單薄，也沒有筱應龍那麼猛銳，抬眼望人，白多黑少，死魚眼似的沒有光彩，看樣子，根本不是帶人的料兒。

第四大隊長叫李二棍子，原先是洗澡堂裏替人搥腿捏腳的師傅，說話略帶些揚州調，一張嘴能說善道，他也自誇能把死人說活，小敗壞很中意他那翻花的舌頭，認為他能捏攏一些人頭替他壯聲勢。至於他早先幹什麼，也就不管了。

最後一個大隊長是他的馬弁老秦，老秦跟他死幾回沒死掉，他覺得老秦運氣好，便賞他一個第五大隊長的銜頭，不過，仍兼他的馬弁，因為他再沒有另一個馬弁好使喚了。

當然，這種空頭大隊並不能使孫小敗壞舒坦，他一心盼望他的老夥伴朱三麻子能夠回來，假如朱團還賸一半實力，一拉回縣城，光景便不一樣了，他可以用三麻子那股人做本錢，再加擴充整頓，和蘇大嚼巴分庭抗禮，然後，再進一步的找機會把他整掉。

他忍氣吞聲的等著，人沒盼著，冬天來到城裏，城堞上、電桿木上，落滿了黑色的烏鴉，俗說，烏鴉進了城，四鄉不見人，這種鳥蟲，原是靠田野上的莊稼生活的，不會輕易飛離鄉村，一旦湧進城市，便可想見四鄉荒蕪到什麼程度了！

黃昏時分，電桿木上的烏鴉，不斷發出饑餓的群噪，把人心噪得惶惶的，孫小敗壞每到這個時辰，不願蹲在招兵處的破屋裏受悶，大都豎起衣領，溜到齊申之的宅子裏來，陪齊申之燒煙閒聊，孫小敗壞總覺得齊申之有他的一套，那是他比不上的，齊申之對南邊的消息，不遠較旁人靈通，他能把許多消息和零星跡象綰合起來，加以剖析，使孫小敗壞通氣服貼；不過，齊申之的論調總是悲哀的，他當初出面組織維持會，原是想在檯面上風光風光的，誰知後來陷住了，如今鬼子力窮勢竭，活搖活動靠不住了，他便爲未來發起愁來，而孫小敗壞也是牽愁帶慮的人，即使齊申之的話很沉重，聽了也比一個人又愁又悶好些。

齊申之在暖房的煙榻上躺著，小敗壞在對面陪他。這天，齊申之跟他說：

「老弟台，我有個消息告訴你，只怕你聽了，會比我更爲洩氣，……南京的汪精衛，咱們的老闆，有病送到日本去，上個月聽了人說，就已在名古屋翹了辮子了！……傳說是鬼子害死的。」

「有這回事?!」孫小敗壞驚訝的說。

「我看假不了！」齊申之嘆口氣說：「汪精衛在咱們這群裏，是高高在上的頭號人物，他的命，也還都捏在鬼子的手裏，在他們看，死咱們都像死了貓狗一個樣，咱們前面還有什麼好巴好盼的？……我總算想透了，當初下水就錯，如今只好錯照錯來，朝前捱命。」

「不錯，齊大爺。」孫小敗壞說：「最近這些時，我也覺得光景不甚對勁，好像走路走到死巷一樣，前頭確是沒路走了，……可是，人總得想法子啊！」

「大勢所趨，誰也拗不贏的。」齊申之說：「你還能有什麼法子呢？當然嘍，在長淮一帶，你老弟台算是有頭有臉的人物頭子了，掛過將星，當過旅長，左右有你那些如狼似虎的把兄弟，也領過上千條的槍枝，按理說，你頭一回拉槍佔領蒿蘆集，就該把游擊隊給消滅掉的，事實卻是完全相反，你手下的四金剛、五狼神，全都死的死了，亡的亡了，只落你和逃竄的朱三麻子，就算你還有本事混，頂多再混還原，不得了啦罷？但民心從沒向過咱們，到頭來，你的隊伍，仍不會是中央游擊隊的對手，我說，老弟，有句話說得好：人，總不能一輩子都在浪頭上啊！咱們的好運，業已過去了！」

「齊大爺，您早先並不是這樣，如今是怎麼弄的？竟會變得這樣消沉?!」孫小敗壞心裏越是恐懼，嘴裏越會言不由衷：「咱們爲什麼要想得這麼遠呢？閉起眼朝前闖，不就得了？我承認，我看事看不遠，因而，我它媽也從不朝遠處看，過一天，了一日，只要活得，就成了。」

「人能不想嗎？老弟台，」齊申之打著呵欠，眼角流著眼水，雖不是淚，也像哭過的樣子：「若說凡事不想，那是自己騙自己，我不信有那回事。」

齊申之這麼一說，孫小敗壞不再講話了，姑不論他混得高低，這些年來，他活得疙疙瘩瘩的不痛快，倒是事實；一方面他縱情聲色，淘虧了身子，多思多夢多幻念，一方面他做過的虧心事總在他心底下翻泡，興起一股恐懼感，無日無夜的驅迫著他，使他幾欲瘋狂。也只有在發狠麻木的當口，他才能橫下心不想，那確如齊申之所說，是自己在欺騙自己。

「我說，齊老。」隔上好一會兒，他才想出話來說：「您既然這麼說起，我不能不問一聲：假如有一天，鬼子倒了台，老中央回來接收縣城，你我之輩，該怎麼辦呢？……總不能伸著頭等快刀來殺脖子啊！」

「究竟該怎麼辦？這就很難說了！」齊申之說：「表面上看起來，大夥同是靠鬼子混飯吃，骨子裏，當漢奸也分三六九等，不能一概而論，有的暗地掩護中央，做地下工作的，有的勾結八路做鴉片交易的，有的跟股匪通氣，外黃內黑的，有的殺人如麻，滿手黏著血的。俗說：樹倒猢猻散，到時候，各有各的打算，各有各的計較，結局當然多少有些不同了，你不必問我這個，得先問問你自己，有什麼樣的主意沒有？」

「老實跟您說罷，齊大爺，我心裏又慌又亂，惶惶然的四邊不落實，哪有什麼主意好拿？要是有主意，就不會纏著來請教您了！」

「照你的情形看，日後你的出路很窄。」齊申之說：「你在黑道上的恩怨太多，又是趙岫谷一心緝捕的首犯，鬼子一垮，整個蘇北皖北都沒有你站腳的地方，你無論躲到那兒，岳秀峰都會把你找出來結賬的。」

「哎喲，齊大爺，您讓我跳進水盆去，連水都涼了，照您這麼說，我不是死定了麼？」

「我的話還沒說完呢，」齊申之說：「你得早做準備，學學時中五，人槍和職位全部扔開，只帶一些細軟錢財，翅膀一張，飛到外地去，像上海、青島……那些大城市，多你不顯多，少你不覺少，你那時隱姓埋名，或是改名換姓，做個升升斗斗的小買賣，誰還會追根刨底把你挖出來？那雖活得不一定舒坦，總是一條活路啊！」

「這我倒想過，」孫小敗壞說：「可是，您是曉得我的，我自幼沒離開過家根，是個不折不扣的土貨，三百六十行，哪行我全不會幹，只懂得抓著槍胡摑混，叫我轉頭再學那些小本交易什麼的，我哪能幹得出來？」

「你跟我訴這個苦沒有用，」齊申之聳聳肩膀：「到時刻，爲了活命，你幹不來也只好委屈的幹了！」

這晚上，兩人談了很多，齊申之客廳的壁鐘敲了十二點，孫小敗壞陪著齊申之吃宵夜，喝了幾盅酒才辭出來，叫了輛黃包車，回到他那破瓦寒窯似的招兵處去。

天落著絲絲的冷雨，屋裏沒升火，也鬱著一股子寒氣，孫小敗壞對著燃亮的蠟燭，叼著煙捲兒吸著，和衣靠在床上不想入睡。往事像黑波黑浪似的洶湧著，使他有即將被淹沒的感覺，他原先想等朱三麻子回來，拉聚人槍，再下蒿蘆集的心，已被齊申之潑出的一盆冷水澆熄了一半，齊申之說的話，確實有理，自己就算再能弄到五七百人槍，又能怎樣？岳秀峰的隊伍像鐵打的，自己的隊伍是紙紮的，雙方一碰，自己的隊伍就散掉了，團攏人槍，也是白費力氣，不如動腦筋，先在縣城裏做個不花大本錢的買賣，賺它一筆錢揣進腰包。

是誰那麼說過來著？說錢是人的翅膀，有了錢，愛朝哪兒飛，就朝哪兒飛！自己逃出下沙河時所攜帶的細軟，一路上丟得差不多了，成立了這個熊招兵處，隸屬沒有隸屬，衙門不是衙門，公不公私不私的，連一文錢的津貼全拿不到，每個月鬧窮，有時自己還得掏錢補貼，招來的這幾個歪鼻子斜眼的傢伙，和幾支破銅爛鐵，好處沒見著，只會張著嘴，要吃要喝，常此以往，筋都能貼斷掉，若不早動腦筋開條財路，怎麼能夠維持?!

對！弄到一筆錢，在鬼子撐持不住時逃到外地去，實在是個好主意，這意念在他腦子裏旋轉著。外地不會有人認得自己，很容易逃過這一劫，不過，這話可不能先跟手底下的人透露，要走只能一個人走，帶著這窩子魚鱉蝦蟹，絕沒有好處。當然，如果朱三麻子能夠回來，他打算把這事跟三麻子單獨商議，兩個人一道兒走，到外地有個幫手，三麻子那套，頗能吃得住人，免得自己陷到孤單無助的窘境裏去。

一個人正想著，外頭有人輕輕的在叩門。

「誰？」孫小敗壞說。

「我是李二棍子，孫大爺，」外頭的那個說：「我有點事想跟您說，怕您睡了，看見門縫裏有燈火亮，知您還沒睡，就趕過來看看的。」

「門沒閂，你進來罷。」

李二棍子進屋來了，滿臉堆著笑。

「有話坐著講罷，」孫小敗壞說：「有什麼樣的事，值得你這麼滿臉堆笑？」

「我是在爲您高興啦，孫大爺，」李二棍子坐下說：「今兒下午，有人到這兒來告密。」

「告密？告什麼密？！」孫小敗壞翻起眼，立即打斷對方的話頭說：「我這招兵處，可不是警察局，告密該找蘇大嚼巴，告密，他算是找錯衙門了！」

「哎喲，孫大爺，您誤會啦，」李二棍子說：「這是跟您有關的私事，您曉得，胡三不是有兩個女兒嗎？……當初您在堆頭，接了胡三的老婆，曾著人把兩個女兒送歸胡三，胡三在湖邊死掉之後，這兩個女兒給奶娘帶著，如今，大的十五，小的也十三了。」

「不錯，有這麼回事！」孫小敗壞笑說：「二棍子，你真是神通廣大，把我的根底摸得這麼清楚。」

「全都是老秦說的。」

「胡三那兩個女兒怎樣了？你說？」

「那個奶娘姓姜，就住在南門外的米糧街上，她看著兩個閨女大了，便跟她的姘頭合議，要把她們作價賣給東關醉月館，這消息傳到賭場裏，一些賭客都在開玩笑，有人說，那奶娘要觸霉頭了，女兒不是她的，兩個閨女的親爹胡三雖然死了，但他們還有外爹，——招兵處的孫老大還在，——如果女兒跟她媽過日子，她們不就是孫老大的拖油瓶嗎？……這話叫賭坊看門的小狗頭聽到了，小狗頭下午便跑來報信。我說，孫大爺，你如今單身一個人，怪悶的，憑空白得兩個女兒來熱鬧熱鬧，可不是一宗喜事？」

「嗯，那……那當然。」孫小敗壞想起什麼來：「我跟胡三兩人有過節，孩子總是孩子，我不能睜眼看著她們被人當成牲口賣，既有這樣的情形，我就是再窮些，也得出面收容她們了！」

「只要有您一句話，這事根本不需勞動您，明兒一大早，我就帶兩根槍出南門，到米糧街去，把那個姜婆子替您拎的來，要她當您的面具結，把那兩個閨女交歸您收養就是了。」

「那倒不必，」孫小敗壞說：「具結的事，你就那邊妥當的辦好，把閨女替我領回，也不必找那個姜婆子的麻煩，這樣不更乾脆俐落嗎？」

「好！」李二棍子一口答應說：「您放心，孫大爺，您明早一起床，我就把那兩個閨女替您帶回來。」

孫小敗壞想很秘密的把這事辦妥，主要的是怕蘇大嚼巴會以此作爲藉口找上他的麻煩，他如今勢孤力弱，只能躲在齊申之的翅膀拐兒下面，縮著頭過日子，不敢輕易亮槍去訛吃詐騙，蘇大嚼巴若是翻下臉來，用擾亂城區治安的大帽子朝他頭上一壓，他就站不住腳了，人在矮簷下，不能不低頭，他懂得這個道理。

這事交給李二棍子去辦，他相信能很順當的辦妥，他手下的這些蝦兵蟹將，李二棍子是唯一腦筋靈活，會辦事情的人，有點像當初的葉大個兒，當然，李二棍子是不能跟葉大個兒相比的，硬要拿來相比，也只能算是小鼻子小眼睛的小巫罷了。

李二棍子替孫小敗壞辦這宗事，真夠熱切的，不過，其中有些原委，他並沒對孫小敗壞說，小狗頭跟他提起這事時，李二棍子覺得可以恐嚇詐財，損了姓姜的，利了自己，又拍上了小敗壞的馬屁，這種機會太難得了。所以第二天清早，他就糾合了幾條槍，讓小狗頭帶路到城南的米糧街去，找著那個姜婆子，勒逼著她把胡三的兩個閨女交出來，並且要她具結畫押，姜婆子想賣人得錢沒得著不說，反被李二棍倒敲了一筆，數目不算多，只是一百塊銀圓，但在她來說，業已傾家蕩產了。

兩個閨女被帶回招兵處來，孫小敗壞一看，真是極好的貨色，當初把她們送還給胡三時，她們還小，前後不過兩年的樣子，就打了花果朵了！……嘿，胡三，你它媽做鬼也不會想到罷？當初你抽我孫某人的後腿，去投奔雞毛子張得廣，差一點就能把我整垮掉，如今你畢竟死在我頭裏，你的老婆不算，兩個閨女也都落在我的手上啦！我單單衝著你胡三過去種種，會給好果子給她們吃嗎？

心裏儘管有了主意，表面上卻顯得很熱絡，胡三的那兩個閨女，大的一個叫胡蘭英，二的一個叫胡佩英，她們兩人，看上去雖已略具大人形了，實際上，心還都是孩子的心，孫小敗壞當初跟她們老子胡三之間的過節，她們朦朦朧朧的並不清楚，她們覺得對方能把她們從奶娘姜婆子手上救出來，總比使她們被賣進妓院，陷入火坑要好得多，瞧著孫小敗壞對她們親切，她們也就把一顆懸著的心放下來了。

把胡蘭英姊妹倆弄到手，孫小敗壞暗暗的撥動他的算盤珠兒了，他曉得，這兩個雛貨實在是無價之寶，他不願意設窯子，半開門，早早推她們下水，那樣廉價賤賣，等於把好東西給糟蹋了。

因此，他便在招兵處後面的小巷裏，賃了一幢房子，讓這兩姐妹住過去，特爲她們找了一個在風月場裏打滾半生的女人金如意，來教她們化妝打扮，吹拉彈唱，在孫小敗壞的心眼裏，是要把她們調教出來，日後以交際花姿態出現，作爲他混下去的資本，臨到情勢惡劣的時辰，他可以帶她們一道兒出走，有這兩個雌兒，他到外地就好混得多了。

正當他自覺寬慰的時刻，有人從北地逃過來，那是朱三麻子手下唯一脫網的徒眾，那人來告訴他，說是朱三麻子率著幾十桿槍，在三不管地區一路南竄，前沒多時，他夜襲甘家口保鄉會不成，反被對方打垮，橫屍破廟了！

「這怎麼會呢?!」孫小敗壞有些不相信自己的耳朵，反問說：「據我所知，保鄉會那點兒實力，根本不是老三的對手！」

「我們全不知是怎麼搞的，」那個說：「打著，打著，這才看出苗頭不對，……會主甘士豐找了幫手，蒿蘆集的游擊隊在鎮上設伏，聽說是由岳秀峰和趙澤民親自領著的，這事，甭說朱三爺沒料到，咱們也全沒料到啊！」

孫小敗壞垂頭聽著，朱三痲子的結局，跟他另一些把兄弟的結局全都一個樣子，遭凶過鐵，沒留全屍，朱三痲子這一死，當初那把子兄弟，除掉自己之外，全都下了土啦，那種野心勃勃，熱熱鬧鬧的光景，也再不會回來啦，世上事，真真幻幻的，很難分判，過去的那些，不都成了一場夢了麼？朱三痲子他們是好是歹，業已成了定局，至少不必再提心吊膽了，唯有自己還得縮著頸子等待著，誰知有什麼樣的結局會落到自己的頭上？！

「你去罷！」他對來人說：「這事，我曉得就是了……那個姓岳的，天生是咱們的剋星，我又能拿他有什麼辦法？你們遇著他，只能怪自己的命運不好，流年不利，沒有旁的話好說了。」

朱三痲子的死訊，使孫小敗壞的心涼透了，他原以爲自己能藉他的人槍再翻起來時，這希望一斷絕，他自己的處境也就更加危險了！他知道蘇大嚼巴並不是好惹的人物，蘇大嚼巴不會忘記當年在上沙河鎮被孫部圍攻的事，他所以遲遲沒有下手，朱三痲子在北邊多少有些鎭懾作用，這是可以想見的，假如三痲子的死訊被證實了，再傳到蘇大嚼巴的耳朵裏去，他會怎樣對付自己？這就很難說了！……防人之心不可無，即使他還沒露出什麼跡象，自己可不能不防著這一步。

他也苦苦想過，除非現在立即動身，離開縣城，投奔到外地去，以他手邊的這點力量，無論如何也鬥不過對方，在確實的法子還沒想出來之前，他只有拿齊申之做爲擋箭牌，盡力擋上一陣再講。

因此，孫小敗壞到齊申之的宅裏走動得更勤，有時候，夜晚也睏在齊家暖房的煙榻上，不敢回到他的招兵處去，怕蘇大嚼巴派人打他的黑槍。

朱三麻子殘部在甘家口全部瓦解的消息，很快便傳遍縣城了，有人嘲笑說：

「這可好，孫小敗壞的五個團，這一傢伙算是全部垮光了，他那招兵處，招也招不著兵，不如改開大煙館，反能落幾文。」

「也甭把姓孫的看得太扁，他垮了五個團，如今不是又成立了五個新的大隊了嗎？」另有人說：「五個大隊，連它娘煙槍都算上，還不夠編一個班的。」

不過，孫小敗壞不會聽到這些話，他把自己縮在齊申之的煙榻上，躲避著蘇大嚼巴，也躲避著外人。他召喚他的馬弁老秦來，要他朝北邊去找疤子李傳信，只要疤子李肯給他一個團長的位置，他就願意跟疤子李去幹。

「我想，疤子李不會拒絕我的。」他跟老秦說：「咱們多少還有幾根槍在手上。就算憑本事罷，我總也比夏皋那種窩囊貨色要強上幾個帽頭兒。」

「這倒沒有大把握，孫大爺！」老秦說：「您早先掛過將星，領過旅長銜，人槍實力，那比疤子強，如今雖然混垮了，真心想去投靠疤子李，但對方是否信得過您?我看是大有問題，說句您不見怪的話，夏皋在疤子李眼裏，只是一條夾尾巴狗，而您卻是一匹狼!世上人只有養狗，沒有養狼的，疤子李再是老粗，相信他也會懂得這個，……您既有心，我只好試試看罷了。」

「儘管去試吧！」孫小敗壞說：「您要曉得，咱們在縣城站不住腳，越早走越好，這兒如今是蘇大嚼巴的地盤，咱們蹲在這兒，要比投奔疤子李更危險得多，姓蘇的隨時都會對咱們下手的。」

「我明白這個。」老秦說：「要不然，我就不會儘量的去試了！東關有座廣源米行，那個姓周的老闆，常聚合牲口馱糧到北邊去賣給疤子李，您這個口信，我轉託他給捎過去，不久便會有回話的。」

回話還沒有來，蘇大嚼巴到齊申之宅裏來拜年，卻和孫小敗壞面對面的碰上了。

「咱們的孫大爺，如今真是無官一身輕，噴雲吐霧躺煙榻，愜意得緊啦！」蘇大嚼巴說：「您那個招兵處招兵募勇的事，辦得還順當罷？」

「嗨呀，甭提了！」孫小敗壞苦笑說：「我是走上了霉運，總被岳秀峰來刨了我的堆，在蒿蘆集和上下沙河鎭，連抓兩把鱉十，輸的鳥蛋精光，如今回過頭來，再談招兵募勇，哪有那麼容易呀？」

「您甭客氣了！」蘇大嚼巴瞇著眼說：「誰不知當初您是幾根槍混出來的？您有的是本事，多的是辦法，人說：狼行千里吃肉，這點兒挫折，難不倒您的！」

「我說，蘇大爺，您可不能再抬舉我了！如今，您是在台上，我是在台下，為了混生活，不得不在您的眉眼底下弄個名目，好歹混口飯吃，……連這個，也還都靠齊老和順時兄幫襯，靠您的拉拔，早先，我有不少得罪您的地方，您全沒計較，我是叩頭來不及，就地打個滾，全都記在心裏，要不然，這兒哪還有我混的？」

「嘿嘿嘿，」蘇大嚼巴發出一陣笑聲來說：「難得您還記得當年的事，說實在的，我並不像您說的那樣有度量，只是如今情勢不同，咱們面前都沒有路了，……鬼子一倒台，咱們跟著倒，一窩老鼠下湯鍋，全都有皮沒毛，我哪還有心腸跟您計較早先那本零碎賬？我就整倒你孫老大，也保不住我的腦袋！」

「蘇司令這話，倒說得挺實在的。」齊申之一聽蘇大嚼巴有這種說法，便落得船先帶信，——來一番順水的人情，過來拉彎兒說：「局勢越來越不穩當，咱們裏頭的人，過去就是有點兒小過節，總沒有什麼大不了，也沒有什麼可爭鬥的了！蘇司令跟孫老大能這樣開誠相見，實在是宗好事，朝後大家都少了一份猜疑妒忌，我也就放下這條心啦！」

三個人表面上都在打著哈哈，其實，各人都懷著鬼胎，蘇大嚼巴只是來試探試探孫小敗壞的動靜，他聽說朱三麻子死了，使小敗壞失去了依恃，只要齊申之略為鬆鬆口，他就可以輕易的把沒耳朵孫給捏掉。齊申之倒不是存心護衛孫小敗壞，他曉得他這個縣長並不值錢，在旁的縣份裏，二黃部隊中的一個馬弁都比縣長大三級，照樣為催糧催草，解下皮帶當鞭子，把縣長的眼鏡都打飛掉，而他不同，他跟鬼子駐屯軍的頭目是平起平坐的朋友，就憑這個，他便高高在上，比孫小敗壞和蘇大嚼巴都長了半個輩分，不過，鬼子駐屯軍頭目是會調換的，佐佐木換成島村津，他的地位雖略略降落了些，大體上還可以維持，萬一日後再換成一個不講交情的，那就難說了，那時刻，唯一保住地位的方法，就是要設法使城裏這些有槍的僞軍頭目勢力平衡，因此，他不能眼看蘇大嚼巴把孫小敗壞一口吞掉。孫小敗壞呢？他對這種情勢看得很清楚，齊申之是他最好的一面盾牌，即使朱三麻子已死，他只要高舉這面盾牌，蘇大嚼巴就有所顧慮，一時不會正面動手，他可以用軟法子拖延時辰，一面設法脫身。

假如能跟疤子李連成一氣，反吞掉蘇大嚼巴，也並非是不可能的事情。

他在等著。

在同時，疤子李盤踞的另一個縣份，僞軍的情勢也是一樣的不好，疤子李的隊伍，軍紀壞得一塌糊塗，他們大白天就穿著軍衣，在縣城裏公開的搶劫、姦淫，打鬥，這些事件，疤子李有時會管，有時不管，但管與不管，全是他的事情，旁人卻不准管。那就是說：即使疤子李的部隊洗劫了一整條街，老百姓卻不准喊冤告狀，疤子李認爲那全是他的部隊內部問題，要解決，唯有關起門來，由他自行解決，任何外人一插手，或是一插口，那就不成了，誰若說他的部隊不好，他就會指你蓄意造謠，破壞他部隊的名聲，把人給拉去槍斃掉。

——有一回，一個年輕的區長跑到疤子李的司令部去告狀，告他的一個大隊下鄉搶劫，並且把被搶的戶數和物品，列了一張很詳細的清單，請求他查出這些東西，發還給被搶劫的人家。疤子李接見這個年輕區長，很和氣的說：

「我的部隊，一向軍紀嚴明，從來也沒搶劫過誰，今天會出這種事，我還是頭一回聽說過，你說那個大隊持械搶劫，你找得到人證？」

「有有有，」對方說：「被搶的都是人證，他們有許多族長，都等在司令部的外面。」

「好！」疤子李嗯了一聲說：「這樣好了，我立即搖電話，把那個大隊集合到司令部門口的空場子上，逐個兒的搜身檢查，無拘查著誰，只要他們身上有一文錢是搶劫來的，你們儘管指認好了，我決計把他當場槍斃掉！」

說完這話，他真的掛電話，要那個大隊集合，帶到他的司令部門口來接受檢查。那個區長和被搶劫的百姓看到疤子李這樣做，都還以爲這個僞軍頭目多少有些人味，會把他手下搶劫來的錢財物品歸還給他們，誰曉得疤子李根本是在做幌子，他的電話打過去，那個大隊長業已曉得集合檢查是幹什麼的了，他照著疤子李吩咐，轉告各中隊，各中隊再轉告各隊，只都在尾巴上加了一條說：

「集合搜身，凡不是公家的東西，全都不要帶，這是咱們的老規矩了！」

隊伍在場子上集合好了，疤子李帶著許多告狀的百姓當場檢查，逐個搜身，搞了半天，什麼也沒找到。這一來，疤子李那張多疤的臉變了，他獰笑說：

「好呀，你們這些刁民，你們這是存心找碴兒，破壞老子部隊的名聲！隊伍你們檢查過了，沒找到一絲一毫贓物，你們還有什麼話說？」

那個區長連臉都嚇白了，結結巴巴的說不出話來。

疤子李呶嘴跟左右說：

「把這個鳥區長，替我叉出去斃掉，其餘的每人賞他們十扁擔，讓他們吱起門牙爬著回去！」

打那之後，人們就是被疤子李的隊伍洗劫了，也不敢講出來，只好恨在心裏；疤子李明曉得他手下的隊伍都是土匪強盜，但他還是死要面子，喜歡旁人對他歌功頌德，他要縣城裏各行各業的同業公會，披紅送匾給他，要人叫他李青天，自稱他是保民愛民的，他既然以保民爲號召，當然不能白保，逐戶收取所謂良民保護稅，也就理之當然了。

像疤子李這樣的隊伍，百姓恨入骨髓，當然會群起反抗的，鄰縣也有在暗中活動的中央游擊武力，當疤子李的隊伍分散時，就常被游擊隊逐個吞吃掉，疤子李手底下的僞軍軍官，天一落黑便不敢出門，即使白天在街上走，也都帶著馬弁、隨從，不敢落單，一落單就完了。他的一個副大隊長，是在賭場上被人在後心插進一把攮子殺死的，另一個中隊長，被人在酒裏下毒毒死的，疤子李的兄弟，夜晚躺在床上睡覺，有人預伏在他的床肚下面，用尖刀從床板的縫隙伸過去，向上猛戳，他連叫都沒叫出聲，就被戳了個透心涼，但他仍然蓋著被子，完全像睡覺的樣子，一直到第二天，他的勤務兵進屋，叫他不應，伸手去摸，這才發覺他早就涼了。

疤子李爲這些事氣得雙腳跳，破口大罵，說是要找出兇手來剮他八百刀，但他根本找不到人，游擊隊寫信給他，說是這些傢伙所犯的罪行，一條命都不夠抵的，要他收斂點兒，否則便照樣拎走他的腦袋。

「我它娘的還怕這個嗎？」疤子李惱怒的跟他左右說：「我要是怕這個，早就不會蹚渾水，幹僞軍，閉著眼朝前混了……我是人一個，命一條，腦袋生在脖子上，誰真有本事，誰就把他拎去，當成豬頭三牲之類的祭物，我是毫不在乎的。」

他若像嘴裏說的那樣，真不在乎，那倒也罷了，事後他認真想想，憑他疤子李，實在無法應付那許多看不見的敵人，腦袋透風的事兒，想起來渾身涼颼颼的，不由得他不縮脖子，因此，他擴編他的警衛大隊，集中了六挺輕機關槍在一個大隊裏，日夜在他宅子外圍佈大崗，他整天靠著蛛網般的崗哨保護著，從不敢公開露面。疤子李本身一縮頭不要緊，他部下的各大隊長群起效尤，整個縣城就變成了烏龜窩了！

光是縮頭也不能解決問題，在這個縣分裏另兩股僞軍，——朱嘯天和夏勁唐，一直跟他分庭抗禮，他還是沒有辦法，他的心性，使他難以容忍，因此，他一面恐懼著民間的報復，一面又以挑戰的姿態，不斷和朱夏兩部發生磨擦，爭稅收，奪地盤，都是磨擦的起因和藉口，事實上，把朱嘯天和夏勁唐兩部收編掉，才是疤子李的本意。而朱夏兩部早已和鬼子分了家，番號雖是僞番號，一切作爲都很正直堂皇，極得民心，他們經由地方士紳的慫恿，不斷和蒿蘆集的趙岫老及潘特派員取連絡，願意將功折罪，歸順中央，這樣一來，對疤子李的威脅更大了。

冬季裏，朱夏兩部接觸頻繁，他們以靖鄉之名，阻止疤子李的部隊入境擾民，更打起反共的旗號，盡力抑制黃楚郎、老魏三那幫人勢力的伸張，這形勢，逼得野心勃勃的疤子李和土共合流，亟欲提前把朱夏兩部掃滅，所以，縣城裏非常混亂，瀰漫著一股惡戰前的氣氛。

這當口，廣源米行的周老闆把孫小敗壞的口信帶到了，按照姓周的口氣，孫小敗壞幾乎沒有任何條件，只要疤子李肯給他一個番號，他就肯領著人槍投奔過來，跟他結夥闖蕩。姓周的又說：

「小敗壞的用意很明顯，他覺得南邊是三等縣，北邊是五等縣，肥水不該由蘇大嚼巴那種人獨自盤踞著，只要李大爺您願意，隨時可以隊伍朝南拉，將蘇大嚼吧也給併掉！」

「沒想到！我真沒想到！——當初人槍蓋過各股的沒耳朵孫，也會來投靠我？是風水弄顛倒了？還是我疤子李該走運?!我這座小廟，只怕容不了他那座大菩薩罷？」

「您究竟是說客氣話呢？還是不願意收容他？」周老闆說：「其實這根本不關我的事，我既受人之託，不能不討個確實的回話。」

「那當然。」疤子李說：「不過，沒耳朵孫的來頭太大了，這事，我得要召聚手底下的人來好好商議商議，過一兩天，再給你回話。」

「不要緊，一兩天我能等得。」姓周的說。

疤子李當晚把他手底下的各大隊長都召聚了來，跟他們說出孫小敗壞最近情況窘困的情形，和想來投奔的事，要大夥兒多拿拿主意，想想能行不能行。他特別要夏皋先說一說他的看法。

「我說，李大爺，我看您還是不答應爲妙，」夏皋說：「孫小敗壞霉就霉在岳秀峰的手上，他到哪兒，岳秀峰跟到哪兒，非要翦掉他不可，您若收容孫小敗壞，就等於把岳秀峰引進本縣來，您何必找這個麻煩？」

夏皋這番話，正像兜頭一瓢冷水，把疤子李全身都潑涼了，由於隔著縣的關係，他迄今還沒跟蒿蘆集的游擊隊交過手，但他對岳秀峰連長的名聲，早就耳熟能詳了，以岳連長當初剿辦土匪的經歷，和對抗鬼子大部隊的戰績，使他一聽岳字就豎寒毛，平素避之唯恐不及，怎能因著孫小敗壞，把自己踩進陷入坑去？

「你們的意思如何？」他抬臉環視他的手下說。

那些傢伙平時說話隨口溜，如今一聽說岳秀峰的名字，每人臉上立時就黯了一層，大夥兒你望我，我瞅你，半晌都說不出話來。

「李大爺，我看算了罷，」最後，疤子李的一個心腹說：「三等縣賽過咱們這兒很多，咱們不如說不知道，假如不是顧慮蒿蘆集那幫人難纏，咱們早就朝南挪，把那兒坐定了，光是趙岫谷就已很難對付，何況再加上岳秀峰，這事千萬惹不得。」

「我倒有個折衷的辦法。」另一個說：「咱們目前打朱嘯天和夏勁唐，正是需要人手的時候，怎能關起門來，拒納外來的人槍？再說，孫小敗壞手裏多少還有一些人槍，他的號召力也還在，咱們拒絕他，他必會轉投朱嘯天和夏勁唐，掉過頭跟咱們作對，這樣一消一長，也夠受的。我想，不如託老周帶信回去，咱們先給他一個空頭番號，要他留在南邊暫時不動，等到適當時機再移防，這樣，至少暫時可以把他穩住，不成嗎？」

疤子李考慮了一陣，還是點了點頭，對周老闆說：

「這樣好了！你回去告訴孫老大，我只能放他一個特別大隊的大隊長，他的隊伍仍駐原地，等開春之後，看情形，我再通知他移防，這個寒天不必動了。」

疤子李愈是想把情況穩住，愈是穩不住，一個臘月，縣城裏就牽牽連連的鬧出一大串動刀動槍的事故來，疤子李鎮不住，下令封關，只有本城的居民，才可憑良民證或居留證出入，一般的交易買賣，都劃定在老城外邊進行，不得隨意進城。

這時候，土共的隊伍便趁機拉向東北，藉著攻擊朱嘯天和夏勁唐爲名，先把疤子李的地盤佔掉了一半以上，使疤子李不得不拚命配合土共的計劃，好請鬼出門。

大新年裏，土共朝東湧，先跟夏勁唐部接上了火，乒乒乓乓的打得很激烈，黃楚郎差人來催疤子李，要他趕快領著人槍去攻朱嘯天的側背，減輕土共方面的壓力，疤子李一面答允了，一面又另作商量，遲遲不肯出兵。

「我在表面上不得不配合土共，」疤子李跟他手下說：「不是我生性多疑，瞧著黃鼠狼這種行動，委實讓我放不下心來！……他們借我的駐地屯兵，事實上，業已生根立腳，把持我的一半地盤了，如果咱們合力把朱夏兩座牆給推倒，怎知土共不會翻臉無情，又衝著咱們下手?!……這樣，我總得觀風望色，拖它一拖，等土共和朱夏兩部鬥得筋乏力盡了，我再出兵去撿便宜。在沒有我點頭前，你們先替我操兵罷，做樣兒做到底好了！」

疤子李的部隊，果真操起兵，來這種操兵，既是存心用來敷衍土共，所以特別講究排場，縣城的北校場，是疤子李用來操兵的地方，隔上三五天，他就把駐紮在城裏的六個大隊集合起來，出一次大操。

冬雖過盡了，早春的尖寒還在，疤子李手下的各大隊長，一大清早，就像趕牲口似的，把他們的隊槍趕上北校場去，疤子李的隊伍一直窩在貧窮的縣分裏，當然都比不上孫小敗壞全盛時期的隊伍，孫部當時都有土布棉軍裝，有些人還有棉大衣，而疤子李的部隊，連棉衣上裝都不齊全，大部分穿著單褲子，毛窩兒鞋，隊伍走在街上，領隊的爲了調整步伐，不斷的喊著：

「一二、一二、一、二、三、四……」

那些凍得打抖的僞軍，也不管是出左腳或是右腳，也都機械的跟著吼出一二三四來，嘴裏吼叫的聲音倒很整齊，但腳底下仍然像下湯圓兒似的，嗶哩叭啦亂響一通，永也合不上拍兒。隊伍裏頭，有很多人腳後根生了凍瘡，毛窩兒鞋挺硬的鞋幫子，像刀一般的割著傷口，使他們吼裏夾著哼，變成一股酸苦的哭腔。

縣城分爲新城和老城兩個部分，新城的街面比較整齊些，四面有城牆屏障著，那是疤子李率眾盤踞的地方，而老城並沒有城牆，據說很多年前也曾築過城牆，早已在歷次匪亂之後被人扒平了，北校場那片廣闊的平場子，就是在老城的民房北邊，由於這兒無險可守，疤子李派出一個分隊駐紮在老城，作爲前哨，這些從新城裏開出來的隊伍，都要經過老城的正街，正街的街口，有一家很古老的大客棧，門面五開間，二樓，瓦頂子，這家客棧原是一座大油坊改成的，故此，招牌上雖寫的是「連陞客棧」，但當地百姓，仍依照習慣管它叫「秋原坊」。

岳秀峰司令和趙澤民帶著的人，從年前開始，就陸陸續續的住進這家客棧，有一部分住散在老城的民戶裏生了根，疤子李聚集部隊出大操，正給岳秀峰一個好機會，使他能看出疤子李的虛實。

他看出疤子李把他全部隊伍佈成三角形，十二個大隊，有六個大隊駐縣城，另以三個大隊在左，三個大隊在右，分守兩個外圍集鎮，——正控住朱嘯天的防地劉家河的側面。

「留在縣城的這六個大隊，是疤子李直系部隊，他信得過，實力也較強，」連陞客棧的掌櫃跟他報告說：「其餘的六個大隊，是疤子李七拼八湊編成的，名曰大隊，其實，一個大隊的槍枝，也不過七八十條而已。」

「這情形，潘特派員早就跟我說過了。」岳秀峰司令說：「我這回親自過來打疤子李，非得一舉把他打垮不可，這樣，才能使得土共無利可圖，延緩他們朝南席捲的時間，——這一點很要緊，我想以蒿蘆集作爲最後據點，掩護朝南逃的百姓，使他們能夠過湖，到政府區去，在鬼子倒下去時，免遇土共的荼毒，由於我所帶的人槍極爲有限，非得靠當地的朋友幫忙不可。」

「司令您儘管放心，」連陞掌櫃的說：「縣裏的百姓，沒有誰不痛恨疤子李的，咱們這兒，雖沒能像蒿蘆集那樣拉起隊伍，地下的活動卻一天也沒停過，您無拘有什麼吩咐，我都會盡力去辦的。」

「好，」岳秀峰司令說：「你先告訴這邊的同志，隨時準備著，等我佈置妥當，我會通知你的。」

上元節，月亮亮堂堂的夜晚，縣城裏外的百姓起了花燈會，敲鑼打鼓樂陶陶的，自打淪陷之後，有很多年都沒有這般旺盛過了，疤子李對民間這種氣氛很讚許，因爲城裏的士紳告訴他，這燈會，全係慶賀他出兵去剿平朱嘯天和夏勁唐才舉行的，因此，他下令開放關閉很久的城門，任人自由出入，同時，他又著人在他司令部和所屬各大隊的門口，搭起高高的彩樓來，雇請燈匠紮了許多堂皇富麗、式樣新奇的花燈，以示與民同樂。

不管外間的情勢如何混亂，疤子李駐屯的城市裏，在上元之夜，氣氛卻是相當的熱鬧，初升的月亮被一層春天濕潤的水氣裹住，顯得異常扁大，那種青濛如雨的月光，襯映著滿街的燈影，恍惚有幾分太平盛世的味道。疤子李喝了幾杯酒，坐在彩樓上看燈，在他腳下，燈影和人影都是雙的，他咧開嘴巴，露出滿嘴的黃牙，闊闊的笑著，跟他的左右說：

「你們替我瞧瞧，在北八縣的各縣城，哪個地方的元宵節過得這麼熱鬧？咱們的隊伍就要開拔出去打朱夏兩部，有這麼好的彩頭，還有不馬到成功的嗎？……人心向著我，這可是明擺著的！」

「司令說的是，這回吃掉朱嘯天，您就高升了！也弄顆將星來，自己掛上，當年韓信能自封三齊王，您自封一個旅長，總不爲過罷！」

「嘿嘿嘿，你說得有道理，嗯，有道理！」疤子李笑得兩個腮幫子直抖，兩眼瞇成一條縫說，「咱們不妨拿孫小敗壞作比方罷，——他它娘的五個團，也未必強過老子這十二個大隊，他能掛將星，我爲何不能？」

「其實不用等打垮朱嘯天了！」另一個大隊長拍馬說：「元宵節正是好日子，司令不妨找個刺繡工來，立即就把帶星的肩章給繡了佩上，不就立即當起將軍來了嗎？咱們就叫人抬桌酒席，替司令慶賀慶賀！」

「好！」疤子李一巴掌拍在大腿上：「人說：一人得道，雞犬升天，老子掛將星，你們也他媽各升一級，全替我領團長銜算了！」

他們正在自拉自唱的熱鬧著，忽然有人騎了一匹快馬來報告說：

「報告司令，朱嘯天的馬隊拉出來，攻打咱們第七第八大隊駐守的劉家屯子和斜角上的小朱家集，他們槍新馬快，攻得很猛，七八兩大隊實力單薄，只怕挺不住，叫我回來報告，請求增援。」

「朱嘯天這個雜種，」疤子李憒憒的罵說：「元宵節不過了？橫找什麼麻煩？你回去跟你們大隊長說，就說我疤子李說的，要他們轉告朱嘯天，問他買妥棺材沒有？……早死早收屍！等我喝足了酒，立即就帶人上去，好生收拾他個龜孫！」

「報……報……告，」那個請求增援的很爲難，結結巴巴的說：「那邊情況緊急，只怕挺不了這麼久了！」

「放屁！」疤子李不樂意，把眼一翻說：「你們兩個大隊長幹什麼吃的？剛接火就挺不住，那還算是隊伍？他們要是守不住劉家屯和小朱家集，我就揪著他們的辮子，切掉他們的腦瓜，你替我滾罷！」

這一來，對方不敢再開腔了，疤子李端起杯來，照喝他的酒。三杯酒沒落肚呢，又有人跑來，說是九、十兩個大隊駐守的堰頭，也受朱嘯天步兵的攻擊，第十一、十二兩個大隊被夾在中間，援也援不上，退也退不了。那個人最後報告道：

「司令，看光景，朱嘯天曉得咱們準備動他的手，他這回是傾巢出動，連夜猛撲，想打一個先下手爲強的勝仗，挫動咱們的銳氣，如今火線上情況不妙，您非得馬上去增援不可了！」

「真是雞毛子鳥囉唆！」疤子李火了起來：「好了！老子這就領人出去，打朱嘯天那個綠了眼的龜孫，第一二三四五大隊，替我集合，六大隊留守縣城，咱們要打就打它一個猛火燒天！」

各大隊長聽說朱嘯天傾巢出動，心裏多少有些驚慌，雖然大夥兒曉得朱嘯天的資本沒有這邊雄厚，但真說開槍熬火，總是流血見紅的事兒，萬一子彈不長眼，鑽得人腦殼透風，即使這邊打勝了，也沒有意味啦！但，有火不能不打，只好各自抓了槍回隊部去，集合他們的手下人，準備跟疤子李拉出去打火。不過，他們當時沒料到朱嘯天會揀著元宵節出動攻撲，都把隊伍放了假啦，等到臨時有情況，再想吹號集合人，哪有那麼容易？有的大隊響了三遍集合號，才集合起來不到三成的人，有些從娼寮裏跑出來，一面跑，一面拎著褲子，有些從酒館跑出來，昏鳥似的亂飛亂撞，大隊長拎著槍在街上抓兵，不管原屬哪個大隊的，抓著一個算一個，有一個大隊長抓住一個兵，那傢伙打了一個晃盪就橫躺在街上，口吐白沫說：

「老子再來一壺！」

「大隊長，您抓這種人回來有什麼用？瞧他醉得不分東西南北了，還能出去打火？」

「管得了那許多！先澆他幾盆冷水再說！」

燈會還沒有散呢，看燈的人群在街上擁擠著，一瞧見疤子李的部隊你喊我叫在集合，曉得他們一定有事故，十有八九是要拉出去打火了，這一來，有些人就急著朝城外擠，他們曉得，僞軍一動就要抓伕。

街上一亂，隊伍也亂，不知是誰在人群裏發聲嚷叫著說：

「快進屋躲躲啊，朱嘯天的馬隊壓過來了！」

「不好嘍，南門外燒火嘍！」

馬隊來不來，倒還沒人見著，南門外燒起火卻是真的，而且火勢很猛烈，整條街上的人都看得見火光，嗅得出一股濃烈的煙味。

這時刻，疤子李根本顧不得救火了，他腳步踉蹌的，招呼衛士把他扶到馬背上去，自率著他的衛隊奔向東門，各大隊集合起部分人槍，也慌慌亂亂的跟著朝外拉，那情形，就好像朱嘯天真打過來了一樣。

「這怎麼會呢？」疤子李雖有幾分酒意，但並沒有醉到神智不清的程度，他在馬上跟隨從的人說：「老子放在外面的六個大隊，就算再不濟事，也不至於讓朱嘯天這麼快就撲到縣城來，……這裏頭一定有人在搗鬼！」

嘴說有人搗鬼，街上乒乒乓乓的響起槍來，這時候，看燈的人群紛紛拎燈進屋躲避，有些沒來得及進屋的百姓，也都退至街廊兩邊，捏熄了燈籠。燈火一熄，便只落下月光，那種混和夜霧的月光青幽沉黯，也不知這些槍是什麼人放的？

疤子李有些遲疑，他是出城迎擊朱嘯天？還是回頭去搜捕搗亂的人？一時拿不定主意了。但他轉念一想，外面的六個大隊都是雜湊的班子，不是朱嘯天的對手，他若不及時增援，劉家屯、小朱集和堰頭就會被朱部攻破了，至於城裏鬧亂子的，也許只是朱嘯天作內應的一小撮人，比較容易對付，他只要多一個大隊留下就鎮壓得住了，因此，他仍然鞭馬朝東去，傳話下去，要第一大隊留下，協助第六大隊平復這場亂子。

但他還沒走出好遠，一梭匣槍對準他潑過來，他就翻身落了馬，一雙腳還陷在馬鐙裏，整個身子被那匹驚馬倒拖著走了。

疤子李這一中槍不要緊，整個隊伍都失去了指揮和號令，他的衛隊和走在前面的幾個大隊，都跟在那匹驚馬後面衝出城去了，也有幾個大隊到砸箍散板了，分別在街心朝四面亂竄，朝天放空槍壯膽子，盲目吼叫著：

「捉奸細呀，不讓朱嘯天派來的人走掉一個呀！」

猛火炒荳子——粒粒爆，疤子李的隊伍，這還是頭一回遇上這種混亂的情狀，他們空端著槍到處奔跑，根本不曉得怎麼打法？沒有一個僞軍看見對方在哪裡，但匣槍不停的潑火，使街心躺了好幾十個僞軍的人，那些奔散開來的僞軍爲了自保，看見人影就開槍，這一來，便有很多處地方，僞軍對僞軍，自己互相打了起來。

岳秀峰連長當初剿辦魯南和蘇北的各股土匪，慣用這種戰法，可以說萬試萬靈，因爲土匪雖然猛悍，終歸是一群缺少訓練的烏合之眾，對於夜暗中發生的混亂，毫無控制局面的能力，只要撂倒匪首，其餘便亂了建制，不成脈絡，只知狂喊叫亂放槍，完全各自爲戰了。

街心亂得一塌糊塗，岳秀峰所率的人，趙澤民所率的人，加上當地的游擊隊，也都拎了槍衝出來，跟著叫喊：

「捉奸細呀，不讓朱嘯天的人跑掉呀！」

一面喊著，直衝疤子李的司令部，點上了火，把疤子李的老巢搗掉了。

由於情形混亂，無法收拾，疤子李著令留守縣城的第一、第六個大隊，也紛紛竄出了東門，不到三更天，縣城裡面實際上已經控制在岳秀峰的手裏了。……在同時，經岳秀峰差人聯絡過的朱嘯天部，得知游擊隊岳司令親自出動突擊，便放大膽子朝疤子李的防區猛撲，來策應岳司令的突擊行動，這一打，使疤子李的主力頭尾都難顧及，劉家屯、小朱家集、堰頭等地，已被朱部突破，而後面的縣城，又莫名其妙的丟掉了，六個又殘缺又混亂的大隊，在開往火線的半路上停頓下來，這才曉得疤子李被一排匣槍打中，胸口變成馬蜂窩不說，屍首被驚馬拖奔了好幾里地，一個腦袋像被饞貓啃過的魚頭，皮肉都拖沒了，只落下骨頭。

幾個大隊長聚合起來會商，個個惶惶無主，疤子李是獨獨斷弄慣了的，他的部下習慣了沒主見，聽憑他的吩咐行事，他這倒下頭，他手下沒誰能拿出什麼樣的好主意來，商議好一會兒，才決定推舉第一大隊長陸小刀子暫時做領頭的。陸小刀子剛接下這個差事，從劉家屯、小朱家集和堰頭各地潰退下來的隊伍，也陸續到達了，陸小刀子研判一下情況說：

「天黑，隊伍又亂，如今兩頭燒火，進退為難，咱們非等到天亮後整頓妥了再動不可！」

旁的大隊沒表示意見，陸小刀子就下令把隊伍南拉，屯在一處叫小吳家莊的村落上。等到天亮之後，他們再把隊伍整頓妥當，想開回縣城去，但有人跑來報信，說是朱嘯天業已自率馬隊，在四更天闖進了縣城。

「這算啥名堂？」陸小刀子惱恨的說：「迷裏迷糊，就把縣城給丟掉啦！」

「這並不要緊，陸大爺，」陸小刀子的副官說：「黃楚郎業已直搗夏勁唐的老窩，憑他朱嘯天，叫花子打茶圍，窮樂也樂不了多久的，咱們只要差人去跟黃楚郎取得連絡，反撲縣城，根本沒有問題。」

經他這麼一說，陸小刀子又覺得寬心了許多，當時就差出一撥子馬隊，著他們到雙溝一帶，去黃楚郎那邊，熬火雖然熬得很猛烈，但夏勁唐曉得他絕不能栽在土共的手裏，一旦栽倒，那就慘到不能再慘的地步了，他把他的想法跟他手下說明白，大夥兒也都曉得黃楚郎陰毒無比，寧願捨死相拚，拚到最後一兵一卒倒下去為止，正因為夏勁唐所部上下一心，土共的初期攻勢幾乎全被瓦解，而且，黃楚郎平素最信任的兩個民兵大隊，南六塘大隊和灌口大隊，分別在兩處激烈的戰場上敗得很慘。

其中一處是在夏部轄地西北邊的吳寨，由夏勁唐的一個連據守著，工事修築得很堅固，四邊平野遼闊，射界廣，視界寬，防禦槍火能發揮極大的威力，夏勁唐料定土共總有一天會把算盤打到他頭上，要攻，他們必從西面先攻，所以，他就把刀口給磨得鋒快的等著他們。

吳寨的工事，是費了好幾年的工夫，逐步修建起來的，寨裏的地道縱橫交叉，成棋盤格子形，糧食和彈藥全囤在地層下面，足供全連鏖戰一年多，爲了使水源供應充分，主要的母堡裏面，都分別淘有水井，在戰事激烈時啓用，不必出堡汲水。

夏勁唐認爲自己人槍實力極有限，發展又受到自然的侷限，唯有苦下工夫，用工事來增強守備力，好等待轉機。……夏部的吳寨，是夏勁唐轄區的大門，黃楚郎也約略知道吳寨不好打，但他要吞併夏部，非打吳寨不可。

陰雨綿綿的天氣，他自率南六塘大隊把吳寨圍上了，最先他來軟的，甜言密語的喊話招降，許給那個連萬般好處，但對方不吃那一杯，他眼看軟的不成，又滲了些威逼進去，說他這回東來，帶了十一個民兵大隊，配合上四個正規團作戰，能把夏勁唐轄區一舉輾平。而對方對他的恐嚇仍然相應不理，把他逼上老虎背，非來硬的不可。

六塘大隊打頭陣，從平野上朝前爬著攻，寨裏根本不開槍，一直等到那些灰狼爬到接近圩堡的地方，裏面的槍枝才一齊發火，打得那些土共屎滾尿流，轉頭朝回奔，屁股上中彈的，比比皆是。

土共一連硬撲了三次沒撲得上，這才曉得玩硬的並不怎麼好玩，黃楚郎光是心裏著急，但他明知速戰速決的如意算盤打不成了，只好變換方式，耍出了所有的花招，首先，他用鑼鼓隊和秧歌隊，圍著吳寨敲打蹦跳，表示吳寨不久必被攻破，這算是預先舉行的慶祝，再就是催調主力，從四面八方把寨團團圍困住，在曠野地上搭蓋蘆蓆棚子，安營紮寨，造成十里聯營的氣勢，一到傍晚，匪軍紛紛架起野灶行炊，那一縷縷的炊煙，在潮濕沉凝的大氣裏上升，綰結成雲，望在守寨人的眼裏，真有三分不戰而屈人的味道。

但守寨的這個連，心早橫了，橫豎寨裏有的是械彈和糧水，可以睡倒身子打上它一年，他們不管土共出什麼點子，耍什麼花招，只要他們不攻打寨子，就只當是翹起二郎腿看白戲了。

黃楚郎一瞅，這些法子照樣不管用，只是暫時把吳寨軟困著不動手，另選旁的地方，這一選，就選了夏勁唐轄地的側門——不惹眼小地方岳家廟子。大門的門檻兒太高，怕絆跤跌掉門牙，他只有使出老伎倆，打算鑽狗洞進屋了。

岳家廟子，是岳姓的一座家廟，坐落在一道約莫四五丈高的土稜子上面，就地勢而論，算是夏勁唐防區側背的要地，但夏勁唐佈置在這兒的人數卻非常之少，只是十三個佩帶長短雙掛槍枝的漢子，由他的把兄弟何二輝領著。何二輝當年曾是赫赫有名的海賊頭目。

岳秀峰帶兵剿辦海屬各縣土匪時，他受過招安，並當著岳秀峰連長的面，火燒船隻，當眾遣散了他手下的嘍囉，在灌河一帶，改行幹起負販來，這一回，夏勁唐部情勢危急，有被土共全部吞噬的危險，何二輝聽著消息，便糾合舊部，自帶槍枝，不請自來。何二輝當面跟夏勁唐說：

「兄弟，老哥哥這回來到這兒，並不是來幫著漢奸的，我曉得你有心投歸中央游擊隊，這些年，你對地方上還好，我這是來替中央保留一份還可以擋得用的實力，不讓黃楚郎得逞，你瞧著我還是塊料兒，就分給我一個據點，我替你守著，無論好歹，不會替你姓夏的丟人就得了！」

「我說，大哥，有您出馬，我還有什麼話說？」夏勁唐歡喜不迭說：「北方地面上，誰不知您是條硬漢，舉手撐得崩下來的天，連游擊隊岳司令，當初都誇讚您滿身俠氣，您要守，就守岳家廟子罷。」

何二輝領著這十二條漢子，個個都是扒過人心，摘過人膽的人物，後來改邪歸正，沒再犯過法，做過案，但土共的那些頭目，仍把他們當做非拔不可的眼中釘，曾經多次派人打他們的黑槍沒成，又懸下賞格買他們的人頭，這一回，黃楚郎以灌口大隊為主力，猛打岳家廟子，真可是冤家路窄，面對面的幹上了。

依照土共所得的情報，曉得岳家廟子駐紮的隊伍不多，他們以為這麼個小地方，即使不用硬攻，只要略使威嚇，也就拿得下了，誰知夏勁唐在土共發動攻擊前沒有兩天的夜晚，空然走馬換將，把何二輝這批煞神送到岳家廟子來，使土共一直蒙在鼓裡。

那夜是落雨的月黑頭，土共灌口大隊對岳家廟子施行突擊，他們指派一個中隊擔任這任務，要利用夜暗，悄悄爬進廟去，把守軍給摸掉。

灌口大隊擅長「摸」字訣，早先也摸過好些地方團隊，把人頭拿當瓜切，這一回，還想照著葫蘆畫瓢，中隊長懶得親自冒險，在岳家廟子附近的民宅裡弄到一隻雞，買了一壺酒，在火邊吃喝，著令他的一個分隊爬牆去摸，另一個分隊在外接應，順便兜捕零星漏網的，他以爲這樣一交代，事情是篤定泰山，絕不會出岔子了，所以，那個分隊出發時，他兩眼眯眯的，指著桌面上的雞和酒說：

「同志，放麻溜點兒，早點辦完事回來，也弄一盅酒暖暖身子，分點雞頭雞翅膀啃啃……」

「沒問題，隊長同志，」那分隊長很自信的說：「那幾個鳥人，只怕都還蒙在鼓裏睏呢，咱們只要爬進去，還不像拎雞似的，手到擒來嗎？」

他們拎上槍出發了，先通過土稜子側面的一道大斜溝，再翻上溝脊，摸到岳家廟子的廟後，伏地聽了一陣，聽著裏面沒有一點兒動靜，便悄悄計議著如何動手？岳家廟子沒有什麼特殊的防禦工事，外圍沒挑壕溝，沒豎鹿砦，也沒佈鐵絲網，只是在廟房四角，修建了四座半圓形的，較爲凸出的角堡，廟門前加砌一道可以防彈的土圍牆，從垛口到地面，約有一丈多高，裏面有梯級可登，外面想爬牆，必須利用長梯或飛爪之類的東西才成。

照一般情形來說，這樣的小據點比較容易攻擊，因爲除了前面較爲強固，其餘的三面，都有很多薄弱的地方，兩面的廟牆只有八尺高，用疊羅漢的方法，很容易翻進去，同時，廟後的門戶不夠嚴密，利用貼近房屋的樹木做爲攀援，不必費多大的力氣，就能攀上房頂。

「咱們只要先進去六七個人，弄清楚他們在哪棟屋裏打鋪，先拔刀制住守衛的，然後分兩個人守住槍架，其餘的吆喝他們起床，把他們捆住押出去就算解決了！」那個分隊長說：「趕回村上去，吃雞、喝酒、烘它一陣子火，還來得及補睡一覺。」

他們由分隊長領頭，利用其餘的打腳蹬兒，咚咚的翻牆跳進去六七個，其餘的在等著從前門押人出來，誰知等了老半晌，進去的人連一點動靜都沒有。

「怪事？」一個耐不住，悄悄的說：「分隊長同志是怎麼搞的？」

「不用急，」另一個說：「也許他們正在等機會，——不把守衛的撂倒，事情是辦不成的！」

「既然這樣，也許還得多加幾個人手，」原先的那個說：「我們何不吹兩聲口哨，連絡連絡，要是裏面有回應，我們就再進去幾個幫忙。」

他撮起嘴來，輕輕地吹了兩聲口哨，隔不了一刹，裡面果然有了同樣的聲音。既然連絡上了，外面的又翻牆跳進去四個，奇怪的是，這四個一進去，也如同石沉大海，再沒有下文了。

外面這才覺出情況有些不妙，因為早先摸哨或是突擊，從來也沒有遇著這種情形，但這只是胡亂猜想而已，除非再找人進去看看究竟，沒有誰敢斷定裏頭發生了什麼樣的事故？……他們很為難，竊竊的商議了好一會兒，有人主張不管三七二十一，先響槍接火再說，有人期期以為不可，因為前後兩批，有十個人在裏頭，外面一響槍，裡面的人就很難脫身了。

這樣計議，總得不著結果，只好耐住性子乾等下去，等到四更多天，還沒見動靜，他們不得不放著進去的人不管，退回村落向隊長報告去了。

不過，何二輝還是憨直的性子，抱著明人不作暗事的態度，規規矩矩的把十顆土共的人頭掛了出來，人頭掛在竹竿上面，順著垛口排成一排，老遠便能看得見，那些原本是慣切旁人腦袋的傢伙，沒想到這回吃了癟，自己的腦袋又讓旁人給切掉了，所以風來時，那些腦袋便兩面搖晃，頗有不服氣的樣子。

「沒想到這些穿黃皮的這麼兇法！」灌口大隊的那個中隊長說：「暗的沒玩得成，咱們只有白晝硬攻了！憑它岳家廟子裏的那些人，我不信攻不破它！」

白晝攻擊發動時，那個土共的中隊長仍把他的隊伍按分隊的建制，分成前後三批，那意思是要試探試探據守岳家廟子的夏部守軍的反應，藉著槍聲，估出他們的人槍實力，然後再決定打開這個據點的方法，他抱著這種念頭，所謂攻擊者，只是把隊伍拉到接近岳家廟子的地方，伏地開槍，希望引發一場槍戰而已。

但不論他們的槍火怎樣密射，對方就是不響槍還擊，好像連一顆子彈也不願浪費，讓土共大做其賠本的生意。這樣一來，不但使灌口大隊的這位隊長，對於岳家廟子的守備情形莫測高深，同時也使他手下的民兵，覺得光是單方的盲射變得索然無味了。

頭一天這樣耗過去，土共除掉損失十個人之外，又貼上幾百發槍火，這情形，很快便傳至黃楚郎的耳朵裏，黃楚郎光火說：

「你們實在太差勁了，南六塘大隊攻不下吳寨，你們又拿不下岳家廟子，這簡直是使我沒法子向上級領導同志交代，……上頭會說：區區一個夏勁唐你們都打不了，日後你們怎麼對付岳秀峰？你們灌口大隊，要攻，就替我硬攻，不要光趴在這兒放槍，白耗子彈！」

灌口大隊逼於情勢，只好硬著頭皮承擔下來，重新部署，打分波的人海攻擊。

何二輝和他的弟兄沉著得很，土共啊喝喊叫的衝到土牆腳下，他們都不開槍……土共用農家的長耙代替長梯，搭在牆上朝上爬。

長耙高度離垛口還差上一大截，有個傢伙領頭爬上去，爬到上面，伸手去攀垛口，想借力躍上去搶頭功，他的雙手剛朝上一搭，裏面就有兩隻手伸出來，把他的手接住了。

「進來開開眼界罷，二哥！」裏頭的人說。

爬牆原本一鼓作氣朝上爬的，但經裏面這樣一客氣，反而不願意進去了，不過這時候，他的兩手已被對方捉住，變得「盛情難卻」了，裏面的一發力，就把他懸空拎了進去，其實也只進去上半截身子，屁股高高倒翹，兩腿懸空亂蹬亂踢著。這不過僅僅一刹工夫，他就翻落。整個身子竟然好好端端的，僅僅乎差了一個腦袋。

土共灌口大隊第一波的攻撲，很快就瓦解了，那個大隊長的腦瓜子還算聰明，一瞧這種光景，就曉得這裏面有了文章，他弄不透夏勁唐差遣了什麼樣的人物守岳家廟子？他們竟然這樣沉著，不響槍，等著外面進攻、爬牆，然後再用單刀切人的腦袋，以他的初步判斷，僞軍各部，還沒聽說過有這種野性的戰法，這完全是江湖人物豁命時所使用的手段。

「守岳家廟的這些傢伙，十有八九，是夏勁唐招來的亡命徒，」他說：「咱們不能再用老辦法分波攻擊了，這樣，他們正好零敲麥芽糖，把咱們逐步蝕光。這一回，咱們全大隊一起出動，來它個四面燒火，非得一口氣猛撲進去不成！」

連綿的攻撲開始了，守軍一點也不含糊，分據四面的角堡開始還擊，雙方的槍火打得密不分點，土共的牛角聲、殺喊聲，也混和在槍聲裏，鼎沸著。

月夜，多雲。灌口大隊幾百人撲擊岳家廟子這麼個小地方，從起更打到五更天，廟外的死屍枕藉，鮮血染紅地面，但仍然攻撲不下，守軍的槍法奇準，又都是在極近的距離才發槍，真是一粒子彈一個人，沒打過空槍，一夜激戰下來，被黃楚郎一向認爲是能熬硬火的灌口大隊，傷亡十之八九，落下來的，只有一個分隊不到了。

黃楚郎賠掉老本，恨得牙癢癢，不得已，連絡上他們的正規部隊第十六團加入戰鬥，一面使用喊話的方法逼降，當他問及守岳家廟子是誰時，裏面有條粗宏響亮的嗓子揚聲答說：

「姓黃的，狗雜種，你它媽這回算是瞎了狗眼了，咱們不是僞軍，咱們是老百姓，老子何二輝，行不更名，坐不改姓，不論生死都不含糊你，有種的，拿命來換命好了，只要姓何的有一口氣在，岳家廟子就不是你的，你想招降，呸！甭做你媽的霉夢！」

黃楚郎一聽，不禁倒抽了一口涼氣：何二輝是老一輩的黑道人物，比孫小敗壞那夥人出道早得多，一般的黑道上的邪門人物，他都拉攏得轉，唯有何二輝，自從受了岳秀峰的招安，就對土共形成極大的威脅，幾次除他沒除掉，反而損兵折將，沒想到這一回，他又糾槍來助夏勁唐，這個人是非除不可的，若任他突圍去投奔岳秀峰，不啻是如虎添翼，那時再想除他，就難上加難了。

第十六團接替灌口大隊，又猛攻一日夜，總算攻開了岳家廟子，他們進去之後，才發現據守這個據點的，只有十三個人，全都戰死在角堡裏面，而由何二輝爲首的十三個人，廿六條長短槍枝，經三晝夜的熬火，竟然打死了他們六百多人，切掉攻牆突進的幾十顆腦袋。

等到疤子李部的陸小刀子派人聯絡，黃楚郎才曉得縣城也起了變故，跟他勾結的疤子李業已被流彈打死，縣城反叫朱嘯天部進據，朱部配合夏部，對自己正好形成夾擊之勢，這當口，他不得不召集各部開會，綜合的意見認爲：這次出頭攻撲朱、夏部，原想一舉撲滅他們，收槍編人的，但計劃落空，又賠了大本，如今，鬼子雖然兵寡勢弱，但他們仍有掃蕩力量在，加上南邊的岳秀峰部實力強大，也許會趁虛佔取燕塘，因此，他們不得不改變主意，扒開進退無據的陸小刀子不顧，逕自草草收兵，退回燕塘老巢去了。

土共這一抽腿，朱嘯天部和夏勁唐部立即取上連繫，朱夏兩人在縣城晉見了中央游擊隊的岳秀峰司令，自願取消鬼子所給的僞軍番號，正式投誠，並接受改編。岳秀峰司令很嘉許他們，將朱嘯天部改編爲游擊第四支隊，夏勁唐部改編爲游擊第五支隊，同時命令他們聯手，全力摧毀疤子李的餘部。

他檢討這次偕同趙澤民北上，雖然使同行的弟兄們受了辛苦，經歷了一番風雨霜雪，但能在甘家口翦除了孫小敗壞手下的最後一名悍賊朱三麻子，使小敗壞陷在南邊縣城裏孤掌難鳴，極少有再起的機會；又能很順利的趁著元宵夜發動突襲，和朱嘯天配合，擊斃疤子李，使朱部進入這座城市，接受改編，這都是值得安慰的。如今，黃楚郎無功而退，僞軍朱夏兩部正式反正投誠，使鄰縣變爲中央的游擊區，可以說初步任務業已完成了！不過，對於何二輝的壯烈戰死，岳秀峰心裏卻鹹濕濕的，盡是淚水，像何二輝這種屬於鄉野的江湖人物，論知識，他是一個大字不識，說來還不及唸過私塾的孫小敗壞多多，論早先的出身，他只是一個殺人如麻，兇悍蠻野的江洋大盜，和孫部的人王筱應龍、朱三麻子同屬一類，但他能在最後關頭，幡然悔悟接受招安，改業負販，這正合上了佛家所說的：放下屠刀，立地成佛的話了。

一般說來，何二輝即使當半輩子負販，也已難能可貴，況乎這一回他能審時度勢，毅然糾槍出頭，據守岳家廟子，力殲共軍五六百人，使黃楚郎略地奪槍的計劃成爲泡影，這種無名的犧牲，太感人了，因爲他不是軍人，他的手下也不是部隊，勝負成亡，和戰史無關，他們所打的，完全是鄉野型態的戰爭，他們所盡的，完全是他們個人對他們自己生命所負的責任，——做人的責任，這要比夥友喬奇在濱湖戰死，更爲難得，他非得設靈奠祭，以慰亡魂不可！

祭完何二輝和他的弟兄們，他就要跟趙澤民回防了，臨行前，他叮嚀朱嘯天和夏勁唐說：

「兩位反正輸誠，算是這方的老民得福，但兩位必能由此看出，黃楚郎那幫土共頭目的野心；咱們如今只能暫時維持住這個局面，巴望著鬼子一倒，中央大軍立即就來，如果其中有了青黃不接的時間，土共必會趁機席捲整個長淮地區不可！那時候，你們駐地首當其衝，蒿蘆集方面，也難免激戰，咱們的生死存亡就都難以逆料了，我這是肺腑之言，兩位心裏必得有個數才好！」

「司令您放心！」夏勁唐搶著說：「咱們失節在前，業已滿身罪孽，這回投效您，不是求保全，只是贖罪來的，一死贖罪，心才得安，您怎麼吩咐，咱們怎麼做，絕不退縮。」

「司令不是說過，寧可犧牲自己，護著百姓南逃要緊嗎？」朱嘯天說：「咱們無論局勢多壞，也會在這兒挺著，讓司令有時間護送百姓過大湖，到中央地區去避劫，至於到那時，還能不能活著追隨您，那只好看老天的安排，咱們就不敢說啦！」

三十四年的三月初，岳秀峰司令返回蒿蘆集。盟軍轟炸日本本土的機群，嗡嗡的飄浮在淡藍色的天湖裏，有時候，一飛就是上百架，銀白的機翼在陽光裏燦著，這情形，確實使他內心飄過一絲興奮和喜悅，他的戰鬥經歷，和超乎鄉野人群現代的知識，使他預感到對日抗戰的勝利，已經指日可待了，而這分喜悅，總被眼前的一層障霧阻隔著，在感覺裏變得很遙遠。

自己以一條負傷後撿拾回來的性命，結合了一份冥冥的機緣，留在陷區挑起領導游擊隊的擔子，晃眼之間，已經經歷了六個年頭了，這其間，爲偵破斥堠失蹤的血案，費盡心機，把那幫兇犯，——同時也是漢奸的胡三、蕭石匠、朱三麻子等人一一翦滅，只有孫小敗壞暫時漏網，同時得著喬奇和當地士紳趙岫老、喬恩貴、趙澤民，李彥西等人的協助，把游散槍枝和人員綰合，發展成一支可戰的隊伍，多次和鬼子、僞軍、土共交手，都打得很漂亮，這番心血，也算有了代價。

這兒的廣大鄉野，雖因連連戰火的波及，鬼子的肆虐，僞軍的荼毒和土共的欺詐，使它的面貌蕭索荒涼，但鄉野百姓仍然像早年一樣的溫厚純良，他們把自己看成天星轉世，救苦救難的神祇，這是愚懵可笑的事，天曉得這六年來，自己的日子是怎麼過的？

自己只是一個平凡的人，腰部和腿部的傷口雖然早已癒合了，但仍常常發陰天，疼痠麻木，從骨縫裏朝外蔓延。有時睡著了都被痛醒，只有暗暗的吸氣咬牙強忍著，那滋味，就如同熬刑一樣的難受，爲了減除傷痛，只有拚命沉浸在工作和忙碌裏，每夜都睡在雞啼欲曉的時辰。

陷區是被困在鬼子外張的封鎖線裏，連日用品都成奇缺狀態，甭談自己一向愛讀的書本了。虧得趙岫老曉得自己愛讀經史，慨送一些窖藏的書籍，在燭光下懷著槍，展卷夜讀，已經成爲自己這幾年來工作之餘唯一的消閒樂趣，那些古老中國的歷史暗夜，像犬戎入侵、五胡亂華、歷朝的邊患、流寇的崛起，異族的侵凌，那些遠遙的情境，都會和眼前的戰亂重疊起來，重重的壓在自己心頭，變成一種推不開的夢魘。

自己總覺時空形成的環境是無需怨尤的，愈當亂世，一個人的經歷愈豐，考驗愈多，責任愈重，也愈能顯出人的本色，標出人的價值來，管它是商周？管它是秦漢？人的際遇儘管不同，因應的道理卻從沒改變過，文文山吟至「人生自古誰無死，留取丹心照汗青」句，固然是正氣撼天，悲壯無匹的英雄氣概，但，「風簷展書讀，古道照顏色」句，更穿透時間，融和歷史，有更深的蘊藏，待人省悟，不歷離亂，何能深深體悟如此深沉，如此透澈，微帶蒼涼感覺的人生境界？自己有一卷詩書，一柄軍人魂短劍在手上，可歷萬變，可經萬劫而坦然無驚，論起道理來很繁複，在寸心感覺上，卻極爲單純，說來無它，正如諸葛武侯所言：「鞠躬盡瘁，死而後已」。

衡諸目前土共的活動跡象，這日子恐怕就在眼前了。而這些內心的感觸，無需說給誰聽；岳秀峰司令一回蒿蘆集，立即就像往常一樣，騎著馬，帶著隨從，到各處去巡察防地去了。

第十八章・圖窮匕現

這當口，蘇北地區的共軍勢力，像一片陰雲般的籠罩著，他們在抗戰的夾縫裏，以培植毒品獲致暴利，並勾結各地僞軍的邪門勢力，大行訛詐，從東海岸地區，逐漸向內蔓延，盤據了蘇北幾達十一個的縣鄉，當地鬼子駐屯軍勢窮力弱之際，他們便更形放肆，把他們每一塊地區土共的勢力連綴起來，準備當鬼子投降那一刹，不等中央開來受降，就進兵搶奪各縣的縣城。

搶奪縣城固然要緊，而那些土共頭目聚議的結果，一致認定進攻蒿蘆集，瓦解岳秀峰部，是最爲緊要的事，假如讓岳部存在，背倚著大湖，等於控住陷區西南方的門戶，退可將百姓撤走，進可作中央正規軍的接應，這是他們難以容忍的。再說，岳秀峰部所擁有的游擊兵員和戰力，超過各縣僞軍戰力的總和，成爲他們席捲這一地區的最大阻礙，這枚眼中釘，非拔掉不可！

因此，他們對土共部隊，教唱新編的謠歌來說：

「拔掉岳家寨，一直下興泰（即長江北岸的興化和泰興兩縣），
打垮岳家兵，一路上南京。」

他們練民兵，拿岳秀峰的形象劃在麥草紮成的靶上，他們開野場會，把岳秀峰說成吃人心肝的魔王，但岳秀峰的五個支隊一路排開，穩穩的守住地跨兩三縣的地方，岳秀峰所部的紀律，更是爲人津津樂道，土共隻手難掩四方的耳目，所以燕塘那一帶的民眾紛紛南逃，經由蒿蘆集朝西過大湖，投奔皖北中央的基地去，同時，土共的民兵部隊，情況極不穩定，攜械逃亡的，無月無之，燕塘地區說來算是土共的老巢之一，但情況已混亂到難以控制的程度了。

五月裏，遍地青紗帳起，在土共的老地區楊家樓子，就鬧出一次民間揭竿抗暴的事件。

經土共董四寡婦、黃楚郎等盤踞多年的楊家樓子，搞過若干次放手發動群眾的血腥運動，從清丈地畝到土地掠奪，若干被視爲地主成分的人家，都已被消除了，黃楚郎認爲餘下的，大多是無產階級成分，應該不成問題了；接著猛搞參軍運動，把農村的泥腿子拔出莊子送去當兵，這一來，民間反抗的情緒逐漸高漲，四處蔓延，大夥兒早已認清了土共的面目，人人伸著頭盼望老中央早一天回來，楊家樓子楊姓一族人裏，有個輩分長的楊崇道，原先是開館教書的窮塾師，土共來後，他歇了館，家裏窮，沒田產，他便揹起糞箕兒，到處撿糞過日子，黃楚郎心裏雖不喜歡教古書的先生，但對楊崇道的鬥爭卻沒有好藉口，因爲拾糞的是他們標榜的無產階級。

楊崇道拾糞，只是裝瘋賣傻做幌子，暗地裏，卻連絡了同族很多人，準備找到適當的機會，刨出窖藏的槍枝，來收拾黃楚郎這幫傢伙。

族裏面有個年輕漢子楊大牛，一天在高粱田邊撿到中央飛機撒下來的傳單，他便悄悄的跟族裏人說：中央軍快打過來了，這話經過耳語的輾轉相傳，便改爲「中央軍已經從南邊一路打過來了」，話落至楊崇道的耳朵裏，他認定岳秀峰司令的隊伍已經越過大溝，朝燕塘地區進攻了，立時召聚族人，要他們起槍，準備接應。

「咱們受黃楚郎的毒害很久了，」楊崇道說：「這回得著好機會，怎能輕易放過？我打聽到，這兩天，黃楚郎要帶人到楊家樓子來開會，咱們正好就此把他窩住宰掉，作爲接應。」

「小老爹說的對，」有個叫楊二紅眼的說：「當政委的黃楚郎，是條大毒蛇，早就該千刀萬剮了！咱們若能先宰掉他，幾個民兵大隊沒人號令，吃不住岳司令一衝，準散，那時刻，咱們大可暫時不顧田產，到中央地區抗風去，土共就有天大本事，也不能把田地挖起來抬走。」

「管得了那許多?!」幾個小年輕的跟著說：「好在中央就要過來了，咱們先造它一次反再講罷！」

準備起事接應中央軍，除掉黃楚郎的行動，在楊家老磨坊的廢墟裏秘密決定了，參加的有五六十個漢子，楊崇道一聲令下，他們就分別回去刨槍起火去了。

這時刻，土共在楊家樓子沒有什麼人槍，除掉一個鄉公所，一個鄉聯會之外，就只有一個民兵班，歸鄉公所管轄，而這三個單位，都駐紮在楊家樓街南梢的楊家祠堂裏，民兵放崗，也只放南門，至於街上委派的保甲長，都是當地人，平素也怨聲四起，跟土共聯不成一氣。

楊崇道早就打聽出來，土共楊樓鄉鄉長丁振，民間給他一個外號叫小釘頭子，是個三寸釘型的人物，獐頭鼠目，陰、冷、尖、狠，但楊家樓子的民眾也都是經過大風大浪，能忍能耐能咬牙的人，把土共那套伎倆看得很透，一味用軟拖軟拉的方法敷衍著，等待著機會。

小釘頭子辦事雖像一枚尖釘，但總釘不進民眾的精神裡去，鄉裏也有工農青婦兒的組織，但只是個空殼子，那個聯會主席束手無策，黃楚郎對這情形極爲不滿，定期親自來開會動員民眾，日子定在五月中旬，小釘頭子揹著匣槍到處跑，要民眾準備開會。

有月亮的夜晚，算日子，第二天早上，黃楚郎就要下鄉來了，楊崇道把參與起事的人，召聚到磨坊廢墟裏，拿出主意來說：

「咱們要想一舉窩住黃楚郎，今夜就得暗中下手，先把小釘頭子的鄉公所和民兵班解決掉不可！按照過去的習慣，黃楚郎到楊家樓子來，除了他自己佩的一根手槍之外，最多帶兩個隨從，兩根長槍，沒有裏面的民兵做幫手，那就很容易窩住他了。」

緊接著，楊崇道檢點刨起來的槍枝，共有廠造後膛槍五支、一百多發槍火、火銃十七臺、火藥兩桶、三膛匣槍兩支、手榴彈七柄，另外的武器，只是單刀、長矛、纓槍之類的原始東西了。一般說來，這點槍枝，想在土共心臟地區起事，是極爲單薄的，但楊崇道認爲：中央軍既然很快攻過來，只要佈置妥切，發動得快速，先把黃楚郎宰掉，四方的情勢一混亂，不愁沒人響應。

「小釘頭子決計想不到咱們會在今夜起事，」他又說：「咱們如今就趁黑摸過去，儘量不要開槍，以免走漏風聲，得手時，先把丁振和那個鄉聯會長幹掉，把民兵繳械收押，再行佈置對付黃楚郎的事。」

人說：熟人走夜路，狗都不咬，他們走向自己家族的宗祠時，真像有祖宗亡魂佑護似的，一路上極爲順當，他們摸到祠堂門口，楊崇道把手臂壓了一壓，其餘的人便都在黑地裏蹲身停住了，只有楊崇道一個人，袖裏藏了個手榴彈蹓上去，祠堂門口站的有門崗，那個民兵認識楊崇道，見面便招呼說：

「深更半夜的，我當是誰呢?原來是楊小老爹，你不睡覺，跑到這兒來做什麼？」

「別嚷嚷，」楊崇道故意神色緊張的說：「丁鄉長跟鄉聯會長在不在?……北街有人起事，我是來告密的。」

那個鄉丁把腦袋一縮，直是打楞，過半晌，才不信的搖著頭說：

「這可不是鬧著玩的，小老爹，假如不是真的，你就脫不掉造謠生事的罪名，你說說看，在楊家樓子，誰有那麼大的膽子，敢造共軍的反？」

「你能當家作主，說今夜沒事嗎?」楊崇道倒打一釘耙，歪頭反問說：「你要真能保險，明天可甭怪我沒來告密。……我樂得回去睡大頭覺。」

「噯，慢點兒走，瞧你說的像真的一樣。」

「當然是真的，」楊崇道說：「要沒有這回事，我就不會連夜趕過來了!」

「好!」那傢伙信以爲真，把槍揹到肩膀上說：「既然確有其事，我就帶你去見丁鄉長，我把他叫醒，你當面跟他說好了。」

那鄉丁領著楊崇道跨進宗祠大門的門檻兒，還想起什麼似的，扭頭問了一句說：

「你說，究竟是誰要造反的啊？小老爹。」

「嗳，我是明人不說暗話，要造反的，就是你小老爹，——我！」楊崇道這麼說著時，手裏的手榴彈權當小錘用，猛然一錘打在那傢伙的前腦門上，那人把頭點了一點，前三步後兩步走了幾個交叉步子，這才乖乖的躺在過道的方磚地上。

楊崇道回身把手一招，其餘的就一窩蜂湧進祠堂來了。在裏面動手，要比打倒門崗更順利，土共的鄉長丁振，是被人裹在被窩裏捆住抬出來的；那個鄉聯會主席想逃，攀著窗子，剛探出上半截身子，背後有人拖住他的兩腿朝後倒拔，他明知走不了，仍然使雙手抓著窗戶櫺子，竭力掙扎著，但他一個人的力氣不及兩個人來得大，終於撒開了手，臉朝下跌，額角跌腫一塊不說，前面的門牙也跌掉了。

民兵打通鋪，睡在宗祠正殿裏，楊家的族人湧進去，先把壁上的槍枝撈到手上，然後點上油燈，逐箇兒的踢他們起床；那些民兵原是當地人，一瞧這光景，都乖乖的不動彈了，只有那個民兵班長是個入過黨的老幹部，曉得這回被人窩倒是沒命了，趁機飛踢一腳，踢倒擋門的，立即就朝外竄，但背後有人劈了他一刀，那一刀正劈在他的脊背上，使他僅僅乎跑出十幾步，就伏在天井正當中不再起來了。

楊崇道完全得手之後，檢查宗祠前後，沒有一個走脫的，他們窩倒土共的鄉公所，沒有響一槍，外面也沒有人知道。楊崇道對於丁振和鄉聯會會長還算客氣，沒讓他們粉身碎骨，只是請他們下磚井，然後再把井口用大石塊封掉。——那個脊背中刀的班長，仍然陪他們下去，當了死也不分開的保鑣。

二天早上，楊家樓子的人，跟平常一樣開門過日子，鎮梢也有保甲上的貼標語，歡迎發紅當令的政委黃楚郎來鎮。這還不說，東門口還聚有若干穿著民兵衣裳的漢子，把三角形的彩紙旗兒插在槍管裏，排成隊接差，也還有好些民眾，三三五五成群的在等候著。

同盟國大批出動去轟炸日本本土的飛機，又嗡嗡響的飛過楊家樓子的上空，帶給人一種塡塞起心靈空洞的興奮，越是覺得老中央立時就要打過來了。

他們等到太陽升過東面的樹梢，才見到黃楚郎帶著兩個隨從的，騎著三匹騾子，順著官道朝鎮上走過來。

「等一歇，大夥兒甭慌張，」楊崇道說：「咱們人多，槍多，以有備打他無備，這三個根本走不了的，只要能活捉黃楚郎，四方響應的必多，那時刻，咱們一路朝南殺出去，迎接老中央，就有像人的日子過了。」

楊崇道的計算不能說是不細密，大夥兒同心同德，也都有豁出去的膽氣，但這些漢子，終究是牽牛站耙的莊稼人，從沒受過訓練，黃楚郎帶著隨從，剛到鎮梢，還沒有翻下牲口呢，他們就像揮舞扁擔似的舞著槍，發出亂鬨鬨的憤怒的吼叫，高喊著：

「打死大毒蟲：要黃楚郎替楊家樓的屈死鬼抵命！」

「打殺土共這些狗操的！」

隨著潮水似的野性吼叫，他們便從四面蜂湧上來，有的拉牲口，有的拖腿，有的舞起槍托搗人，黃楚郎是久經陣仗，老奸巨滑的人物，一瞅這光景就知楊家樓起了巨大的民變，大約有五六個漢子衝向他，他不停的揮著馬鞭抽打對方，同時夾動騾子，不讓轡繩被對方撮住，但他雙拳難敵四手，不久就被人家圍困住了，有人出來抱住他的腿，死力朝下拖拽，有人抓住他的腰皮帶，想搶奪他的匣槍，他這才想到用槍，當他伸拔出匣槍來時，他的腰眼被捅了一刀，骨嘟嘟朝外濺紅。

再瞧另外兩個隨從，其中有一個業已被拽下牲口，十多支槍柄猛朝下搗，腦袋全被搗開了花，另一個翻下牲口想逃命，被人用單刀砍斷了一隻胳膊，哇哇慘叫著，在草溝邊打滾。起事的人像螞蟻似的咬過來，他放了一梭火，夾著牲口就朝回奔，背後有十多支槍開火蓋他，當子彈從他身邊掠過，全沒打得中他，他騎的騾子腳程快當，一轉過彎，高粱和玉蜀黍田就遮障住追趕者的眼，他算是把這條命撿回來了。

楊崇道這邊的人，動手動得太早了一點，被黃楚郎逃掉了，他們一路追出去兩三里地，一直追到野河邊，仍然沒能追得上。楊崇道說：

「橫豎事情業已鬧出來了，怨也怨不得誰，黃楚郎這一跑回去，一定會調集大隊來攻楊家樓子，咱們得準備著應戰，有死無生跟他幹一場。」

他們回到楊家樓子，響鑼集眾，楊崇道當眾把籌劃起事的經過跟街坊說明，最後他說：

「老中央打過來的消息，並不確實，咱們業已坑殺了小釘頭子和鄉聯會長，今早上，又宰掉黃楚郎的兩個隨從，黃楚郎本人帶傷逃遁了，事情業已鬧成這樣，咱們只有擋著。列位街坊鄰舍，你們的婦孺老弱，不能因這事留在這兒受拖累，不願意跟土共拚命的，你們儘管走，我楊崇道和族裏起事的人留在這兒，就算是死，也得把老本拚夠了再死。絕不彎起脊樑，當土共的牛馬畜牲了！」

楊家樓的人被這宗突如其來的事件驚呆了，這兒是土共的心臟區，離岳秀峰司令的中央游擊區，至少有八九十里地，除非中央軍真的打過來，否則，憑楊家樓子這點人槍，是逃無可逃，遁無可遁，死定了的；儘管是這樣，自願跟楊崇道赴死的，也有百十來條漢子，其餘的婦孺老弱，都離開這座危鎮，四散逃命去了。

黃楚郎受傷逃回燕塘，除了調集兩個民兵大隊，又向老十團借調兩門迫擊炮，會攻楊家樓子，他們想用最快的方法，立即捕殺楊崇道和那些起事的，並且封鎖那個地區，不讓消息傳揚出去。而事實並沒有那麼簡單，兩個民兵大隊猛攻楊家樓子打了三天三夜，迫炮也打了幾百發，使楊家樓子的街屋全部起火，燒得片瓦無存，黃楚郎恨透了姓楊的族人，下令在火堆裏翻屍首，割人頭，人頭割了一百多，要伙伕用擔子挑出來，那些人頭燒得焦糊的，一籮一籮疊壘著，像剛摘下來的黑皮西瓜，根本分不清哪一顆是楊崇道的。

這樣殘酷的報復，還沒能使黃楚郎消除怨氣，他又四出兜捕在逃的民眾，把姓楊的老頭兒和十來歲的孩子捉住七個，用麻繩捆到燕塘，火燒，鐵烙，用刑逼供，硬要他們說：楊崇道是土匪。但那些人死也不劃供，黃楚郎惱羞成怒，把那七個也拖出去殺了。

楊家樓抗暴事件，經人傳至蒿蘆集，落到岳秀峰司令的耳朵裏，他沒說話，緊鎖雙眉，在趙宅的後花廳來回蹀了一個晚上，趙岫谷老先生扶著枴杖來看他，他捏起拳頭，抖動著說。

「燕塘那邊，還成個人的世界嗎？黃楚郎爲何不問問，老百姓爲什麼不要命的反他們？

這些沒有一絲人味的土匪禽獸，連孩子都殺！……殺人若能解決問題，這世界就變成屠場了。」

「這該算是魔劫！」趙岫老悲嘆說：「黃巢，李闖……這麼一脈相承下來的，土共這種邪魔，最先是造劫，我敢依照歷史斷言，日後，這批造劫的傢伙，他們自己也必會一一的應劫，時和數相連，因與果相關，我這把年歲，無法親眼看得見了，但我想總想得到的。」

面對著這個白髮蒼蒼的老人，岳秀峰有一種發自內心的敬意，趙岫老的話，初聽覺著有些玄，其實，卻深蘊著中國傳統的透達觀念，能綰合歷史，證映未來。有些事，確是人難以逆料，難以防止的，鬼子同樣是造劫的人，經過八年的抗戰，眼見他們業已應劫了，而土共在利用抗戰坐大，環顧淮河流域，盡是滔天的赤流，蒿蘆集一握之地，無法阻止共區百姓方興的劫數，只能盡力化解，使百姓少受荼毒罷了。

「岫老的話很有道理，」他沉思有頃，才開口說：「不過，即算是魔魔方興，咱們無力挽救，總得儘量設法子，幫助上土共區的百姓，鼓勵他們朝外逃。」

「這倒是應該積極辦的事；」趙岫老說：「您要練兵打仗，這事交給我這老朽來辦好了！」

由於楊家樓子事件的激發，一個擴大收容共區逃難百姓的組織——難民會，在蒿蘆集正式成立了，由趙岫老自任會長，他提出召告，凡是由土共區逃出的難民，這兒供衣供食，並且覓船送過大湖，把他們送到中央的後方基地去。

這一來，五月當月裏，翻越大溝逃出來的，前後就有一千多口人，其中有個老頭兒，竟然是黃楚郎的親叔叔，有人問他說：

「黃楚郎再兇，總是你的姪兒，他會把你怎麼樣？」

那老頭跺著腳罵說：

「甭提那個雜種畜牲了，當了土共，六親不認，他連他親娘老子都不認賬，何況我旁支的叔叔?!他沒把我這把老骨頭卸散掉，算我躲他躲得快。」

他在蒿蘆集上只住了三四天，就跟大夥兒一道過大湖，到中央後方基地去了。

岳秀峰防區的這些作爲，處處針對土共而發，黃楚郎實在難以忍受，他不敢貿然糾眾攻打上下沙河，便把腦筋動回經岳秀峰新收編的第四、第五兩個支隊的頭上，他認爲，當初朱嘯天和夏勁唐領的是僞軍的番號，鬼子多少還維護著他們一點，如今他們換了番號，反佔了鬼子的地盤，就是打上天，鬼子也不會管事了，同時，岳秀峰收編了朱夏兩部，他也收編了陸小刀子所領的疤子李的餘部，他儘可用陸小刀子去打朱嘯天和夏勁唐，顯點顏色給岳秀峰瞧瞧，試試他的反應。

他把陸小刀子找到燕塘，要他去攻朱嘯天和夏勁唐，陸小刀子苦著臉說：

「政委，您不明白，當初疤子李好大喜功，亂給番號，我領的這股人虛鬆得很，一對一都未必打得贏，甭說是一對二了！」

「有我替你撐腰，你怕什麼？」黃楚郎說：「他們四周圍，都是咱們的地盤，事實上，他們早就被困了，你先領著人槍撲上去燒把火，我再動員隊伍上去，這一回非把他們當點心吃掉不可了！」

「我怕的倒不是朱嘯天和夏勁唐兩個，」陸小刀子被逼急了，才期期艾艾的說出他心裏的顧慮來：「您曉得，他們是受了岳秀峰的編，咱們一攻，蒿蘆集定會出兵來援，我的兵一聽岳秀峰的名號，渾身就軟得連槍都舉不起來，這個仗怎麼打法？」

黃楚郎一想，陸小刀子說的，確是事實，不但陸小刀子懼怕岳秀峰，連自己也怕得緊，唯一可行的方法，就只有南下縣城，連絡蘇大嚼巴，請他和鬼子連繫，在土共會攻朱夏兩部時，使鬼子和蘇大嚼巴配合出動，牽制住岳部，使它不能動彈，這才能有勝算。

「我看這樣好了，」他跟陸小刀子說：「你先回去整頓隊伍，待命出動，岳秀峰那邊，由我另行設法對付，總叫他援不成朱夏兩部就是了！」

黃楚郎辦這宗事，辦得很快，他著他的老搭檔胡大吹，備了厚禮南下，到南邊縣城去見蘇大嚼巴，把這事的原委說了，央請擔任鬼子城防司令蘇大嚼巴幫忙去說動鬼子。

蘇大嚼巴收了禮，但他爲難的說：

「我的隊伍掌握在鬼子手裏，沒有島村大佐的命令，擅自拉動，是要殺腦袋的，這話，只有齊申之齊大爺能講，我在島村面前，連屁也不敢放，哪還有說話的份兒！」

「依你的看法，齊申之肯說這個話嗎？」

「誰曉得?!」蘇大嚼巴說：「依我的看法，這話，即使齊申之肯講，島村津也未必就肯聽……鬼子如今氣衰力竭，不比從前了，你沒見佐佐木上回死後，鬼子就沒出過城嗎？我這不是洩你的氣，你不妨找到齊申之，託他說說看，試了總比不試的好。」

胡大吹沒辦法，找到路子又去見齊申之。齊申之在內宅接見胡大吹時，剃著個光光的腦袋，穿的是黑布的和尚衣裳，手裏還拿著一串唸珠。胡大吹當初在城裏走動時，不止一次跟齊申之碰過面，當時這個偽縣長的派頭真是又闊又大，絲質的長袍，緞質的馬褂，鞋是紋皮鞋，帽是英國帽，手杖頭都是金打銀鑲的，懷錶鍊子粗過小拇手指，全身無處不發光，齊申之吸水煙，到哪兒，專門有個人替他揹著水煙袋和火紙媒兒，齊申之說話有說話的派頭，走路有走路的派頭，一副趾高氣揚，位居人上的樣兒，不單如此，他吐口痰，摸摸鬍子，那樣兒都跟旁人不同，有著十足的架子，沒有年把沒見面，這一回怎麼會一變變成這樣了?!

胡大吹看得出來，如今身穿僧袍，手捻唸珠的齊申之，完全不是當初那個齊申之了，也可以說，當初那個齊申之，業已在這個齊申之身上死了。

他剛剛落坐，還沒來得及開口問呢，齊申之笑笑說：

「不用說了，大吹，你的來意，我早明白啦，——你們土共找我，準是要我說動鬼子，對付岳秀峰，老實講，這話，我不能講，講了也是白講，沒有用的！」

「齊大爺，我實在弄不懂您的意思？」

「你要弄懂？那很容易。」齊申之苦笑笑：「我當初搞那個維持會，踩著浪頭過了一段日子，等到沉身落水，淹了進去，想脫身也脫不了啦！如今，漢奸這帖爛膏藥，貼在我的腦門上，八輩子扯不掉了。你們土共要利用我，我這帖漢奸膏藥還不夠？要加貼一張土匪膏藥？我齊申之這顆腦袋，人人都能拎得走，我今天替你們辦事，整倒了岳秀峰，日後你們照樣拎我的腦袋，不要說好聽的了，我心裏明白得很！」

「不會的，齊大爺，這話您肯說，攻破蒿蘆集，您該記頭功，不信您問孫小敗壞好了，咱們黃政委絕不是說話不算話的那種人。」

「我不用問誰，」齊申之說：「胡大爺，你請罷！在我兒待著，只是白耗你的功夫。」

說著，他便把眼闔了起來。

齊申之是真的看透了？還是厭倦了他當漢奸的生涯？胡大吹一時弄不清楚，但他嚐了齊申之的閉門羹卻是事實，他離開齊宅之後，轉來轉去弄不出頭緒，又想起來，跑到招兵處去看望坐了冷板凳的孫小敗壞。

許久沒見面，小敗壞看來蒼老得多，也憔悴得多了，兩鬢花白朦朧的添了一層霜，招兵處四壁都是灰塵雨跡，破桌子，爛板凳，充滿一種淒涼的霉氣，他去時，小敗壞還弄兩碟冷菜，獨自抱著壺，自斟自飲的喝著悶酒，邊喝邊哼著一種斷續沉愁的調子，彷彿懷著什麼極其沉重的心思似的。

「噯，我說老大，你是怎麼弄的？」胡大吹打著哈哈說：「當真叫岳秀峰一棍子打悶，不想東山再起了？……酒入愁腸，幫不了你的忙呀！」

「胡大吹，你這個狗操的，你來說什麼風涼話？」孫小敗壞悶沉沉的，瞅了對方一眼，賭氣的說：「你們幹老『八』字的傢伙，全它媽毫無人味！當初黃楚郎拖打狗棍時，咱們算是朋友，一路混上來的，我它媽吃緊的辰光，你們儘拖後腿，你們賣煙走土，一個個都肥了，還它娘假情假意的看我做什麼？去你媽的蛋罷！」

「瞧瞧你這樣兒，好像我是討債的，」胡大吹仍然厚著臉說：「這點胸襟氣度都沒有，哪像是掛將星，做老大的樣兒？」

「老大？」孫小敗壞帶著幾分醺醉，搖晃著肩膀，自嘲似的笑說：「我它媽的是誰的老大？是蕭石匠、胡三、胡四、筱應龍、金幹、朱三麻子的老大！我是它媽的鬼老大、鬼王！我注定要翹著屁股啃草根的……你甭笑，胡大吹，你也是那種料兒，只是時辰沒到罷了！」

胡大吹一瞧這種光景，根本待不住了，這座在鬼子盤據下的縣城，雖然太陽旗照舊飄著，但這些人的心都已經死了，整個城裏陰森森的，瀰漫著一股鬼氣，黃楚郎當初用過這幫人，如今卻再難用得上他們了。

他臨走之前，收過他禮物的蘇大嚼巴對他還算有些意味，擺了一桌酒席替他送行，一再抱歉說他心有餘，力不足，沒能幫上那邊的忙，希望黃楚郎能諒解什麼的。最後，他跟胡大吹提起孫小敗壞，胡大吹說，孫老大好像掉進了酒壺底子去了，滿嘴酒話，看樣子，好像不想再活了。

蘇大嚼巴笑了一笑說：

「他要不想活，那還不簡單，滿河的水，夠他喝的！他要什麼樣的死法，就有什麼樣的死法。」

胡大吹跑的這趟縣城，也並沒算白跑，至少，黃楚郎心裏有了個底兒，——四鄉即使打得天翻地覆，鬼子也不會再出動了，他決定仍然利用陸小刀子去打朱嘯天和夏勁唐，陸小刀子這股人是外圍，即使出師不利打垮掉，也不會使他有割肉之痛。

六月大熱天，在黃楚郎策動之下，陸小刀子被殿後的大批共軍逼上了戰場，他集中他的十二個大隊，先圍住夏勁唐部的一個老據點——吳寨。上一回，六塘大隊幾乎全部覆沒的地方。

黃楚郎記仇，下令給陸小刀子說：

「替我狠狠的圍著打，不打開吳寨不退兵，我要把這個連所有的人皮全剝下來，風乾了，做成人皮鼓來敲打，告訴朱嘯天和夏勁唐，誰惹火了我，誰就得死後還要剝層皮！」

也算黃楚郎選對了時候，吳寨的圍攻開始時，大批準備擴大叛亂的共軍湧進了蘇北地區，新三師、老八師、教一旅和教五旅，全南屯燕塘，壓迫得岳秀峰的游擊部隊無法抽調部隊，北上增援四面被圍的朱嘯天和夏勁唐兩支孤軍。

吳寨的守軍還是那個連，他們對於陸小刀子來攻，一點也不覺得詫異，因爲岳秀峰司令在臨別訓話時，早已把當前局勢剖析得一清二楚：在朱、夏兩個新編支隊據守的地方，三面都被土共區包圍著，只有朝南廿多里地，是三不管地區的宋家旗桿，和岳秀峰本部連繫，必須要通過這條狹長的走廊地帶。他們的家鄉就在附近，無法逃避，也不願意逃避，岳司令說得好：面對這些土共，根本沒有話好講，寧願死得像人，也不願活得像狗，陸小刀子貪圖一個支隊長的虛名，竟然當了黃楚郎的走狗，咱們守吳寨，就是打狗的人。

陸小刀子這回攻吳寨，不再採用緊打猛攻的方法，他用六個大隊，把吳寨四面圍住，用另外的六個大隊，困住夏勁唐支隊部所在地——牛頭堡，不讓他們動彈。

共軍的淮海縱隊的一部，由黃楚郎等土共民兵的配合，把朱嘯天所據的縣城也圍住了，圍住是圍住，但並不攻撲，使朱夏兩部，深受那種密雲不雨的壓力。

這時刻，土共也要出他們的老伎倆，差了好些人，到朱夏兩部的駐地去散播謠言，一會兒說是南邊的三不管地帶，業已被土共囊括去了，朱夏兩部根本沒有退路了，一會兒又說是上下沙河也被土共包圍了。

「包圍了又怎樣呢？」朱嘯天說：「橫豎咱們把槍抓在手上，黃鼠狼想要這些槍，總得拿命來換的，咱們處身絕地，根本就沒作逃命的打算。」

朱夏兩部，誰都有這樣捨死的心意，但處境卻一天比一天艱困，土共把通往各處的公路全部挖斷，朱夏兩部架設的電桿燒掉，電線剪斷，他們繞著兩部據守的據點外圍，脅迫民伕，挑成一道又一道的大溝，設上隘口，佈上崗哨，杜絕人們進出，同時在每道溝的溝脊上，利用挑起的積土，經營狐窟般的伏地土堡，把圍城的隊伍都屯駐在那裏。

尤獨是對於突出的據點吳寨，包圍圈緊縮得使守軍出不了寨門一步，不分日夜，經常有前哨接觸。陸小刀子初初投身土共，急急的想邀功，他派人送信給守軍連長宋志堅，大意是說：朱夏兩部被包圍在核心，四面沒有出路，業已成為甕中之鱉，如果及早投降，還能換個番號，換湯不換藥，有糧吃，有槍扛，要是一味頑抗，打破圩子，每人都將受剝皮的刑罰。

宋志堅看到這信，微微笑了一笑，對左右說：

「陸小刀子想拿這一套來唬人，唬得了誰？他要剝咱們的皮，他自己的皮又留給誰剝去？……咱們即使死了被剝皮，也還算得是人皮，他投靠土共，日後被剝皮，只能算是狗皮了。」

他當著來人撕了信，要他回去告訴陸小刀子：守吳寨的人都在這兒，他儘管放馬過來好了，用不著浪費筆墨，他這種虛聲恫嚇，沒誰願意聽。

吳寨西邊，有座磚砌的土地廟，座落在一條三叉形的阜頂上，地位較為突出，守軍便派了一個班據守在那兒，鎖住陸小刀子攻撲的進路，這個班是火力班，一共有三挺輕機關槍，還有廿五響馬提斯兩支，在面對陸小刀子作戰時，火力業已算非常強硬的了。

而陸小刀子弄不清這個班的實力，他派了第十二大隊的一個排去攻擊。這個排按編制，連排長在內，應該有廿八個人，但扣除空缺、病號和開差的，只落十六個人，全排只有一挺輕機槍。那個排長帶著手下，在土阜正面成橫列散開，架起機槍，一面打，一面朝前爬，爬到接近土地廟的時候，他就朝上罵開了。

「你們這些龜孫，還不繳槍等什麼？當真想等著剝皮嗎？」

「老子們正等著剝你的皮呢！」裏面回話說：「有種的，不要拔腿跑，讓你們見見真章好了！」說著，突然發出一聲殺喊，裏面的槍火便猛烈的傾潑出來，陸部那個機槍手首當其衝，被人家頭一梭火就撂倒了，其餘的人怕被槍火鎖死，只好爬著朝後退，他們排裏唯一的自動火器，——那挺輕機關槍，也棄在陣前不敢要了。

一開頭就吃了敗仗，頗使陸小刀子光火，他著令槍斃那個排長，又吩咐第十二大隊全力搶回扔棄在陣前的那挺機關槍。他可沒想到，這挺機槍給他的十二大隊帶來了很大的麻煩。逗著大白天，那挺槍扔棄在守軍陣地前不及百碼的平地上，眼睛看得著，但若硬要把它搶回來，就非賣命不可，在對方眾多槍口下面搶槍，要比從老虎嘴裏拔牙更難上好多倍，老虎吃人有限，機關槍衝準人頭點卯，那就沒有譜兒了。

第十二大隊的大隊長差出兩撥人去搶那挺槍，頭一撥人一上去，便被一陣猛烈的槍火煮化掉了，第二撥人一見這種光景，個個頭皮發麻，攻又不敢攻，退又不敢退，只是趴在原地不動彈。那個大隊長急得直抓頭皮，著令號兵連吹兩番衝鋒號，號音倒吹得挺響的，但卻不見一個人朝上衝，這樣乾熬了一天一夜，那挺機槍還擺在原地沒有動彈。

被困在吳寨的守軍雖然守得住，但時間拖延下去，他們也夠艱苦的，他們四面受敵，人數分散在一圈兒上，就顯得單薄，夜晚也不敢安心入睡，只好大夥輪流值崗，其餘的人在原地抱著槍，能閉眼暫歇一會兒就算好的了。不過，守軍連長宋志堅相信，只要能熬過眼前這一段艱困的日子，並不是沒有突圍的機會。盟軍大批的機群，以遮天蓋日的雄姿，從晴空裏向東飛過去，空襲日本本土，雖然這些飛機飛得高高遠遠，不會顧及這塊土地上艱苦的局部戰鬥，但這種空中出擊，至少帶給吳寨守軍若干的鼓舞，使他們直感的意識到，整個抗日大局愈來愈見光明了。

陸小刀子圍吳寨不到半個月，忽然起了變化，土共把陸小刀子和他的那些大隊長請去開會，在會議桌變了臉，把他們全都扣押了，繩捆索綁的押回燕塘去，陸小刀子被扣押的當天，土共直接下令，調開了圍困吳寨的疤子李的餘部，把他重新整編，分配到共軍單位去。這樣一來，吳寨算是暫時解了圍啦！

宋志堅連長也透著奇怪，爲什麼土共竟揀著這種時刻解散疤子李的隊伍，扣押陸小刀子？當然，土共是不肯輕易相信人的，但至少可以利用他們，攻下牛頭堡和吳寨之後再說，這一著棋，他們似乎走得太急了。後來有人這樣告訴他，說陸小刀子活搖活動，他秘密召集各大隊集議，又想跟朱嘯天和夏勁唐合力，朝南突出去，這消息還沒有見諸行動就走漏了，黃楚郎不得不先發制人，設計把他們誘捕。

這消息究竟是真是假，根本無法證實，而土共凌虐陸小刀子那幫人，卻是千真萬確的事實，聽說陸小刀子被送到燕塘去不久。便被土共以漢奸的罪名，押著遊街，再送去「公審」。

那些人的手全被麻繩捆成紫黑色，紙糊的高帽子上面，寫滿了辱罵性的、污穢的字眼，他們自被關進土牢，土共就沒有給過一口飯給他們吃，拖出來「公審」那一天，陸小刀子哭著央求吃頓飯，好做飽死鬼，黃楚郎卻叫人拎了一隻馬桶來，指著說：

「你們想吃飯?有屎吃就算不錯的了!」

不論那些囚犯願不願意，黃楚郎就下令著人硬扳開他們的嘴，用長杓頭當眾給他們澆糞汁，作弄完了，才拖到亂塚堆上去，使單刀胡砍亂剁，把陸小刀子和他的手下十來個人，都砍成肉泥。

「你們都聽著了!」宋志堅對他的弟兄說：「這就是陸小刀子投靠土共的下場，人陷進污泥再想拔腳，根本來不及啦!……咱們寧可自己抹脖子，也不願受黃楚郎他們那種凌辱。」

這話說了沒有幾天，共軍又把吳寨給包圍了，這一回，不再僅僅是土共的民兵，而是共軍的大部隊，他們集中了好幾萬人，吞食北地好幾個沒有鬼子駐紮的縣城和若干重要的集鎮。然後，他們集結南下，一面對岳秀峰的防地加強壓力，一面重重包圍朱嘯天和夏勁唐兩部，架炮猛轟，再用人海的方式突破，這一仗前後打了廿八天，朱夏兩部子彈打光，無法再撐，他們用手榴彈抱在懷裏朝外衝，衝進共軍群裏，再拉火自戕，有些是用刺刀自戳畢命的，只有吳寨一地的守軍，他們除陣亡之外，還賸十幾個人，由宋連長帶領著，趁夜突圍，居然脫出去了。

在這廿八天裏面，共軍日夜攻擊上下沙河一線，岳部各支隊面對著十倍的進犯敵軍，毫無懼怯，穩穩的堅守著，使來犯的共軍無法越過水漲的沙河河面，蒿蘆集一帶的百姓，聞說共軍糾眾來攻，自願扛起鐵鍬鐵鏟，按保甲出伕子，到沙河南岸來，協助游擊隊構工，附近村莊上的百姓，爲了替守禦的隊伍送乾糧烙餅，連夜的幹活，軍與民在這種危急的辰光，業已連爲一體了。

朱夏兩部被吞噬的消息，由帶傷突圍的宋志堅連長帶到蒿蘆集，岳秀峰司令咬著牙，沒有說什麼，但他的神色仍有些黯然，久久之後，他才對宋連長說：

「朱嘯天和夏勁唐兩弟兄能撐到一個月之久，實在是難得難得，他們做人一場，總算盡了本分了！宋兄能透過幾十里的共區突圍，十多條命是打死裏撿回來的，我想請宋兄替我再辦一宗事情，不曉得宋兄願不願意？」

「司令，您說哪的話？」宋志堅連長垂手立正的說：「我是您的部屬，您有事儘管吩咐，我是萬死不辭！」

「好罷！」岳秀峰司令說：「第一二三支隊，如今都在火線上，我身邊缺少得力的辦事人手，對於先行遣送這邊的老弱婦孺過湖避劫的事，我實在無法分身兼顧，這副擔子，我想卸給你替我代挑，至於過湖的船隻，趙岫老會幫你安排的。」

「我決照司令吩咐的辦！」

宋志堅守吳寨不含糊，辦這宗事更不含糊，當上下沙河一線整天響著槍聲的時刻，蒿蘆集西湖岸邊的船隻，已經往來不斷的梭駛著了，那些船群去時，載走滿船避劫的民眾，回來的時刻，卻載著游擊隊需用的械彈和糧食，——潘特派員顯已和上級有了默契，打算借重岳秀峰這支孤軍，在這段青黃不接的日子裏儘量撐持。

共軍部隊當時集中在沭泗宿諸縣的兵力，超過五萬人，但他們一時無法越渡沙河，猛吞岳秀峰所部，這時因爲鬼子駐屯軍全部集中到縣城，岳部被夾在當中，鬼子是百足之蟲，死而不僵，在他們正式宣告向中央政府投降前，他們仍有自保和反擊的力量。因此，共軍只是結集在沙河北岸，迤邐幾十里地，結成一座橫陣，一面不放鬆對岳部施以壓力，一面等待搶渡進攻的機會。

共軍這種等待，使岳秀峰司令護送民眾過湖的計劃，能夠充分實施，到了七月下旬，留在蒿蘆集三角地帶的民眾，已經寥寥無幾了。

共軍對於岳秀峰的侵犯企圖，越來越加明顯，但他們仍然不敢貿然的進行大規模的攻撲，他們企圖派人出來做情報，摸清岳部的兵力配置，可是，他們派出來的人剛一翻過大溝，就都被游擊隊捕捉了，最後，共軍一個政委想出新的法子，他差出整排的共軍，化裝成岳部的隊伍，趁夜潛進蒿蘆集地區來施行擾亂。

這法子在剛開始時，果然很有效果，他們在鄉村縱火，攔擊岳部運糧的車隊，狙擊岳部的巡哨官兵，使上下沙河的後背地區，產生了一陣混亂，但這種情形被岳秀峰司令發現之後，他便對第一二兩個支隊下達了一道密令，密令的內容，只有各中隊隊長以上的人員知道，他們悄悄的告訴他們的手下，說是，某日某時辰，司令要大夥兒一律把軍衣翻穿，用白巾纏在胳膊上，出去抓那些共軍派來搗亂的，——如果他們軍衣沒翻穿，胳膊上沒纏白巾的，一律抓住，當場捆住了，押送蒿蘆集，讓司令親自審問。

到了那天那個時辰，游擊隊個個把軍衣翻穿，胳膊上纏上白巾，出去抓人。岳司令這一著棋，共軍根本沒有料到，一傢伙被抓住卅多個，他們架起槍，正在路邊啃山芋，結果漏了底，全叫俘獲了。

蒿蘆集經過這一回的清理，共軍再也無法派人來混跡了。此路既然走不通，黃楚郎他們便又暫時改變主意，把擾亂的重點，換到鬼子據守的縣城裏去，縣城裏的鬼子明知他們侵略支那的戰爭，業已打得山窮水盡，島村大佐不願意再管事了，蘇大嚼巴沒骨頭，哪敢得罪黃楚郎？所以，土共的人大批潛進縣城，毫無憚忌的展開活動，到處散播對岳秀峰不利的謠言，使縣城裏人心惶亂不安。

這當口，由於土共在暗中的挑撥，蘇大嚼巴便對孫小敗壞動了手。蘇大嚼巴究竟是怎樣幹掉孫小敗壞的？外人都弄不清楚，有人說是：蘇大嚼巴聽說孫小敗壞要趁亂逃離縣城，就差出一些槍，夜晚包圍了招兵處，把孫小敗壞那夥人來個一網打盡，——全捆起來，用石頭壓在脊背上，扔到河裏去了。

有人不相信這種說法，他們說：

「孫小敗壞是死在胡三那兩個女兒的手上，蘇大嚼巴看上了那兩個雌物，想弄去做小，小敗壞不肯鬆手，姓蘇的才發狠動的手。」

也有人半信半疑，他們認爲胡三的兩個女兒，固然是蘇大嚼巴和孫小敗壞衝突的原因之一，但姓蘇的同時也看上了孫小敗壞所收藏的幾件珍貴的物品；一支巨型的派克金筆，一只德國造的金手錶，一個帶玻璃罩兒的西洋景兒——妖精打架，蘇大嚼巴曾經託人跟孫小敗壞談過，要花高價收買他這三件東西，孫小敗壞不肯出讓，兩人原已不和睦，再加上結上這個疙瘩，蘇大嚼巴的心裏更不樂意了，至於把腦筋動到胡三那兩個女兒的頭上，則是後來的事……當然，這兩個雌貨的爭奪，引起了蘇大嚼巴的殺機卻也是事實。

無論怎麼說，孫小敗壞和他手底下的那五個大隊長，都在一夜之間失了蹤，可說是千真萬確的事，他那招兵處的前後門大開著，除了一塊招牌，已經變成了空屋，而且，胡三的那兩個女兒，也被人趁夜弄走了。

孫小敗壞失蹤，毛陶兒不很樂意，認爲蘇大嚼巴太專斷專行，因爲小敗壞一倒下頭，縣城裏面除掉不再管閒事的鬼子，業已成了他姓蘇的一人獨霸的局面。

當初鬼子氣燄旺盛時，蘇大嚼巴看在陸小霸的面子上，凡事還和顏悅色的對待自己，如今鬼子氣燄低了，他連陸小霸都不太買賬，哪還有半隻眼看得起姓毛的？他有了這種想法，便在陸小霸面前加油添醋，綴撥陸小霸搬動島村津出面，對蘇大嚼巴施以壓力，追究這宗案子。

島村津的腦袋雖不及前任佐佐木那樣靈活，但他心裏面，也不願見著蘇大嚼巴形成獨霸的局面，他把齊中之和李順時找來問話，這兩人當然也順著島村津的心意，多少責備蘇大嚼巴做得過火了一些，李順時更說：

「大佐，姓蘇的把人槍抓在手上，縣城裏，講起實權來，好像比皇軍還大，孫小敗壞，敗在時運不濟，他跟蘇大嚼巴談不上有什麼深仇大恨，如今他這樣玩法，咱們人人心驚，個個自危，朝後去，事情還有誰敢做？——他既能暗中弄掉小敗壞，焉知日後不會把我和齊大爺盤弄掉，至少，據我看，這樣的事情，是可一不可再。這非得大佐您親自出面干涉不可！」

島村津被他說出火來了，鬼子的軍事情勢雖極不利，但那種趾高氣揚的內心意識，仍然不會消滅，蘇大嚼巴在島村津的心目裏，原是搖尾巴的奴才，島村津怎能看著他變成老虎？所以他爲了維持這份尊嚴，立即搖電話召喚蘇大嚼巴，當面追查這宗案子。

蘇大嚼巴見了島村津，連連的打躬作揖，搬出另一套說詞來說：

「大佐，莫說孫老大還做過我的長官，他替皇軍出力比我早，功勞比我多，就換是旁人，我也不會冒冒失失的坑害人，這些傳說，完全是空穴來風，存心替我扣帽子，我真是冤透了！」

「有人說：胡三的那兩個女兒還在你那裏，究竟有沒有這一回事？」島村津透過陸翻譯，追根刨底的提出這樣的詰問來。

「絕沒有這回事！」蘇大嚼巴說：「大……大佐，您要不信，儘管立即派人去查看，胡三的兩個女兒都長得這麼大了，我總不能把她們塞進老鼠穴去，只要查出她們在我那兒，您就是砍我的腦袋，我也沒有話說。」

蘇大嚼巴死不認賬，一味搖頭，島村津手上又沒掌握住什麼證據，一時也拿他沒有辦法，只好說：「無論如何，你是負責城區治安的人，城裏是你的轄地，竟然弄出這樣的大案子來，你可推卸不了責任；我限你在一個月內破案，把犯案的人替我交出來。」

「是！」蘇大嚼巴打躬說：「我完全遵照大佐的吩咐，回去馬上辦，……其實，大佐即使不追究，我也會認真追究的。」

島村大佐帶著陰鬱鬱的笑意，聽著對方所提出的保證，那種笑意在他臉頰青黑多髭的皮層上漾動著，然後，迸出一聲：要西，接著又加上一句話：

「一個月之內！」

蘇大嚼巴就這樣把案子扛下來了，一個月的時間不算長，也不算短，但情勢迫得他不願和島村鬧翻，只有先答允了再想辦法，比方請求寬限什麼的。使他心煩的，倒不是島村津方面的壓力，而是各方來的那許多議論。……關於孫小敗壞的失蹤和下落，可說是猜測紛紜，謠言四起，使他根本無法平息這些。

有人說，孫小敗壞的手下，確是被捆石沉河餵魚蝦去了，但他本人並不在內，他被蘇大嚼巴差人押出土城，活埋在張家菜園裏。有人說，活埋之類的，都只是障眼法，孫小敗壞仍是被帶到三官廟東邊的野河灘，沉河水葬的，蘇大嚼巴料定日後鬼子會追查這案子，他不願把孫小敗壞的屍骸留下添麻煩。也有人另有想法，認為孫小敗壞出錢買命，也許以死為遁，逃往外埠去了。

關於胡三的兩個女兒蘭英和佩英的下落，猜測和議論一樣很多，有些人言之鑿鑿，指說這兩個雌兒，確已落在蘇大嚼巴的手上，蘇大嚼巴把她們藏在另外的地方了。有人以爲蘇大嚼吧也許立刻轉手，把蘭英和佩英給賣掉了，因爲把她們留在手上，總會漏了底兒，使人確定孫小敗壞是他做掉的，蘇大嚼巴再笨，也不會自己拆他自己的台，擔這種名聲。

不論議論和猜測如何，事情的本身仍是一個猜不破的謎團，孫小敗壞和他捏在手上的那撮人，硬是失蹤了，在人們的心目中，被認定是死去了。他和他的把兄弟初初蹚渾水當漢奸的時辰，口碑就算定了他們日後的命運，民眾握住那種古老又堅牢的觀念，認定走邪路，作惡事，賣祖求榮的傢伙，少則三年，多則五載，一定會慘遭橫禍，埋骨荒郊。議論自歸議論，縣城裏外的人，對於孫家班的檯主的失蹤，並沒感到意外或是驚奇，只覺他這種下場，使人悲嘆罷了。

小敗壞失蹤還不到十天，在島村津面前保證查案的蘇大嚼巴，竟然被人用尖刀捅死在他的床上，由他這一死，抖露出這失蹤案的謎團來，原來殺掉蘇大嚼巴的人，是他左右手之一，——隨他跑腿辦事的副官劉奇黑。

這內幕是從蘇大嚼巴的城防司令部裏向外抖出來的，據說當時蘇大嚼巴叫劉奇黑安排去做掉孫小敗壞的，劉奇黑帶了六根槍去辦事，把孫小敗壞等人從招兵處押出來，押到小水門的碼頭那兒，孫小敗壞赤著腳，連雙鞋也沒穿，被押到碼頭那兒，還不知道是哪方面抓他的，他跟劉奇黑說：

「你們要是黑道上的朋友，爲錢來的，事情就好辦了，我孫小敗壞也算是老混家，一向講交情，好說話，你們要多少錢？儘管開價，我盡力去張羅就是了！」

那夜，劉奇黑和他所帶的人，一律穿著便裝，用黑布蒙著臉，加上月黑星沉，孫小敗壞哪能分得出來人的路數？當然朝好處想，撥他自己的如意算盤了。

劉奇黑聽了他的話，冷哼一聲說：

「我的孫大爺，事情可不像你所想的那麼簡單，咱們是奉差遣來的，要錢，要槍，要人，可也要你的命，你求也沒有用了，還是閉上嘴，省點精神罷！」

「您是岳秀峰司令那邊來的？」孫小敗壞渾身震動了一下，立刻顫慄起來，撲通一聲，跌跪在露水盈盈的石板地面上，連連磕著頭說：

「務請您饒命，務請您饒命，胡家野舖那宗血案，我沒有動手，全是葉大個兒主謀，朱三麻子、蕭石匠、胡三、胡四弟兄，他們是從犯，……他們不都抵了命了嘛？怎麼一定要找到我頭上？老天……。」

「孫大爺，您這副狼狽樣兒，哪還像爺字輩的人物，……實在跟您說，事情並沒有那麼嚴重，咱們也不是岳王老爺那兒來的。」

「真的嗎？」孫小敗壞摸著他磕腫的腦殼，又有了一絲希望了。

「騙你幹什麼？」劉奇黑說：「我是劉奇黑，蘇大爺的副官，咱們算是熟人，我跟你談不上恩怨，這晚上，我只是奉差遣來的。」

「蘇大嚼巴何必這麼做呢？」孫小敗壞說：「他當他的城防司令，我沒眼紅過，我如今虎落平陽，把自己當狗看，從沒張過牙，舞過爪，跟他井水不犯河水，他有什麼條件，直接跟我提，我退讓三分就是了，他真要玩這一手，整死了我，他也不得輕易過身。」

「這些話，您早該當面跟他說的，」劉奇黑說：「當時他要買你的金筆、金錶和西洋景兒，你不肯，他想接那兩個雌貨，你也不幹，如今把話跟我說，一點用也沒有……我們端的是蘇大爺的飯碗，他吩咐咱們怎麼幹，咱們只有怎麼幹了！」

「你們打算怎樣呢？」

「總比你遇上岳秀峰司令強得多，」劉奇黑說：「死當然是一樣的死，不過，我可以賣個小小的人情，留你一個全屍，把你們裝進麻袋，捆上石塊，扔下河去，這種天氣，只像洗一把冷水澡，豈不是舒心愜意的事兒？」

說著，朝左右一呶嘴，那些槍托便揚起來，把孫小敗壞和他手下的光桿官兒打昏過去，一人一條麻袋，像裝糧似的，從頭套到腳，外面加石塊，再用細鉛絲重重絞緊，一個抬頭，一個抬腿，乒乓朝河裏扔，也只一會兒功夫，就把他們像下水餃一樣的水葬掉了。

據蘇大嚼巴手下的一個大隊長說：劉奇黑辦掉這件事，又轉回頭去抓胡三的那兩個女兒，抓她們比拎雞還簡單，但押回去之後，蘇大嚼巴顧忌太多，不願立即點燭收房，怕遭別人眼紅妒嫉，所以，就著劉奇黑把她們押到東郊三里地的蘆塘莊，賃屋軟禁著，等這陣風颳過去再談。

誰知毛病就出在這兒，劉奇黑替蘇大嚼巴辦掉孫小敗壞，難免自己居功，不願見著這兩個極標緻的小妞兒，全給蘇大嚼巴一個人受用。

他趁著看管這兩個雌貨的機會，來它一個近水樓行先得月，霸王硬上弓，替小的一個給開了彩，商量著如何央懇蘇大嚼巴成全他們，做一對長頭夫妻？劉奇黑幹的事，被蘇大嚼巴耳風刮著了，蘇大嚼巴對他手下黑吃黑的手法頗爲憤怒，若在平常，他早就動手把姓劉的幹掉了，如今，島村津逼他了結孫小敗壞的案子，使他極爲窘迫，非得找個替死鬼來結案不可，找誰呢？當然該找劉奇黑這個傢伙了。

照理講，以蘇大嚼巴在縣城裏的威風和權勢，殺一個姓劉的，比殺雞還簡單，他的難處倒不在殺人，而在於讓姓劉的承認這件案子是他幹的，又不牽扯到自己頭上來？……關於這一點，他簡直沒有把握。

姓劉的佔了胡三的第二個閨女之後，跟佩英商議起朝後的事情，甭看胡三的二閨女年歲不大，硬是頗有心機，她跟姓劉的說：

「你持強霸佔我，我沒有好埋怨的，我爹當年做漢奸，作惡多了，開什麼樣的花，結什麼樣的果，就是沒有這一遭，我也免不掉被姓蘇的糟蹋，我勸你甭相信旁人，什麼孫小敗壞、蘇大嚼巴，全不是好人，如今孫小敗壞死了，姓蘇的也一樣，當漢奸，沒有一個能有好下場的。」

「照妳這麼說，我該怎麼辦呢？」

「你該怎麼辦？還用來問我嗎？」佩英說：「你瞞著大嚼吧，先佔了我的便宜，姓蘇的表面不動聲色，早晚會要你的命，我要是你，我就先動手，把姓蘇的放倒，然後，帶著我們姐妹倆跑到外碼頭去，另謀活路，幹什麼都比當漢奸強得多！」

姓劉的被她說動了，決計先動蘇大嚼巴的手，他是跟隨蘇大嚼巴的人，裏外的人頭和路徑都很熟悉，尤獨熟知蘇大嚼巴飲食起居的生活狀況，存心動手，哪有不成的？案發當夜，他就拐帶胡三的兩個女兒跑掉了。

蘇大嚼巴這一死，縣城裏波瀾迭起，孫小敗壞被殺的案子當然無法查究了，由於姓劉的這一逃，蘇大嚼巴的案子，也擱在那兒不了了之了。

不過，蘇大嚼巴在世，管的是警察和城防，他突然這麼遭殺，底下便亂成一團糟，島村大佐很著急，便聽了陸翻譯的建議，讓翻譯的小舅子，毛陶兒繼任城防司令兼警察局長，毛陶兒老早就謀算這個位子，如今憑空落在頭上，哪還有不喜歡的？但他這種喜歡只是一廂情願，蘇大嚼巴手底下的人可不是這麼想法，尤獨是那幾個大隊長，跟著大嚼吧幹了這麼久，好不容易有了空缺，他們沒人頂得上，卻讓毛陶兒這個外碼頭頂了去，他們哪會甘心？

其中一個很毛躁的傢伙叫鄒二貴的，很惱火的說：

「毛歪嘴，白臉的小屁精，憑什麼爬在咱們頭頂上？他想靠陸小霸的關係上台，看是做它媽的瘟夢！甭說陸小霸，就算他拜了島村做乾爹也不成，伸槍抖掉他，咱們不幹，叫他也幹不成！」

其餘的幾個都贊成用黑槍把毛陶兒幹掉，但他們心裡總還有一些顧忌，便跟鄒二貴說：

「對，你鄒二爺若真把姓毛的給幹掉，咱們甘心推舉你做頭兒，由你上台領著咱們幹。」

「行啊，」鄒二貴的腦袋紋路不多，習慣走直線，旁人在一邊推波助瀾，他便一口允下來說：「這話，我既能說，就能幹得，你們不信，明天一早，我就讓毛歪躺在那兒，讓你們看著他裝棺入殮！」

鄒二貴真的起了殺機，當夜便派了五支匣槍的槍隊出去打毛陶兒，毛陶兒沒料到蘇大嚼巴手底下的人敢在縣城裏動他的手，所以也就沒有特別的戒備，他的小公館前門有個門崗，正是鄒二貴派給他的，這種門崗，有了還不及沒有的好，那五支匣槍的槍隊從後面翻牆進屋，直奔毛陶兒的臥室，把槍堵在門口，上去叫門，毛陶兒一聽口音不對，死也不肯開門，外頭的便威脅說：

「姓毛的，你出來，有話好說，要不然，咱們就火燒房子，你死後，連骨灰都找不著。」

「諸位是哪兒來的？我跟諸位並沒有過節，何苦這樣逼迫我呢？」毛陶兒的聲音，近乎絕望的哀告說：「我這人，一向好交朋友，如今又在檯面上，撐起這麼個小局面，有好處，你我夥著來，多好？毀了我，對諸位並沒有什麼好處。」

「話是不錯的，毛大爺。」外面的把話頭兒也放緩下來說：「咱們兄弟，也都認爲您很夠朋友，既然這樣，您又何必隔著門講話呢？」

毛陶兒仗著他會說話，就拔門子把門給開了，門一開，兩支匣槍便頂在他胸脯上，把他牽牲口似的牽了出來，其中一個兜著他的屁股猛踹了一腳，把他踹得跪在地上，毛陶兒回過頭想說什麼，那人並沒有給他開口說話的機會，砰的一槍，正打在他的額角上，他中了槍，滿臉濺血，連爬帶跑朝前面竄，想找門崗搭救他，門崗不但沒搭救，反而給了他一槍托，把他給搗了回去，毛陶兒這時才明白，鄒二貴他們造了他的反啦……結果是那樣，門崗的刺刀連戳他的胸脯三四處要害，他就仰臉躺在那兒了。

鄒二貴幹掉毛陶兒仍然沒能弄到他想的職位，島村津看他們鬧得不像話，出動鬼子和鐵甲車，把鄒二貴和另兩個大隊長一起捉進憲兵隊，死活沒有下文，城防司令這個職務，由李順時出來兼任，李順時採取和緩的手段收拾這個爛攤子，喊明叫亮的說是不得罪任何人，他重用蘇大嚼巴的餘部，拉攏黃楚郎那干土共，卻又託人遞信給岳秀峰司令，表示只要鬼子一倒，他隨時等著中央來接收，只求日後能留他一命就成了。

「我這個人，名叫順時，不能不順時。」他縮著頭，逢人就解釋說：「當初搞維持會，我算順時，如今我先跟岳司令遞上降書降表，也是審時酌勢……咱們縣裏的這批土人物，一個個都被浪花淘盡了，我它媽再不順時，腦袋上不知要多幾個窟窿？我只好保老本啦！」

他這種討好各方面的曖昧態度和搓麻將的作法，並沒能使得縣城裏面混亂的情勢轉好，蘇大嚼巴的餘部分成好多股，互相傾軋，沒有一天不打架鬧事的，有些僞軍看出局勢不穩，不想幹了，便糾合一些槍枝，白晝作案，搶一票之後，立即逃亡。李順時表面上不得不敷衍，派一些槍枝出去捉人，結果，捉人的也來了一個順水溜，藉機開了差了。

僞軍裏面，敢逃亡的，還算是膽子大肯冒險的，有些傢伙明知事不可爲了，仍然窩在城裏不敢動彈，成天躺在大煙鋪上，抱著煙槍吁嘆。

「咱們一夥子，全是渾水裏的小魚小蝦，」有些僞軍這樣比方說：「全靠著水渾色濁，胡闖瞎混，一旦老中央回來，即使辦不到咱們這些當兵吃糧的小人物頭上，邀了槍，放咱們回去，在鄉親四鄰面前，咱們怎能抬得起頭來？尤獨是早先做過壞事的，簡直沒法子混了。」

「早早開差，也許是個辦法，改行到外埠去混生活，等到日子過久了，再慢慢回來，」有人這樣盤算說：「那些開差溜號的，要比咱們抱著腦袋在這兒等死強得多，不是嗎？」

說是這麼說，他們又怕跑出去之後，被許多憤怒的百姓攫住打死，結果進也不是，退也不是，躺在煙榻噴雲吐霧之際，恍覺整個身子也在雲霧裏虛懸著，四面都沒有落處。

人心真是奇妙無比，鬼子蹂躪長淮地區，前後也有七年，當太陽旗初在這兒飄展的時刻，許多亡國論者巴結鬼子，爭著捧出支那必亡的論點，買了僞官，粉墨登場；那些鄉野地上的土流氓也紛紛趕來湊熱鬧，組班子，搭台子，唱起賣祖求榮記來，不止是長淮地區如此，淪陷區各地的情形，大致都是這樣，六七年的時間，如漫漫長夜，但見群魔亂舞，各逞豪強；逐漸地，這本戲唱到尾了，那些粉墨登場的人物，也一個個在時間裏倒了下去，有的捱刀，有的過鐵，殘肢斷骸，遍地流紅的埋進泥土，到這時辰，死賸下來的漢奸才明白當初跨錯了步子，走錯了道兒，欲求兢兢自保全不可得，哪還有心腸再朝上爭攀？……人心一轉變，什麼全擋不住，島村津大佐和他所率的日軍，已經完全被孤立了，連呵奉的漢奸都離了心，使他只有瞪著兩眼乾著急的份兒。

以島村津的地位，他並非不能採用殺雞儆猴的方式辦人，但問題是所有當漢奸的都膽戰心寒，無心戀棧了，他該辦誰呢？翻譯陸小霸建議他，遇上這種陷人的難題，還得找齊申之來打商量，齊申之在這幾縣的漢奸裏面，肚子裏多少有幾滴墨水，眼光也看得遠一點，當初佐佐木大佐遇上難處，也問計於他，讓他拿過許多主意。

島村津想想，也只有找齊申之問計了，他派人去找齊申之，齊家看門人告訴來人說：「齊大爺出門去了，沒講要到哪兒去，也沒說什麼時刻回來？大佐找他有事，最好留張字條，等他一回來就呈上去給他著。」

來人沒有辦法，只好留下字條，回去覆命，島村津心裏很納罕，也很悶氣，當時沒好說什麼，第二天，又著人到齊宅去催問，齊申之還是沒回來。島村大佐連著在三天之內派人去了四次，始終沒見著齊申之的影子，鬼子憲兵隊送來情報，說是據線民報告，齊申之業已出南門跑掉了，這個消息，使島村大佐又憤怒又緊張，縣城在這些日子裏，原就混亂得一場糊塗，原由汪政權發行的紙幣，飛快貶值，買一個雞蛋，也要一百多萬塊錢，幣值還不如稻草，所以有人便收票子燒火，聽說城裏的居民，深夜不睡，趕著糊製他們自己的國旗，把太陽旗都扔進廁所去了，警局的李順時管不了，而齊申之這個身爲縣長的人，臨到緊急的辰光，非但不替皇軍盡力，反而不聲不響的溜走了，連齊申之都靠不住，在這些支那人裏，哪還有值得信賴的人呢？

他搖個電話給李順時，著令他搜查齊宅，四門崗位注意齊申之的進出，一發現他的蹤跡，便先行扣留，解送到他的司令部來，同時，他通告南邊各縣的駐屯部隊，全力緝拿齊申之到案。

按理說，他這一串措施辦得很快，齊申之果真朝南逃的話，實在很少能有漏網的機會！當然，這只是照平常的情形來說的。如今，沿著公路線朝南，亂得扯不開，那些僞軍像一窩破糞而出的蛆蟲，擠著，嚷著，尋求自肥，好得機逃脫，鬼子燒柴火的卡車，不斷從深入內陸的各戰場開回來，把拐了腿，破了額，斷了胳膊的傷兵扔下，再搜羅各式各類的軍需用品和補充兵員運上前線去，這種忙碌急迫的情形，就好像什麼地方的堤防快決口了，趕搬著運土石去填塞快崩裂的堤身一樣；在這種情形下，捕拿齊申之也者，也就變成一紙公文，各處連虛應故事的精神都沒有了。

一等十來天沒見齊申之的消息，在島村大佐方面，業已認定齊申之是擅離職守，棄職潛逃了，於是，他備文送北徐州，向上級呈報，要上面照會僞府換人遞補遺缺，誰知這時候他接到李順時的電話報告，說是齊申之業已被人在南門外的土崗背後找到了。

「找到了，那很好，快把他押到這兒來！」

「報告大佐，那不是人，……」

「你不是說齊申之嗎？怎麼會不是人？」

「報告大佐，是死的，——那只是一具屍首。」

血案！島村津的心朝下一沉，直接意識到，齊申之又步上孫小敗壞、蘇大嚼巴和毛陶兒的後塵，被人暗殺掉了，他朝著話筒喊說：

「是被謀殺的？」

「報告大佐，看樣子不像被謀殺，」那邊的聲音說：「他渾身上下，脫得赤條條的，一絲不掛，經過反覆檢驗，毫無外傷。」

「那?!那麼是服毒?!」

「報告大佐，看樣子也不像服毒，」那邊的聲音說：「他渾身皮膚沒變顏色，全是蠟黃的，臉也黃黃白白，七竅沒流血……。」

「奇怪？」島村大佐嘰咕著：「那會是怎樣死的？」

「報告大佐，」李順時說：「我馬上趕過來，當面跟您詳細報告好了。」

李順時不一會兒就坐了黃包車趕到島村那邊，據他說，齊申之的屍體，最先是由南門外一個種菜的女人發現的，那女人只瞧見崗腰的雜樹林裏，坐著一個精赤條的男人，嚇得臉白唇青，一路跑回去告訴她的丈夫，丈夫透著奇怪，拎了一把鐵鏟子，跟他妻子跑到崗腰子查看，不錯，林子裏確是坐著一個精赤條的男人，他身邊摺放著一堆衣物，和一根手杖，遠遠的喝問他，那人根本不理會，等走到切近，才看出那人早已死掉了。

種菜的漢子放下鐵鏟子，細看那具死屍，年紀約莫五十歲了，從手腳看上去，他該是城裏富有的人，沒有幹過粗重的活計，再從他的衣物和那支手杖看，這人在活著時，還不是一般百姓。

他們夫妻倆不敢動那屍體，回到村裏去告訴鄰居。大夥兒結伴又去瞧看，這才有人認出是齊申之來。案子報到警局，李順時親自領人去檢驗，確定那確是齊申之本人，毫無訛錯，他是靠著一棵樹，學和尚那樣，盤膝打坐死去的，死後，上身略朝後仰，後腦靠在那棵樹幹上，他身邊除了衣帽鞋襪，很整齊的摺放在一邊之外，並沒有見著藥瓶藥罐之類的東西，初步判定他並非服毒致死，但他身側卻留有一本佛經，可能在死者死前曾經唸過那本佛經，表示過懺悔贖罪之意。

「那他的死因究竟是怎樣的呢？」島村津露出非常困惑的神情說。

「報告大佐，據驗屍報告說，純是餓死的，」李順時說：「他離家出去十天，據我向他家裏查問，他只是一個人，拖著拐杖，挾著佛經出的門，並沒攜帶大箱子小行李之類的物體，足見他這回出走，絕不是想棄職逃往外埠去，只是想在附近，按他自己的心意尋死。」

「嗯，」島村大佐臉色很凝重，緩緩的點著頭說：「你說得很有些道理。」

「驗屍報告上判明，他被種菜的發現時，距他斷氣還不到兩天，」李順時說：「他的屍體，因爲空肚子的關係，儘管天氣炎熱，卻並沒發臭，由這點可以推定，他坐在那片雜樹林裏，光著身子，絕食挨餓，唸經等死，至少也有八九天，他身下的紋斑很多，可以想到他決心採取的這種死法，是極難受的一種受死法，若不存心贖罪，他不會這樣一寸一寸的死。」

「不錯。」島村津的臉上凝重得像結了一層冰：「他可以跳河，上吊，或是服毒，那要容易得多了，他脫光衣裳，是表示贖罪，修不得今生，盼望來生……這個人，死得還像一個人！你回去，把他當成一個支那百姓，厚葬了罷。」

齊申之的死，在縣城百姓的心裏，多少添了些憐憫的成分，人們覺得這個地方上的漢奸頭子能採取這種死法，總算是有悟性，有禪機，能看得透的，比起那些挨刀過鐵的凶死鬼要好得多了，他沒等天報，人報，他自身業已這樣的救贖了。

齊申之死在七月底，八月初出殯落葬，照陽曆推算，距鬼子宣布無條件投降，只有半個月樣子。他棺頭上沒刻僞官僞職，純是一個百姓的身分，縣城各寺廟的男僧女尼出來幫他誦經禮佛，也有些百姓，在路邊幫他焚化紙箔，默祝他超生的。

百姓們總是寬厚溫良的，他們覺得，人生莫大於死，無拘這個人生前幹過什麼事，作過多少惡，有過多少罪孽，只要在臨死那一刻，他能認罪求贖，以死超脫自己，這個人就是有救的人，值得同情，值得悲憫，盡管齊申之當過漢奸頭目，他們仍然從他的死寬諒了他，把他當成一個人看。

齊申之的死訊傳到鬼子盤踞的各地區去，所有厚顏活著的漢奸的心都涼了。

第十九章・英靈

原子彈投落在廣島，只是促成日本帝國提前一段時間投降而已，事實上，他們失敗投降的命運，早在他們窮兵黷武，入侵支那本土時，就已伏下了基因。

日寇投降帶來一種興奮的巨浪，從後一直波傳過來，尤其在華東近海的淪陷區域裏，人們的歡欣和激奮，更是無法形容。沒有人會忘卻戰前的日子，在陽光和沙塵裏的街道和村落，雖有些傖寒，但卻安然無驚，有人認爲莊稼人臉部的魚尾紋多，是常年帶笑笑出來的，所以許多老人，不笑也帶著笑像；日子是那樣安憩，吸煙也那麼慢條斯理，黑山黑浪樣的故事都是很古遠年月的事情，很少在眼前重現過，戰前的日子，一年年都早早的被安排在黃曆本子上面，那純是人與自然關係的組合，立春、春分、清明、穀雨、端陽……節令一串串的推移著，天時、季候和雨水，是人們唯一經常關切的事了，除了溫飽的存活外，餘下的，便是一片逍遙。

也許事實上沒有那麼美好，像水澇、亢旱、蝗災，都會帶來貧窮和饑饉，鄉野人們久浸在安樂如水的承平歲月當中所養成的懶散迂緩的根性，使這一帶的村鎭和城鄉，缺乏一種引昇和創建的動力，但人們不會去想那麼多，他們恒抱著最低的存活願望，對於一切自然的災變都無怨無尤。

他們不習慣朝遠處思想，朝遠方矚望，但卻會拿眼前的日子和淪陷的日子比較，這樣一比，當年的日子，哪怕是再貧窮困頓，也都是美好的了，誰那樣的首先詠嘆過：寧作太平狗，不爲亂世人，這種詠嘆，在淪陷的日子裏，常被眾口輾轉的傳遞著，悲傷無告的心情，在這種感嘆中，很自然的表露出來，雖是輕聲一喟，卻含有載不動的生命沉愁。

這總算熬到千萬人朝夕盼望的一天了，勝利，勝利，這輝煌的，被人高聲吼出的語句背後，有多少災患？多少浩劫？它是人們用多少犧牲？多少淚水？多少以鮮血寫成抗爭換來的？無數飽受苦難的人心裏明白，差不多每個百姓的記憶中，都鐫刻下那些痛苦的痕跡，這場打熬了八年的抵禦外侮的戰爭，勝利在本質上並不空洞，至少，它使淪陷區的人們，從牛馬蟲豸，恢復了人的尊嚴，確立了人的地位，使他們有信心重建已成廢墟的鄉井。

戰前的那段日子，中央就曾排除萬難，加速地方的建設，在縣城試設發電廠，介紹漁農畜牧的新方法，輸灌新的蠶商智識，協助地方建堰堤，興水利，改良教育，更集中舉國之力，疏導多災多變的淮河，使其避除淤塞，通達大海，這許多事情，有的初初倡辦，有的未竟全功，戰爭就已經爆發了。在鬼子的統治期間，農耕荒廢，城市蕭條，百興一變而爲百廢，農校成爲一片瓦礫，電廠被轟炸成池沼，淮河淤沒於黃沙，即使中央很快的回來，這一切，仍得要從劫後荒墟上一一重建了。

就眼前的形勢而言，人們關心的還不是這些，而是鬼子放下武裝，遵令到南方集中後，所留下的真空由誰來塡補，由於路途遙遠，軍運艱難，中央大軍一時無法到達，蘇北地區集結的共軍必會利用這段空隙席捲這塊地方，使這方百姓未嚐勝利之果，先受他們肆意荼毒。

當然，域區的百姓對於岳秀峰司令都極信仰，但就大勢說，岳部已經成爲一支被圍的孤軍，岳秀峰再是英勇善戰，雙手難撐這一角崩天，當共軍傾巢南犯時，蒿蘆集地區只是一道土堤，能暫時阻遏洪峰罷了。……城裏有個老儒士吳大先生，最敬佩岳秀峰司令，他常常跟幾位老友說：

「我看人，不是看人既成的功業，因爲我認爲：一個人在一生當中，受到環境和命運的影響太大了。有人過分迷信環境，時機和命運，那也太偏頗，有人擁著空幻的自信，認爲個人能憑他的才智，毅力和勇氣，左右一切，那未免也不切實際。咱們就拿岳司令來做例子罷，他無論是學養，修爲，才智，膽識，都該算當今之世一等一的人物，尤獨是領軍作戰，更算是奇才。假如他當時能夠突圍歸隊，回到後方，那就像龍歸大海，從那時到如今，他恐怕早就是統帥一方的大將了，但如今他被困在蒿蘆集一地，只領著少數由地方團隊整編的游擊隊，眼前橫著的，是一場血肉橫飛的死戰，也許，這就是他最後的一戰了，蒿蘆集就是他的死所！

世人常以成敗論英雄，那是荒唐的，活在世上的將軍，未必比無名的死士強在哪兒，面對數十倍甚至數百倍的共軍，岳秀峰這支隊伍會戰敗，會戰死，但這並不是真正的失敗，我敢斷定，由此一戰，他的精神會永留在這塊土地上，古人形容烈士捐軀，說他們是『氣化春風肉作泥』，這可是一點不錯的，所謂成，所謂敗，絕不能用世俗的眼光去論斷，如今，岳秀峰不光是鄉野人心裏的英雄，更是一個捨死的仁人了。」

吳老先生的話，固然有他透達的見解，而一般人不會想那麼多，他們只是關心到岳部所受的壓力和極為艱難的處境，絕大多數的人，把岳部的安危和本身的安危連在一起，認為那是不可分的。

縣裏的居民們弄不清鬼子在別處戰場上投降的光景，至少，在這座城市裏面，島村津大佐是在一種寂默無聲的情況下解兵的，他的一切行動，都聽從駐華派遣軍總部所轉達的中央的明令辦理，他們並沒有立時解除武裝，只是部隊出營，不再攜帶武器而已，儘管武裝還在，但日軍在精神上業已真正的認命投降了，人們可以看到那種改變。

早先鬼子們在街上走，帶鐵釘的皮鞋踩著橫街鋪砌的青石板，發出沉重的律動聲，他們的全身姿態和臉部表情，同樣是呆板，木拙的，他們眉眼間，籠罩著一層陰鬱，給人一種峻冷驚悸，然而他是站立在山頂上下望的人。而今天，他們臉上的沉重和陰鬱消減了，他們在街上走，再不見高高在上的傲氣，每見到支那人，便像叩頭蟲似的彎腰為禮，用這些討好戰勝國的百姓，避免被人揪去毆打，或當面唾吐。紅紅的太陽旗悄然降下，城樓上重新飄起另一面旗幟，青天白日滿地紅的旗幟標明了誰是這土地的主人，倔強的中國，不再是他們夢想中奴顏卑膝的支那。

事實上，在這裏，勝利的氣氛還不及驚懼的氣氛來得濃厚，因為黑雲壓住北部的半邊天，共軍入侵真空地區的行動業已像弦上之箭了。

這時刻，潘特派員在趙澤民的陪同下，代表政府來了縣城，潘特派員一到縣城，立即邀集士紳和百姓代表來開會，他說明岳秀峰司令因為前方情勢緊張，未便擅離防地，由他和趙支隊長先到縣城，和民眾確取連繫，縣城裏的日軍，很快便要遵命向省城集中，城裏的防務空虛，一時無法塡補，必須先和島村津研究後再作決定，在原則上，只有暫以僞軍僞警作爲守城主力，再配合上民眾自組的團隊，竭力撐持，等待中央大軍來到，再行將防務移交了。接著，他又說明，假如共軍傾巢南犯，蒿蘆集一線首當其衝，而縣城就成爲第二道戰線，不但兩地的命運相連，所有真空地區都是同一命運，大家必得同心協力，抵死守禦，萬不能讓共軍竊奪抗戰勝利的成果。

當天夜晚，降將島村津大佐宴請政府代表潘特派員和趙澤民支隊長，島村津應潘特派員的要求，答允僅攜帶自衛用的輕武器，率部離城，到達指定受降地點繳械，聽候中國政府遣還，而將庫存武器彈藥，另行列冊，先行交撥，供游擊部隊防禦之用，這些事項，只要按照中國方面例行的手續辦理就行了。

島村津是在三天後率部隊離城的，抗戰算是真正的結束了，留下來的，是另一種赤色的夢魘；人心虛虛的浮著，有一種悲酸、憤怒和淒涼混融的感覺。那時候城裏的人們過的是那種日子：除非跳河死掉，就得捺耐著性子，忍受漢奸的侮辱敲詐，忍受鬼子的暴虐和威脅，任何事都只能從半睜半閉的眼縫裏看，不能推敲，不能解析，因爲根本在「理」字上講求……那是一種被囚禁的牲畜的生活，而非是人的生活。正因那些日子，像鋸齒般的把人鋸得滴血流紅，再有耐力的人也自顧不暇，難得去關心遠方的事了。因此，他們對於由鄉野偏荒的地方發展起來的土共，一向缺少較深的認識，即使有，也只根據一些星零的傳說，根據一些他們暴虐的行爲，憑直覺感覺，認定他們是屬「妖」屬「邪」的匪寇，拿俗話打比，那就是沙裏紅的果子，——上不了檯盤的。

「那只是么毛小醜，暫時跳跳樑而已。」城裏就有個紳士這樣說過：「共產共妻，歪纏胡鬥，殺人遺興，這成什麼格局？什麼體統？說好聽點，他們是桀紂，說難聽點，他們是巢闖之流，永不能成氣候的。」

「這是土匪，」也有人說：「他們也只鑽了抗日的空兒，自肥了、坐大了，如今鬼子投了降，中央大軍一到，他們就會土崩魚爛，全歸瓦解掉的，中央的一個指頭，也粗過他們的腰眼，他們憑什麼跟老中央抗衡？如今，他們想趁機搶地盤，完全是窮凶極惡的小人作風，爭一時之利，逞一時之快而已，他們愈是這樣牙尖爪利，日後的結局愈慘。」

他們說這些話，也憑著直感認定，在城裏，沒有多少人對荒鄉僻野上的事物，有深刻的，穿透性的了解，但他們的直感，從傳統觀念中躍起，毋寧說是廣大民心的反映，土共們，可能比他們直感認定還兇惡百倍，狡獪百倍，而且，他們翻雲覆雨的手法，遠非歷代草莽流冠可比，但他們的作爲，遠離民心確是事實，民心是一面明鏡，終能照現出歷史的，真實的容貌，善者爲善，惡者爲惡，那蒙著人皮的魔性的巨鼓聲，即時興起，但不論它能苟延若干歲月，它絕無法長久的在人間播盪它的回聲……在這一點上，岳秀峰司令早就看出來了。

儘管岳司令沒有到縣城裏去，編組民眾擔任防禦工作，仍由潘特派員和趙支隊長合力擔負起來；趙澤民把僞軍蘇部的一團人當成基幹，配合大部分僞警和若干自願守城的民眾，一共擴編成三個團，一面施以最簡易的訓練，一面分配給他們守城的任務，同時他呼籲民眾，儘可能的在共軍沒能全面封鎖之前，急速的從水陸兩路南遷，到長江南岸的政府地區去，暫時避過這一場慘烈的烽火。

當民眾紛紛南遷的時辰，守城的隊伍都在拚命的構築工事，加強陣地，九月裏，金燦燦的陽光照在古老的城堞上，也照著他們滾著汗水的臉額。

慶祝對日抗戰勝利的鞭炮聲，早在消息初傳的那夜，一夜之間響過去了，勝利的滋味，並沒讓人仔細品嚐和咀嚼，共軍的席捲行動，使他們從一個舊的魔境推落進一個新的魔境，迫使他們面對另一場戰爭。

同一時刻，在蘇北荒落落的野地上，淮海區，鹽阜區，一直展延到東海岸接近長江口的地區，共軍像蛆蟲般的麇集著，轉移鬥爭方向的再教育運動，燒了火般的全面推行著，白紙快報，牆頭報，黑板大字報，各色標語口號，使人覺得世上的牆壁太少，他們把無數的謊言，公開的攤晾在那些不識字的人們眼前，他們的文工團隊，以文娛活動爲掩護，用歌，用舞，用俚俗的地方小調，用大鼓詞，鐵板快書，街頭劇，……各種直接輸灌的鄉野形式，把那些平面的文字謊言影立起來，他們要造成一場人爲的風暴，必先要以威逼，恫嚇，煽惑，巧騙，利誘各種類的花巧，把人給動員起來，供他們任意驅策，他們用鑼鼓，用吼叫，用火燄和鮮血，綜合了各種魔性的氣氛，使無數心胸樸拙，知識短淺，性格純良的莊稼漢，迷惑在他們蓄意張起的網裏，眼被塗紅了，心被燃焚了，活生生的人，也竟會在麻醉中被變成一匹匹人形的野獸，吼著嚎著，擲著火把，舉著槍刺，懷著無端的憤怒和盲目的仇恨，蜂湧向共軍預定攫取的目標。

這麼一來，真空地區的百姓們惶惑起來，他們不明白共軍使用了什麼樣詭異的方法，弄來這許多瘋狂了的人形獸，像灰色的潮水般的向南奔湧，依據習慣，他們只有仰首問天的份兒。

「老天！您爲何只睜半隻眼？」有人就這樣朝天嚷告過：「您讓鬼子投了降，讓吃鬼子飯的漢奸得報應，這是算您睜了眼，顯了靈，但這批該遭天殺的土共，席捲州縣，又燒又殺，您爲何不睜眼看看呢？……聽說他們在這一帶專門扒大廟，把菩薩劈了當柴火燒，俗說：人怕狼，鬼怕惡，難道您在天爲神的，也怕邪惡嗎？」

而蒼藍一片的天空，永恆的沉默著，它不是那些人塑的雕像，不是有名有姓，有形有體的神祇，它沉默著，它從不對人們允諾什麼，或是拒絕什麼，但它有它的法則，它恆把那些永恆不變的法則，用自然顯示出來，這些法則，這些默示，早已融入每個人類的心靈。人類的一切意識，一切行爲，都包孕在這些法則之中，魔由心生，劫由心起，這種暴力衍生，魔劫降臨，都具有若干基本的緣由，但以人性的靈明，這種人間魔劫，只是一時蒙蔽人心的浮雲薄霧罷了。

歷史可以明證這些，綜匯這民族整體知覺的歷史，曾經演出無數這樣的悲劇，據守在蒿蘆集的岳秀峰司令，不光是一個熱血湧騰，勇猛無畏的軍人，他同時也是一個進入民族歷史的學者，他懷著匣槍入睡，卻以史書作枕，他明白，地上一時的混亂、流離和殺劫，不能算是確定的悲劇，而是亮在黑夜莽原上的燭火，人們憑藉溫故而知新的本性，會以悲憐之淚，洗擦歷史上某一代留下的痛苦存活和枉曲逝去的斑痕，會用這段史實，光照他們未來的，更遙更遠的前途。

時空和環境造成的短暫悲劇，是任何個人無法避免的，生而爲人，必須挺立著，面對著它，並且接受它，不論是迎風灑血，或是飲刃抛頭，他預知這種痛苦，這種犧牲，無需經文字，便可進入歷史，它將發出巨聲，如隆隆的雷震，它將熠發光耀，像打閃般的擦亮後世人眼瞳裏的天空。因此，他便安然的經營著蒿蘆集三角地區的陣地，等待著來犯的人形瘋獸。

那柄由校長賜贈的軍人魂短劍，就放置在史冊上。眼前的情勢，使他明確確定，蒿蘆集是他的死所，也是他生命進入完成的地方。

九月，多陽光的季節，時序入秋，也正是稼禾成熟，葉實長成的季節。

岳秀峰司令和他的馬匹，經常出現在各處戰壕和碉堡附近，他和無數由他率領了好幾年的游擊弟兄們談說著，他的笑聲是朗亮的，雄豪的，彷佛根本無視四周密佈的戰雲，無視於隆隆震天的伐鼓，對於有人轉述各地土共造出來的，污衊他個人的謠言，更是一笑置之，絲毫不在意中。

「保鄉保土保定了，讓他們來罷！」他總這樣簡簡單單，明明朗朗的說：「在世爲人，旁的都是假的，只求無愧，使得心安，讓咱們好好的打這一仗，咱們死活存亡，全在這一仗啦！」

「司令，您真不含糊。」喬恩貴在一邊感動的說：「這兒不是您的家鄉故土，您是在爲咱們拾命啊！」

「拾命有什麼呢？」岳秀峰司令朝東朝西遙指著說：「在曹家窪，我的那些弟兄，在西大塘，我的夥伴喬奇，不都是捨死在先了麼？人說：捨命陪君子，我能陪著這麼許多君子一道兒入土，還算光彩有幸的呢！」

夜來的時候，岳秀峰司令常常看書倦了，披上大氅，推門到庭院裏去，一面踱步，一面仰看星斗，柔柔輝亮的星網，真很神奇，它把一個人一生所有的記憶都鑲在裏面，讓他得能在生命消逝前，徐徐緩緩的回思這些，一心都是愛和溫熱，人生或長或短，總是美好的，值得珍惜的，哪怕是一刹感知，也能燭透萬古，這才是做人的真正滋味，還留有什麼遺憾嗎？不！他對人生的品嚐，愈經流離和戰亂，嚐得愈多，得到也愈多，該說是無遺憾了，偶爾也有一些令人啞然失笑的事，在回思裏呈現出來，他還記得幼年總強固執拗的抱著一種觀念，只把老家老宅子當作家看，確認人的一生，只有那個家，才是真正的家，但這童稚期緊密擁抱過的觀念，在自己遠別鄉土，進入黃埔就讀時，即行揚棄了，人，在那許多矢志救國的年輕群體裏面，聽的是天南地北的言語，看的是南方北地的面孔，初初還覺陌生和不慣，後來覺得那些英氣勃發，青春熠耀的臉，都像燈一樣的亮著，每顆心，都熱騰騰的投入在黃埔的校歌聲裏。

這些盞燈，以及如風的歌聲，不久便將踏出校門，散佈到各地去，哪兒是家呢？這民族本身才是一個真正的家，也就是說，處處都是家的天地！

不是麼？蒿蘆集這個小鎮，這些跟自己誓同生死的游擊弟兄們，彼此的情感，也正是家的情感，人常習慣以生地爲家，其實，死地也是一樣是屬於民族的家鄉！

說到死事，雖然時刻還沒來臨，但他已經將心爲眼，透明透亮的，看到未來必然呈現的景象：蒿蘆集陣地在日夜延續、反覆拉鋸的激戰中，化爲一片焦土，瓦礫，樑木都被黑煙和紅火掩覆著，所有戰陣中的弟兄們都躺在這兒了，其中一具，便是自己的屍身。

這景象，在自身感覺裏，並沒有悲慘的成分，歷史的長風一代代的吹拂著，使人覺得不合理的生存，比一切壯烈的死事更爲悲慘，說生爲萬有，死爲萬無，那只是指個人生命而言，實在不足取法，只要這民族命脈尚存，死仍具有無窮的意義和價值，他確信這一點，反而覺得渾身通泰，內心安然。

如今，一切作戰的準備都已完成，他實在沒有事好忙碌了，他只有讀史，並穩穩的等待著共軍的入侵。

陽曆九月十六，恰是鬼子宣布投降一個月之俊，共軍開始他們席捲行動的第一步，全面對蒿蘆集地區進撲。

戰爭永遠是那種形式，——毀滅的形式，共軍以陳小胖子的三野兩個師爲主力，配合土共十八個戰鬥大隊，以及裹脅的民眾運補和擔架隊近萬人，實力超過岳部廿餘倍，在粟、黃兩師的預料中，不到三天，他們就可以把蒿蘆集地區整個蕩平。

「只要能把岳秀峰這塊頑石連根刨掉，朝南看過去，運河線那串城鎮，不過是些殘磚破瓦，一踢就飛，這個仗就好打了！」渾號老土匪的黃克誠這樣盤算說：「岳秀峰的隊伍，頑強，耐得住熬火，是出了名的，咱們初出陣，若不亮亮威，打個樣兒放在那兒，朝後去，麻煩必多，所以，老三師的同志夥，務必發發力，強行壓攻它三晝夜，使蒿蘆集找不出一塊整磚整瓦！」

當黃老三師渡沙河攻撲上下沙河兩鎮時，粟裕的新八師繞經東路，進迫由趙澤民據守的縣城，粟師只圍不攻，目的是從三官廟、淮河堆那一線，橫下一鏟，使蒿蘆集和縣城間的連絡中斷，也阻絕了岳部的退路。其實，共軍這種戰法，早在岳秀峰司令的預料之中，他決心以卵擊石，換取朝南一線民眾逃難的機會，根本就沒作突圍求生的打算，粟師這一阻斷他的退路，只有激發岳部上下捨命拚搏的決心。

上下沙河的戰況，一開始就異常激烈，當共軍蜂湧渡河時，岳部守軍集中了全部火力射擊，兩個時辰不到，最先渡河的土共十八個民兵大隊，就有一半被打得不成建制，整個崩散了，黃昏後，共軍竟然不敢冒險再渡，只是用迫炮高吊對岸的鎮市，引起好幾處大火。

二天凌晨，他們再行敵前搶渡，但上下沙河岳部的隊伍，已在一夜之間撤空了，連一個也沒留下，這種虛虛實實的戰法，頗令共軍頭痛。其實，這個作戰方式，是岳秀峰司令早就擬妥了的，他估計共軍的實力較他所部強得太多，在這種情勢下，他必須要將三個支隊的人力和火力，悉數集中到蒿蘆集來，和共軍硬拚硬耗到底，如果分兵三處防守，實力更顯單薄，極容易被對方各個擊破，逐次消滅掉，既作寧爲玉碎的打算，便把如何多消滅對方兵員作爲佈陣重點，這樣一來，集中防禦明顯的強過分防。

但他仍不願過早集中，空自挨受共軍的炮火，因此，他下令由喬恩貴和李彥西分領的兩個支隊，一面撤退，一面擇要點用機關槍佈陣，隨時突襲撲向蒿蘆集的共軍。

他這種虛虛實實，實實虛虛的戰法，使撲佔上下沙河的共軍，有寸步難移的感覺，好在黃克誠這個老土匪也有他的一套法寶，那便是使用民兵戰鬥大隊作爲探路的犧牲品，使他的正規部隊跟在後面行動。饒是這樣，在黑溝子，在黃桷樹，在孫家驢店和青石井這些地方，他的隊伍也遭到多次埋伏性的突擊，報銷了他一百多人，還擊斃了他的一個團指揮員。

他的炮火還沒落到蒿蘆集的陣地上，他曾誇稱的三晝夜掃平蒿蘆集的時限，早已耗完了。而蒿蘆集本身的防禦戰，在共軍趁虛席捲蘇北的各攻城戰役當中，是打得最激烈，撐持得最久，使共軍主力消耗得最多的一戰，

當共軍三野其餘的部隊迫近揚州外圍的邵伯城時，蒿蘆集的戰鬥才告結束，岳秀峰司令捨身許國的這一戰，前後打足了兩個月零三天，共軍最後得到的，業已不再是蒿蘆集這個集鎮，而是一個彈坑火穴，從殘燼裏掘出的屍身，能辨認出面目的，少之又少，有的是殘肢，有的是黑炭，因此，岳秀峰的死活成謎，根本就沒有答案了。

繼歪胡癩兒早期抗共死事之後，岳秀峰一直被共軍看成頑固如鐵石的神秘人物，甚至在判斷他確實戰死後，還一直用謊言污衊他，企圖一筆抹煞他守雲台，過六塘，據曹家大窪……一串輝煌的抗日戰績，使人們相信他只是一個喜歡自吹自擂，冥頑不化的傢伙，是存心與「人民」為敵的毒蟲。同時，為了配合他們的宣傳謊話，他們敉平了西大塘喬奇的墳墓，也搗毀了鬼子破例為敵方豎立在曹家大窪抗日戰地的碑石。當然，在他們剽據時期，他們可以毀去地面上一切有形的物體，甚至一切反抗赤色暴政的人，但他們卻無法毀去岳秀峰以及那些鄉野人們的精神。

共軍講唯物，素來否定精神的存在，而他們偏偏恐懼著已死的人，他們若不是恐懼岳秀峰司令留在人間的精神？那他們是恐懼著什麼？總不成是那幾根殘破的骸骨罷？

掃平蒿蘆集的共軍頭目黃克誠心裏應該明白，他自誇爲鐵打的老三師，在攻撲一個無名小鎭的戰鬥中，所受的傷亡損失有多麼嚴重：連經兩次整補，還有缺員。打那之後，他就患上了不輕不重的失眠症，有一度狂嫖濫賭，彷彿受了刺激，連言語行爲都有點離了譜了。

「我想不透？岳秀峰這個傢伙。」他常常這樣的自言自語。他雖沒敢直率的讚出口來，言語和神色之間，敬佩之意總是有的。……有一天，當他想透了什麼，只怕岳秀峰沛乎天地的精神，就洞穿他唯物的心靈了。

有一天，抗暴火花會內外交燃，這些鄉野勇士的精神，是永不熄滅的火種，這些無體無形的精神火種，是他們終將敗滅的基因。

共軍趁鬼子投降後這段真空，襲取了蘇北各縣，他們前後盤踞達八個月之久，其間，他們打口岸，襲泰興，一度擺出渡江南進，威脅首都的姿態，同時，對新佔據的各地，大施荼毒，在這短短的八個月裏，被他們坑殺的百姓，總在百萬以上。

劫難重疊著，一個魔魘加上另一個魔魘，荒土上的人群稀少成那樣，舉眼見不著炊煙，共軍恐懼中央大軍北上進擊，脅迫老弱民伕重新挖抗日時地方修築的交通壕，那些蛛網般的溝壕，割裂了野地，它使蒙受苦難的人憑添舊恨，又見新仇。共軍把社會主義的天堂掛在白沫噴湧的嘴角上，百姓們只見著曠野不斷添著新墳，更有無數浮屍，在每條河上漂流著。樹木都被鋸掉，變成槍托、擔架和手榴彈的木柄。在家家無草、戶戶無糧的情況下，鑼聲鏜鏜的隨風走，喊著大力支前。有了人屍的滋潤，含毒的罌粟花開得觸目猩紅，那是一把燃燒著大地的紅色毒火，在千篇一律的秧歌的曲調裏抖動著。

一般人眼裏的天塌地變，也就是這樣的了。平常的麥場，變成屠人的場所，一眼望不盡的黃沙，哪一處地方沒染過人血？那些屠殺的記憶，湧現在人們陰鬱的眼神裏，而災荒、饑餓的形象，表露在他們嘴角的苦紋上，日子是一支含嚎帶泣的歌，千重黑暗，萬種蒼涼，一路燒著野火的部隊，像冬日饑餓的狼群，一批又一批的朝南疊湧過去，冰凍鏟著人心。

凡是能逃得掉的百姓，都捨棄了房屋和田產，冒著生命的危險，逃到政府地區去了，越是朝北去，村野愈形荒落，原先人煙稠密的村鎮，大多變成無人居住的廢屋，紅了眼的吞食人屍的野犬，在曠野的墳頭上引頸向天，發出綿長悽厲的狼嚎聲，使人聽著便毛骨悚然。

春來時，遍野蒿蘆掩沒了阡陌，瘟疫和多種疾患很自然的興起，磨折著被共軍殺剩下來的老弱殘民。這時刻，共軍再度偷襲長江北岸的泰興城，中央爲鞏固京畿派遣大軍北上，在興泰一線和共軍血戰；盤踞蘇北的共軍慌亂異常，他們發佈假的戰報，誇張他們的勝利，這些勝利的消息，在他們的新華日報、蘇北報和淮海報上，逐日都以幾近全版的篇幅刊載著，而以農民爲主體的共軍部隊，卻在戰鬥中整團整團的潰散，產生了層出不窮的集體逃亡事件。

當戰況對他們極爲不利的當口，他們便施上老伎倆，把原已擱在一邊的和談法寶又祭了起來，儘量的把時日朝後拖延，以便使他們的部隊獲得日本關東軍所遺，由蘇俄接收的武器彈藥，作爲他們更換裝備，擴大叛亂的本錢。

卅五年八月，中央一支由天長六合北上的部隊，繞過洪澤湖南岸向東進擊，配合上興泰前線北上的部隊，形成巨大的鉗形攻勢，一舉收復了蘇北各縣，這次攻勢，是政府下達總動員令以來，決心剿共拯民的表現，它使盤踞蘇北鄉野多年的共軍蘇皖邊區整個體解了，平原上的共軍殘部，狼奔豕突，倉惶的穿經幾百里無人荒野，退入魯南山區，儘管四處的狼煙未熄，至少，在淮河平原上的人們可以暫時獲得喘息，含著滿眶熱淚，迎向陽光了！

新光復的地區，只餘下少數經歷多重劫難，倖獲餘生的人，他們在貧窮困頓裏掙著命，一旦重見天日，簡直像浮蕩在雲裏一樣，不知怎樣才好了？中央的部隊一面追剿共軍殘部，一面安撫民眾，聯合國救濟總會的車輛，不斷載運大量的救濟物品進入飽經匪患的災區，這樣，倖獲餘生的人們，才像經冬的樹木一樣，在和暖的春風吹拂中甦醒過來，他們帶著夢魘猶存的餘悸，回顧著身後的日子，黑夜裏騰升的紅火，懾人心魄的殺喊和槍聲，每一條河裏，都漂漾過成千具的浮屍，每一道草溝裏，都是行刑的屠場，有時候，日子是白茫茫的暴雨，有時候，日子是轟隆隆滾輾的雷聲，魔群在時間裏蹈舞，水澇、乾旱、瘟疫，隨著人為的魔障俱臨，但在天災人災的雙重煎熬中，天道仍然輪現如虹，老天不光讓眾多善良的平民百姓歸入死亡的淵藪，它一樣讓那些亂世的魔星紛墜如雨，他們講起孫小敗壞、蕭石匠、胡三胡四兄弟，講起金幹、葉大個兒、朱三麻子、飛刀宋、張得廣、蘇大嚼巴和毛陶兒，他們也講起董四寡婦、尤暴牙、疤子李、陸小刀子，那些逞過兇，作過惡的人，都也在人眼裏下土了，說來他們也只活了一眨眼的功夫，便見了無常。

當然，凡活著的人，都會感念顯示了天道的人物，岳秀峰司令、喬奇支隊長，以及死守蒿蘆集的喬恩貴、趙岫老、趙澤民、李彥西和他們率領的隊伍——那些勇壯的鄉野的靈魂，也許貪生的人，會覺得那些死難者太傻，因爲他們原有過湖逃脫的機會，但他們不作逃遁之想，與共軍捨死力拚，死得未免太悲慘了，但很多人以爲，他們生得像個人，死得也像個人，這才是重要的。

在蒿蘆集的廢墟上，有人集資圓起一座墳塚來，並且勒石爲文，將岳秀峰一生行跡和他的故事勒在石背上，墳塚邊另起一座小廟，爲岳秀峰和這群以義行仁的忠魂烈魄，供奉香火。

如雲的中央大軍，朝北方捲盪過去。

而戰雲在北方瀰漫著。局勢顯得膠著而混沌。獲得蘇俄撥交出的大批日本關東軍的武器和軍事裝備，使已成釜底游魂的共軍復甦起來，他們從打打談談中獲得足夠的喘息，在多山地區施行頑抗。

戰爭仍然是戰爭，只是換了一種形式。共軍使用日本鑄造的鋼鐵武器，在國土上播種硝煙，同時，大批的俄製武器也出現在戰場上，……歪把手提衝鋒槍，七九大盤式機槍，俄製的野炮，使戰火把北方的天壁燒紅了。無論共軍用什麼樣的動人的標語，什麼樣誘人的口號，去粉飾這場戰爭，無論戰爭的形色怎樣的變化，戰爭仍然是戰爭，對於歷劫餘生的人們，它是極端痛苦的，它燒炙著人們的記憶，在多苦多難的心靈上，增添了無數新的烙印。

沒有什麼樣有形的物體，能抗禦戰火的摧毀和撕裂，房屋，城鎮，林木，甚至是墳墓、廟宇和碑石，連沉默堅忍的土地，也留下無數斑痕，血肉組合的人的軀體，更是脆弱的，當炮火閃光時，無數生命便化爲一些數字，用人民的生命去誇耀人民戰爭的勝利，是唯有從共軍口中才會吐出的矛盾，而這矛盾的本身就是血淋淋的。

在轟隆隆的毀滅的同時，歷史仍然進行著，歷史籠罩在一切之上，它會把時代真實的容貌，流注入這一代人的精神當中，這精神，卻是赤色暴力永遠無法毀滅的。而一般鄉野人們不會去想這些，他們捧著香燭，群集到蒿蘆集廢墟上去拜廟，岳秀峰和他的弟兄們的名字，在許多人的傳言中播散開去，人們總是珍惜並且記取他們本身存活時期中，親歷的，眼見的事情，不管時局如何，苦難多深，他們仍會安慰的說：

「人哪有能活千年的，我這半輩子，總算見到老天睜過眼了！」

接著，他們就會用岳秀峰除奸懲暴做例子，像說故事一樣，娓娓吐述出他們的證言，他們堅信，狼煙總會被掃滅的，當老天爺再睜眼的時刻，一切新的暴力，也必將化爲煙雲。

卅六年，春天。戰局逆轉，有個穿長衫的中年士紳，帶著一個八九歲大的孩子，到蒿蘆集廢墟上去拜廟，那士紳是趙岫老族中的子姪，抗戰初起時，他去了後方，如今初次回鄉探望，想不到他童年生活的鎭市，已變成一片瓦礫了。一個替他看牲口的人，告訴他這裏所發生過的事情。他便在土崗上呆呆的站立著，朝裏矚目遠望。

不管遠方的戰火有多熾烈，這片荒煙無人的廢墟仍是安靜的，所有的野心，夢幻，所有的殺喊，呼號，都已在時空輾轉中被埋入地下去了。春在人眼裏，顯得特別的深濃。近黃昏的光景，斜陽的光雨，灑落在大片密茂的蒿蘆上，野地邊緣，顯出煙迷的林影。

「百十年前，這鎭市，就是趙家族祖，在蒿蘆地上一手興建的，」士紳感嘆的說：「沒想到，幾場戰火，就讓它變成這樣。」

「毀它容易，建它難哪！」看牲口的說。

「有岳秀峰司令這種人物埋骨在這兒，我相信，終有一天，新的鎮市，還會在原地建起來的。」士紳說著，興起感觸來，輕輕的微噫著，那不是微噫，而是低吟，吟的是杜工部的詩句：

「國破山河在，城春草木深……。」

孩子也在矚望著，他是在後方長大的，不懂得在這裏發生過的事，他忽然指著蒿蘆叢中一些特別高，特別綠的蒿蘆說：

「爲什麼那些野草又高又綠，跟別的草不一樣呢？」

「那不能怪你不懂，外來的人都不會明白的。」看牲口的說：「凡是那樣蒿蘆，它的根底下都能掘得出人屍人骨來！……像岳司令他們，雖肥了蘆草，還有人拜墳燒香記著他的好處，像小敗壞、四寡婦那些人，肥了蘆草，人們還出恨聲，因爲他們活在世上爲惡，讓人受了說不盡的苦楚！他們可沒想到會落得埋骨荒郊啊！」

「走罷，孩子。」士紳說：「我們會在亂後再回來的，……這就是你的家鄉，你總算看過了！」

他們跨上牲口，在斜陽影裏離去了。

暮色逐漸染浸了那片荒涼的原野，整個北方，都將經歷更長的黑夜，不必擔心黑夜有多麼長，除非時間靜止，黑了的天，總會亮的。

在揚州城，有個年輕的妓女善唱五更曲，她就是幹過漢奸的胡三的女兒蘭英，她一樣曉得天就會亮的，由於她父親造孽，使她淪落煙花，因此，她感懷身世，曲調也特別悲淒，徐緩哀幽的調門兒：

「一呀一更裏，湖海嘆飄零……」

從人心裏嘆發出的，何嘗不是歷史的調子？歷史，在暗夜裏，也是那樣悲淒的，人們能夠忍受，也習慣忍受那種悲淒，他們會引頸等待，盼望著五鼓天明。

全書完

司馬中原經典復刻版

狼煙(卷下)

作者：司馬中原
發行人：陳曉林
出版所：風雲時代出版股份有限公司
地址：10576台北市民生東路五段178號7樓之3
電話：(02) 2756-0949
傳真：(02) 2765-3799
執行主編：朱墨菲
美術設計：吳宗潔
行銷企劃：林安莉
業務總監：張瑋鳳

版權授權：司馬中原
初版日期：2018年7月
ISBN：978-986-352-566-0

風雲書網：http://www.eastbooks.com.tw
官方部落格：http://eastbooks.pixnet.net/blog
Facebook：http://www.facebook.com/h7560949
E-mail：h7560949@ms15.hinet.net
劃撥帳號：12043291
戶名：風雲時代出版股份有限公司

風雲發行所：33373桃園市龜山區公西村2鄰復興街304巷96號
電話：(03) 318-1378
傳真：(03) 318-1378
法律顧問：永然法律事務所 李永然律師
北辰著作權事務所 蕭雄淋律師

行政院新聞局局版台業字第3595號 營利事業統一編號22759935
©2018 by Storm & Stress Publishing Co.Printed in Taiwan
◎ 如有缺頁或裝訂錯誤，請退回本社更換

定價：380元
版權所有 翻印必究

國家圖書館出版品預行編目資料

狼煙 / 司馬中原著. -- 臺北市：風雲時代, 2018.03
冊； 公分. (司馬中原經典復刻版)

ISBN 978-986-352-566-0 (下冊：平裝)

857.7 107003591

風雲時代

風雲時代